教育部语文新课标青少年必读篇目

羊玉祥 编著

古典诗文鉴赏

Gudian Shiwen Jianshang

中国广播电视出版社

CHINA RADIO & TELEVISION PUBLISHING HOUSE

图书在版编目（CIP）数据

古典诗文鉴赏／羊玉祥编著. —北京：中国广播电视出版社，2007.8
ISBN 978-7-5043-5344-3

Ⅰ.古… Ⅱ.羊… Ⅲ.①古典诗歌—文学欣赏—中国—青少年读物②古典散文—文学欣赏—中国—青少年读物
Ⅳ.I206.2-49

中国版本图书馆 CIP 数据核字（2007）第 098202 号

古典诗文鉴赏

编　　著	羊玉祥
责任编辑	王　瑛　刘川民
封面设计	张一山
责任校对	张莲芳
监　　印	陈晓华
出版发行	中国广播电视出版社
电　　话	86093580　86093583
社　　址	北京市西城区真武庙二条9号（邮政编码　100045）
经　　销	全国各地新华书店
印　　刷	北京海淀安华印刷厂
装　　订	涿州市新华装订厂
开　　本	880 毫米×1230 毫米　1/32
字　　数	281（千）字
印　　张	12.125
版　　次	2007 年 8 月第 1 版　2007 年 8 月第 1 次印刷
印　　数	6000 册
书　　号	ISBN 978-7-5043-5344-3
定　　价	22.00 元

前　言

　　国家教育部颁布了《全日制义务教育语文课程标准》,规定中小学生必须阅读、学习数百篇古典诗文,其中至少记诵 160 篇,并且推荐了 160 篇篇目。本书作者长期从事中学和大学语文教学和语文研究工作,以其丰富的学识,开阔的视野,从新颖的角度,用畅达的语言,就这些篇目作了简要精到的赏析。读者经过学习,可以受到古典诗文美的熏陶与感染,加深对古典诗文情感的体验,提高感受、理解、欣赏和评价古典诗文的能力。进而增进文学语感的积累,促进思维能力的发展,表达能力的增强,想象能力的提升,培养自己搜集和处理信息的能力,分析问题和解决问题的能力,交流与合作的能力。通过学习,对提高读者的人文素质和全面发展大有裨益,可以使读者获得对自然、社会、人生的有益启示,获得探索精神和创新意识,进而使自己成为一个具有时代魅力的人。

　　为了拓展知识,加深理解,鉴赏篇目的安排按时代先后和作品体裁归类,并有文学史知识的介绍,使读者得到初步的文学发展的观念,感受祖国文化的博大精深,祖国语言的优美而富有诗意,增强读者的民族自豪感和民族自信心。在写法上,作者尽量做到深入浅出,生动有趣,不拘格调,富有特色,使读者好之、乐之。因此,这不是一本应试教育的教辅材料,它没有支离破碎的枯燥的字、词、句、篇的讲解与练习,而是一本素质教育的教材,克服死记硬背、机械训练的现象,寓教于乐,使读者潜移默化地得到很多字、词、句、篇和社会、历史的百科常识。本书既可以作为中小学生、大学生和青少年的课外读物,也可以作为中小学语文教师的备课参考资料。

作　者

2007 年 7 月

[目 录]

4

〖第一单元〗
诗 歌 之 源 话 风 骚

　　伟人毛泽东在他的大作《沁园春·雪》中说："唐宗宋祖,稍逊风骚。"这里的"风"就是指产生于我国春秋时期的第一部诗歌总集《诗经》中的国风;"骚"就是指继《诗经》之后战国时代的另一部诗歌总集《楚辞》中的伟大诗人屈原的《离骚》。《离骚》以不同于《诗经》的崭新面貌出现,参差不齐的句式,浪漫的情调,使人耳目一新。因为风、骚分别代表了我国中原文化的写实精神和南方文化的浪漫精神,所以后来又泛指诗歌、文学、文化。

　　《诗经》是我国第一部诗歌总集,相传是春秋时期孔子为学生所编的文学教材。它原名《诗》、《诗三百篇》,汉代儒家奉为经典著作,故名《诗经》。它收集了自西周初年至春秋中期大约五百年间的诗歌,共三百零五篇,按风、雅、颂的音乐标准分类编排。风是地方性民歌,共十五国风;雅是京畿的音乐,分大雅、小雅;颂是朝廷举行祭奠所演奏的音乐,有周颂、鲁颂和商颂。《诗经》内容广泛,大多是劳动人民"饥者歌其食,劳者歌其事"的作品,具有现实主义的特色。特别是国风,深刻而全面地反映了我国奴隶社会的社会风情和人们的生活状况。至于作者,几乎都无法考证。

　　《诗经》具有很高的艺术性,赋、比、兴表现手法的成功运用,开创了中华民族诗歌创作的民族表现手法。所谓赋就是铺叙、描写;比就是比喻、比拟;兴就是先言他物以引起所咏之事。这些方法的

2

成功运用,增强了诗歌的形象感染力。《诗经》基本是四字一句,多采用重章复沓形式,且要押韵,使用双声叠韵词语,适合吟诵和歌唱,具有音乐美。历代研究《诗经》的著作很多,初学者可参看余冠英的《诗经选》、陈子展的《诗经直解》。

　　《楚辞》是西汉刘向编辑的一部诗集,内收战国时代南方楚国伟大诗人屈原的作品二十五篇,屈原的学生宋玉等人和西汉文人模拟屈、宋的作品。《楚辞》是一部"书楚语,作楚声,纪楚物"(宋人黄伯思语),具有鲜明的楚国地方特色的诗集,离奇诡异,充满幻想是其最大特点。尤其是屈原所开创的骚体作品,句法参差,韵散结合,较之《诗经》,"其言甚长"(鲁迅语),无论在思想上,还是在艺术上都给我国后代诗歌以巨大的影响。历代研究《楚辞》的人亦很多,初学以读马茂元的《楚辞选》、陈子展的《楚辞直解》为宜。

《诗 经》

关雎(国风·周南)

关关雎(jū)鸠[1],在河之洲[2]。
窈窕淑女[3],君子好逑(qiú)[4]。

参差荇(xìng)菜[5],左右流之。
窈窕淑女,寤寐求之[6]。

求之不得,寤寐思服[7]。
优哉悠哉[8],辗转反侧[9]。

【注释】

[1]关关:象声词,鸟叫的声音。雎鸠:一种鸟,即天鹅。[2]河:在先秦,专指黄河。洲:河中陆地。[3]窈窕:联绵词,就是苗条。淑女:古代称知书识理有教养的闺秀为淑女。[4]君子:古代指有地位、有学识的男性为君子。逑:通"仇",仇人须双方,故引申反其义为配偶。[5]参差:长短不齐的样子。荇菜:水黄花,嫩芽可食。

参差荇菜，左右采之。
窈窕淑女，琴瑟友之[10]。

参差荇菜，左右芼(máo)之[11]。
窈窕淑女，钟鼓乐(yuè)之[12]。

[6]寤寐：睡着和睡醒。[7]思：想念。服：语助词，无义。[8]悠哉：忧思的样子。[9]辗转反侧：翻来覆去。指睡不着觉。[10]琴瑟：两种弦乐器，琴，五弦或七弦。瑟，二十五弦。友：相好。[11]芼：采择。[12]乐：音乐。

这是我国古代第一部诗集《诗经》中的第一首诗，因此它也广为传诵。

人来到这个世界上，一要生存，二要发展。除了衣食住行外，还得恋爱结婚，组成家庭，生儿育女。家庭是社会的细胞，因此，从古到今，歌唱爱情的诗总是绵延不绝，百花争艳。这首诗选自《国风·周南》，是一首爱情之歌，大概是写诗人在婚礼上介绍他的恋爱经过。

全诗共五章，首章用兴的手法，以天鹅相亲相爱来引出淑女是君子的好配偶。雎鸠，传说中是"王鸟"，大概就是天鹅。春天，正是鸟儿交配的季节，你看那天鹅关关求偶，融洽而和谐，鸟都如此，何况人呢？君子很自然就想到那位淑女。这章以雎鸠和鸣求偶，兴起君子想淑女。既有美好春光的环境烘托，又有和谐亲密的象征寓意。

第二、三章用采河中的水荇菜漂浮不定，比喻淑女的难求，表现恋爱经过的曲折。这两章形象而细腻地刻画了君子追求淑女的过程。以水荇菜的参差流动，比喻爱情捉摸不定，非常确切，以辗转反侧描写君子翻来覆去睡不着觉，形容君子失恋的痛苦，入木三分。

最后两章用采得河中的水荇菜比喻君子求得淑女的喜悦。这

4

两章用琴瑟音乐挑动淑女,以敲锣打鼓的音乐迎娶淑女,以喜庆象征婚姻的美满幸福。

全诗有赋的叙写,也有比兴的运用。孔子对这首诗给予了极高的评价,说这首诗"乐而不淫(过分),哀而不伤",也就是说符合儒家的"中和之美"。的确,这位君子在恋爱中失恋了也仅只"辗转反侧"而已,他并没有采取自杀或报复女方的过激行动,这不是"哀而不伤"吗?他得到了淑女,也仅只吹吹打打,娱乐一下而已,并没有大吃大喝,狂欢滥饮,很有节制,这不是"乐而不淫"吗?

这首诗所表现的爱情虽有曲折,却结局完美,君子配淑女,可以说是我国古代才子佳人言情小说的原型。所谓郎才女貌,一见钟情,盖出于此也,可见影响之深。

《诗 经》

氓(国风·卫风)

氓之蚩蚩(chī)[1],抱布贸丝[2]。

匪来贸丝[3],来即我谋[4]。

送子涉淇[5],至于顿丘[6]。

匪我愆期[7],子无良媒。

将(qiāng)子无怒[8],秋以为期[9]。

乘彼垝垣(guǐyuán)[10],以望复关[11]。

不见复关,泣涕涟涟[12];

【注释】

[1]氓:对青年男子的称呼,多指村野之人。蚩蚩:憨厚的样子。[2]布:葛麻一类的织物,先秦时无棉布,故是麻布。贸:交换,买卖,那时还是实物交换。[3]匪:非,不是。[4]即:接近。谋:商量。[5]子:对男子的敬称,相当于"您"。淇:淇水,源出今河南林县,流入卫河。[6]顿丘:地名,在今河南俊县西。[7]愆:改变,拖延。[8]将:希望。怒:努,引申为性急。[9]秋以为期:以秋天为婚期。

既见复关，载笑载言[13]。

尔卜尔筮[14]，体无咎言[15]。

以尔车来，以我贿迁[16]。

桑之未落，其叶沃若[17]。

吁嗟鸠兮，无食桑葚[18]；

吁嗟女兮，无与士耽(dān)[19]。

士之耽兮，犹可说(tuō)也[20]；

女之耽兮，不可说也。

桑之落矣，其黄而陨[21]。

自我徂(cú)尔[22]，三岁食贫[23]。

淇水汤汤(shāng)[24]，渐(jiān)车帷裳[25]。

女也不爽[26]，士贰其行[27]。

士也罔(wú)极[28]，二三其德[29]。

三岁为妇，靡室劳矣[30]，

夙(sù)兴夜寐[31]，靡有朝(zhāo)矣[32]。

言既遂矣[33]，至于暴矣。

兄弟不知，咥(xì)其笑矣[34]。

静言思之，躬自悼矣[35]。

及尔偕老[36]，老使我怨。

淇则有岸，隰(xī)则有泮[37]。

5

[10]乘：登上。彼：那。垝垣：破墙。[11]复关：多数人认为是男子所居住的地名，而高亨先生说是车厢(《诗经今注》)，甚是。[12]涕：泪。涟涟：泪流不断的样子。[13]载……载……：又……又……[14]尔：你。卜、筮：古人以龟壳和筮草来占卜预测吉凶。[15]体：卦体，卦辞。咎：过错。[16]贿：财货，不是今义贿赂。[17]沃若：肥大的样子。[18]吁嗟：感叹词。桑葚：桑树的果子，传说斑鸠吃了会醉。[19]士：男子。耽：沉醉。[20]说："脱"的通假字，解脱。[21]陨：坠落。[22]徂：去，到。[23]三岁：多年，三，不是实指。食贫：生活艰难，贫，财物匮乏。[24]汤汤：象声词，水流的声音。[25]渐：浸润。帷裳：车上帏幔。[26]爽：差错。[27]贰：二心，左右摇摆。行：行为，品行。[28]罔通"无"，没有。极：定准。[29]德：品德。[30]靡：无，没有。[31]夙兴夜寐：起早睡晚。夙，早晨。寐，睡觉。[32]朝：日，日子。[33]言：语助词，无实义。遂：达到目的。[34]咥：张口大笑的样子。[35]躬：自己。悼：伤心。[36]及：和。偕：一同。[37]隰：湿地。泮：同"畔"，边沿。[38]总角：古时男女未成

6

总角之宴[38]，言笑晏晏[39]，
信誓旦旦[40]，不思其反[41]。
反是不思[42]，亦已焉哉[43]！

人时将头发在前额挽两个结，如动物之角状，称为总角。宴：欢乐。[39]晏晏：温和的样子。[40]信誓旦旦：发誓的话明明白白。旦旦，日出明亮的样子。[41]反：违反。[42]反是：违反誓言。是，此，指誓言。[43]亦已焉哉：也就算了吧！亦，也。已，止。焉哉，语气词。

　　这首诗选自《国风·卫风》，主题是"痴心女子负心汉"，写一个女子被丈夫遗弃的悲剧。她被丈夫遗弃后，在回娘家的路上，左思右想。她从恋爱到结婚再到被遗弃，一幕幕情景不禁浮现在眼前。

　　诗共六章，前两章回忆当初和氓从定情到结婚的甜蜜情景。当时那个小伙子样儿很老实憨厚，笑嘻嘻地抱着麻织的布来和姑娘交换丝绸。他哪儿是来交换丝绸，原来是来追求姑娘。临别，姑娘送他涉水过淇河，一直送他到顿丘。大约氓提出以夏中为婚娶之期（孔颖达说），姑娘说，不是我一再推迟订婚，是你没有合适的媒人。因为"娶妻如之何，匪媒不得"（《诗经·南山》），所以她希望他不要性急，等到秋天就结婚。"将子无怒"的"怒"，努也。《庄子·逍遥游》中"怒而飞"的"怒"，成语"心花怒放"的"怒"，都是这个意思。怒，不是发脾气。氓尚未和姑娘结婚，本来面目还未暴露，怎能发脾气呢？氓走后，到了秋天，姑娘常常爬上那破墙，去望他的车子。没有看见他的车子，她就泪流满面；一看见他的车子，她就又说又笑。不见就泣，既见就笑，可见姑娘是多么钟情。经过他卜卦占卜，卦体上没有不吉利的话，这正是姑娘所痴心盼望的。于是姑娘叫他把车开过来，把嫁妆拉过去。"以我贿迁"的"贿"，在先秦是中性词，指财物，不是今天贿赂的意思。这位女子和氓的恋爱，她纯真、热情，却缺乏理智，一下子就沉浸在热恋之中，被氓的虚情假意所蒙骗，埋下了悲剧的种子。氓的一笑、一怒，又搬出神明，求卜问卦，表示天作之合，企图以迷信骗取姑娘的爱情。说明他险诈狡猾。

　　这两章言繁词复，叙述详备，生动表现了姑娘的纯真痴情和氓的老奸巨猾，为后面的婚姻悲剧描写埋下了伏笔。

　　第三章写姑娘对自陷情网，无以自拔的悔恨。她想到桑叶未落时，叶儿又肥又嫩，她警告那斑鸠鸟儿呀，不要去贪吃桑椹，桑椹吃多了会醉的；那年轻的姑娘呀，不要与男子搅得太深。男子沉醉于爱情，还可以解脱；女子陷得太深，就解脱不了。后来白居易说："为人莫作女儿身，百年苦乐由他人。"这位姑娘一失足成千古恨，她由斑鸠食桑椹而醉想到女子沉溺爱情不能自拔，而且奉劝年轻少女，要以自己为戒。这说明婚姻悲剧当时已经是一个社会问题。春秋末期，社会正由奴隶制向封建制转化，男子的经济地位和政治地位提高，男尊女卑成为普遍的社会风气，女子成为社会的弱势群体。所以，她的怨悔，是对当时不合理的社会现实的控诉。

　　第四、五章控诉她成为氓的家庭奴仆，怨恨氓的负心。姑娘想，嫁到氓家经过了几年，就如那枯黄的桑叶从树上落下一样被抛弃了。这里的"三"是表示多数，不是实指。她嫁过来这么多年，吃尽了苦头。眼前的淇河流水哗哗响，浪花溅到车帷上，女人没有什么差错，是男人花心变了样。世上的男人对爱情没有定准，三心二意是他们的故伎。多年为家庭主妇，没有一天不劳累，早起又晚睡，没有一天不是这样。他达到了目的，就这样凶暴。娘家兄弟不知情，反而笑话我。静下心来想一下，怎不使人伤心落泪！女主人公婚后就沦为家庭的奴仆，这是重男轻女社会的必然结果，这种所谓的一夫一妻制仅仅限制妻子而已，根本没有妨碍丈夫公开或秘密的多偶制。

8

因此,无论她多么勤劳,多么善良,都没有打动氓的心。氓的个人品行固然有问题,但不合理的社会现实及其意识形态才是她的悲剧的根源。她想到回娘家,但又想到连她的亲兄弟也不会同情她,说不定还要笑话她呢,回娘家日子也不好过。可见当时社会是多么的冷漠无情,那么她的悲怆也就令人心酸。

最后一章表现她的决绝心境。她想,原来氓说和她恩爱到老,可是没老就使她怨恨冲天。这淇河水再大也有岸,这沼泽地再宽也有边,她想,难道我的苦难就没有个完?回想起孩提时两小无猜的欢乐,你那时信誓旦旦要和我好,没有想到你是一个大骗子。既然已经上当受骗了,那就不提了,也就彻底算了吧!姑娘被遗弃,思前想后,彻底认清了氓的伪君子面目,婚前他是那么温顺,婚后就变得暴虐无比。面对绝境,她既不乞怜,也不消沉,而是果断决绝,和氓一刀两断,走自己的路,表现了古代女性的坚强性格。

这首诗深刻地揭露了夫权制社会给妇女造成的悲剧命运。

诗采用铺叙的赋的手法,但又带有浓厚的抒情意味,主人公潜意识流地回忆她和氓从青梅竹马到离异决绝的经过,感人至深。

诗还成功地运用比的手法,这种比,一是比喻,二是对比,一身而二任。如把女主人公和氓对比,一个是真善美,一个是假恶丑。又如,把氓婚前婚后进行对比,他婚前是羊,婚后是狼。这样一对比,人物形象极其鲜明。诗中还两次写到桑叶,因她种桑养蚕缫丝,这既是眼前实景,又是她人生的比喻,她以前就如水灵灵的桑叶,青春亮丽,而今却如一片枯叶,人老珠黄,这含有多大的辛酸。前后形成对比,写出她悲剧的历程。

诗还用兴的手法,以此物引起彼物。如三次写到淇水,这是女主人公行路的实物实景,以引出女主人公由喜到悲的历史变化,而且进行双重对比,增强咏叹韵味。诗还将比和兴结合起来,使比中有兴,兴中有比。如诗在"桑之未落,其叶沃若"后写到"吁嗟鸠兮,无食桑葚;吁嗟女兮,无与士耽",在"桑之落矣,其黄而陨",后写到"自我徂尔,三岁食贫"。她由景物唤起忆念,即心理学上的"暗示",揭示出她悲剧的深刻原因:"与士耽"和"食贫"。这样的比兴意象组合,感发人心,含有无比丰富的社会内容。

《诗　经》

蒹葭(国风·秦风)

蒹葭(jiānjiā)苍苍[1],白露为霜。
所谓伊人[2],在水一方。
溯(sù)洄从之[3],道阻且长。
溯游从之,宛在水中央[4]。

蒹葭凄凄[5],白露未晞(xī)[6]。
所谓伊人,在水之湄(méi)[7]。
溯洄从之,道阻且跻(jī)[8]。
溯游从之,宛在水中坻(chí)[9]。

蒹葭采采[10],白露未已[11]。
所谓伊人,在水中涘(sì)[12]。
溯洄从之,道阻且右[13]。
溯游从之,宛在水中沚(zhǐ)[14]。

【注释】
[1]蒹葭:芦荻。苍苍:茂盛的样子。[2]所谓:所念,所思。伊人:那人,指所念的人。[3]溯:逆流而上。洄:拐弯,漩涡。[4]宛:好像。[5]凄凄:意同"苍苍"。[6]晞:干。[7]湄:水草交接处。[8]跻:用手脚向上攀爬。[9]坻:水中小洲。[10]采采:意同"苍苍"、"凄凄"。[11]已:止。[12]涘:水边。[13]右:动词,向右拐弯。[14]沚:小渚。

10

这首诗选自《国风·秦风》,好像是一首情诗,写主人公在黄河边追寻他所恋的伊人,追寻得精神恍恍惚惚,但却可望而不可即。

诗分三章,反复咏叹,抒发他那渴望、惆怅、苦闷、焦急的心情。

在一个秋天的早晨,主人公为了追寻他的所爱,他就来到黄河边,只见一片茂盛的芦苇,上面结着一层白霜,而他所要追寻的伊人,似乎隐隐约约在河水的那一方。于是他沿着弯曲的河岸逆流而上,可是道路险阻又很遥远,他无法追到她。他逆流游泳而行,游了好久,累得筋疲力尽,而那位伊人,好像还在水中央,也没有办法接近她。过了一段时间,他又到黄河边。太阳已经出来了,但茂盛的芦苇上的露珠还未干,抬眼望去,那位伊人似乎已经到了水草交接的地方,他又逆流沿着弯曲的河岸去追寻,可是道路险阻,简直无法攀登。他只好逆流游泳而行,过了好久,伊人好像还在水中的小洲上,仍然无法接近。又过了一段时间,他再到黄河边,太阳已经老高老高,茂盛的芦苇上还挂着几颗未干的露珠。而他所要追寻的伊人,好像已经到了水边。他又逆流沿着弯曲的河岸而上,道路弯曲向右拐弯了,成了南辕北辙。他逆流游泳追寻,用尽力气,可伊人似乎还在水中的小沙丘上,始终无法接近。

诗情景交融,风神摇曳,用蒙眬的景致烘托幽微的情思。“蒹葭苍苍”点明节候是在深秋,“白露为霜”说明时间是在清晨,环境的寥落凄清,隐喻主人公情怀的凄寂失落。“所谓伊人,在水一方”,有烟水迷茫之致,“道阻且长”,又呈现出一幅山高路陡、曲折崎岖的险境。遡洄、遡游而从之,表现了主人公执著追求的意志和决心。

诗用比兴的手法构成意境,给人一种蒙眬而又神秘的审美感受。至于诗中所写的“伊人”究竟是谁,主人公为什么要如此苦苦去追寻她,为什么寻而不见,这些都只能留给读者去猜测,去想象,去创造。

屈 原

离 骚(节选)

帝高阳之苗裔兮[1]，朕皇考曰伯庸[2]。

摄提贞于孟陬兮[3]，惟庚寅吾以降[4]。

皇览揆(kuí)余初度兮[5]，肇锡余以嘉名[6]。

名余曰正则兮[7]，字余曰灵均[8]。

纷吾既有此内美兮[9]，又重(chóng)之以修能[10]。

扈江离与辟芷兮[11]，纫秋兰以为佩[12]。

汩(yù)余若将不及兮[13]，恐年岁之不吾与[14]。

朝搴(qiān)阰(pí)之木兰兮[15]，夕揽洲之宿莽[16]。

日月忽其不淹兮[17]，春与秋其代序[18]。

惟草木之零落兮[19]，恐美人之迟暮[20]。

不抚壮而弃秽兮[21]，何不改乎此度[22]？

乘骐骥以驰骋兮[23]，来吾导乎先路[24]！

【注释】

[1]帝：皇帝，古时只称皇或帝，到秦始皇，始称皇帝。高阳：高阳氏，传说中古帝颛顼的称号。苗裔：后裔。楚国为颛顼的后代，楚武王熊通之子瑕受封于屈，于是后人就以封地屈为姓，屈原为瑕的子孙，故是帝之苗裔。兮：语气词，相当于"啊"，楚地方言，楚辞体常用。[2]朕：我。先秦一般人都可称朕，到秦始皇，则规定只有皇帝可以称朕。皇：大，指父亲。考：已去世的先人男性称"考"。[3]摄提：即摄提格，古代的纪年术语。按古代历法，太岁星走到斗、牛星之间就是摄提格，也就是寅年。贞：正当。孟：开始。陬：正月。[4]惟：只，唯有。庚寅：日子名，古人有用天干地支纪日的习惯。降：诞生。[5]揆：揣度。初度：小时的气度。[6]肇：开始。锡：赐。[7]正则：公正而有法则，即"平"的意思。[8]灵均：地好而均平，即"原"的意思。[9]纷：众多的样子。内美：内在的

12

《离骚》是先秦伟大的爱国主义诗人屈原的代表作品,被后人收在《楚辞》中。屈原(前339年?~前278年),名平,字原,战国时楚国人。出生于楚国贵族后裔,一生经历了楚怀王和楚顷襄王两朝。早年曾受到楚怀王的信用,任左徒、三闾大夫等官职。他主张实行"美政",任贤用能,修明法度,联齐抗秦。后遭到统治集团中保守势力的嫉恨,受到排挤和打击,遭到怀王疏远。顷襄王时更被放逐江南。公元前278年,秦将白起率兵攻破楚国首都郢,就在这年农历的五月五日屈原愤而自沉于汨罗江,以身殉国。屈原汲取民间文学营养,创造了"楚辞"体的新兴文学样式,他的作品,流传下来的有《九章》九篇,《九歌》十一篇,《离骚》、《天问》、《招魂》、《卜居》、《渔父》等共二十五篇,其中《卜居》和《渔父》是否为屈原所作,尚存疑问。他的作品想象丰富,文辞绚丽,富有积极浪漫的精神,对后世影响很大。

质,指前面所说的先天的优越条件。[10]重:加上。修能:指外在的修养,后天的努力。能,通"态"。[11]扈:摘取,楚方言。江离:蘪芜,是一种香草。辟芷:白芷,也是一种香草。[12]纫:连接。秋兰:秋天开花的兰草。佩:饰物。[13]汩:发语词。[14]不吾与:不与吾,即时不我待。[15]搴:用手摘取,楚方言。阰:山坡,楚方言。木兰:香木名,去皮不死。[16]宿莽:青藻,经冬不死。[17]淹:停留。[18]代序:轮番出现。[19]零落:凋零败落。[20]美人:理想中的佳人,这里指楚怀王。迟暮:衰老。[21]不:何不。抚壮:珍惜壮年的岁月。弃秽:抛弃脏的东西,指改正缺点、错误。[22]度:路数,规矩,行为。[23]骐骥:骏马。[24]先路:开道,作先锋。

《离骚》是屈原心灵的歌唱,是一首长篇政治抒情诗,可能作于他晚年流放江南之时。全诗可分为两部分,前一部分反复叙说他的家世出身,勤奋学习,注重修养,崇高理想,目的是要在楚国实现自己的"美政"——"存君兴国"。后一部分诗人驰骋想象,上天下地,入水登山,对未来道路进行探索。"路漫漫其修远兮,吾将上下而求索。"充分表现了诗人对理想的执著追求。然而他所做的一切努力都失败了。他也想到离开楚国,但当他乘龙驾象在天空翱翔,忽然看见楚国——自己的祖国,人民正在受苦,国家正在遭难,他不走了,决心以死殉国,表现了诗人崇高的爱国主义精神。

　　节选的这一部分是诗篇的开始部分,先用八句略述自己的身世。他说,我本是古帝高阳氏的后裔,我已故的父亲叫伯庸。太岁在寅的那一年的正月庚寅的那一天,我就出生了。先父看见我出生在这样吉利的日子,就给我取下了美好的名字。我的名叫正则,我的字叫灵均。

　　接着八句再说他幼年勤奋好学,注重修养。他采摘了蘼芜和白芷,用秋兰把它结成花坠,早晨攀折山上的木兰花,晚上收揽水边的青藻,把这些芳香不变的香花香草佩戴在身上。他深感时间的宝贵,要努力把自己培养成才。他深感自己责任重大,生怕辜负了先人的期望,生怕时不我待,所以他抓紧时间,修炼自己。

　　最后八句说他立志为国家、为楚王奉献一片赤诚。时间一去不复返,草木时刻都在凋零,恐怕楚王也要年迈力衰了,所以楚王应该趁年轻而修炼自己,改正错误。屈原愿意骑着骏马,立志为楚王振兴楚国作前驱。

　　总之,他通过自叙身世来历和先天内美及后天自修,抒发了他忠君报国的宏愿,对真善美的执著追求,对假恶丑的无情鞭挞,表达了九死不悔的坚定信念,既充满了无比的自豪感,又充满了对国家前途的隐忧。屈原的《离骚》塑造了中国魂,晚清诗人苏曼殊说:"一个人在三十岁以前不读《离骚》,是应该死的,没活气了;三十岁以后读了《离骚》,不能替国家死,也是没有活气的。"所以我们作为青年学子,都来好好读读《离骚》,学学屈原吧!

〖 第二单元 〗
缘 事 而 发 乐 府 诗

　　《诗经》中的诗歌大部分是统治者为了了解民风、民情以及娱乐而搜集的民间歌谣。到了汉代，统治者设立机关，继续搜集民歌。这个搜集整理民歌的音乐机关叫作"乐府"。后来，人们又把乐府机关采集的民歌叫作"乐府诗"，再后来还把文人模仿学习乐府诗所创作的能歌唱的诗歌也叫"乐府诗"。

　　汉代贵族和文人创作的乐府诗内容平庸，艺术缺乏生气。而劳动人民创作的乐府诗才是乐府诗中的精华。这些乐府民歌多数是劳动人民在现实生活中"感于哀乐，缘事而发"的作品，继承了《诗经》的现实主义传统，真实地反映了那个时代人民的生活情况和思想感情。汉乐府虽然流传下来的数量不是很多，但内容十分丰富，除了爱情的悲歌和欢歌外，还有诉说生活的困顿，揭露战争的罪恶等方面的内容。这些作品多为五言，风格平实，语言质朴，有许多是成功的叙事作品，有一定性格的人物形象和比较完整的故事情节，如著名的《陌上桑》和《孔雀东南飞》就是一例。

　　到了南北朝时期，乐府诗仍然相当发达，不过由于南北分裂，地理环境、政治因素等诸多原因，乐府诗形成了南北迥然不同的风格，即北朝乐府类似汉乐府。因北朝幅员辽阔，自然景观雄浑苍茫，人民过着游牧生活，且多战事，养成了北方人民粗豪顽强的性格，这种环境和气质使北朝乐府刚健质朴，有金戈铁马之风。北朝乐府长于叙事,如《木兰诗》。而南朝乐府主要产生于经济文化比较发达的今南京一带的江南地区和今湖北长江以北一带。南方地区山清水秀,商贸发达,养成了南方女子温柔多情、感情细腻的特点,所以这些民歌清新柔媚,长于抒情,特别是长于抒写男女爱情,如《子夜歌》、《西洲曲》。南朝乐府与北朝乐府相反,具有一种特别的阴柔美。

初学乐府诗,可参看余冠英《乐府诗选》,如果要深入学习,可读郭茂倩《乐府诗集》。

汉 乐 府

江 南

江南可采莲[1],莲叶何田田[2]!
鱼戏莲叶间:
鱼戏莲叶东! 鱼戏莲叶西!
鱼戏莲叶南! 鱼戏莲叶北!

【注释】
[1]江南:长江以南,即今江、浙一带。[2]何:多么。田田:植物的叶子肥大的样子。

我国长江下游南岸的地区称为江南,那里山温水暖,水乡泽国,物产丰富,人民生活富裕。在水塘湖泊中,生长着许多莲藕,因此,采莲成为当地妇女的一项工作。这首诗就是她们采莲时对所看见的江南水乡美景的颂歌。

"江南可采莲",一个"可"字表明节候。一般采莲是在秋天,"采莲南塘秋,莲花过人头"(《西洲曲》)。然而"可采莲"当然是"未采

16

莲",再看看"田田"的莲叶,大概是在春末夏初吧。田田,形容叶儿肥大嫩绿。面对如此美景,她们不禁赞叹:"莲叶何田田!"表现她们对家乡由衷的赞美和热爱,肯定今年又是一个莲藕丰收年!

接着她们又仔细注目,看见群群鱼儿嬉逐戏水。先总说一句"鱼戏莲叶间",然后再分说鱼儿一忽儿游到了莲叶的东边,一忽儿又游到了莲叶的西边,一忽儿又游到了莲叶的南边,一忽儿又游到了莲叶的北边。连续四个惊叹句,她们那种惊奇、惊喜之情溢于言表,手舞足蹈、指指点点之状浮现眼前。一个"戏"字重用五次不嫌其繁,把鱼儿那种轻灵、浮沉、互相追逐之状写得栩栩如生,活灵活现。

诗用浅显明白的语言描绘了江南的荷塘美景,表达了采莲姑娘们热爱生活,热爱自然的感情。同时,又用双关的手法表现她们对自由幸福的爱情生活的向往。

诗写鱼儿在水中嬉戏,采用东西南北对举铺排的手法,发落无余,以表达强烈的感情,这对后代影响很大。后来北朝乐府《木兰诗》描写木兰从军"东市买骏马,西市买鞍鞯,南市买辔头,北市买长鞭",显然是借鉴了《江南》的描写方法。

这首诗柔美含蓄,与其他汉乐府不同,具有阴柔美。可以说是开南朝乐府阴柔风格的先河。这首诗以采莲为题材,这也对南朝乐府乃至唐代及以后的民歌描写同类体裁影响深远。

北朝乐府

敕勒歌

敕(chì)勒川[1],阴山下[2],
天似穹庐[3],笼盖四野[4]。

【注释】
[1]敕勒川:因敕勒人居住于此而得名。川,平川,即大

天苍苍[5]，野茫茫[6]，
风吹草低见(xiàn)牛羊[7]。

草原。[2]阴山：即大青山，从河套西横穿内蒙古自治区，和内兴安岭相接。[3]穹庐：即蒙古包，牧民住宿的圆顶毡帐。[4]笼盖：笼罩。四野：四方的原野。[5]苍苍：深青色。[6]茫茫：无边无际。[7]见：同"现"，呈现。

　　这不是一首战歌，却有笔扫千军的传说。据史载，北齐王朝神武帝高欢攻打北周玉壁（在今山西稷山县西南），北周将军韦孝宽足智多谋，坚守城池，高欢连攻五十余日，丧士卒七万余人，无计可施，忧愤成疾，只得撤军。而北周则乘势追击，北齐危在旦夕。为了稳定军心，保卫国家，高欢叫老将忽律金唱《敕勒歌》，自己和之，于是军心大振，才反败为胜，保住了自己的国家。可见此诗威力之大。题目中的"敕勒"，是我国古代北方少数民族匈奴的后裔，初号狄历，又名高车、丁零，居住在今内蒙古大草原，后来迁徙到西部，即与其他民族融合为现在居住在新疆的维吾尔族。歌词是由南北朝时的鲜卑语翻译为汉语的。所以，这是一首维吾尔族的民歌。郭茂倩将其收入乐府《杂曲歌曲》中。

　　为什么这首诗有如此巨大的作用呢？因为这首诗表达了敕勒人对家乡的热爱与眷恋，那种雄浑而深远的情思，激荡着他们的每一颗心。

　　"敕勒川，阴山下，天似穹庐，笼盖四野。"一位牧民骑着高头大马，在广袤无垠的阴山下面的敕勒川上，放牧着牛群、羊群。他抬头看天，天色青青，像一个蒙古包一样，笼罩着这茫茫无际的大草原。

18

这四句诗写出了祖国河山的雄壮美丽,这儿是绵亘 2400 余里的广袤的阴山,这儿是浩瀚无垠的大好平川,这儿又是昔日的古战场,今日的塞外江南。这一切自然使生活在这儿的主人公感到无比的温暖,由衷的热爱,十分的自豪。诗人用眼前景比眼前物,即以蒙古包比天,吞吐宇宙,气势恢弘!

"天苍苍,野茫茫,风吹草低见牛羊。"他低头看地,这时微风拂面而来,丰茂的水草起伏,形成一道道波浪,一群群肥壮的牛羊在草丛中时隐时现。此情此景,一股家乡的美好,丰收的喜悦之情油然而生。这三句写主人公立马所见,人骑马上,高瞻远瞩,看见苍苍青山,茫茫大地,最后视点落到草原特有的财富——牛羊身上。而天低野旷,雄浑无比,更显出主人公粗犷、豪爽的性格。一个"风"字,化静为动,化美为媚,主人公的自豪神态毕现。

诗取景宏大,笔下的山川、草原、天宇,辽阔无际,十分雄伟壮观,而诗人只是用真率质朴的口头语把眼前景描绘成一幅天然平淡的图画,显得特别苍劲豪迈,可以使人感受到一个民族浑厚豪迈的胸襟,他们对自己家园深情的眷恋,具有一个民族粗犷雄浑的民族魂。那种雄浑而又深远的情思,是一种纯真的爱国情感。

诗为什么会写得如此成功?宋人黄庭坚说:"仓卒之间,语奇如此,盖率意道事实耳。"(《山谷题跋》)诗人率意而为,"只眼前景,口头语",就自然具有"弦外音,味外味,使人神往"(沈德潜《古诗源》)。这首诗的英雄自豪的神理,天然质朴的韵味,前人给予了崇高的评价,金人元好问《论诗绝句》云:"慷慨悲歌绝不传,穹庐一曲本天然。中州万古英雄气,也到阴山敕勒川。"

北朝乐府

木 兰 诗

唧唧复唧唧[1]，木兰当户织[2]。

不闻机杼(zhù)声[3]，惟闻女叹息。

"问女何所思[4]？问女何所忆[5]？"

"女亦无所思，女亦无所忆。

昨夜见军帖[6]，可汗(kè hán)大点兵[7]，

军书十二卷[8]，卷卷有爷名[9]。

阿爷无大儿[10]，木兰无长兄。

愿为市鞍马[11]，从此替爷征[12]。"

东市买骏马，西市买鞍鞯(jiān)[13]，

南市买辔(pèi)头[14]，北市买长鞭。

旦辞爷娘去[15]，暮宿黄河边。

不闻爷娘唤女声，但闻黄河流水鸣溅

溅(jiān)[16]。

旦辞黄河去，暮宿黑山头[17]。

不闻爷娘唤女声，但闻燕山胡骑(jì)鸣

啾啾(jiū)[18]。

万里赴戎机[19]，关山度若飞[20]。

朔气传金柝(tuò)[21]，寒光照铁衣[22]。

将军百战死，壮士十年归。

【注释】

[1]唧唧：织机声。复：又。[2]当：对着。户：门。[3]杼：织布机上的梭子。[4]何所思：所思者何，想的是什么。[5]何所忆：想念者何，思念的是谁。[6]军帖：军书。[7]可汗：古代西北地区少数民族对其君主的称呼。点兵：征兵。[8]军书：征兵的名册。十二：言其多，非确指。[9]爷：这里指父亲。[10]阿：语助词。[11]市：购买。[12]征：出征打仗。[13]鞍鞯：马鞍和马鞍下面的垫子。[14]辔头：驾驭牲口用的嚼子和缰绳。[15]旦：早晨。[16]溅溅：水流动的响声。[17]黑山：天寿山，在今北京市昌平区。[18]燕山：燕然山，即杭爱山，在今蒙古人民共和国境内。胡骑：胡人的战马。胡，匈奴音的快读，泛指北方少数民族。啾啾：马叫的声音。[19]戎机：军机，指战争。[20]关山：关隘和山岭。[21]朔气：北方的寒气。金柝：军用铜器，也叫刁斗，白天用来煮饭，晚上用来打更。[22]寒光：寒冷的月光。铁衣：铠甲。[23]天子：皇帝。[24]明

20

归来见天子[23]，天子坐明堂[24]。
策勋十二转[25]，赏赐百千强[26]。
可汗问所欲[27]，木兰不用尚书郎[28]。
愿借明驼千里足[29]，送儿还故乡。

爷娘闻女来，出郭相扶将[30]。
阿姊闻妹来，当户理红妆[31]。
小弟闻姊来，磨刀霍霍向猪羊[32]。
开我东阁门[33]，坐我西阁床[34]。
当窗理云鬓[35]，对镜贴花黄[36]。
出门看火伴[37]，火伴皆惊惶[38]。
同行十二年，不知木兰是女郎。

雄兔脚扑朔，雌兔眼迷离[39]。
双兔傍地走[40]，安能辨我是雌雄[41]！

堂：帝王祭祀、接见诸侯、选拔人才的地方。[25]策勋：记功。转：升官一级为一转。十二：形容多，非确指。[26]强：还要多。[27]所欲：想担任什么职务。欲，欲望，要求。[28]不用：不需要。尚书郎：中央政府里的官。后魏曾设尚书（相当于宰相）三十六曹，掌管曹务的官员叫尚书郎。[29]明驼：走得很快的骆驼。《酉阳杂俎》："驼卧腹不贴地，屈脚漏明，则行千里。"千里足：日行千里的脚力。[30]郭：外城。扶将：搀扶。将，扶也。[31]理：梳理。[32]霍霍：磨刀的响声。[33]阁：楼阁。[34]床：坐具，凳子、椅子之类，不是今天的卧具。[35]云鬓：乌云一样的黑发，鬓，耳边的发，这里指头发。[36]帖花黄：把金纸剪成各种花饰贴在额上，或把黄色涂画在额上。帖，同"贴"。[37]火伴：同"伙伴"，同伴。[38]惊惶：惊讶而感到惶惑不解。[39]雄兔脚扑朔，雌兔眼迷离：猎人捕得兔，雄兔脚扑登不停，雌兔则眼眯着，不爱动弹。而雄兔、雌兔在野外奔跑就没有什么区别。[40]傍地：挨近地。走：此处为本义，奔跑的意思，不是现代意义的"走"。[41]安能：怎能。

木兰代父从军的故事，历代传诵不衰，家喻户晓，其来源盖出于这首乐府诗。木兰本是一种春天开花的树木，因去皮而不死，具有顽强的生命力，历来受到人们的称颂。此诗以木兰名主人公，也有这种含义。但木兰姓什么,明代徐渭在戏曲《四声猿》中说她姓花,故现在人们都称花木兰。

诗一开始写木兰织布。在我国古代,男耕女织是普通农家的劳动生活。"唧唧复唧唧,木兰当户织。"她不停地织布,织机不停地发出声响,这是她的常态。但,突然"不闻机杼声,惟闻女叹息",木兰出现了变态,这隐含着必然有重大事故发生。所以引起了父母的关切,问她在思念什么。原来是军帖到了,可汗要大征兵。可汗一连下了许多道军书,而每卷上都有她父亲的名字,可见情况是多么的紧急。木兰想到父亲没有大儿,自己没有大哥,总不能让年迈的父亲前去当兵,她决定自己替父亲去应征。由此我们可见木兰既勤劳,又聪明,而且十分孝顺,年纪轻轻,就想到要为父亲分忧。当国家危难时,又深明大义,毅然代父从军。在那重男轻女的时代,一个年轻女孩,要去参军打仗,需要多么大的勇气!这不得不引起我们由衷的敬佩。

果然,父母答应了她的要求,于是她跑遍城市的东西南北,去准备骏马、鞍鞯、辔头、长鞭,因为那时是自费参军。木兰为了保卫祖国,准备好一切军用物品,满怀热情参军去了。她告别双亲出发,早晨辞别爹娘,晚上住在黄河边,听不见爹娘呼唤女儿的声音,只听见黄河的流水发出阵阵轰鸣声。下一个早晨又告别了黄河,晚上就到了黑山头,听不见爹娘呼唤女儿的声音,只听见燕山敌人的战马在嘶鸣。她毕竟是一个柔情万种的闺阁少女,住在黄河边,住在黑山头,听不见父母亲切的声音,只听见黄河怒吼,战马嘶鸣,她多么怀念她的父母,这时,她又是多么的凄凉和孤独,这对一个从未出过远门的姑娘是多么巨大的考验!

行军万里,渡过一道道关,翻过一座座山,战马飞驰,关、山一瞥而过。到了战场,北方的寒气中传来阵阵金柝声,冷冷的月光照

22

在冰冷的铠甲上,战争是多么的艰苦与残酷啊。经过多年的浴血奋战,战争终于结束了,许多将士为国英勇牺牲,木兰却凯旋了。关于木兰的行军和作战,诗写得十分简洁,只把途中和战场、白天和夜晚、死者和生者一一对照写来就行了。因为诗主要在于表现木兰代父从军的高尚品质,而不在于表现木兰作战的英勇。可见诗人善于剪裁。

木兰凯旋,皇帝在明堂接见英雄。论功行赏,应该连升许多级,得到许多赏赐。皇帝问木兰想不想做尚书郎这样的官,木兰不愿当官,只希望皇帝赐给日行千里的快马,回故乡为民。木兰代父从军,参军打仗多年,保家卫国,出生入死,浴血奋战,不是为了个人名利,不是为了光宗耀祖,而是为国为家,尽忠尽孝,所以她不要官当,不要钱财,而要回家,过和平幸福的生活。这充分体现了劳动人民的价值观和传统美德。

木兰回家的消息传来,年迈的爹娘相互搀扶着走出城外迎接;姐姐听见妹妹回来了,对着窗户梳妆打扮来迎接;弟弟听见姐姐回来了,连忙磨刀准备杀猪宰羊招待姐姐。木兰回来受到亲人们的热情接待和盛情款待,这种天伦之乐正是木兰的理想生活,也是我国古代小康社会的生动写照。木兰回到家里,打开她原来居住的东阁的门窗,坐在凳子上,脱掉作战时的战袍,穿上过去穿的女装,对着窗子梳理乌黑的头发,对着铜镜贴上花黄。梳妆打扮完毕,就出门来招呼送行的伙伴,伙伴都大吃一惊。他们一起从军打仗这么多年,竟然不知道木兰是女郎!木兰回家,还原为女儿装,恢复她劳动女子的本色,依旧过着从前简朴的劳动生活,她依然是那么年轻,那么漂亮!难怪伙伴一个个诧异得目瞪口呆。因为封建时代,重男轻女,女子是不能参军的。她必须女扮男装,不能露出一点破绽。同时,也从侧面暗示了她行军作战,巾帼不让须眉的顽强和勇敢,她不愧是中国文学中光辉的女英雄形象。她的形象意义,打破了封建社会重男轻女的传统观念。

最后,木兰自豪地对同伴说:雄兔脚扑朔,雌兔眼迷离。双兔贴地跑,怎么能够分辨出哪是雄,哪是雌呢?木兰用一个生动的比喻,比喻她在家是女性,而在战场上挥戈扬鞭,英勇杀敌,不亚于男子,谁能辨别我是男还是女?这充分表现了那时北方妇女的刚健性格。

诗恰当地运用了多种民歌传统的表现方法,如设问、比喻、排比、对偶、复叠等来塑造人物形象,鲜明生动,给我们留下了深刻的印象。

《木兰诗》是北朝乐府中叙事诗的杰作,胡应麟说:"五言之赡,极于《焦仲卿妻》,杂言之赡,极于《木兰》。"(《诗薮》)可以说它与《孔雀东南飞》是我国古代乐府民歌叙事诗的南北双璧。

〖 第三单元 〗
汉 魏 六 朝 文 人 诗

　　文学史有一条规律,就是人民群众创造出一种文学样式,文人向民间学习,进行模仿和提高,然后产生出伟大的诗人,伟大的作品。汉乐府是人民群众创造的五言诗,它较之于《诗经》时代的四言诗,容量和表现力都有所提高。于是到东汉中后期,一些文人开始创作五言诗。到东汉末年,产生了一组成熟的五言诗,《文选》题为"古诗",共十九首,后人称之为《古诗十九首》,它代表了汉代五言诗的最高成就。这十九首诗,不是一人一时一地之作,作者已无从考证,它的作者,是那个时代的下层文士,则是可以肯定的。东汉末年,社会动荡,政治黑暗,下层文士,求宦无门,四处漂泊,于是抒发游子思妇的离情别绪和人生失意就成为他们创作的基本主题。《古诗十九首》是一组抒情诗,情景交融,语言质朴自然,言有尽而意无穷,对后代影响很大。

　　到了汉献帝建安时代,社会动荡,群雄奋起,这时诗坛更加兴盛,特别是北方围绕曹氏父子形成了一个文人集团,其代表诗人是三曹(曹操、曹丕、曹植)七子(孔融、陈琳、王粲、徐幹、阮瑀、应玚、刘桢)和女诗人蔡琰,而尤以曹操、曹植成就为最高。他们诗歌创作的共同特点就是继承和发展汉乐府的现实主义精神,作品展现"梗概而多气,志深而笔长"的美学风貌,既反映社会的动乱,民生的多艰,又表现了他们建功立业的勃勃雄心,还表现出情辞慷慨,清新刚健的风格特征和词采华美却不假雕饰的自然风貌。前人称之为"建安风骨"。接着三国正始时代,诗人们继承"建安风骨",也创作了不少反映时代精神的作品。

诗到两晋,开始走向词采华美、内容虚浮的道路,甚至出现了泛滥诗坛的一味谈玄说理、淡乎寡味的"玄言诗"。直到东晋陶渊明创作大量的"田园诗",才扭转了风气,开创了全新的表现领域,陶诗"开千古平淡之宗",影响深远,使他成为继屈原之后杰出的诗人。

陶渊明之后,南朝宋、齐、梁、陈,诗歌越来越偏离现实的轨道,越来越追求形式技巧,没有产生著名的大家名作,但这些形式技巧和声律讲究,却为唐诗的繁荣鼎盛打下了基础。

学习汉魏六朝五言诗以及其他体裁的诗歌,可参读余冠英《汉魏六朝诗选》、隋树森《古诗十九首集释》、李华《陶渊明诗文选》,如果要进一步深入学习,可参看沈德潜的《古诗源》。

古诗十九首

迢迢牵牛星

迢迢牵牛星[1],皎皎河汉女[2]。
纤纤擢素手[3],札札弄机杼[4]。
终日不成章[5],泣涕零如雨[6]。
河汉清且浅[7],相去复几许[8]?
盈盈一水间[9],脉脉不得语[10]。

【注释】

[1]迢迢:遥远的样子。牵牛星:天鹰星座的主星,在银河的东南面。[2]皎皎:明亮的样子。河汉女:指织女星,天琴星的主星,在银河的西北面。河汉,天上的银河。[3]纤纤:柔长的样子。擢:手劳动时的动作。素手:洁白的手。素,白色的丝。[4]札札:象声

牛郎和织女相恋的爱情故事是中国四大传说之一，大概其源就出于这首诗吧。虽然《诗经·大东》中曾写到天上的织女星，但说它徒有虚名，不会织布，显然不是这个故事的来源。

词，形容织机声。杼：织布机上的梭子。[5]章：丝绸上的花纹，这里指丝织品。[6]泣涕：落泪。零：落下。[7]河汉：银河，天河。[8]几许：多少。[9]盈盈：多情的样子。[10]脉脉：目光传情的样子。

这首诗不是直接描写牛郎、织女本身，而是从一位年轻的思妇写起。她在一个皎洁的夏日夜晚，离人未归，忧思难眠，于是起看天河。她看见万里迢迢之外的银河，皎洁明亮的牵牛星和织女星，两星一在河东南，一在河西北，遥遥相对，似乎有难言的痛苦。"迢迢牵牛星，皎皎河汉女"是互文对举，意思是迢迢的牵牛星和迢迢的河汉女，皎皎的河汉女和皎皎的牵牛星。诗用"迢迢"，一语双关，既写出思妇眼中天河的遥远，又拉开牵牛和织女的距离，写出他们相望而不能相会，造成悲剧气氛。

接着她仔细注目河东南的织女星，似乎织女举起那洁白的纤纤细手，在摆弄着织机的梭子。织机还发出札札的声音，她正在辛勤劳作织绸。然而她织了一整天，却没有织出有花纹的绸缎来。可见她心事重重，无心织绸。她脸上挂着晶莹的泪珠，如雨水般不停地掉下，她肯定有难言的痛苦。这暗示出织女独居，因相思而无心劳作，写出她的心灵痛苦之深。

她为什么如此悲伤呢？原来她挂念着银河彼岸她所爱的牛郎。银河看起来河水清清，也没有多深，但彼此却脉脉不得语。"盈盈一水间，脉脉不得语"，"盈盈"和"脉脉"互文对举，意思是一水之间，她盈盈泪眼，脉脉含情，却不能互诉衷肠，只能可望而不可即。这两句全用比喻，有隐约曲折之妙，暗示阻隔还有其他原因。

这首诗含蓄之至,织女极度的苦闷忧愁,是从人间少妇眼中看出来的。天上的星星是没有生命的无情之物,因此它的生命和情感是有情的少妇移情及物赋予它的,诗实际是表现少妇自己的苦闷和忧愁,是表现人间青年男女普遍的爱情压抑。她遥望天河,想着牛郎织女的故事,只是悲叹、流泪而已。可以想见她思念久出不归的游子的深切和痛楚。

这首诗是东汉末年下层知识分子所作,当时社会黑暗,知识分子只得离乡背井,外出求学、求宦,而他们的压抑苦闷心态,往往不能直说,只好以比兴的手法,通过闺人怨别来表现。所以,这首诗是那个时代知识分子苦闷的心声,曲折地反映了当时社会动荡的现实。

诗善用叠词,"迢迢"写出距离,"皎皎"状其光辉,"纤纤"见手的秀美,"札札"摹织布的声音,"盈盈"、"脉脉"绘目光的神情,都确切、自然,恰到好处。语调铿锵悦耳,词句回环往复,具有强烈的抒情气氛和音乐节奏感。

曹　操

观 沧 海

东临碣石[1],以观沧海[2]。
水何澹澹(dàn)[3],山岛竦(sǒng)峙[4]。
树木丛生,百草丰茂。
秋风萧瑟[5],洪波涌起。
日月之行,若出其中。

【注释】
[1]碣石:山名,在今河北昌黎县北 15 里,离渤海约 30 里。
[2]沧海:青色的海,这里指渤海。[3]澹澹:水波荡漾的样子。[4]山岛:如山的海岛。竦峙:高高地屹立,突出的样子。
[5]萧瑟:风吹草木发出的声

星汉灿烂[6]，若出其里。
幸甚至哉[7]，歌以咏志[8]。

音。[6]星汉：银河，这里指满天星辰。[7]幸甚至哉：庆幸得达到极点啊。此句和下句是合乐时所加，与正文无关。[8]歌以咏志：用唱歌来表达自己的思想感情。

曹操（155年~220年），字孟德，沛国谯郡（今安徽亳州市）人。他是建安时代杰出的政治家、军事家和文学家。他和他的儿子曹丕、曹植合称"三曹"。他在汉末群雄争霸中完成了统一北方的大业，任汉献帝刘协的大将军、丞相，为北方的实际统治者，爵封魏王。曹丕称帝，追尊为武帝。"三曹"父子，为建安文坛领袖，曹操的诗歌，深受乐府民歌的影响，往往以乐府旧题来写新内容，质朴苍劲，雄浑有力，深刻地反映了当时动荡不安的社会现实以及他统一中国的豪情壮志。他是建安文学新局面的开创者。有《曹操集》传世。

这首诗是组诗《步出夏门行》中的一首，写于建安十二年（207年）。曹操为天下枭雄，官渡一战，打败盘踞河北的军阀袁绍，建安十年（205年），袁绍病死，但其子袁谭、袁尚仍拥有实力，曹操趁他们兄弟之间内讧，斩袁谭，而袁尚及其弟袁熙胁迫幽、冀十万民众投奔辽西乌桓，于是于建安十二年夏又领军北征乌桓，以消灭余孽，稳定北方局势。征乌桓十分艰难，从山海关大道进军，却天雨泥泞，交通不便，只得改道从现在的承德以西进军，可承德以西没有道路，只得披荆斩棘，开山填谷，打通道路。然后出其不意，登白狼山，大败乌桓，斩敌酋蹋顿，诛袁尚弟兄。九月，从柳城班师。凯旋时登上碣石山，鸟瞰大海，踌躇满志，心情激荡，"登山则情满于山，观海则意溢于海"(刘勰《文心雕龙·神思》),提笔赋诗,写下《步出夏门行》四章,此为第一章。

诗首两句先从整体上点出观海的立脚点,说我来到东边的碣石山,居高临下看大海。这样引出下面的描写。接着写所见的平静的大海:大海水波荡漾,如山的岛屿耸立海中,岛上草木繁茂,一派生机勃勃的景象。大海的平静,衬托出诗人心境如大海一样的开阔明朗。接着再写所见动荡的大海:突然一阵秋风吹来,海涛汹涌,海浪喧嚣,显示出无比的气势和力量。大海的涌动,象征诗人志在征服群雄,统一中国的决心。这时再看大海景象,天上的太阳和月亮,就像是在海中运行似的,满天的繁星,就像是从海中冒出来似的。大海飞动的画面,象征诗人吞吐宇宙的气势,它简直可以吞吐一切,包容一切。而这正是诗人博大襟怀的写照,表现出诗人有政治领袖人物的宏大气魄,有君临天下的气度,有进取天下坚如磐石的乐观自信,所以诗人最后以咏叹结束全诗。

这是我国诗歌史上第一首完整的山水景物诗,但又不是纯粹写景,而是"借古乐写时事"(《古诗源》)。看似写景,实是述志,作为苍劲有力沧海洪波,不独包容山岛树木,亦吞吐日月星辰,这正是诗人的抱负胸襟。诗人以海比兴,表现志在容纳,那么诗人的心胸气魄,悠思遐想,尽在不言中。诗人以如椽巨笔,写如此苍莽的大海,画如此宏大的气象,在诗史上为第一篇。诗寓情于景,动静相生,对比强烈,形成一种跌宕起伏、气势磅礴的气势,而语言古朴刚直,形成一种苍劲雄浑的艺术风格。诗中所表现的诗人的这种高远的志向,坚定的信心,卓越的毅力,雄伟的气势,使人读后为之精神振奋,能够激起人们积极进取的奋进精神。

曹操

短歌行

对酒当歌[1]，人生几何[2]？

譬如朝露[3]，去日苦多[4]。

慨当以慷[5]，忧思难忘[6]。

何以解忧，惟有杜康[7]。

青青子衿(jīn)[8]，悠悠我心[9]。

但为君故[10]，沉吟至今[11]。

呦呦鹿鸣[12]，食野之苹[13]。

我有嘉宾，鼓瑟吹笙[14]。

明明如月，何时可辍(chuò)[15]？

忧从中来，不可断绝。

越陌度阡[16]，枉用相存[17]。

契(qì)阔谈䜩(yān)[18]，心念旧恩。

月明星稀，乌鹊南飞。

绕树三匝(zā)[19]，何枝可依？

山不厌高[20]，水不厌深。

周公吐哺[21]，天下归心[22]。

【注释】

[1]对：面对。当：和"对"互文见义，也是面对的意思。[2]几何：多少。[3]朝露：早晨的露水，太阳一出就被晒干。[4]苦：很。[5]慨当以慷：当以慷慨，就是慷慨激昂。[6]思：情思。[7]杜康：周代造美酒的人，后用以代称美酒。[8]青：黑色。衿，衣领。青衿是周代学子的服装。[9]悠悠：忧思的样子。[10]君：指所思念的贤才。[11]沉吟：低声吟诵，指吟诵《诗经·子衿》这首诗。这里有念念不忘的意思。[12]呦呦：象声词，指鹿鸣声。[13]苹：蒿草。[14]鼓瑟吹笙：演奏音乐。瑟、笙，弦乐器和管乐器。[15]辍：停止。[16]越陌度阡：越过许多路程。陌、阡，田间道路，南北向为阡，东西向为陌。[17]存：存问，问候。[18]契阔：聚散，这里指久别重逢。谈䜩：谈心饮宴。[19]匝：周。[20]厌：满足。[21]周公：姬旦，周武王姬发的弟弟。哺：口中咀嚼着的食物。[22]归心：民心归附。

大家都读过章回小说《三国演义》，或者看过电视连续剧《三国演义》，对于曹操这个人和他横槊赋诗的情景都有印象。但是，那是小说中的人和事，和历史上真实的情况是不一样的。历史上的曹操，没有小说和电视中那么坏，那么奸诈，鲁迅先生说历史上的曹操至少是一个英雄。的确，他是历史上著名的政治家、军事家和文学家。

曹操这首《短歌行》是用乐府旧题写他渴求人才以早建功业的咏志诗，揣摩诗意，大概是渴望一位旧日的同学或朋友，也可能泛指人才，来辅佐他完成统一大业。短歌，不是指诗的篇幅短，而是指乐府的一种音乐，节奏急促。行，诗歌的一种体裁。这首诗的写作时间，从内容和情调来看，不大可能写在踌躇满志的赤壁大战中，很可能是写在赤壁大战失败以后。赤壁大战前，诗人虽重视人才，但还不怎么急迫，也曾有过失误，《朱子纲目》载，建安十三年（208年），他进军江陵，西川刘璋遣别驾张松与他联系，他嫌张松矮小，为人放荡，致使"松怨之，规劝璋绝操，与刘备相结"。结果丢掉了西川，损失不可谓不大。所以一种使命感和危机感使他吟唱出了这沉重、苍凉的调子。

在一次酒席宴会上，他举起酒杯，给大家祝酒。他说，面对美酒，有轻歌助兴，大家尽情地干吧！人生是短暂的，短暂得就像早晨的露水，一晃大半生就过去了。人生，不仅指作者，也指人才。既然人生苦短，因此要抓紧时间干一番事业。在招待群彦的酒席宴上，照理说，诗人应该纵情高歌，高兴才是，但是他却高兴不起来，忧愁的思绪拂之不去。用什么才能消除这种忧愁呢，那就只有美酒了。诗人忧的是什么？因为当时英雄各据一方，江东孙权，有周瑜、鲁肃、张昭之辈；荆州刘备，有诸葛亮、关羽、张飞之流。他虽然谋士如云，猛将如流，但要完成统一天下的大业，仍然人才不够，力不从

32

心,所以他怎么也高兴不起来。他积久的忧思不在人生短促,而在壮志未酬。他的忧愁,是一种时不我待的紧迫感,是一种时代的忧患意识。

接着诗人用典故抒发渴求人才的拳拳之心。他说,那穿着学生礼服的贤才,我实在想念你,正因为你没到我这儿来,我一直忧心忡忡;那老鹿呦呦呼唤着小鹿来吃野地的苹草,我也以同样的心情敲锣打鼓欢迎嘉宾的到来。这里八句,有六句是用《诗经》成句,"青青子衿,悠悠我心",是《诗经·郑风·子衿》中的句子。"呦呦鹿鸣"四句,是《诗经·小雅·鹿鸣》中的句子。这六句在《诗经》中本来就是怀人和饮宴的诗句,诗人信手拈来,思接千载,境界开阔。诗人意犹未尽,再用八句进一步生发:贤才,你就是那天上的明月,可望而不可即,这正是我忧愁的原因。你翻山越岭来抚慰我,我和你不分彼此,推心置腹,无所不谈,你的恩情我永不忘记。中间这十六句中,既写了他求贤不得,日夜思慕,又写了他求贤既得,竭诚欢迎。求贤不得是他"忧思难忘"的根本原因,求贤已得是他"解忧"的唯一办法。贤才未来是实,贤才来了是虚,虚实相生,进行对比,沉着之至。

最后,诗人吐露自己的胸襟怀抱。抬头一看,素月生辉,只有几颗星星相伴,一种孤独寂寞之感油然而生。这时,几只乌鹊向南飞去,它们飞到一棵大树前,绕树飞了几周,始终觉得没有哪枝树枝可以停留。诗人妙用比兴,以月明星稀暗喻自己缺乏人才,又以乌鹊南飞象征动乱时代贤才不得其主,暗示他们应该到我这儿来。于是诗人再次引用古典,先引用《管子》:"海不辞水,故能成其大,山不辞土石,故能成其高,明主不厌人,故能成其众,士不厌学,故能成其圣。"以山不满足其高,海不满足其深,说明贤才不满足其多。再引用《韩诗外传》说周公"一沐三握发,一饭三吐哺,犹恐失天下之士",表明诗人要以周公吐哺的态度来延揽天下贤才。这种心情,与他在建安十五年(210年)下达的《求贤诏》:"天下未定,此特求贤之急时也。……二三子其佐我明扬仄陋,唯才是举,吾得而用之。"是完全一致的。

诗用四言,铿锵激越,古朴刚健,"如幽燕老将,气韵沉雄"(《敖陶孙诗评》),开创建安风骨,是形象的求贤诏,充满着思想家的忧患意识和政治家的使命感。诗刚健质朴,但却不是一味的刚,而是刚中带柔,正如吴琪所说:"曲曲折折,絮絮叨叨,若连贯,若不连贯,纯是一片怜才意思。"(《六朝选诗定论》)刚柔相济,恰到好处。

陶 渊 明

归园田居(其一)

少无适俗韵[1],性本爱丘山。

误落尘网中[2],一去三十年。

羁鸟恋旧林[3],池鱼思故渊[4]。

开荒南野际[5],守拙归园田[6]。

方宅十余亩[7],草屋八九间。

榆柳荫后檐,桃李罗堂前[8]。

暧暧远人村[9],依依墟里烟[10]。

狗吠深巷中,鸡鸣桑树颠。

户庭无尘杂[11],虚室有余闲[12]。

久在樊笼里[13],复得返自然。

【注释】

[1]适俗:适应世俗。韵:风韵,性格。[2]尘网:尘世的罗网,指官场生活。[3]羁鸟:被关在笼子里的鸟。[4]池鱼:水池里养的鱼。故渊:原来生活的旧的深水池。[5]际:间。[6]拙:笨拙[7]方宅:住宅周围。方,旁。[8]罗:排列。[9]暧暧:昏暗不明的样子。[10]依依:轻柔的样子。墟里:村落。[11]户庭:门庭。尘杂:世俗杂务。[12]虚室:空闲的居室。[13]樊笼:关鸟兽的笼子。

汉 魏 六 朝 文 人 诗

　　到了东晋,诗坛一片沉寂,只有玄言诗充斥诗坛。然而,寂静中也孕育着变革。果然,陶渊明的出现,终于打破了诗坛的百年沉闷。陶渊明(365年~427年),字元亮,刘宋时改名为潜,以示不与统治者合作,死后友朋私谥"靖节"。他是浔阳柴桑(今江西九江市)人。出身没落贵族家庭,幼年失父,家道中衰。青年时代虽有"大济于苍生"的政治抱负,但现实使他的理想一次次遭到毁灭。他又有"性本爱丘山"的个性,二十九岁到四十一岁期间,虽为生计所迫,反反复复担任了几任小官,终于辞去彭泽县令,归田隐居,过着自食其力的农耕生活。晚年生活艰难,终因贫困死去。他不受时代风俗影响,开创了田园诗,通过对田园风光和生产劳动的描写,歌颂了追求自由和人格独立的理想,并隐含着对现实的批判。其诗清新自然,平易朴实,闲淡有味,对后世影响很大。散文不受骈文时尚影响,清新自然。有《陶渊明集》传世。

　　陶渊明不慕荣华,淡泊名利,在彭泽县只做八十多天县令就挂冠归里,回到家乡柴桑过起农民的生活。在回乡的第二年,即东晋安帝义熙二年(406年),作《归园田居》五首,这是其一,是组诗的序曲,写诗人辞官归隐的原因和归隐后的喜悦心情。

　　前八句为一段,先抒发追悔出仕的错误,点明归隐的原因。诗人从少年时代说起,说他自小就酷爱自然,喜爱山水,已经习惯成了天性,而不习惯那些升官发财的世俗风气。但是,一不小心就错误地掉进尘世的网络之中,而且一掉进去就是三十年! 三十年,诗人从二十九岁出仕至四十二岁归隐,为十三年,说三十年,当为夸词,极言时间之长。诗用"尘网"比喻仕途,不仅表现了官场的肮脏与黑暗,而且意味着是陷阱与阴谋。而以"误落"贯串,表明自己无限的悔恨,真是"今是而昨非"啊! (《归去来兮辞》)关在笼中的鸟总是留恋它住久了的树林,养在池子里的鱼总是想回到它过去生活的深潭。诗人以"羁鸟"、"池鱼"为喻,用来表现自己归田的欣慰之情。海阔凭鱼跃,天高任鸟飞。翔鱼和飞鸟,总是酷爱自由的,诗人以此比喻自己追求自由的个性,贴切而生动。那么归田后怎么生活? 一是"开荒",在南山的荒野间开垦种田。二是"守拙",安分守己地回来过日子。亲自垦荒,不是高人雅士的闲居;守拙过日,语带讥讽,是诗人的愤懑和牢骚,表现诗人耿介不合潮流的傲岸个性。陶渊明认为人是秉天地灵气所生,所以不应该受世俗的牵扰。隐居山林、躬耕田野才是人的本性。而世俗名禄好像牢笼和罗网束缚了人的天性,所以应该摆脱束缚天性的尘网和牢笼,回归自然。而田园是人的生命之源,生生不息,博大宽厚,缊藏着无穷无尽的化育之力,是人生的根本依托。这是他的人生哲学,也是他和平静穆的心态。

后十二句为一段,写归田后的乡居生活及欣慰之情。诗人先用极为通俗的"田家语"勾画最为常见的他自己的庭院风光:在宅基周围,有十余亩田地,还有八九间草屋。古代亩制小,看来诗人并不富裕,但环境却很优美,屋后有榆柳相荫,堂前有桃李罗列,有荫有花,交相辉映,一派田园情趣。再写村落的淳朴:举目远望,烟水迷茫隐约可辨的村庄里有袅袅炊烟,近处深巷之中不时可闻阵阵狗吠,桑树之颠又传来声声鸡鸣。《乐府·鸡鸣》:"狗吠深巷中,鸡鸣高树颠。"诗人运用民歌入诗,一远一近,由远及近,极有层次地描绘出中世纪农村田园牧歌式的优美而宁静,朴素而平和,充满了浓郁的乡村生活气息。而这正是诗人回到大自然心灵得到解放的写照。诗人内在情感在自然美中获得净化,再上升为艺术美,正如苏轼所赞赏说:"才高意远,则所寓得其妙,遂能如此。如大匠运斤,无斧凿痕。"(《诗人玉屑》引)下来回到居室的描写,室内也干干净净,没有一丝尘杂,空闲的居室清清闲闲,没有杂务的干扰。虚室,《庄子》:"虚室生白。"司马彪注:"室比喻心。"可见虚室不仅是客观外界的

36

空无,也是诗人闲淡平静心境的外化。最后,诗人尽情倾吐诀别官场获得自由的欢欣:"久在樊笼里,复得返自然。"长久被锁在牢笼里,直到今天才得以返回大自然。诗人心中的重负得以完全解脱,彻底得到轻松,这是诗人出仕与归隐内心矛盾冲突的终结,追求人格独立的完成,也是全诗主旨的概括。人来到这个世界上,对于功名利禄、荣华富贵的引诱,要以"一箪食、一瓢饮,人不堪其忧,回也不改其乐"的心态处之,那么,他生活的幸福指数就高。

全诗章法严谨,浑然天成,"情无奇而自佳,景不丽而自妙"。开篇追悔,以比兴追述往昔,表现身心之间的矛盾,表明自己真诚的决心和清洁的操守。"俗"、"性"二字统摄全篇,美丑、善恶、真伪对比,把急切思归之情,表现得淋漓尽致。

在语言上,欧阳修说,陶渊明的诗,初看好像很散缓,熟读就觉有奇趣。如"暧暧远人村,依依墟里烟。犬吠深巷中,鸡鸣桑树颠",以及《饮酒》中的"采菊东篱下,悠然见南山",才高意远,造语精到如此,无斧凿痕。这正是"田家语"的特点和优点。

陶 渊 明

饮酒(其五)

结庐在人境[1],而无车马喧[2]。
问君何能尔[3],心远地自偏。
采菊东篱下[4],悠然见南山[5]。
山气日夕佳[6],飞鸟相与还[7]。
此中有真意,欲辩已忘言[8]。

【注释】
[1]结庐:建造简陋的住宅。人境:人多的环境。[2]喧:喧闹。[3]君:你。这里是诗人自指。尔:如此。[4]篱:篱笆墙。[5]悠然:闲静的样子。南山:指庐山,因在今九江市南,故称南山。[6]日夕:傍晚。[7]相与:互相结伴。[8]忘言:难以用语言表达。《庄子·外物》:"言者所以在意也,得意而忘言。"

　　这首诗题名《饮酒》,诗中却没有表现饮酒的内容,因为这是组诗《饮酒》二十首中的第五首。陶渊明退隐之后,每当劳动之余,就喝喝酒,读读书,时有苦乐情感,就以诗表达。这首诗主要抒发他归隐田园的悠闲恬静生活和喜悦心情。

　　诗人归隐后,因火灾而移居在离庐山不远的浔阳负郭的南村,这儿人口虽然很多,但是却没有车马的喧闹之声,诗首两句就写出这种情况。请问这是为什么呢?按照常理,人多之境必然是闹市,闹市怎能没有车马的喧哗呢?但诗人却说,只要自己的心远离了混浊的官场,那么官场也就远离自己的居处了,没有达官贵人来往,当然就没有车马的喧嚣了。三四句就解释原因。诗的开头四句,似自言自语,又似话中有话,似叙非叙,似议非议,心里怎么想,口头就怎么说,笔下就怎么写。这绝不是那些假情做作,自视清高,身居江湖,心系朝廷的人所写得出来的。

　　接着转入描写,抒发自己欣赏农村自然景色悠然自得的乐趣。诗人在院落东面篱笆边采菊,本无意望山,可一抬头,秀丽的庐山景色却扑入眼帘。这时已是夕阳西下的傍晚时分,庐山的云霞烟霭格外好看,鸟儿一对对呼朋引伴,都飞回山中来了。中间这四句看来只是平实地把诗人当时所见写了出来,然而文字之间却隐含着一种奇趣。诗人心远的心境,即淡于官场,淡于名利,淡于荣辱,淡于得失,故采菊则只见秋菊,不见其他;抬头望山则只见南山,不见其他。而且,诗人采菊有效法屈原"夕餐秋菊之落英"的象征意义;抬头望山有"寿比南山"的颐养天年的愿望,一俯一仰之间,有一种悠然自得的心情。所以王国维在《人间词话》里称"采菊东篱下,悠然见南山"为"无我之境",即"不知何者为我,何者为物",是最为上乘的"不隔之作"。至于山气日夕佳,飞鸟回巢,也隐含鸟归人亦归的深意,与"采菊"两句有珠联璧合之妙。在这里,诗人创造了一个

38 宁静平和的精神境界,人、山川、空气、飞鸟,原本是一个和谐的整体,"悠然"而见者,盖无可无不可,非有意为之,是无意间的相遇。在这物我泯灭的境界中,人生的种种真谛已寓含其中,不需说,也不必说,已经尽在意中。真是"发真趣于偶尔,寄至味于淡然"(谢臻《四溟诗话》)。这是对自然、人生纯真的赞美,对时空永恒哲理的领悟。

最后两句总提一笔,抒发守拙归田的人生真趣。诗中的山气、飞鸟等都是"象",而诗人顺乎自然,无意间目光与南山、飞鸟相遇,在与自然的精神交往中,悟出了返璞归真、心与道通的人生境界,这就是"真意"。诗人这种仁民爱物的胸怀,其乐趣只有诗人自己能体会得到,其他任何人都是无法领悟的,而且诗人自己也无法用言辞把它表达出来,也无须用言辞表达出来。这种田园生活,虽然农民终年守田劳作,但是他们没有混迹官场的体会,不能从对比中体会这种快乐。而统治阶级及其知识分子,他们都鄙弃劳动,更不能体会这种快乐。所以,只有陶渊明自己才能有这种对农村生活,对乡间自然景色发自内心的纯真的赞美。这样的一个精神境界,留给我们的是一种无尽的向往。诗谈玄而不玄,玄学自然化在诗中,达到"无痕有味",这就是诗的韵味,美感正是在这无尽的向往、韵味之中。

[第四单元]
云 蒸 霞 蔚 盛 唐 诗

　　隋代统一了中国,为诗歌的繁荣奠定了基础。到了唐代,经过唐太宗、武则天两代人的努力,国力空前强盛,诗歌虽未达到繁盛,但陈子昂高举诗歌革新大旗,为诗歌的健康发展开辟了道路。到了唐玄宗开元、天宝年间,迎来了我国诗歌空前繁荣的黄金时代,云蒸霞蔚,盛况空前,这就是盛唐诗。

　　盛唐诗代表了我国古典诗歌的最高成就,标志着我国古典诗歌发展的顶峰。这时诗人辈出,李白、杜甫、王维,都是世界级的伟大诗人,除此之外,特色显著,影响较大的诗人至少有数十人之多。这个时期,诗坛形成了以高适、岑参为代表的边塞诗派。边塞诗派诗人众多,差不多都有边塞军旅的生活体验,他们的诗反映了盛唐国势的强盛,抒发了他们渴求建功立业的雄心壮志,也谴责了战争给人民带来的苦难。这些诗歌摄取边地的异景奇观,具有阳刚之美。而以王维、孟浩然为代表的田园山水诗派,他们追步陶(渊明)、谢(灵运),以洗练清新的笔触,描绘田园山水的秀丽风光,抒发寄情山水田园的乐趣,具有阴柔之美,从另一个侧面反映了盛唐社会的繁盛。盛唐诗内容丰富,广泛而深刻地反映了那个时代的社会生活,无论军国大事、边塞战场、民生疾苦、历史故事、人生哲理,还是自然山水、田园风光、儿女情爱、家庭琐事,无不表现。盛唐诗风格多彩,无论雄奇、浑厚、博大、奇崛、浪漫、飘逸,还是绮靡、清丽、平

40 淡、纤细、自然、空灵,无不精美。盛唐诗体裁完备,除前代的四言、五言、杂言、歌行、乐府等古体诗更臻成熟外,律诗、绝句等近体诗形成格律定制。这些格律诗篇有定句,句有定字,字有定声,讲求平仄对仗和押韵,还讲究结构的起承转合,句斟字酌,一一推敲,声情并茂,表现了我国诗歌特有的形式美和音韵美。这些诗有严格的程式限制,前人称之为"戴着镣铐跳舞"。如果我们把古体诗比作自由、奔放的现代舞,那么格律诗就是庄重、典雅的芭蕾舞。它的精品富有永久的魅力,使人受到极大的美的熏陶。

学习盛唐诗,选本很多,古人蒙学读本有蘅塘退士的《唐诗三百首》,很适合初学者诵记。中国社会科学院文学研究所选编的《唐诗选》,选诗、注释、评析堪称精当,是必读选本。沈德潜《唐诗别裁集》可供参考。上海辞书出版社《唐诗鉴赏辞典》则是一本雅俗共赏的艺术赏析读物。

王 勃

送杜少府之任蜀川

城阙(què)辅三秦[1],烽烟望五津[2]。
与君离别意,同是宦游人[3]。
海内存知己,天涯若比邻[4]。
无为在歧路[5],儿女共沾巾[6]。

【注释】

[1]城阙:城阁和宫阙。此指长安。阙,皇宫门前的望楼,因门前立有望阙,故称城阙。辅:护卫。三秦:泛指长安附近的关中地区。项羽称西楚霸王时,封秦三降将为雍王、塞王、翟王,拥有关中地区,故称关中为三秦。[2]风烟:风尘烟雾。五津:四川岷江上的

在人际交往中,古人十分重情。除了爱情、亲情之外,还有友情。每当同学、朋友离别时,往往要赠诗以表达眷恋、惜别、劝勉等情感。这首诗就是王勃在长安送他的一位姓杜的朋友到今天的四川去任职离别时所写的。

王勃(650年~676年),字子安,绛州龙门(今山西河津县)人。相传六岁能文,九岁写学术论文,十七岁应举及第,授朝散郎,沛王李贤征为修撰,后因故被逐,后任虢州参军,因事革职,其父坐罪,远贬交趾(今属越南)令。王勃省亲渡海溺死,年仅二十七岁。其文其诗多表现才高自负和位卑不遇的傲岸与牢骚交织的感情。王勃和杨炯、卢照邻、骆宾王齐名,称为"初唐四杰"。他才高志大,位卑不遇,他的诗歌克服了南朝局限于描写宫廷的狭小范围,扩大了表现范围,并对五言格律的成型有所贡献。文则以骈文著名。有《王子安集》传世。

这是一首五言律诗。所谓律诗,就是要讲求格律。早在南朝,诗歌就出现了追求格律的倾向。经过几百年的发展,到了初唐,才产生了比较合乎要求的格律诗,被称为今体诗,宋人则称为近体诗。五言律诗一共八句,每句五字。共分四联,即首联、颔联、颈联和尾联。每句两字或一字组成一个音步,平仄相间;一联中上下两句平仄相反,又叫相对。这样读起来抑扬顿挫,铿锵悦耳。一般押尾韵,逢双押韵,形成旋律。在修辞上有的联还要求上下两句形成对偶,一般是中间两联使用对偶,以造成鲜明强烈的对比色彩。还要讲究联与联相粘和避免拗句,以使音韵协调,这些就不用多说了。

这首诗题目点明送行的主旨。杜少府,不知其名。少府,对县尉的尊称。之,动词,去。蜀川,泛指四川的山川,四川古称蜀。

五个渡口,即白华津、万里津、江首津、涉头津、江南津。这里泛指蜀地。[3]宦游:离家出游以求仕宦。[4]比邻:近邻,唐代四家为邻。[5]无为:不要。歧路:十字路口,指分手的地点。[6]沾巾:因流泪而沾湿了佩巾。

诗首联点明送行之地和友人要去的地点。意思是说,我在有三秦相辅的京城送行,你要去的地方是风烟弥漫的蜀川五津。送行之地是繁华的京城,友人要去之地是迷茫的五津。这就有一种为朋友鸣不平之意。因为在古代,官员外任,一般都有一种失意遭贬的感觉,更何况朋友要去的地方是偏僻的五津之地呢?城阙,五津,远隔千里,但是用一个"望"字就缩短了两者之间的距离,远而不远,不必伤别。这样就把自己和朋友的心连在一起,表现了无限的眷恋深情。

首联是工整的地名对,本来应该次联才用对偶,诗人提前到首联,《诗人玉屑》称之为"偷春格","言如梅花偷春色而先开"。那么,次联则以散调承之。说我今天和你离别,我最了解你,因为我也是浪迹京城求宦的人。时王勃被革除修撰职务,滞留长安,等待工作,所以如是说。我客中送客,别中送别,我们"同是天涯沦落人",何必伤怀啊。意思是我最能理解你此时复杂的心情。诗人以同情为安慰,情深意切,扣人心弦。

三联突然振起,把低落的情绪宕开,使诗意升华到一个新的境界。说,既然你我是知己,远在天涯,也近若比邻。真正的知己,可以超越时空,那么,秦蜀之间又算得了什么呢?这一"存"一"若",把极大的"海内"和极小的"知己",极远的"天涯"和极近的"比邻"的矛盾消除了。天下一家,更不需伤怀。这联是化用曹植《赠白马王彪》"丈夫志四海,万里犹比邻。恩爱苟不亏,在远分日亲"诗意,但比曹植的诗句更意趣高远,超乎流俗,精警感人,所以千古传诵。

尾联语气又变为舒缓,劝慰友人,说男子汉大丈夫正当树雄心,立大志,以功业为念,不要在你我分别时,像小儿女一样啼啼哭哭以致泪水打湿了佩巾。诗人在劝慰之中又有勉励,表现了尚未涉世的少年把空灵的感伤化为壮志凌云的慷慨高歌。这是一种及时努力,也是一种时代精神,这正是初唐蓬勃向上的时代风气的体现。

陆时雍说:"子安材雄,五言律往往有一气浑成之势。"诗虽是高调,但因其情深意切,饶有思致,所以我们读之不觉是在唱高调,只觉语重心长地催人奋进。

骆宾王

咏 鹅

鹅！鹅！鹅！
曲项向天歌[1]。
白毛浮绿水,红掌拨青波[2]。

【注释】
[1]曲项:弯着脖子。歌:长鸣。
[2]拨:划动。

相传这是"初唐四杰"的骆宾王七岁时所写的一首咏物诗。骆宾王(640年~684年)婺州义乌(今浙江义乌市)人。据说他很聪颖,三岁时父亲就教他读诗、背诗,并能理解诗意。七岁参加应试写诗,誉为神童。据传这是他应试时写下的一首以鹅为题的诗。

"鹅！鹅！鹅！"小孩看见一群白鹅,摇摇摆摆走下大河,不禁发出一声高似一声的惊叫。重叠三个"鹅"字,把小孩惊奇的神情表现无遗,我们似乎看见了他手舞足蹈,指指点点的神态。

接着写鹅引项高歌。鹅的声音高亢嘹亮,一个"曲"字,把鹅伸

44

长脖子,而且仰头弯曲着嘎嘎嘎地朝天长鸣的形象写得十分生动。这句先写所见,再写所听,极有层次。

以上是写鹅在陆地上行进中的情形,下面两句则写鹅群到水中悠然自得游泳的情形。小诗人很聪明,他用一组对偶句,着重从色彩方面来铺叙鹅群戏水的情况。鹅儿的毛是白的,而江水却是绿的,"白""绿"对照,鲜明耀眼,这是当句对;同样,鹅掌是红的,而水波是青的,"红""青"映衬,十分艳丽,这也是当句对。而两句中又"白""红"相对,"绿""青"相对,这是上下对。这样,回环往复,都是对仗,其妙无穷。经验证明,人对色彩的感知最敏锐,记忆也最深刻,小诗人当然不懂得这个道理,但观察的直觉却使他获得了灵感。

在这组对偶句中,动词的使用也恰到好处。"浮"字说明鹅儿在水中悠然自得,一动不动。"拨"字则说明鹅儿在水中用力划水,以致掀起了水波。这样,动静相生,写出了一种变化美。

当然,诗只是写景,并无深意,但作为七岁的小学一年级学生,我们还苛求什么呢? 那种天真的童趣,纯洁的心灵,扑面而来,已经够我们享受的了。

骆宾王二十岁步入仕途,为道王李元庆府属。后从军到过西域和蜀地。再后任过主簿一类小官,好容易迁侍御史,可上任不久被诬入狱,遇赦,除临海县丞。他怏怏失意,客居扬州,适逢徐敬业反,被任为艺文令,写下著名的《代李敬业传檄天下文》,其中"请看今日之域中,竟是谁家之天下",气势磅礴,为千古名句。徐敬业败,骆宾王不知所终。他的诗精炼缜密,尤擅七言歌行,有《骆临海集》传世。

李 峤

风

解落三秋叶[1]，能开二月花[2]。
过江千尺浪，入竹万竿斜[3]。

【注释】
[1]解:懂得。三秋:农历七、八、九三个月称为三秋,有时又称秋季的最后一个月为三秋。[2]二月花:春花。[3]入:吹进。竹:竹林。

　　李峤(644年~713年),字巨山,赵州赞皇(今河北赞皇县)人,少年得志,二十岁中进士,历高宗、武后、中宗三朝,累官至台辅,封赵国公。玄宗即位,因事贬庐州别驾。他与同乡苏味道齐名,并称"苏李"。又和杜审言、苏味道、崔融号称"文章四友"。他有咏物五律一百二十首,所咏多为自然景物和生活用具,上至日月星云,风雨雾雪,下至江海湖河,山石田宅,旁及舟车床席,桃李梅柳,以至琴瑟弓鼓,金银珠宝等,无不刻画工细,但没有多少社会内容。有《李峤集》传世。

　　这是一首谜语式的咏物诗,全诗没有出现一个"风"字,然而句句都在说风。风是一种自然物理现象,是由空气流动而形成的。风,按时节分有春风、夏风、秋风、冬风;按方位分有东风、南风、西风、北风;按感觉分有暖风、热风、和风、凉风、冷风、寒风;按大小分有微风、疾风、狂风、暴风、台风、飓风、龙卷风等。一首小诗,不可能把这些风都表现出来,于是诗人抓住风的几个主要形态,用生动的笔墨把它表现出来。

　　"解落三秋叶",这是写秋风。秋天,树老叶黄,从西部高原刮来的秋风一吹,树叶儿哗哗落下。秋风,由于气温起伏很大,形成凛冽寒风能使万木萧条,而人逢此景,顿生悲凉,"悲哉,秋之为气也"(宋玉《九辩》),古人容易产生悲秋的情绪。但秋风催老万物,也是收获的季节,给人带来成就感和幸福感,所以有人说"我言秋日胜春朝"(刘禹锡《秋词二首》)。

"能开二月花",这是写春风。春天是一年中最美好的季节,二月,风从东方大海吹来,带着湿润的空气,春回大地,万物复苏,繁花似锦,姹紫嫣红,微风和煦,使人心旷神怡。有时春风带着春雨,更令人有一种温馨幸福之感,所以诗人总爱把颂诗献给春天。

"过江千尺浪",这应该是写夏天的风。夏天风从热带南海刮来,有时夹着倾盆大雨,山洪暴发,江水猛涨。这时,或人们劳作田间,或游子浪迹南北,要过江回家,坐在舟中,眼前浊浪排空,惊涛拍岸,真是提心吊胆,愁煞人也。

"入竹万竿斜",这是写冬季的风。冬季,风从北方挟着寒潮呼啸而来,有时气势汹汹,拔树倒屋,就连能迎霜傲寒的竹君子,哪怕是连成一大片的万竿竹林,也抵挡不住它的威势,虽然不至于连根拔起,也会向南倾斜。这种狂风大作,真是威力无比。

诗从时令、方位,写了风的作用,它可以给人们带来好处,它也可以给人们带来灾害。这是一首形象的关于风的科普知识的诗,也是一首关于自然现象的谜语诗。

此诗是一首五言绝句。所谓绝句,是由六朝那种一首四句的抒情小诗变化而来,其格律有如截取律诗的一半,要讲平仄和粘对,押平声韵。这首绝句是截取五律中间四句而成,所以四句全是对偶句。"解落"对"能开","叶"对"花","过江"对"入竹","浪"对"斜",非常工整;中间"三秋"对"二月","千尺"对"万竿",十分妥帖,故四句堪称工对。但四句皆对,字字皆对,也比较板滞,这也说明格律诗要出精品很难,还得等到盛唐了。

贺 知 章

咏 柳

碧玉妆成一树高[1]，万条垂下绿丝绦
(tāo)[2]。

不知细叶谁裁出[3]，二月春风似剪刀。

【注释】
[1]碧玉：青绿色的玉石，为玉石中的珍品。[2]丝绦：用丝编成的带子。[3]裁：剪裁。

当你在初春看见一棵刚长出绿绿的嫩叶的柳树时，你也许会赞叹春天到了，想写一首诗来歌颂。你的确写出来了，然而当你读到这首《咏柳》诗时，你又会觉得自愧弗如。的确，这首《咏柳》诗笔补造化，巧夺天工。

这是一首赞美春柳的七言绝句。七言绝句只是比五言绝句每句前面多两字而已，一般是首句入韵，其他格律和五言绝句大同小异。

首句写树，柳树就像一位经过梳妆打扮的亭亭玉立的美人。"碧玉"二字用典而不露痕迹，南朝乐府有《碧玉歌》，其中"碧玉破瓜时"已成名句。还有南朝萧绎《采莲赋》有"碧玉小家女"，也很有名，后来形成"小家碧玉"这个成语。"碧玉妆成一树高"就自然使人把眼前这棵柳树和那位古代质朴美丽的贫家少女联系起来，而且联想到她穿一身嫩绿，楚楚动人，充满青春活力。

故第二句就此联想到那垂垂下坠的柳叶就是她身上婀娜多姿下坠的绿色的丝织裙带。我国是产丝大国，丝绸为天然纤维的皇后，向以端庄、华贵、飘逸著称，那么，这棵柳树的风韵就可想而知了。

下面诗人又就"绿丝绦"继续联想，这些如丝绦的柳条似的细

48 细的柳叶儿是谁剪裁出来的呢？先用一问话句来赞美巧夺天工可以传情的如眉的柳叶，最后一答，是二月的春风姑娘用她那灵巧的纤纤玉手剪裁出这些嫩绿的叶儿，给大地披上新装，给人们以春的信息。这两句把比喻和设问结合起来，用拟人手法刻画春天的美好和大自然的工巧，新颖别致，把春风孕育万物形象地表现出来了，使我们享受到无限的美感。

诗的结构独具匠心，先写对柳树的总体印象，再写到柳条，最后写柳叶，由总到分，条序井然。在语言的运用上，既晓畅，又华美，正如黄周星《唐诗快》所说："尖巧语，却非由雕琢所得。"

诗的作者贺知章(659年~744年)，字季真，自号四明狂客，越州永兴(今浙江萧山市)人。证圣进士，入丽正殿书院修书，参加撰写《六典》和《文纂》。后迁礼部侍郎，累迁秘书监。唐天宝三载(744年)告老还乡为道士。贺知章与张若虚、张旭、包融齐名，被称为"吴中四士"。《全唐诗》存诗十九首。其写景之作，清新通俗，无意求工而有新意。

王 湾

次北固山下

客路青山下，行舟绿水前。
潮平两岸阔[1]，风正一帆悬[2]。
海日生残夜[3]，江春入旧年[4]。
乡书何处达[5]，归雁洛阳边[6]。

【注释】

[1]潮平：即潮失，潮消。[2]风正：风顺，顺风。[3]海：长江的下游。残夜：残余的夜晚，指天快亮时。[4]江春：江上春景。[5]乡书：家信。[6]归雁：《汉书·苏武传》载，苏武被拘匈奴，匈奴与汉和亲，汉求苏武等，匈奴诡称苏武已死。后汉使至，与匈奴言"天子射上林，得雁足系帛书，言武等在某泽中"。匈奴遂使苏武等还。

王湾,洛阳(今河南洛阳市)人,生活在唐睿宗和玄宗时代。先天进士,先后任荥阳主簿、洛阳尉等职,曾参与群集的校正工作。年轻时就在诗坛享有名声,但诗作流传不多,《全唐诗》仅存录十首,但这首《次北固山下》却十分有名,据说宰相张燕公张说曾手题政事堂,作为文章楷模,可见其影响之大。

在一个送旧迎新的除夕之日,诗人乘船到了镇江,写了这首五言律诗。次,停泊。北固山,在今江苏镇江市,北临长江,其势险固,因以为名。

首两句先写行程。但不是一般的叙事语言,而是一种不能按逻辑推理,不能进行语法分析的"诗家语"。"青山"、"绿水"互文对举,"下"、"前"互文见义,意思是我坐着船在青山绿水间穿行。一个"客"字,就把他的身份表现出来了,为他产生乡思作了铺垫。青山自然是北固山,绿水则是长江,而"行舟"又点明是在长江中赶路,这就把此时所处的环境表现出来了。诗人是北方洛阳人,初到江南,舟行在青山绿水之间,处处着眼生新,自然使人产生一种惬意舒心之感,奇景产生妙语,语虽淡而味却浓。

接着三四句写舟行所见。两句都是因果句,"潮落"则江水平而低,显出两岸很高,故觉两岸宽阔。"风正"则一帆张悬而乘风东下,直抵北固山。江面微风吹拂,白帆高张,给人一种一帆风顺、意气风发的感觉。

五六句写江流奔腾不息,新意无穷。这两句句式倒装,还原则为"残夜生海日,旧年入江春"。但这不合格律,又显得平弱,故倒装以显奇崛,以显骨力。这时诗人已经泊船北固山下,随着时间的推移,到了拂晓,江上一轮红日从东方江底喷薄而出,诗人猛然觉得春回大地,万象更新,旧年已去,新春佳节又临。海,古时人们把长江下游叫"海",如张若虚《春江花月夜》中"海上明月共潮生"中的

"海"。因为在镇江是看不见大海的。诗人用"生"而不用"升",含有旧躯孕育新生之意。用"入"而不用"除",表明旧年未完,江春已至,含有除旧布新之意。诗人捕捉江上日出的瞬息变化和江上春回大地的微妙特征,运思巧妙,意蕴兴味无穷。两句在字句上也十分精到,"生"字"入"字清而化,非浅人所能。又以"残夜"反挑"早"字,以"旧年"反挑"新"字,秀不可言,淡而难求。难怪这两句能够得到号称"燕许大手笔"的燕国公张说的称许。这两句诗气象开阔,意境雄浑,正是盛唐气象即将来临的先兆。

最后,抒发乡思。诗人见江上太阳未明而江南新春已至,这一切都与家乡北方的洛中不同。残年残夜人不归,自然引出思乡。而此时,一行大雁呱呱向北飞去,时至新年,尚未还家团聚,思乡之情,竟不能已。身不得归,人不能回家,那就修一封家书,请大雁给我捎回洛阳吧!雁是候鸟,鸿雁可以传书,每年春天都从南方飞回北方。寄书归雁,但时至佳节,雁安能及时寄到?故曰"何处",这就转而更加思乡了。诗人这种对于故园的思念,使心灵得到了慰藉。因为家乡是生我养我的地方,离开它就会产生孤寂感,就会勾起昔时的回忆,特别是儿时甜美的回忆。因此,这两句使人感到无比亲切。

孟 浩 然

春 晓

春眠不觉晓[1],处处闻啼鸟[2]。
夜来风雨声,花落知多少?

【注释】
[1]晓:天亮。[2]闻啼鸟:闻鸟啼,听见鸟鸣。

　　孟浩然(689 年~740 年)，襄阳(今湖北襄樊市)人，是一生都没做过官的诗人。早年隐居故乡鹿门山，后来外出漫游，南游江、湘，北上幽州，东到越中。开元中期，入京应举，不中，却结交了王维、张九龄等诗坛群彦。晚年还归故土，病疽而卒。他的诗"文不按古，匠心独运"，以写田园风光著称，诗风冲淡。是盛唐时期山水田园诗派的代表人物之一，和王维齐名，合称"王孟"。有《孟浩然集》传世。

　　一到春天，人就感到有些困乏，总觉得觉没睡够，这就是人的一种生理反应——春困。因为春天气温升高，人的活动加剧，需要的氧气、热量加大，而人的生理状态还未完全从冬眠状态下调整过来。孟浩然这首家喻户晓、脍炙人口的小诗，就是写的这种春困状态下的特殊感受。题目"春晓"，就是春天早晨。

　　诗写在一个春日的早晨一觉醒来的感受，漫不经心，随口成咏，平淡之极，却余香满口，令人越咀嚼，越觉韵味悠长。

　　首句破题，由于春困，早晨睡得十分香甜，不知不觉一觉醒来，天早已大亮了。这样写又含有一夜无眠的意味，从后文"夜来"一句可以见出。总之，这句包含了诗人因惦记窗外风雨中的春花，辗转反侧，破晓才睡，但刚睡熟又醒了的情景。

　　次句写醒后。一醒，诗人的心又飞到窗外，听到院落里悦耳的春声，那啾啾的鸟鸣声，似乎在报告春天的信息，似乎在高歌春光的美好。"处处"二字，使人有种"春色满园关不住"的感受。其实，这第二句也交代了诗人醒来的原因，"红杏枝头春意闹"(宋祁词)，原来诗人是被这伙小精灵宛转悠扬的歌声闹醒的。

　　于是引起了诗人的回忆，回忆昨夜春风春雨的情况，这就是三四句的内容。一场春风春雨，说不定还响起了春雷声，这就是诗人前半夜未能入眠的原因，以致后半夜才能安安稳稳地睡一个舒心觉。此时，诗人蒙眬中记起，一夜风风雨雨，花儿不知又飘落了多少，那么，春光将有多久，岂不令人惋惜？诗人在不经意的猜想中透

52

露出明媚宜人的大好春光,似有惋惜之情,但又无迹可寻,一片怜春惜春之情见于言外。

　　这首诗即兴而发,但却极有层次而自然地写出了诗人感情的微妙变化,不假雕琢,自然过人,也清气过人,境界浑厚,趣味浓郁。诗从听觉来写春天,着重写鸟鸣声和风雨声,但这两种声响在自然界是矛盾的,有鸟鸣则风和日丽,有风雨则无鸟鸣。诗人把夜里的风雨和清晨的鸟鸣凑合在一起,揭示了诗人一种微妙的矛盾心态,春天是美好的,但也是短暂的,只要风雨骤至,便会群芳凋零,因此爱春又惜春。但风雨已经过去,生机逢勃的大好春光的世界又将出现,所以不要局限于既往美景消逝的感伤之中,要看到更加美好的未来。春天花开花落本是极为平常之事,却触动了诗人敏感的"诗心"。诗人在它们身上看到了自己的影子,写出了深刻的人生体验,诗的意趣在此,诗的神韵亦在此,但又十分隐微。

　　这首小诗是一首五绝,但属于古绝,也就是说,用古体诗的方法写绝句,不讲平仄和粘对,可以押仄声韵。这首诗就是押上声韵,似乎冲口而出,十分自由,也十分自然,十分亲切。

孟 浩 然

过 故 人 庄

故人具鸡黍[1],邀我至田家[2]。
绿树村边合[3],青山郭外斜[4]。
开轩面场圃[5],把酒话桑麻[6]。
待到重阳日[7],还来就菊花[8]。

【注释】

[1]具:备办。鸡黍:指好菜好饭。《论语·微子》:"止子路宿,杀鸡为黍而食之。"黍,黍子,碾成的米叫黄米,古人认为是最好的主食。[2]田家:农舍。[3]合:连接起来。[4]郭:外城叫郭,这里指庄外。斜:斜

这是诗人在家乡襄阳鹿门山时写的一首田园诗,既刻画了恬静优美的田园风情,又传达了诗人和村民的真挚淳朴的友情,诗十分质朴而富有生活气息。题目《过故人庄》是拜访老朋友居住的村庄。过,不是经过,而是造访。

开始两句切题纪事,老朋友准备了农家丰盛的筵席,杀了鸡,煮了小米饭,邀请我到他家做客,我欣然答应前往。故人"邀"而我就"至",一点儿也不用客套,可见交往之深,不分彼此。

接着两句移步换形,写路途所见。途中,一排排绿树一直伸往村边,把村庄包围起来,村郭背后,一抹青山逶迤而去,斜插入天。诗由远而近,表现了诗人顾盼生情的喜悦。

五六句写到了故人家中,就饮酒话情。打开小屋的窗户,可以看见友人的谷场、菜圃,给人以宽敞舒展的感觉,端起酒杯,说的是农家常说的桑麻的收成,给人以真挚朴实的感受。主客共同分享丰收的幸福,真是亲如一家,不分彼此。

自然美和人情美使得诗人情不自禁地向主人提出还要再来,七八句写家宴结束,诗人告别,说,等到重阳节那一天,我还要来你家赏菊喝酒。这次是一请就至,以后不待请就来,既说明这次家宴的可心,虽然没有山珍海味,只是农家便饭,味道却好极了,更说明诗人和老朋友村民之间感情的深厚,忘乎尔我。诗人对故人如此随便,一片率真情意,溢于言外。

全诗结构精致,首句点明"故人",二句暗点"过",三四句写庄上之景,五六句叙庄上之事,七句进一步表达深情,八句"还来",内藏别意,与前"至"字关联。首尾照应,天衣无缝。就炼字而言,也很

53

立。[5]轩:窗子。面:面对着。场圃:打谷场和菜地。[6]把:拿着,端起。桑麻:泛指农事。[7]重阳:九属"阳",故农历九月九日为重阳节,古人有登高、赏菊、饮酒等习俗。[8]就:动词,看,喝。

精到,据说刻本脱一"就"字,有拟补者,或作"醉",或作"赏",或作"泛",或作"对",后来得善本,上载是"就"字,乃得其妙。全诗借一"就"字生色,以"就"字作意,而归于自然,真是浅之至而深,淡之至而浓,老之至而媚,写景浑成而不刻画,对仗工稳而不纤巧,虽是五律而取法古体,真是"语淡而味终不薄"(沈德潜《唐诗别裁集》),火候到此,好像每个字都无锤炼之痕,每个句子都毫不费力,但都十分妥帖,易移不得,均衡地构成一个完美的意境。正如一位美人,她的动人之处是靠整体协调天然的美,而不是靠浓妆艳抹,挤眉弄眼,突出某一部分来吸引人。"看似平常最奇崛",这恰恰才是最好的诗,表现了诗人一种独特的清新淡雅的风格。

王 维

九月九日忆山东兄弟

独在异乡为异客[1],每逢佳节倍思亲[2]。
遥知兄弟登高处[3],遍插茱萸(yú)少一人[4]。

【注释】

[1]异乡:他乡。异客:外地来的人。[2]倍:加倍。亲:古时指父母。[3]遥知:在遥远的地方猜想。[4]茱萸:一种植物,秋季开花,有浓郁的香味,风俗于重阳节折茱萸插在头上,据说可以避邪。

王维是一位聪明早慧的人,他在题下自注:"时年十七。"可见这首诗是他的少年之作。十七岁就能写出这样的流传古今之作,其艺术天才之高可知。关于题目,九月九日,是我国民间的重阳节,因为九属"阳",故九月九日是重阳。这一天,全家团聚,头插茱萸,携酒登高,以避邪恶。忆,想念。山东,时王维家在蒲州(今山西永济),蒲州在华山之东,故称山东。两年前十五岁时,少年王维只身一人离家游学长安,已经过了两个重阳节。而今又到了农历九月九日重阳节,他想起了亲人,怀念兄弟,写下了这样一首关于亲情的七绝。

首句点明自己在长安的处境。独自一人,在异地为客,人地生疏,举目无亲,两个"异"字,写出处境之孤独。在这种处境中,平时也免不了对亲人的脉脉思念,更何况在人们都欢聚一起喜庆重阳佳节之时呢? 这就为思亲之切埋下伏线。

次句说自己在重阳佳节特别思念父母。"每逢佳节",可见不止九月九日重阳节,比如端午节、春节也思念亲人。不是佳节平时也思亲,那么佳节则加倍思亲。诗题目说思"兄弟",而诗开始则先说思父母,可见小小诗人就懂得人伦关系。一个"倍"字,把这种思念父母之情渲染得特别浓厚。儿行千里母担忧,诗的背后当然也含有父母对他在外的挂念。

下来再说思念兄弟。但诗人不直接说,而是另辟蹊径,换一个角度从对面说起。说,我知道,今天家里兄弟姐妹都在登高游览,其乐融融。他们采摘茱萸每人一枝,插在头上。哦,怎么剩下一枝呢? 他们才发现原来大哥不在,他们肯定要想,大哥在外,不知怎样呢? 大家一定会有一种说不出来的遗憾。诗写自己思念兄弟,从对面写起,加深了自己独在异乡的思亲之情,使之更为浓郁。这种表现手法十分新颖,自己思亲是实,兄弟们思念自己是虚,虚实结合,互相照应,产生灵动和情致,加深情感的表达。而这是至情的流露,是口角边说话,其特点就在于"真",故能"真"得妙绝,哪里是平常流连光景的人所能写得出来的?

56　　作者王维(701年~761年),字摩诘,蒲州(今山西永济县)人。父亲早逝,由母哺育成人。早年积极进取,于唐开元九年(721年)中进士,授大乐丞。因伶人舞黄狮子事,贬济州司库参军。张九龄为相,提为右拾遗,迁监察御史,奉使出塞,兼任河西节度判官。张九龄罢相,无意仕进,在终南山及蓝田过着亦官亦隐的生活。安史之乱中,被敌所俘,胁受伪职。乱平后,受到降职处分,从此人生态度消极,一面在朝为官,一面归隐信佛,以山水诗文自娱,最后官至尚书右丞。他有多方面的才能,能诗会画,精通音乐,他的诗歌创作题材风格多样,艺术造诣很高,尤以山水田园诗的成就最为突出。有《王右丞集》传世。

王 维

鹿砦(zhài)

空山不见人,但闻人语响[1]。
返景(yǐng)入深林[2],复照青苔上。

【注释】
[1]但:只。[2]景:即影,日光。

　　这是王维晚年隐居在辋川所写的一首五绝山水诗,是组诗《辋川集》二十首的第五首。辋川在今陕西蓝田县西南,是一个山清水秀的地方。鹿砦,即鹿寨。寨,栅栏,鹿栖息之处。是王维隐居辋川处的一个小地名,辋川的二十景之一。

　　诗一开始就用极平常的语言,写鹿砦这一带傍晚的幽静。"不见人",是有人而不见其形,似有似无,非有非无,如在虚空。"空山",在诗人心中,似乎整个南山都是空无所有。其实这种"空"不是真正的空,而是诗人心中的一种感受,一种心境。山不空而言空,就有一种佛家"见山不是山,见水不是水"的禅意。"空山新雨后","夜静春山空",都有这种韵味。他已经进入了物我两忘,一切皆空,一切皆静的境界。南山的傍晚,鸟鸣啾啾,虫鸣唧唧,风吹树叶飒飒,涧水流动潺潺,然而这一切诗人都听而不闻,视而不见,可见他的心已经冷静极了,已经进入了佛家所说的"禅境"。王维出身佛教世家,他的父母都信奉佛教,所以给他取了一个带佛教色彩的名字:王维,字摩诘。这个名字来源于佛经《维摩诘经》。由于受到家庭的熏陶,他自小就崇奉佛教,以禅入诗,诗带禅意,成为他的诗歌的一大特色。

接着一转,"但闻人语响",似乎又有人在叽叽细语,诉说着什么,写出无声中的有声,可是却只闻其声,不见其人。这个"人语响",是极细微的断断续续,似有若无。这又像写实,又像是写诗人的心境,似乎诗人又悟出了什么,但又不可确指。那么,这个"人语响"就是发自密林的深山之处了。因为万籁俱寂,所以才听得见人语响。这是静中之音,以声衬静,是"鸟鸣山更幽"的意境。

后面两句,诗人由于听见人声而向深山望去,远处的人语衬托出山的空寂,密林里漏下一丝夕阳的返照,那微弱的光洒在碧绿的苔藓上,斑斑点点,给幽静的山林增加了一丝亮色,然而这更反衬出整个南山的幽暗。青苔的"复照",诗人似乎又参出了什么人生哲理,使人想到这大千世界就这样不知不觉地生生灭灭,这正是禅宗重视的"返照"的工夫。

王维不仅是画家,而且是音乐家,因此这首小诗又体现了音乐家兼画家的特有的艺术敏锐力。诗人最善于捕捉生活中最细微的

58 声响和最微弱的色彩,并用诗表现出来,达到"在泉成珠,着壁成绘"(殷璠语)的艺术境界。王士祯主张抒情贵含蓄,写景贵清远,以清远为尚,这首小诗表现了在寂寞时方能细察到的隐含自然生机的空静之美,的确蒙眬清远,韵味悠长。诗人欣赏着环境的幽静,体验着内心的孤独,沉浸在静穆的快乐之中。这正是他所追求的远离尘嚣的空寂境界。

王 维

送元二使安西

渭城朝雨浥(yì)轻尘[1],客舍青青柳色新[2]。

劝君更尽一杯酒,西出阳关无故人[3]。

【注释】
[1]渭城:秦时咸阳,汉时改称渭城。浥:湿润。[2]客舍:旅店。[3]阳关:在甘肃玉门关以南的敦煌西南,丝路上的重要关口,因在玉门关的南面,故称阳关。

王维不仅重视亲情,也很重视友情。一次,朋友元二要出使安西,王维特地从长安到咸阳送行,写下了这首赠别诗的名篇。元二,姓元,排行第二,不知其名。既然王维赶几十里路来送行,肯定关系非同一般。安西,唐时设有安西都护府,治所在龟兹,即在今新疆库车,管辖丝路以西的天山南路及中亚,可见友人要去的地方是多么的遥远。

诗人从长安赶到渭城去送客。唐人送客，东出都门二十里，就送到灞桥，西出都门三十里，就送到渭城。诗人为友人元二送行，早晨刚下了一阵细雨，打湿了路上的灰尘，旅馆四周绿树成阴，空气特别清新，而路边的杨柳青青，自然勾起一种离别之情。首两句所写，景极美，但情却哀婉，这叫"以乐景写哀，倍增其哀"，融情于景，自然感人。

友人公务在身，虽景物可人，朋友要去，势难久留，故努力劝客喝酒，一杯一杯又一杯，多尽一杯则多一刻相守。然而客人已醉，不愿再喝，所以才劝。如果未醉，何必要劝？最后一句为劝酒之词："这杯你一定得喝，因为西出阳关，已无故人，若有故人，尽可不饮此杯，无故人，怎能不饮？""西出阳关无故人"，情真意切，遂成千古绝唱。阳关已经到了边境，而安西更在阳关之外，走出阳关，就到了广袤无垠的沙漠，连人都很少见，更何况故人呢？一个"更"字，表达了诗人对友人的依恋深情和前途珍重的祝愿。语浅情深，包含多少的关爱，多少的眷恋。

诗全是口语，千载如新。因为诗人写出了"人人意中所有，却未有人道过，一经说出，便人人如其意之所欲出，而易于流播，遂足传当时而名后世"（赵翼《瓯北诗话》）。在结构上，首两句景，后两句情，唐人绝句虽多如此，但首句藏行尘，次句藏折柳，两面都画出，毫不露骨，而气度从容，韵味隽永，其他送行之作，难与比肩。

这首诗所勾画出的开元盛世的离别情景，虽缠绵，却不哀愁，显示出一种开朗的气象。因诗中有"渭城"、"阳关"的字样，故又名《渭城曲》《阳关曲》，后来，谱上乐曲，在人们离别的酒宴上不知唱过了多少回。据说音乐曲调高亢，倚歌者笛为之裂，那自然是很感人的。刘禹锡《与歌者》诗云："旧人惟有何勘在，更与殷勤唱渭城。"白居易《对酒》诗云："相逢且莫推辞醉，听取阳关第一声。"可见在

60 中唐此诗就非常流行。到宋朝时,更"一时传诵不足,至为三叠歌之",并有由此诗扩展而成的《阳关三叠》词流行。这可是盛行了上千年的流行歌曲啊!

今天,随着大西北的开发建设,青藏铁路的通车,西出阳关,既可以欣赏到广袤的大漠风光,又可以见到林立的高楼,早已没有古人的孤独凄凉感了,但送行的依依惜别深情依然如斯。

王 维

山 居 秋 暝

空山新雨后,天气晚来秋。
明月松间照,清泉石上流。
竹喧归浣女[1],莲动下渔舟。
随意春芳歇[2],王孙自可留[3]。

【注释】
[1]喧:喧闹,嬉笑。浣女:水边洗衣服的女子。[2]随意:任凭。春芳:春草之花。[3]王孙:贵族,这里是诗人自指。

王维晚年买下宋之问在辋川的别墅,过着亦官亦隐的闲散生活,这首五律就是写他终南山居处的幽静,表现他心情的恬静。题目中的暝,是昏暗的意思,指夜晚。

首联切题,写山中气候,点明时间、地点、天气。时间是秋天的傍晚,地点是终南山,天气是刚下了一场雨。在一个秋日的傍晚,山雨初霁,一切都是那么清新明丽。山而说"空",这又是诗人物我两忘的心境和禅意。雨加一"新"字,写出雨后的清新,一场秋雨,除去

闷热,荡尽尘埃,心情自然特别舒畅。

次联写林中景色。于是诗人兴致勃勃地朝林深树茂的松林望去,只见"明月松间照"。一个"照"字,写出树影婆娑的静谧姿态。再低头一看,又见"清泉石上流"。一个"流"字,表现出溪水的清脆悦耳的流动姿态。诗人扣住"新雨"的特点,写出雨过天晴,皓月当空,山泉涨溢,水走石上的静美。此联又是流水对,明月苍松,山石清泉,自为因果,因明月照而现清泉,因清泉涨而流石上。诗中有画,但又极清、极淡、极秀。

三联写山村劳动生活。就在这十分幽静的时刻,突然一阵笑语欢歌,从竹林中传来,原来是浣衣的姑娘们回来了,再看溪流中莲叶晃动,原来是打鱼的小伙子划着船回来了。山居宅边有竹,竹里声喧,浣纱女归;宅边有水,莲叶动处,渔舟归来。这样诗人由景写到人,一句写岸上,由远而近,由隐而显,一句写水中,由近而远,由显而隐,静中有动,动中有声,构成一幅完美和谐的山村劳动夜归图。"竹喧归浣女,莲动下渔舟",如果写成散文,则为"浣女归而竹喧,渔舟下而莲动"。诗用倒装句,写出了先闻其声,后见其人,先见其动,后睹其物的真切情景,真是化腐朽为神奇。一"归",一"下",句眼大妙。诗人从纷繁变幻的景物中,略去次要部分,抓住主要特征,摄取最鲜明的一段,最引人入胜的一刹那,加以突出地表现,给读者留下丰富的想象空间。

最后诗人直抒胸臆,阐发归隐逸趣。说,现在虽是秋天,任凭春芳消歇,我也应该留在这儿。《楚辞》说:"王孙兮归来,山中兮不可久留。"诗人却反其意而用之,表明自己愿长留山中,回归自然,颐养天年。

诗描绘新雨、明月、清泉、白石、苍松、翠竹、红莲,使人在清新宁静而生机盎然的自然山水中,感受到了万物生生不息的生的乐

62

趣,精神升华到了空明无碍的境界,自然的美与精神的美完全融为一体,创造出水月镜花不可多得的艺术境界。诗不仅表现了绚丽多彩的自然美,而这些景物又有一定的象征意义,所以又表达了诗人自己的人格美,以及他理想中的社会美。而且完全达到景即意,意即景,不造景而景得,不说意而意完,真是天女散花,出秀万片。

这首诗极有层次,首句捉"山",次句点"秋、暝",三四句承上联,补出雨后有泉,晚来有月,五六句"归"、"下"写"居",七、八句"春芳"歇结"秋","王孙"自谓,诗境明秀,兴象玲珑,难以句诠,真可谓天衣无缝。

这首诗有画意、乐感,有空、寂、闲的禅趣,是"诗中有画"的代表作品。

王 维

使 至 塞 上

单车欲问边[1],属国过居延[2]。
征蓬出汉塞[3],归雁入胡天[4]。
大漠孤烟直[5],长河落日圆[6]。
萧关逢候(hóu)骑(jì)[7],都护在燕(yān)然[8]。

【注释】
[1]单车:轻车简从。问边:访问慰劳边防。[2]属国:典属国的简称。典属国,汉官名,管理民族交往事宜。这里王维借以自指。过:访,宣抚。居延:地名,在今甘肃张掖市西北。[3]征蓬:随风远去的蓬草。征,远行。汉塞:汉代的关塞,这里借汉指唐。[4]归雁:大雁是候鸟,秋天从北方飞回南方,春天又从南方飞回北方。胡天:即西北的天空。胡,

唐开元二十五年(737 年),河西节度副大使崔希逸战胜吐蕃,王维时为监察御史,奉命出塞宣抚,途中写下这首五律。这是诗人前期的诗作。

首联叙事,说征途遥远,自己不辞辛劳,轻车简从,奉命出塞宣抚。诗人以汉代出使匈奴的典属国苏武自喻,隐喻着一种长途跋涉的艰难历程。

次联写行程万里,直承"单车"而就远道。说自己就像远飞的蓬草一样远去汉关之外,而和从内地飞入朔北的大雁同行,进入胡人之境。汉塞实指唐塞,这是以汉喻唐的唐人惯用的手法。此联借景叙事,征蓬是比喻,归雁为实景,虚实相生,表现诗人只身赴边的抑郁心情,有一种孤独感。因为此时正值提携他的比较正直、开明的宰相张九龄遭李林甫排挤,所以心情十分抑郁,才以征蓬、归雁相比。

三联为写景名句,描摹塞外的壮美。诗人是著名的南宗画派的大师,常常以绘画的原理写诗,使之"诗中有画"。"大漠"写出沙漠浩瀚无边,这是大背景,是图画的面。"长河"画出黄河之仪态,与"大漠"交相辉映,是面中之线。"孤烟"则是面中之点,"孤"字突出边塞的荒凉,"直"字表现狼烟的劲拔。"落日"是面中的另一个点,"圆"字写出落日之苍茫……两句既有坚毅之美,又有娴静之态,不仅写出了边地的壮丽景色,而且表现了诗人的赞叹之情以及因之而变得无限开阔的胸襟。

末联照应开头,用典以歌颂前方将士的爱国精神。走至萧关,

少数民族的通称。[5]孤烟:烽火与烟燧,古时边塞告警或报平安的信号。一般以狼粪为燃料,取其烟直而聚(见《酉阳杂俎》)。[6]长河:这里指黄河。[7]萧关:在现在宁夏回族自治区固原市东南。堠骑:骑马的侦察兵。[8]都护:都护府的军事行政长官。燕然:山名,即杭爱山,在今蒙古国境内。后汉窦宪击匈奴,至燕然山刻石纪功而还,这里作为前线的代称。

64

遇见巡逻的侦察骑兵,问他都护何在,他说都护正在燕然山追逐敌兵。这个结尾,洋溢着一种胜利的自豪之情。

诗人以英迈豪逸之气,融贯于出色的景物描写之中,形成雄浑壮阔的诗境。那无尽的长河,广袤的大漠,落日孤烟,透露出诗人走马西来天尽头的豪迈气概,使人读之无比振奋。

王 翰

凉州词(其一)

葡萄美酒夜光杯[1],欲饮琵琶马上催[2]。
醉卧沙场君莫笑[3],古来征战几人回?

【注释】
[1]葡萄美酒:葡萄和美酒。一说以葡萄酿制的美酒,即葡萄酒。葡萄酒本西域特产,唐贞观十四年(640年)破高昌,得其酿制之法。夜光杯:相传在周穆王时,西胡用白玉精制而成的酒杯,有如光明夜照,故名夜光杯(见东方朔《海内十洲记》)。[2]催:催饮,劝酒。[3]沙场:平沙旷野,指战场。君:你。

王翰,字子羽,并州晋阳(今山西太原市)人,生活在唐睿宗和玄宗时代。为人任侠使酒,恃才不羁,近乎狂妄。曾任驾部员外郎,贬仙州别驾,再贬道州司马,随卒。诗作擅长绝句、歌行,多壮丽之辞,但所作不多,《全唐诗》存诗十三首。《凉州词》是盛传古今的作品。

王翰《凉州词》共两首,此为其一,写边疆争战之事,通过一次军宴的描写,表现征战士兵的精神面貌。

　　"葡萄美酒夜光杯,欲饮琵琶马上催。"两句应该结合理解,意思是,大家正欲畅饮夜光杯里的美酒,以葡萄佐酒(当然还有其他菜肴),马背上突然响起了急促的弹奏琵琶的乐声催人饮酒。诗一开始就织锦似的给我们罗列出三个名物性的词组,表示三种珍贵的物品,给人以筵席精美、酒菜琳琅满目之感。美酒和葡萄,都出自凉州,以之概括佳肴。杯而言夜光,那么其他器皿精美可见。这五光十色,酒香四溢,摆满奇珍异果,充满异域情调的场面,肯定是一次不寻常的宴会。如此豪奢的筵席,安得不痛饮? 对这三个名词,也有不同的理解,有人认为是夜光杯里盛着葡萄酿制的美酒。但我们认为是夜光杯里面盛着美酒,旁边果盘里放着西域特产的葡萄,才符合诗的本意。因为葡萄酒是不容易喝得"醉卧沙场"的,且中国人传统都以喝烈性白酒为习。另外"催",我们认为是催饮。有人认为是催征,这恐怕是误解,还没饮怎么会催着出发呢? 这是以军乐助兴,琵琶在马背上弹奏,是西域少数民族的演奏方式,今天大西北仍然有马上琵琶的演奏方式。

　　"醉卧沙场君莫笑,古来征战几人回?"大家正饮得高兴,其中一人酒量有限,就停杯不饮了。座中另外一个人举着酒杯高叫:"喝吧! 喝吧! 就是醉卧沙场,也请你们不要笑话我,自古以来参军打仗的人有几个活着回去的呢!"他要一醉方休,一种狂放不羁的武勇形象跃然纸上。

　　这首诗短短四句,不仅写了豪华的筵席场景,而且写出了战士们饮酒的情况,有不胜酒量者,有纵情豪饮者。还写出了战士的个性,特别是那个豪饮者声口毕肖,活灵活现,把他的粗豪直率写得虎虎有生气。

王之涣

登 鹳 鹊 楼

白日依山尽[1]，黄河入海流。
欲穷千里目[2]，更上一层楼。

[1]依山：顺着山势。[2]穷：尽，用尽。千里目：目光远大，能观千里之遥。目，目力。

王之涣(688 年~742 年)，字季凌，原籍晋阳(今山西太原)，后迁居绛县(今山西新绛县)。唐开元初，任冀州衡水县主簿，被诬拂袖去官，乡居十五年，优游高山大河，广交文坛名士。后复补文安县尉，病死任上。为人任侠尚气，豪放不羁。作品音韵铿锵，常被当时乐工歌女谱曲吟唱，名噪一时。诗作多"歌从军，吟出塞"，然多散失，《全唐诗》中仅存六首。但《登鹳鹊楼》《凉州词》都是传世之作。

鹳鹊楼旧址在今山西永济县西南城上，因鹳鹊经常在上面栖息，故名。沈括《梦溪笔谈》云："河中府鹳鹊楼三层，前瞻中条，下瞰大河。唐人留诗甚多，唯李益、王之涣、畅当三篇能状其景。"鹳鹊楼是唐代北方名楼，后被河水冲没。王之涣这首五绝则是咏鹳鹊楼的冠冕之作。

诗题目中有"登"字，所以诗首句就从登楼所见写起。先写前瞻中条，丽日当空，抬眼一望，远山遮断了视线，目力依山而尽，山高可知。中条山，一百六十余公里，由东北向西南走向，横亘在山西的东南部。高一千九百九十四米的主峰雪花山就在鹳鹊楼东面十五里处。白日，不是指太阳本身，而是指阳光灿烂。依山，目光顺着山。依山尽，是指目光被山遮断，而不是太阳落山。如果照一般注释者说是太阳下山,那么,想穷千里目,再上一层楼也无济于事。所以登楼不是在傍晚夕阳西下的时候,而是在大白天。

接着次句写下瞰大河,黄河汹涌澎湃,波涛滚滚流向大海。黄河入海流是看不见的,因为黄河入海,还在千里之外。所以这个"流"是想象中的"流",表现黄河奔腾不息的气势。

首两句上句实,下句虚,虚实相生,这就使诗的境界异常宏大。特别是这白日、高山、黄河、大海四个阔大之境给人以无比壮大的感受,又有"尽"、"流"两个动态意象,使整个画面活动起来,激发人们把握时空的宇宙意识,自然逼出后面两句。

前两句写了登鹳鹊楼所见,但诗人意犹未尽,于是发出了"欲穷千里目,更上一层楼"的愿望。那么要望远必登高,那就得更上一层楼方好。这是两句富有哲理意义的名句,恐怕是名句中使用频率最高的名句之一吧。因为它表达了人们奋发向上,努力攀登,永不止息的意愿。

诗全用对仗,但自然浑成。"白日"对"黄河","依山"对"入海","尽"对"流",似工非工,重在气势。"欲穷"对"更上","千里目"对"一层楼",形成流水对,一气直下,自然质朴,很好地表现了诗人热爱祖国大好河山,开朗向上的乐观精神。

王 之 涣

凉 州 词

黄河远上白云间,一片孤城万仞山[1]。
羌笛何须怨杨柳[2],春风不度玉门关[3]。

【注释】
[1]一片:唐时口语,量词,形容其小。仞:七尺或八尺为一仞。[2]羌笛:羌族的笛子,即竹笛。羌族是我国古代西北的

　　这是王之涣一首享有盛名的诗歌，是为乐府《凉州》曲所写的歌词。《凉州词》是唐代乐府题目，据说是西凉府都督郭知运所创，多写边疆争战的题材。因为凉州州治在姑臧县（即今甘肃武威市），和羌、吐蕃接壤，多争战之事。所以诗人

一个少数民族。何须：何必要。杨柳：既指杨柳树，又指《折杨柳》的歌曲。[3]度：过。玉门关：汉代设置，在现在甘肃敦煌市西面，是通西域的要道。

这首也写边疆戍守之事，但体裁却是用的盛唐时兴的七绝。据唐人薛用弱《集异记》记载，开元中，诗人和王昌龄、高适齐名，一天，三人一同到旗亭饮酒，座中有几十个歌女在参加宴会。于是三人相约，看她们唱我们三人中谁的诗多，谁就算最优秀。一会儿，一歌女唱"寒雨连江夜入吴"，王昌龄以手画壁说："一绝句。"接着一歌女唱"开箧泪沾臆"，高适以手画壁说："一绝句。"接着又一歌女唱"奉帚平明金殿开"，王昌龄又画壁说："二绝句。"这时，王之涣指着歌女中最漂亮的一位说："这位姑娘所唱，若不是我的诗，我终身不敢与你们争高下了。"一会儿，那个梳着双髻的姑娘发声，果然是"黄河远上白云间"。三人大笑，饮醉终日。这就是文学史上著名的"旗亭画壁"的故事。不管这个故事的真实性如何，至少说明这首诗在唐代的影响了。

　　诗首句写诗人站在西北的黄河岸边，目光逆流远眺，看见黄河源远流长，一直和西边天上的白云相接。李白说"黄河之水天上来"，目光是由远处移到近处，着重表现黄河一泻千里的气势。而王之涣说"黄河远上白云间"，目光则是由近处移向远处，主要表现黄河娴静的仪态。此句一作"黄沙直上白云间"，而且有地质学家撰文，以科学的知识证明"黄沙"为是。其实"诗有别趣，非关理也"（严羽《沧浪诗话》），大西北时有沙尘暴，黄沙漫天，但写在诗中，并不

优美,而且黄沙弥漫,也不一定看得见天上的白云。黄河离凉州虽远,但写入诗中却异常壮美。

次句,诗人的目光落在了一座孤城上,这就是玉门关。玉门关在万仞高山之旁,显得单薄孤寂,所以看来只是"一片"。这里就是我们的边防将士驻守的地方,在远川、高山的映衬下,显得特别荒凉孤寂。

三四句写听羌笛的感慨。接着一曲悲凉哀怨的羌笛声传入耳际,羌笛所奏,是古乐府《折杨柳》曲调。诗人不禁一问,羌笛呀,你为何要奏这样凄苦哀怨的曲子呢?《折杨柳辞》云:"上马不捉鞭,反折杨柳枝。蹀座吹长笛,愁杀行客儿。"征人为什么不捉鞭上马而折杨柳呢? 古人有折柳赠别的习俗,柳者,谐音"留"也,希望行人留下。而吹笛又表达离愁,所以戍边的战士吹奏和听见《折杨柳》时,就勾起他们从军时亲人折柳赠别的回忆,从而引起他们思乡的情怀。诗人用"何须"来宽解,同情中有劝慰,温柔敦厚,委婉含蓄。最后一答:"春风不度玉门关。"大西北太偏远了,连春风都吹不到,春风不到,柳条则不青,柳条不青,就无法折杨柳寄情,所以不必吹《折杨柳》。诗句曲曲折折,深沉之至。杨慎说:"此诗言恩泽不及于边塞,所谓君门远于万里也。"(《升庵诗话》)他看出了"春风"一词隐喻皇恩的含义。李锳《诗法易简录》认为:"神韵格调,俱臻绝顶。不言君恩之不及,而托言春风之不度,立言犹为得体。"这是诗句的深层含义。

这首诗写边地荒凉境况,借以抒发征人的思乡情怀,于壮观中寓苍凉,哀怨中有宽解,慷慨雄放而气骨内敛,深情蕴藉,意沉调响,沉雄浑厚,所以流传千古。

王昌龄

出塞（其一）

秦时明月汉时关[1]，万里长征人未还。但使龙城飞将在[2]，不教(jiào)胡马度阴山[3]。

王昌龄（698年~757年），字少伯，京兆万年（今陕西西安市）人。少时家境清苦，中进士后授秘书监校书郎。去过大西北，故集中多边塞诗。在长安期间，写了一些宫怨诗，抒发郁郁不得志的思想感情。后又中博学宏词科，改授汜水尉，后贬岭南，再贬江宁丞，再贬龙标尉。后返乡路经濠州，为刺史闾丘晓所杀。有《王昌龄集》传世，诗多为绝句，其中尤以七绝成就最高，清新蕴藉，音调谐婉，情致深长，有"诗家天子"、"七绝圣手"之称。

王昌龄以写边塞诗著名，《出塞》就是他这方面的代表作，共两首，此为其一。这是一首用乐府旧题写的七绝，表现边塞生活。出塞，乐曲名，汉武帝时辛延年据西域乐曲改编。塞，边塞。

诗写边塞生活,不过诗人不正面描写,而是从后方的思妇怀念前方的征夫着笔,所以显得十分别致。思妇在一个明月当头的夜晚,看见月圆而人不圆,不禁悲从中来:月儿呀,你依然是秦汉时的明月,依然照着秦汉时的边关,可是我心上的人儿戍守在万里之外的边关,至今还没回来。"秦时明月汉时关",沈德潜说:"明月属秦,关属汉,互文也。"所谓互文,就是"秦"包含有"汉","汉"包含有"秦";"明月"包含有"关","关"包含有"明月"。即秦汉时的明月依旧照着秦汉时的边关。眼前的明月边关,却从千年之前,万里之外说起,这叫"发兴高远"。这就会唤起人们对古老的中华民族历史的回忆。千百年来,古老的秦塞汉关,在明月的朗照下经历过多少次战争,它们是历史的见证。而明月又是伴随征人的多情之物,所以自然引起了思妇对在秦月汉关戍守的征夫的怀念。不过这不是一对思妇征夫的问题,而是一个古老的至今也没有解决的问题。万里长征,征人思乡,闺妇望月,秦汉如此,现在依然,她的怨情具有深远的历史意义和现实意义。

她想,如果现在戍守卢龙城的飞将军李广还活着的话,那么,胡人的战马就不会越过阴山,她的丈夫也就可以复员回家,夫妇团圆了。龙城、飞将、胡马、阴山,这些历史上习见的边塞典故,更会勾起人们对历史的回顾和感慨。飞将军在,是假想中的美妙,胡马度阴山,是现实中的缺陷,用"不教"和"但使"作呼应,进行对比,那么她对古代英雄的仰慕,对当今将领的不满就不说自明了。她对和平生活的向往,对战争的诅咒,也在不言之中。真是怨而不怒,婉而多讽。短短二十八字,有历史的总结,现实的批判,将来的憧憬,洋溢着强烈的爱国感情。加之语言流畅,音节铿锵,浑然天成,令人百读不厌,所以明人李攀龙推为唐人七绝的压卷之作。

王 昌 龄

芙蓉楼送辛渐(其二)

寒雨连江夜入吴[1],平明送客楚山孤[2]。
洛阳亲友如相问,一片冰心在玉壶[3]。

【注释】
[1]江:长江。吴:指润州,因为古代这儿是吴国的领地。
[2]平明:天亮。楚山:指润州的山,如北固山、金山等山,因为古代润州后来又成为楚国的领地。[3]冰心:形容心地纯洁,如冰之清澈明洁。

王昌龄是一位很看重友情的诗人,当他在江宁时,有位朋友叫辛渐,要取道运河回北方洛阳去,他特地由江宁到润州,在芙蓉楼饯别送行,然后分手。送行时,题此诗相赠。辛渐,生平不详,当是诗人挚友。芙蓉楼在润州(今江苏镇江市)西北,与西南的万岁楼相对。

诗人在江宁,心情十分郁悒,因为他开元二十五年(737年)秋贬岭南,两年后才遇赦北归,旋即又贬官江宁丞,待了七八年,天宝六年(747年)秋再贬龙标尉。可能预感会再贬,所以才特地要请友人捎话回洛阳。"丹阳城东秋海深,丹阳城北楚云阴。"(《芙蓉楼送辛渐》其二)在一个深秋季节阴雨绵绵寒风刺骨的早晨,诗人就从任所江宁连夜冒雨赶到属于古吴地的润州,一早就来为友人辛渐送行。送客时,周围没有多少行人,楚山显得十分孤寂。这么个环境,这么早,诗人就从数十里外的江宁赶来送客,可见他和友人感情之深,友谊之厚。诗人写"寒雨连江"的环境,同时有一种象征意义,烘托诗人遭贬,心情郁闷;"楚山孤",象征诗人不为人所理解,虽孤立却傲岸不屈的人格。

友人要走了,该说两句安慰壮行的话吧,诗人却不这样,而是别出心裁地说:"如果洛阳的亲友问起我的话,请你告诉他们,我是一片装在澄澈的玉壶中的纯洁的冰。"洛阳亲友是指诗人在洛阳的好朋友李颀、刘宴等。"冰心玉壶"是用典,曹植《光禄大夫荀侯诔》:"如冰之清,如玉之洁。"鲍照《白头吟》:"直如朱丝绳,清如玉壶冰。"开元贤相姚崇也写了《冰壶诫》,告诫官员要保持节操。"玉壶冰"形容"内怀冰清,外涵玉润",表里如一,纯洁晶莹。诗人是要辛渐告诉亲友,我宦情已冷,如一片冰贮藏于玉壶,虽清冷而相得,不以贬谪为意。请他们放心,我行得端,走得正,没有做任何对不起自己,对不起亲友的事!

诗人以独具匠心的构思,明朗优美的比喻,捎给亲友的不是平安之类的套话,而是自己冰清玉洁,坚持操守的信念,以表达对亲友的深情。诗十分清丽,虽有郁闷之情但基调仍然清俊爽朗。

全诗针线细密,以送客为线索,借送友以自写胸臆,"入"、"送"相呼应,"江"、"山"相对照,"吴"、"楚"相关联,由外到内,写环境,叙事件,道寄情,明心迹,"绪密而思清"(《新唐书·本传》),表现了他独具的匠心,高超的技巧。

崔 颢
黄 鹤 楼

昔人已乘黄鹤去[1],此地空余黄鹤楼。
黄鹤一去不复返,白云千载空悠悠[2]。
晴川历历汉阳树[3],芳草萋萋鹦鹉洲[4]。
日暮乡关何处是,烟波江上使人愁。

【注释】
[1]昔人:仙人子安,相传乘黄鹤过此。[2]悠悠:悠闲舒展的样子。[3]历历:清清楚楚的样子。汉阳:武汉三镇之一,在汉水北面。[4]萋萋:草木茂盛的样子。鹦鹉洲:唐时在汉阳西南长江之中,后被江水淹没。东汉末年,作过《鹦鹉赋》的祢衡被黄祖杀害于此,故名。

云蒸霞蔚盛唐诗

崔颢(704年? ~754年),汴州(今河南开封市)人,唐开元十一年(723年)进士,为太仆寺丞。天宝中任司勋员外郎。早年"有俊才,无士行",诗风轻薄浮艳,后人河东军幕,写诗一窥塞垣,说尽戎旅,始风骨凛然,雄浑奔放,一变常体。《全唐诗》存其诗四十二首。

黄鹤楼在武汉的武昌长江南岸黄鹄山西北的黄鹤矶上,俯瞰江汉,极目千里,是江南三大名楼之一,因此登楼的游人甚众,而文人墨客往往还要留诗作纪。唐代大诗人李白到了黄鹤楼,也诗兴大发,可是抬头一看,读到崔颢的这首《黄鹤楼》,不禁赞叹道:"眼前有景道不得,崔颢题诗在上头。"就敛手而去。这是一首使大诗人折服的诗,有何特点呢?

诗人写黄鹤楼,先不写登楼所见,却用两联从黄鹤楼的传说写起。说,仙人已乘黄鹤而去,此地空留下了这样一座黄鹤楼,黄鹤一飞走再也不飞回来了,人去楼空,只见天边的白云悠闲飘荡而已。仙人跨鹤而去,本属虚无,诗人将无作有,这样就抒发了一种怅然若失的失意感,使我们不禁想起初唐诗人陈子昂的《登幽州台歌》:"前不见古人,后不见来者。念天地之悠悠,独怆然而涕下!"不过崔颢的感情不那么直露,不那么强烈,只是淡淡的一掠而过。怀古凭吊,发兴高远,就为后面的思乡作了铺垫。这两联还使人有一种宇宙是永恒的,像天空中的白云,千载以来一直都是这样悠悠不尽的,而人事变迁,就连所谓神仙也不过是过眼云烟而已。两联气概苍莽,令人兴叹。

接着第三联才写登楼所见,登楼望去,只见远处隔江的汉阳城,树木葱茏,楼阁掩映,历历在目;近处长江中的鹦鹉洲,芳草萋萋,风光旖旎,宛然如画。汉阳城为实景,热闹非凡,鹦鹉洲乃古迹,三国时,黄祖杀狂士祢衡于此,而今凄清孤寂,两相映衬,就有一种

"逝者如斯夫"之感,自然引出思乡之情。

江汉平原"虽信美而非吾土兮"(王粲《登楼赋》),于是诗人在尾联发出了一种思乡之叹,天晚了,家乡在何处,眼前只见烟波浩渺,江水滔滔,不见归路。诗人由眼前美景产生一种思乡之念,这就和前面那种悠悠千载,世事浑茫的怀古感情互相照应起来,而且还有一种羁旅行愁的言外之意。诗人在怀念家乡,也似乎是在寻找归宿。

这是一首七言律诗,七言律诗是在五言律诗的基础上每句在句前增加二字,格律同五言律诗差不多。因为此时七言律诗尚属初创阶段,所以这首诗有许多地方于律不合。首先,前三句出现三个"黄鹤",两个"空"字,用字重复乃律诗之大忌。其次,律诗要求一句之中平仄相间,一联之内的上下两句平仄相对,以达到"前有浮声,后须切响"的要求,但此诗次联"黄鹤一去不复返",除"黄"字是平声外,其余都是仄声字,第四句虽不拗口,却用诗人忌讳的三平调煞尾。为什么诗人会写出这样"出格"的律诗呢?因为诗人是有意以气势取胜,不以辞害意。这样,诗人何曾是在作诗,简直直上直下,放眼望去,恣意大书。前四句以摇曳生姿的歌行体入律,豪爽俊丽,大气磅礴,显出狂放气质和雄浑气势。后四句对仗工整,使前面流走的气势得以顿蓄收敛,潜气内转,意脉贯通,余势鼓荡。这种亦古亦律的结构体制,大巧若拙,既表现了诗人高亢入云的雄健气概,又显得清拔隐秀,寄情高远,传达出了那个时代的知识分子登楼常有却写不出来的一种特殊感受,有清妙高远的感人艺术力量,所以为历代诗家所称道。

高 适

别董大(其一)

千里黄云白日曛[1]，北风吹雁雪纷纷[2]。
莫愁前路无知己，天下谁人不识君！

【注释】
[1]黄云:塞外风沙蔽天,云呈黄色。曛:落日昏暗的余晖。[2]雁:指随着北风南飞的大雁。

　　高适(706年?~765年),字达夫,沧州渤海(今河北景县)人。早年家贫,落拓失意。中年求仕无果,北上蓟门,漫游燕赵,希望能够立军功,也无结果。只得寓居宋中,穷困落拓。后经人举荐才中"有道科",授封丘尉,后弃官入河西节度使哥舒翰幕,充幕府掌书记。晚年荣达,历任淮南节度使、西川节度使,刑部侍郎,终左散骑常侍,封渤海县侯。其诗雄放悲壮,为盛唐边塞诗人的代表人物之一,与岑参齐名,并称"高岑"。有《高常侍集》。

　　这是一首七绝,是高适送行友人董大时的赠别诗。高适是一位早年落拓穷困,但胸怀大志,晚年荣达的人,这首诗是写于诗人早年漂泊梁、宋,英雄失志之时,恰巧音乐圣手董庭兰也流落梁、宋,不得意要到北方去,所以诗人以这首诗表达深情的送别与劝勉,同时也"借他人酒杯,浇自己垒块",抒发自己"气质自高"的情怀。董大,董庭兰,因排行第一,故称董大,唐玄宗时著名的宫廷乐手,高适的朋友,早年受知于宰相房琯,后房琯被贬为宜春刺史,他只得流落梁、宋,与诗人高适重逢。不久,又要离开梁、宋到北方去,高适写下这首诗怏怏惜别。

　　首两句写送别的时间、地点、环境,渲染一种悲凉气氛。送别的地点是在地属北方的梁、宋某地,时间是在冬天的一个日暮黄昏。古人饯别,多在傍晚。这时天上刮着凛冽的北风,还夹杂着沙尘暴,所以天是阴沉沉的,连云都被沙尘染上黄色,太阳暗淡无光,十分昏暗。同时下着纷纷扬扬的大雪,时而还传来几声南飞大雁凄厉的叫声。可是,朋友就要出发,到大雁都不想留下的更远的北方去,其旅途之艰辛劳顿可想而知。高适是描写边塞风光的名家,简洁两句就给我们勾勒出一幅苍莽萧瑟的北国风光,这样的环境氛围,也暗示友人恶劣的处境和悲愤心情以及路途的艰辛。

但是,诗人并不悲观,三四句一转,说,你不要担忧你所去之处没有知己,无人相伴,像你这样一位大名鼎鼎的宫廷乐手,哪一个不认识你呢?这两句是一个流水对,使人顿觉天清地阔,前路光明,力量无比。黄周星说:"荒凉中顿有气色矣。"所以使人不觉悲观而是催人奋进。人遭到挫折总是难免的,关键是要正确对待,是消极悲观,还是勇敢奋进。勇敢奋进,则可能柳暗花明,涅槃新生。高适面对朋友的悲观情绪,不是顺同哀哀怨怨,而是鼓励正确认识自己,勇敢面对人生。

这首诗是诗人早期贫贱之作,所以对董庭兰特别同情与劝勉,是发自肺腑的真挚情谊与坚强信念,自然感人至深。

岑 参

白雪歌送武判官归京

北风卷地白草折[1],胡天八月即飞雪[2]。
忽如一夜春风来,千树万树梨花开。

【注释】

[1]白草:西北边疆地区生长的一种牧草,秋天变白,经冬虽枯而不萎。[2]胡天:边疆

78

散入珠帘湿罗幕 [3]，狐裘不暖锦衾(qīn)薄 [4]。

将军角弓不得控 [5]，都护铁衣冷难着 [6]。

瀚海阑干百丈冰 [7]，愁云惨淡万里凝 [8]。

中军置酒饮归客 [9]，胡琴琵琶与羌笛。

纷纷暮雪下辕门 [10]，风掣(chè)红旗冻不翻 [11]。

轮台东门送君去 [12]，去时雪满天山路 [13]。

山迴路转不见君，雪上空留马行处 [14]。

的天空，胡，对北方少数民族的通称。[3]罗幕：用绫罗一类丝织品制成的帷幕。[4]狐裘：狐狸皮做的袍子。锦衾：锦缎被子。[5]角弓：用兽角装饰两端的弓。不得控：拉不开。控，拉。[6]都护：唐代在边地设置都护府，置大都护一人，管理边政。着：穿。[7]瀚海：指大西北广大沙漠地区。阑干：联绵词，纵横貌。[8]惨淡：形容阴暗。[9]中军：古时分兵为左、中、右三军，中军为主帅发号施令之所。[10]辕门：即军营门。古代军营门是用两车的车辕相对交接而成，故称。[11]掣：扯动。[12]轮台：唐时属庭州，隶北庭都护府，为封长清军府所在地，旧址在今新疆米泉县。[13]天山：在今新疆中部，长六千余里，横亘新疆东西。[14]马行处：此指马蹄留在雪地上的迹印。

岑参(715年~770年)，南阳(今河南南阳市)人，生于江陵(今属湖北)，少时居嵩阳。后到长安求仕，十年无果，直到天宝初才中进士，授右内率府兵曹参军。后弃官随高仙芝、封长清到安西、武威，后又往来于北庭、轮台间，出任掌书记和节度判官，有较长时期的军旅生活。至德初入朝任右补阙，出为虢州长史，官至嘉州刺史，罢官后客死成都旅舍。岑参为盛唐边塞诗派代表人物之一，有《岑嘉州集》。其诗善于描写塞上风光和战争，笔力雄健豪放，情辞慷慨，诗风奇峭，读之令人感奋。

岑参有两次出塞的经历。天宝十三载(754年)，诗人第二次出塞，任北庭都护西伊节度瀚海军使封长清节度判官，军府驻轮台，诗人到任,可能原来姓武的判官要离任归京,为送行而写此诗。判官是节度使下协助判处公事的官员。

这是一首七言句式的歌行体诗歌,有时二句一转韵,显得急促,有时四句一转韵,显得舒缓,形成跌宕多姿的节奏旋律和奔腾疾走的气势。在内容上,此诗以咏雪为经,以送友为纬,编织一幅景色瑰丽的雪中送行图。

全诗可分前后两部分,前部分极力描写白雪,突出一个"寒"字,为送行作下环境铺垫,后部分则点出送行,表明送行深情。

前十句为第一部分。起始两句就破题咏雪,天上刮着呼啸的北风,卷起地下的沙石,把沙漠中的一种柔韧的白草都吹断了,大西北八月就下起了漫天的大雪。八月,农历八月,相当于公历九月。诗人是南方人,在内地,八月正是秋高气爽、风和日丽时节,可大西北却早已步入冬天。一个"即"字,就把诗人惊奇、惊叹之状表现出来了。接着描写大雪纷飞的奇景:"忽如一夜春风来,千树万树梨花开。"诗人用了一个新奇的比喻,把这场大雪写得壮丽无比,这场大雪就像一夜春风,梨花遍开,大地一片银装素裹。以春花比冬雪,使人忘掉严寒,感到春意盎然。真是取喻新,设想奇。前人都是以白雪比梨花,虽形象,却不温暖,更不阔大,而诗人反其意而用之,再加以"千树万树"修饰,则无比雄奇。下来写雪中奇寒,雪花飘入军营大门,穿过珠帘,打湿丝绸帐幕,虽然白天身着狐裘,仍然觉得冷飕飕的,晚上盖着锦被,也觉得被子太薄,不能御寒。出营进行军事演习,将军冷得拉不开兽角装饰的硬弓,都护穿上铠甲也冰冷得难以忍受。狐裘、锦被,是珍贵的御寒之物,也难当其寒;将军、都护,是勇敢的起起武夫,也冷得无力施展其技。诗人以夸张的笔墨,大胆的想象,形象地展示了边地的奇寒。然而,雪还没有停止的意思,大漠积雪百丈,天空万里浓云,武判官却要长途跋涉回京,是多么令

80

人为之担心啊!

后八句为第二部分。朋友毕竟要走,中军帐里,正摆着酒宴为他饯行,还有胡琴、琵琶、羌笛这些西域乐器伴奏助兴。宴会特意列出三种西域乐器, 使宴会的急管繁弦的热闹场面与别后的冷寂孤独形成鲜明对照。宴后,送客出门,辕门外暮雪纷纷,猎猎红旗由于结冰,不能自由舒卷,客人走了,大雪覆盖了去天山的道路,山回路转,看不见客人的影子了,只见雪地上留着马蹄的迹印。诗人抓住出辕门、送客行、伫立凝望几个场面,表现深情的送别,含有悠悠不尽的情韵。

诗人尚巧主景,他以艺术家的眼光,想象夸张的手法,奔放炽烈的感情,描写边塞的奇情异彩,抓住一个"奇"字,奇情、奇景,奇语、奇意、奇才、奇气,大气盘旋,奇情逸发,把我们带进一个祖国边疆的奇异境界,使人受到美的熏陶。

⟦ 第五单元 ⟧
诗 坛 巨 星 话 李 杜

在盛唐繁星满天的诗坛上，有两颗震烁古今，光照大地的巨星，两位集大成的诗人，这就是诗仙李白和诗圣杜甫。

李白（701 年~762 年），字太白，祖籍陇西成纪（今甘肃秦安县），出生于西域碎叶城（时属安西都护府，在今中亚吉尔吉斯境内），五岁时随父迁居绵州昌隆县（今属四川江油市）青莲乡，因又自号青莲居士。青年时代在蜀中读书和漫游，后来出川，漫游大江南北和中原、齐鲁。天宝元年（742 年）应唐玄宗诏到长安一度供奉翰林，但是仅把他作为御用文人对待，并不委以重任。不到三年，愤而离京，漫游和隐居。安禄山叛乱，应邀下庐山参加李璘平叛军队。在李璘失败后，受牵连，被关押浔阳监狱，经人营救，流放夜郎，走至巫山遇赦东还。六十二岁时死于安徽当涂。

李白是继屈原之后伟大的浪漫主义诗人，他的诗歌想落天外，横扫六合，感情炽热奔放，构思新颖奇特，形象鲜明生动，语言清新俊逸，表现了他一生的经历和思想，也表现了盛唐时代的社会现实和精神面貌，他被后人尊为"诗仙"。有《李太白集》传世。

李白是一位天才横溢的诗人，时代孕育了他狂放不羁的独立人格，豪爽洒脱的气度，非凡的自信与自负。他既有强烈的"使寰宇大定，海县清一"的建功立业的抱负，又有冲破传统，追求自由，不愿走科举之路以谋取功名，而是游遍名山大川，广交朋友，希望风云际会,一鸣惊人的个性。但一鸣惊人后又蔑视权贵,傲岸不群,遭到排挤,又遗世独立,狂放不羁。显示出与众不同的人生道路。这些气质使他把盛唐诗歌的精神与气韵,在他的笔下发挥得淋漓尽致。

他现存诗九百余首,由于他的个性所致,不大喜欢写循规蹈矩颇受拘束的律诗,而喜欢作那些比较自由,可以随心所欲抒发情感的歌行体和乐府诗,这些诗"落笔惊风雨,诗成泣鬼神"(杜甫《寄李十二白》),所表现的他的内心世界冲突之尖锐,风暴之强烈,波澜之壮阔,是无与伦比的。正如皮日休所说:"言出天地外,思出鬼神表,读之则神驰八极,测之则心怀四溟。"(《刘枣强碑文》)又如《唐宋诗醇》所说:"往往风雨争飞,鱼龙百变,又如大江无风,波浪自涌,白云从空,随风变灭,诚可谓怪伟奇绝者矣。"另外,他也喜欢写冲口而出,神韵天成的绝句。"太白五七言绝,字字神境,篇篇神物。"(胡应麟《诗薮·内编》)这些绝句随口说出,不假修饰,却妙趣横生,表现了自然的美和人性的真,极富生活情趣,达到了绝句的最高境界,有一种他自己所说的"清水出芙蓉,天然去雕饰"的清新俊逸风貌(见《书怀寄赠江夏韦太守良宰》)。李白诞生后十一年诞生了杜甫。

杜甫(712年~770年),字子美,祖籍襄阳(今湖北襄樊市),生于巩县(今属河南)。因远祖居住长安少陵,自己也在少陵居住过,就自称少陵野老,世称杜少陵。他出生于"奉儒守官"的家庭,祖父杜审言是武则天时代的著名诗人。少年时代在家乡读书,青年时代漫游吴、越、齐、赵、梁、宋。天宝五年(746年)到长安应试,因李林甫作梗,无一人考中而落第,于是困顿长安,直到安史之乱爆发前夕,才得到右卫率府胄曹参军的位置。安史之乱起,被俘拘留长安,后只身逃到凤翔,唐肃宗任为左拾遗。因替被安禄山击败的房琯说话而触怒肃宗,经人营救,放还陕北省亲。长安收复后,携家至京任职,旋被贬为华州司功参军。后弃官携家奔秦州、同谷。再后举家入蜀,寓居成都草堂。一度在西川剑南节度使严武幕中任节度使署参谋,严武推荐任检校工部员外郎,但未就职,故后世称杜甫为杜工部。严武死,携家漂泊川东、湖北、湖南一带。五十九岁病死于湖南耒阳一条破船上。

杜甫是唐代伟大的现实主义诗人。他继承和发扬了《诗经》以来的现实主义传统。他面对现实,讽喻时事,反映民瘼,热爱生活,以全部的身心从各个角度艺术地再现了安史之乱时代的社会面貌,表现了诗人忧国忧民的博大胸怀。其所反映现实的深度和广度,不仅是同时代的诗人难以抗衡的,也是任何一个古代诗人所难以企及的。他的诗描写具体,真挚感人,浑厚汪洋,千汇万状,语言精练,丰富多彩,下笔如有神。有《杜少陵集》传世。

杜甫出生在"奉儒守官"的书香门第,在他身上可以看到深厚的文化底蕴和传统的儒家精神,他的理想是"致君尧舜上,再使风俗淳",为了实现这一理想,努力入世和积极进取。因此他前期诗歌体现了盛唐士人的进取精神和开阔胸襟。但后半生饱受战乱、历尽漂泊,使他对国事危艰、民生疾苦有真切的体验,加之他大慈大悲的仁者襟怀,于是他的诗歌充满忠君爱国、忧时伤世的深情,使他成为动荡时代苦难人生的代言人。

杜甫存诗一千四百多首,内容深广,正如叶燮所说:"千古诗人推杜甫,其诗随所遇之人、之境、之事、之物,无处不发其思君王、忧祸乱、悲时日、念友朋、吊古人、怀远道,凡欢愉、幽愁、离合、今昔之感,一一触类而起,因遇得题,因题达情,因情敷句,皆因甫有其胸襟以为基。"(《原诗》)他以其特有的社会良知和深邃的洞察力以及大慈大悲的仁者襟怀,成为"人民的诗人"(毛泽东语)。他的诗在反映现实的广度和深度上都是前无古人的。所以,被后世称为"诗圣"。

他和李白不同,除了创作乐府、歌行等古体诗外,特别是晚年

84

创作了大量的律诗,这些律诗或雄浑,或悲壮,或欢愉,或奔放,或质朴,或瑰丽,或简古,或清新,无不达于胜境。但总体风格却是沉郁顿挫。所谓沉郁顿挫,是指学力深厚,忧愤深广,波澜老成,潜气内转,一唱三叹,形成一种重、大、拙的诗歌最高境界。

李白被尊为"诗仙",杜甫被尊为"诗圣",二人合称"李杜",是盛唐诗坛的"双子星座"(郭沫若语)。李白的诗主要反映了开元、天宝盛世的社会面貌和精神面貌,杜甫的诗主要反映了安史之乱唐王朝由盛而衰的社会现实,他们的诗篇是当时社会的一面镜子。

学习李白的诗歌可阅读复旦大学中文系《李白诗选》,清人王琦注《李太白全集》。学习杜甫的诗歌可阅读萧涤非《杜甫诗选注》,清人仇兆鳌《杜诗详注》。

李 白

静 夜 思

床前明月光[1],疑是地上霜[2]。
举头望明月[3],低头思故乡。

【注释】
[1]床:井栏。[2]疑:好像。
[3]举头:抬头。

李白是一位很重感情的诗人,他二十五岁离开家乡和父母之后,就再没有回过家乡,见过父母,但是他的心却无时无刻不怀念家乡和父母。这首小诗就表达了他这种思亲念乡的思想感情。

这里有两个字的意思由于古今意义不同需要说明,才能更好体味这首小诗的韵味。"床前明月光"的"床",不是作卧具用的床。古时这个床有时也指井栏,《乐府歌辞·淮南王》中"后园凿井银作床,金瓶素绠汲寒浆"。就是说在后园凿井,周围加上"床"这种井栏,然后从井中用辘轳取水。杜甫《谒玄元庙》:"风筝吹玉柱,露井冻夜床。"这里的"床"即李白此处的"床"。"疑是地上霜"的"疑",不是怀疑。因为前面已经肯定床前是月光,所以就不应该再怀疑是霜。而古时这个"疑"字可作"拟"(好像)讲,《汉书·谷永传》中"役百乾溪(地名),费疑骊山"。颜师古注:"疑……比也。"扫清了文字障碍,就可以顺利理解诗意了。

下来我们看看诗意。一天晚上,夜色宁静,乡情袭来,诗人不能入眠,于是独自一人披衣起床,在天井中踱步。这时,月光照着井栏前的大地,洁白如地上的白霜。夜色是美丽的,不禁使诗人想起了故乡的月色,进而怀念故乡的亲人。诗人由月色而想到霜,可见季节已经是深秋了。不说月色如水,而说月色如霜,是因为霜有寒意,切合此时诗人孤冷的心境。诗人由霜想到季节的变换,时间的推移,自然想到离开故乡的时日久了,不知故乡有无变化,亲人是否安康?

诗人由柔和的月光不由得抬头看看天上的明月。明月是多情之物,圆圆的明月象征着家人的团圆,而我却只身一人漂泊在外,怎么不令人黯然神伤呢?于是诗人慢慢低下了头,一股淡淡的乡愁油然而生。他在"思"些什么呢?也许在思儿时在故乡明月下听妈妈讲动人的故事,也许在思故乡明月之夜和小朋友在院落里捉迷藏戏耍,也许在思明月之夜家人团聚的赏心乐事。"思"给我们留下了无限的审美想象空间,所以沈德潜说:"个中情思,虽说明却说不尽。"

诗人由思而抬头望月,由望月而低头思故乡,回旋往复,情思

86 不尽。妙在自然天成,随口而发,一时感悟,明快说出,道出了浓郁的思乡之情中最动人的那一点,达到人与自然刹那间的灵性相通,表现一种至情至性,遂引起千载之下人们的普遍共鸣,这是这首小诗成为三岁孩童皆能成诵的根本原因。

李 白

黄鹤楼送孟浩然之广陵

故人西辞黄鹤楼[1],烟花三月下扬州[2]。
孤帆远影碧空尽,惟见长江天际流。

【注释】
[1]故人:老朋友。西辞:扬州在武昌以东,所以从黄鹤楼去扬州称为西辞。[2]烟花:烟雾笼罩中盛开的百花。下:顺江而去。

李白在离家出川后不久,结识了著名诗人孟浩然。孟浩然那种孤高狷介的秉性,不慕名利的清高,李白十分推崇,说"吾爱孟夫子,风流天下闻。红颜弃轩冕,白首卧松云"(《赠孟浩然》)。一次,孟浩然要到扬州旅游,李白特地到天下名楼黄鹤楼送行,写下了这首著名的赠别之作。题目点明事件及地点。黄鹤楼,在今湖北武汉长江大桥武昌桥头。武昌西有黄鹤山,山西北有黄鹤矶,峭立江中,上有楼,故名黄鹤楼。之,动词,到。广陵,今江苏扬州的古称。

老朋友要离开黄鹤楼,在轻烟蒙眬繁花似锦的阳春三月到东边的扬州去。扬州乃烟花之地,为当时最繁华的大都会,唐时有"扬一益二"之说,说天下除首都长安和东都洛阳外,就数扬州和成都最繁华了。三月是烟花之时,一年中最美好的季节,暮春三月,草长莺飞,杨柳堆烟,乱花迷眼。老朋友在一年中最温煦的季节,到最美好的地方去,这时送客,充满着激情与向往、留恋与艳羡,虽然分手,却无哀伤。所以"烟花三月下扬州"被称为"千古丽句"。

此时在岸上踮起脚跟以目相送,只见老朋友的船已经离开了,但诗人却一往情深地凝望,久久不愿离开。接着看见老朋友所乘的小船的一片孤帆变成了一点远影,进而连远影也消失在蔚蓝的晴空中看不见了,只见水天一线的悠悠江水。一个"尽"字,似乎使我们看见孤帆的影子正在水天相接的碧空中消失,只留下空荡荡的长江。孤帆已尽,而诗人还在凝望。"天际流",水在天边流是看不见的,这只是诗人的想象而已,这更增加了凝望的深度,江水无尽,凝望无尽,那么诗人送行之情也无尽。唐汝珣《唐诗解》说:"帆影尽则目力已极,江水长则离思无涯,怅望之情,见于言外。"

诗着重写景,而情寓景中。首句为壮大之景,隐含憧憬之情。次句为艳丽之景,隐含激荡之情。后两句孤帆——远影——碧空——长江——天际,由近到远的画面,加之"尽"、"流"的动作意象,把诗人那种悠悠不尽的依依惜别情思表现得蕴藉风流。以滚滚长江水比喻别情离思,有寓情于景而情愈深的艺术效果。诗人送行不作苦语,这是诗人豪爽性情所致,使诗有别具一格的魅力。

李 白

古 朗 月 行

小时不识月,呼着白玉盘。
又疑瑶台镜[1],飞在青云端。

【注释】
[1]疑:拟,像。瑶台:白玉砌的梳妆台。镜:铜镜。[2]仙人:虞喜《安天论》说,俗传月中有仙人和桂树,初生但见仙人的脚,渐明始见先人和桂树之影

88

仙人垂两足[2]，桂树何团团[3]。

白兔捣药成，问言与谁餐[4]?

蟾蜍(chánchú)蚀圆影[5]，大明夜已残[6]。

羿(yì)昔落九乌[7]，天人清且安。

阴精此沦惑[8]，去去不足观[9]。

忧来其如何? 凄怆(chuàng)摧心肝[10]。

成丛的形状。[3]团团:圆圆的样子。[4]白兔捣药:傅玄《拟天问》:"月中何有，白兔捣药。"言:语助词，无实义。[5]蟾蜍:俗称癞蛤蟆。古人把月蚀说成是癞蛤蟆吃月。《淮南子·山川训》:"月照天下，蚀于詹诸(蟾蜍)。"[6]大明:指满月。[7]羿:后羿，神话中的人物，他曾经射落九个太阳，只留下了一个。九乌:九个太阳。传说太阳中有三脚乌。[8]阴精:指月亮，月亮属阴。沦:没。惑:昏乱。[9]去去:走呀走。[10]凄怆:悲伤。

这是一首乐府旧题的诗，朗月，明亮的月亮。行，歌行，诗歌的一种体裁。

这首诗描写一场月蚀及其感想。但诗人开始不直接描写月蚀，而是回忆儿童时期对月亮幼稚的认识。儿童时代，对天上的明月没有多少知识。啊，那是一个白玉盘! 又像是瑶台上的一面铜镜，挂到了青云上端! 以白玉盘和瑶台镜来比，生动表现出满月的形状和月亮皎洁明澈。一"呼"一"疑"，儿童天真、烂漫、好奇之态可掬。

接着写月蚀前月亮的初升。月亮，在人们心目中是美好的，特别是初升之月，那种动感实在诱人。你看，月儿升起来了，渐渐地露出了神仙的两只脚，然后出现了团团的桂花树! 神仙开始劳动砍伐桂树，还有一只白兔正在旁边捣药。不知他捣好灵药，拿给谁吃呢? 神话传说，月中有仙人吴刚，还有桂花树，吴刚是犯错误的神，被罚在月宫服劳役砍伐桂树，还有一只白兔在捣药赔着他。诗人驰骋想象，借助神话传说，写出了月亮初升时宛若仙境的瑰丽奇特情景，把我们带入一个神奇的幻想世界。

下来描写月蚀。月儿升起来了,可是好景不长,月亮渐渐被蟾蜍一口口地吃掉了。于是月亮由圆而蚀,明亮的月亮变得残缺不全起来,天空也渐渐变得晦暗不明起来。见此情景,诗人突发奇想,希望远古时代曾经射下九个太阳的后羿能够射死天上这可恶的蟾蜍,这样就可以永远天清人安。那么后羿为什么不射掉蟾蜍呢?诗人十分困惑。因为后羿没有射掉蟾蜍,月亮被蟾蜍吃了,天空就这样昏暗不清。既然月亮已被蟾蜍吃掉,天空已经沦没而迷惑不清,那就回去了吧。回去了吧,还有什么值得一看呢?诗人此时不禁悲从中来,忧心如焚,悲伤得撕心裂肺。诗人以奇思遐想与自然天真相结合,借助神话传说,十分生动地描绘了月亮由明到暗的月蚀现象,在感情的高峰处戛然而止。

那么诗人对一场月蚀为何如此悲伤?这使我们不得不思考诗的寓意。

李 白

望庐山瀑布(其二)

日照香炉生紫烟[1],遥看瀑布挂前川。
飞流直下三千尺,疑是银河落九天[2]!

【注释】

[1]香炉:香炉峰,在庐山西北部,上面云烟缭绕,像香炉一样,故名香炉峰,白居易《庐山草堂记》:"匡庐奇秀甲天下,山北峰为香炉峰。"[2]疑:好像。银河:天河。九天:高空。古人认为天有九重,九天是天的最高层。

　　"一山飞峙大江边,跃上葱茏四百旋。"(毛泽东诗)庐山在江西九江市南,上接云端,下临长江,为我国东南名山。李白曾经多次上过庐山,写下许多关于庐山的名篇,这首就是其中的一篇。《望庐山瀑布》共两首,此为其二。题目一个"望"字,表明诗人是在山下仰望。

　　抬头一看,阳光照射在郁郁苍苍的香炉峰上,那缭绕山峰的烟雾因为云气变成了紫色,在很远很高的地方就看到一道瀑布挂在山间。慧远《庐山记》:"香炉山孤峰独秀,气笼其上,则氤氲若香烟。"一个"挂"字,最为神似,仿佛我们面前是一幅画,青葱的山峦是底色,银光闪闪的瀑布为主景,这样就把庐山瀑布的艺术魅力展现出来了。

　　瀑布从三千尺的高山上笔直地奔流而下,让人觉得好像是天上的银河从九天落下来了。"三千尺",极其夸张地形容其高。"疑",同"疑是地上霜"中的"疑"。诗人用神奇的想象和大胆的夸张,犹如放大镜般地把庐山瀑布的壮美特征凸显出来,也表现了自己的惊喜之状和赞美之情,给人以强烈、新奇、生动的审美感受。

　　在这首诗中,诗人爽朗的性格,自由的气质,形成一种清新俊逸的情思韵味,随口而发,神来之笔,自然天成,成为歌颂庐山风景的不朽之作。

　　中唐诗人徐凝也写了一首《庐山瀑布》:"虚空落泉千仞直,雷奔入江不暂息。千古长如白练飞,一条界破青山色。"北宋诗人苏轼游庐山,读到陈令举《庐山记》中这两首诗,不觉失笑,因作一绝云:"帝遣银河一派垂,古来唯有谪仙辞。飞流溅沫知多少,不与徐凝洗恶诗。"(《戏徐凝瀑布诗》)他认为李白的诗是美的,而徐凝的诗是丑的。苏轼写的也是一首诗,没有进行思辨、分析。如果我们进行审美分析,李白的诗比徐凝的诗美至少有如下几个方面:一是壮大美。李白由自己"遥看"写到"香炉",再写到"瀑布",然后用天上银河一比,形成一个有层次的气势宏大的雄浑的整体,而徐凝只是纠缠于瀑布,瀑布,单薄局促。二是色彩美。李白铺设了香炉、日照、紫烟、银河,绚丽多彩。日照香炉,是铺设的大背景,因瀑布之水汽,加以日照,又名香炉,故有生烟的联想,空灵自然;而徐凝只写到青、白二色,平淡、单调。三是声韵美。李白用平声韵,悠扬高昂,极富赞美之情;而徐凝用入声韵,急促低短,一般只宜于表现哀怨凄苦之情。相较之,高下显然。

李 白

望 天 门 山

天门中断楚江开[1],碧水东流至此回[2]。
两岸青山相对出,孤帆一片日边来[3]。

【注释】
[1]天门:天门山。中断:中间割开。楚江:指江汉平原一带的长江,因为古代属楚国,故名楚江。[2]回:拐弯,不是回转。[3]孤帆:单独一只船。日边:太阳升起的地方。

　　天门山是安徽当涂东梁山(又名博望山)与和县西梁山的合称,长江从中穿过,十分雄伟,形如天门。一次诗人乘舟长江,"猛风吹到天门山"(《横江词》其一),远远望见高耸两边的天门山,感到十分惊奇,写下此诗加以赞美。

　　首句紧扣题目"望"字,写出总貌。站在船头远远望去,天门山被大江从中劈开,形成双峰对峙,异常壮观。诗人用一个"开"字,写出长江非凡的气势,似乎天门是长江水冲断而成,神奇无比!

92

　　次句写江。向下看,浩浩长江,碧波涌涛,到此而萦迂回旋。这句明写水,却暗点山,借水写山,写山的反冲作用。这样就把江水势不可遏,高山屹立云天的气势,淋漓地描绘出来了。

　　三句写山。再向上看,大江两岸,天门山一片青葱苍翠,相对屹立,似乎在互相攀比,谁更漂亮,谁更雄伟。一个"青"字,写出天门山树木葱茏的美景,一个"出"字,化静为动,写出两山争高斗险,互不相让的情趣。

　　四句写船,点出主人公。一个"来"字,使整个画面活动起来,我们似乎可以看见诗人坐在舟中,顶着艳阳,豪情满怀,来到天门山,一览胜景的形象,也仿佛看见诗人意气风发,洋洋自得的情怀,以及勇往直前、无所畏惧的自信力量。

　　全诗安排一江、两山、一帆、蓝天,配以日影、山清、水碧、帆白,再染上金色的阳光,大笔淋漓地勾画出了一幅优美、雄奇的江山胜景图画,使人感到无比的壮美。四句诗句末都是动词,但无呆滞、雷同之感,主要是诗人天真淳朴的童心与山水冥合,触发新奇灵感,一气连贯的俊逸风神和爽朗情韵,兴到神会,一挥而就,使人只觉得是在叙写和抒情,不觉是在写诗。而每句句末一个动词,又使画面活动起来,形成生命的律动,表现诗人对祖国锦绣河山的热爱。

李　白

赠　汪　伦

李白乘舟将欲行,忽闻岸上踏歌声[1]。
桃花潭水深千尺[2],不及汪伦送我情。

【注释】

[1]踏歌:一面唱歌,一面用脚踏着节拍。[2]桃花潭:在今安徽泾县西南。

　　安史之乱中,李白经常往来于安徽、金陵之间。一次,诗人在安徽由贵池到泾县游桃花潭,有一位叫汪伦的酿酒的村民用家酿美酒多次款待诗人。诗人要离开桃花潭,汪伦特地挑着美酒,唱着歌前来送行,李白十分感动,专门写了这首诗答谢。

　　诗人要离开贵池,一切都准备好了,即将从桃花潭上船出发,这时忽然岸上传来悠扬的歌声,凭着经验,诗人就知道是汪伦送行来了。汪伦一面挑着美酒,一面踏着节拍,唱着歌儿前来送行。踏歌,表示心情愉快。忽闻,表示意外,已闻其声,却未见其人,但从其歌声中已经知其人,可见相知之深。听见其声,使诗人倍感亲切,深受感动。

　　一般送行,总有点感伤情怀,可汪伦却人未见歌先闻,是欢欢喜喜而来。只有最了解李白豪爽性格的人才会这样,也只有熟悉汪伦的人,才知道这是他的歌声。可见他们是极知心的好朋友了。

　　那么怎么来表达诗人的激动和感谢之情呢? 诗人用了一个巧妙的比喻,说,眼前的桃花潭水即使深有千尺,也深不过汪伦为我送行的情意。这个比喻以眼前景比心中情,随手拈来,十分贴切自然,加之有意的夸张,因为桃花潭不可能深千尺,但诗人随意一放大,就把他对友人的感情无限加厚了。加之用"不及"两字从反面勾勒,沈德潜说:"若说汪伦之情比于潭水千尺,便是凡语,妙境在一转换间。"这一勾勒转换,似尽不尽,情深意婉,但这一切都毫不费力,正如胡应麟所说:"太白诸绝句,信口而成,所谓无意于工而无不工者。"

　　在这首七绝中,我们可以看见李白的平等思想,他傲岸的个性使他粪土王侯,连高力士、杨国忠、杨玉环这样的达官贵人都不放在眼里,但他却深交一个酿酒的平民,这在当时是多么的难能可贵啊! 当然,这个平民也特别尊崇李白,据说这首诗的手迹被汪伦的后代珍藏了几代。

李 白

闻王昌龄左迁龙标遥有此寄

杨花落尽子规啼^[1],闻道龙标过五溪^[2]。
我寄愁心与明月,随君直到夜郎西^[3]。

【注释】
[1]杨花:即柳絮。子规:杜鹃鸟。[2]闻道:听说。龙标:在今湖南黔阳县黔南镇。五溪:即雄溪、樠溪、酉溪、沅溪、辰溪的总称,在今湖南西部。[3]夜郎:唐贞观五年(631年)置夜郎县,治所在今湖南芷江西南。不是汉代的夜郎国,古夜郎在今贵州西部和北部及云南、四川、广西部分地区。

　　李白在长安结识了许多诗朋文友,其中与王昌龄感情最为深厚。王昌龄为人刚直耿介,颇有侠义之风,与李白志趣相投。但也因此得罪了一些权贵,以致多次遭贬,一生坎坷。权贵以他"不护细行"的罪名,将他贬为江宁丞,旋又再贬为龙标尉。龙标在今湖南黔阳县,是湘西贫困之处。从江南到湘西,行程数千里,而李白此时大概不在江南,所以听到好友遭贬的消息,好友已经上路好久,已经过五溪了,来不及送行,十分遗憾,故只能写诗以寄,聊表寸心。题中左迁,表示降职迁谪,古人以右为尊,故左迁就是降职。

　　诗人说,在这杨花落尽、子规悲啼的日子里,我才听说你遭贬到龙标,已经出发走到五溪了。"杨花落尽",这种"似花还似非花"的柳絮飘零,说明春已过去,含有一种漂泊不定的凄苦意绪。"子规啼",杜鹃鸟啼声悲切,似说:"行不得也,哥哥。"故有一种悲凉身世的象征。这样,在写景中就把同情友人的情感渲染得极为浓郁。"闻道",表明事后才知,既惊诧,又遗憾。"龙标",即王昌龄,这是以地名代人名。龙标这一带地属湘西,为极端封闭落后的地区。这是以点带面,以见迁谪之荒远,道路之艰难。痛惜之情,溢于言表。

人隔两地,难以相随,月照中天,千里可共。他想象自己的心可以离开自己的身体,随明月飞向远方。所以诗人说,我只好把自己的忧愁之心,托付明月,陪伴你一直到属于西部夜郎的龙标。友人由五溪而夜郎,路程越来越远,山川越来越险,处境越来越困难,而诗人的心也越来越沉痛。明月是多情之物,她成了你我之间传递心灵的媒介,托明月给贬谪的朋友捎去一片爱心与友情,想象是多么的大胆,多么的新奇。诗人这种变幻莫测的奇思异想把他对友人的真挚情感表现得沉稳而深厚。但又是真情的自然流露,毫无做作之态,所以感人至深。

李 白

早发白帝城

朝辞白帝彩云间[1],千里江陵一日还[2]。
两岸猿声啼不住[3],轻舟已过万重山。

【注释】
[1]辞:辞别。[2]江陵:湖北江陵县。[3]啼不住:不住地啼。

唐肃宗乾元二年(759 年),李白因李璘案件的牵连入狱,经宗氏夫人和大臣宋若思的多方营救,才保得一命,长流夜郎。途中行至三峡白帝城时,遇赦东归,喜极而作此诗。诗中表达了他流放途中遇到大赦获得自由后的轻松愉快的心情。发,出发。白帝城,在重庆奉节县的东边长江岸边的高山上。东汉公孙述据此,据称殿前井内曾有白龙跃出,因自称白帝,称山为白帝山,城为白帝城。山峻城高,如入云霄。

诗人得到遇赦的喜讯,一早就告别耸立在云彩间的白帝城,乘舟东下。"彩云"不仅说明白帝地势很高,而且表现朝霞满天,阳光灿烂,是个喜庆的日子,烘托诗人开朗愉快的心情,对前途又充满了希望和信心。

诗人早晨离开白帝,想到顺流而下,一日千里就回到了江陵,其激动的心情可想而知。郦道元《水经注》云:"或王命急宣,有时朝发白帝,暮到江陵,其间千二百里,虽乘奔御风,不以急也。"诗人将前人散文浓缩为诗句,表现舟行之速,心情之兴奋,恰到好处。朝发白帝,暮至江陵,舟行一日,水程千里,其迅疾自不待言,其喜悦亦不待言。接着诗人又想到途中当轻舟疾下之际,只觉三峡两岸空谷猿啼,声声相接,不绝于耳。猿猴的啼叫声还在江面上回荡的时候,千峰万峦,扑面而来,掠舷而过,一叶轻舟已经送我穿过了三峡。"巴东三峡巫峡长,猿鸣三声泪沾裳。"猿声不住地啼,反衬舟行之快,"轻舟已过万重山",诗人心情之舒畅,意气之风发,可想而知。这与他上三峡时相比,当时是"三朝上黄牛,三暮行太迟。三朝又三暮,不觉鬓成丝",简直是天渊之别。

诗的题目是《朝发白帝城》,可见途中之描写全是想象之词,如果是纪实,何不命题为《舟下三峡》,这是必须注意的。但想象得合情合理,情景如绘,如三峡流水,于一气奔放中寓流转回荡之美,可谓笔到、意到、神到,一气呵成,俊爽之至。沈德潜《唐诗别裁集》云:"写出瞬息千里,若有神助。入'猿声'一句,文势不伤于直。画家布景设色,每于此处用意。"的确,通首想象,只写舟行之速,而峡江之险已历历如绘,可见落笔之超远。特别是妙在第三句,使通首精神飞越,灵动之极。

李 白

蜀 道 难

噫吁哦(xūhū)[1]！危乎高哉[2]！蜀道之难难于上青天！

蚕丛及鱼凫(fú)[2]，开国何茫然[3]。

尔来四万八千岁[4]，不与秦塞通人烟[5]。

西当太白有鸟道[6]，可以横绝峨嵋巅[7]。

地崩山摧壮士死[8]，然后天梯石栈(zhàn)相钩连[9]。

上有六龙回日之高标[10]，下有冲波逆折之回川。

黄鹤之飞尚不得过[11]，猿猱(náo)欲度愁攀援[12]。

青泥何盘盘[13]，百步九折萦岩峦[14]。

扪参(shēn)历井仰胁息[15]，以手抚膺坐长叹[16]。

问君西游何时还，畏途巉(chán)岩不可攀[17]。

但见悲鸟号(háo)古木[18]，雄飞雌从绕林间。

又闻子规啼夜月[19]，愁空山。

蜀道之难难于上青天，使人听此凋朱颜[20]。

连峰去天不盈尺，枯松倒挂倚绝壁。

飞湍瀑流争喧豗(huī)[21]，砯(pīng)崖转石万壑雷[22]。

其险也若此，嗟尔远道之人胡为乎来哉[23]！

剑阁峥嵘而崔嵬(wēi)[24]，一夫当关，万夫莫开[25]。

所守或匪亲[26]，化为狼与豺。

朝避猛虎，夕避长蛇，磨牙吮(shǔn)血，杀人如麻。

锦城虽云乐[27]，不如早还家。

蜀道之难难于上青天，侧身西望长咨嗟[28]！

[第五单元]
诗 坛 巨 星 话 李 杜

【注释】

[1]噫吁哦:蜀地方言,即啊呀呀。宋祁《宋景文公笔记》:"蜀人见物惊异,辄曰噫吁哦,李白作蜀道难因用之。"[2]危:高。不是危险。[3]蚕丛及鱼凫:古代蜀国的两个帝王。扬雄《蜀王本纪》:"蜀王之先名蚕丛、柏灌、鱼凫、蒲泽、开明……从开明上至蚕丛,积三万四千岁。"[4]尔来:自那以来。[5]秦塞:秦地自古称为四塞之国。[6]太白:山名,秦岭的主峰,在今陕西眉县东南。[7]绝:渡。峨眉:峨眉山,在今四川峨眉山市西南。[8]地崩山摧壮士死:《华阳国志·蜀志》载,秦惠王知蜀王好色,许嫁五位美女给蜀王,蜀王派五大力士去迎接。回到梓潼,见一大蛇钻入山穴中。五大力士共掣蛇尾,把山拉倒,力士和美女都被压死,山也分成五岭。[9]天梯:山路高峻,如同登天的梯子。石栈:在高山险峻处凿石架木成为道路。[10]高标:最高的山峰。[11]黄鹤:即黄鹄,一种善飞的大鸟。[12]猱:母猴。[13]青泥:山岭名,在今陕西略阳县西北。[14]萦:绕。[15]扪参历井:摸着参星,踏着井星。参、井,大上星座名。我国古代大义学把天上的星宿和地上的区域划分联系起来,叫分野。蜀地的分野是参宿,秦地的分野是井宿。胁:胸肋。[16]膺:胸口。[17]巉岩:山石险峻的样子。[18]号:大声哀叫。[19]子规:即杜鹃鸟,相传是古蜀国望帝魂魄所化,名杜宇,它从夜里啼到天明,声极哀切,似说"不如归去"。[20]朱颜:青春容貌。朱,红色。[21]喧豗:巨大的声音。[22]砯:撞击声,这里指撞击。[23]嗟:嗨,感叹词。胡为乎:做什么。[24]剑阁:大剑山和小剑山之间的一条30里长的栈道,据说是诸葛亮相蜀时开始修建的,又名剑门关。在今剑阁新县城南。峥嵘:高峻的样子。崔嵬:高而不平的样子。[25]一夫当关,万夫莫开:晋张载《剑阁铭》:"一人荷戟,万夫趑趄,形胜之地,匪亲勿居。"[26]匪:不是。[27]锦城:锦官城。故址在成都市南。唐时,锦官城是蜀中最繁荣的商业城市。[28]咨嗟:叹息。

李白是蜀人,他虽然没有从家乡翻越巴山秦岭,但从家乡雄奇的山川以及古籍的记载,对蜀道山川有切身的体验,写下了这篇奇之又奇的名篇。据说李白初到长安,谒见老诗人贺知章时献上此诗,老诗人大为惊奇,赞叹再三,称李白为谪仙人,并以金龟换酒,招待诗人。

诗一开始,用"啊呀呀"三个惊叹词写对蜀道总体感受,惊叹语气十分强烈。接着再用"高啊,高啊",反复咏叹,惊奇之极。"蜀道之难难于上青天",用一个极其夸张的比喻,为描写蜀道之难打下感情基调。

接着诗分三部分,第一部分写蜀道开辟之难。在远古蜀国的开国帝王蚕丛和鱼凫时代太久远了,一切都茫然不可知,打那以后四万八千年,蜀国都与秦地不相来往,只有从西面的太白山上的鸟可以飞过的缺口,才能够横渡到蜀国的峨眉山巅。诗人写蜀道难,宕开眼前实景,在历史的长河中进行想象,又以神话传说涂上一层光怪陆离的色彩,充分表现先民征服自然,开辟蜀道的艰难困苦。

第二部分写蜀道行进之难。先写其高,太阳神曦和驾着六条龙为太阳御车,走到蜀道,被那高高的山巅挡住去路,不得不回车改道,山下波涛汹涌,弯曲回环,十分艰险。连善飞的黄鹤,即天鹅,也飞不过去,连善攀登的猿猱要渡过也为攀缘困难而发愁。到了现在陕西略阳县西北的青泥岭,道路弯曲盘旋,百步九折缠绕在石头的山尖上,走到这儿,似乎手可以摸到天上的参星,脚已经踩到天上的井星。这时呼吸困难,只得挺着胸口出气,用手摸着胸口,坐下来喘气叹息。请问你,西游蜀地什么时候回来,高耸的石岩,可怕的道路简直不可攀登。这是从自然环境方面渲染。

再写其险,只见悲鸣的鸟在千年古树上号叫,雄的在前面飞,雌的在后面跟,绕着树林飞翔;又听见子规鸟在冷冷的月光中啼叫,凄厉的声音在空山中回荡,使人倍感忧愁。蜀道之难,比上青天还难,使人听到这些声音,青春的面容也为之衰老。在离天不满一尺的山峰连着山峰的高山上,悬崖绝壁上倒挂着枯老的松树,飞溅的浪花、奔腾的瀑布发出震耳欲聋的声音,冲击悬崖,转动石头,发出如雷的巨响。蜀道的艰险像这样,你这远方的客人为什么要到蜀地来呢! 这是从心理感受方面渲染蜀道的艰难。

第三部分写蜀道社会环境之险恶。到了号称"天下险"的剑阁,山石峥嵘,高大无比,如果用一人把守关隘,就是一万个人也难以攻开。如果守关的不是皇帝的亲信,就会变成胡作非为的豺狼。因此,行人至此,早晨要躲避猛虎,晚上要躲避长蛇。这些猛兽毒蛇,磨着牙齿,吸着人血,杀人如砍麻。成都虽说是休闲享乐的好去处,

100 一个去了就不想走的地方,还是早点离开回家为妙。蜀道之难比上青天还难,我侧着身子长长地叹息。这一部分诗人以政治家的敏感,提出蜀道难,剑阁险,一旦为野心家所占据,则将给国家和人民带来巨大的祸患,为此,蜀地不可久留。表现了诗人对国事的隐忧,对人民的关切。

《蜀道难》是一篇乐府旧题,但前人之作都很简短,只是"备言铜梁、玉垒之阻"(《乐府解题》),而李白却发展为长篇,在写景中带着浓烈的主观感情,借助大胆的想象,编织古老的神话传说,展现出蜀道瑰丽神奇的色彩,表现了诗人如蜀山一样的高大抒情形象。

诗句法灵活,句式参差不齐,形成一种放荡不羁、抑扬顿挫的情韵,加之"蜀道之难难于上青天"的反复咏叹,形成了极大的心灵震荡。后来唐人反其意写《蜀道易》,我们今天乘坐火车驶在宝成铁路线上,才真正实现了"蜀道易,易于履平地"的理想。

李 白

行路难(其一)

金樽清酒斗十千[1],玉盘珍羞直万钱[2]。
停杯投箸(zhù)不能食[3],拔剑四顾心茫然。
欲渡黄河冰塞川,将登太行雪满山[4]。
闲来垂钓碧溪上,忽复乘舟梦日边[5]。
行路难,行路难!多歧路[6],今安在[7]?
长风破浪会有时[8],直挂云帆济沧海[9]!

【注释】

[1]金樽:珍贵的酒杯,樽,古代盛酒器具。清酒:美酒,古代经过过滤了的酒称为清酒,未经过滤的酒称为浊酒。斗十千:形容酒好,一斗酒价值十千钱。斗,古时盛酒器,酒杯。[2]珍羞:羞同"馐",精美的菜。直:同"值"。[3]箸:筷子。[4]太行:太行山,在现在河

天宝初,诗人怀着使"寰宇大定,海县清一"的雄心壮志受诏入京,可是唐玄宗仅把他作为御用文人看待,供奉翰林,并不委以重任。而杨玉环、高力士这些宠姬、权贵又进谗言,压制、排挤诗人。三年的长安生活使他受尽了窝囊气,所以在天宝三载(744年)"赐金还山"出京时,诗人写下了抒吐郁闷之气的三首《行路难》。这是其一。行路难,乐府旧题,内容多写世路艰难及离别忧伤。

南、山西、河北境内。[5]梦日边:梦到京城。古人把日看作皇帝的象征。[6]歧路:岔路。[7]今安在:现在自己将置身何处。[8]长风破浪:刘宋宗悫少时,叔父宗炳问他的志向,他说:"愿乘长风破万里浪。"(《南史·宗悫传》)会:当,应该。[9]云帆:帆船。济:渡过。沧海:大海。

首四句,描写一场丰盛的宴会,酒是名贵的酒,菜肴是精美的菜肴。照常理,诗人本可以"一饮三百杯",而且诗兴大发,斗酒诗百篇。可现在他端起酒杯却又放下了,拿起筷子却又撂开了。而且起身离座,拔出宝剑,举目四顾,心绪茫然。"停"、"投"、"拔"、"顾"四个连续急促的动作,显示了诗人内心极度的苦闷和情感的激荡变化,把自己郁积的内心悲愤火山爆发式地倾泻出来。压抑越是沉重,爆发越是凶猛。但诗人纵然在失意的时候,也是李白式的愤懑,鹰击长空,郁勃奋扬。那停杯投箸的叹息,拔剑四顾的茫然,依然带着倔傲的气性和雄迈的意态。

接着四句点明"行路难"的主题。"黄河"、"太行",自己回东鲁必经之路。渡黄河,冰塞川。登太行,雪满山。真是举步维艰啊!诗人用贴切形象的比喻,说明人生道路艰难险阻,补足心绪茫然的内涵。但是他并不悲观,而要继续追求。想到古人姜尚八十余岁在磻溪钓鱼,得到周文王的礼遇,伊尹在困难时曾经梦见自己乘舟绕太阳而过,后来果然受商汤重用。诗人情感悲愤而不悲观,他仍然希望遇到明主,以施展宏图。姜太公和伊尹的落魄不正促成了他们得

102

遇明主,建功立业的机遇吗?那么冰塞万里的黄河,雪压千重的太行,虽是对人生的阻扼,但也是对登渡者的机遇。诗人是悲愤而不悲观,失败而带有希望。

最后四句,诗人思绪又动荡起来,回到现实又感到人生渺茫,道路维艰。诗连用"行路难,行路难,多歧路,今安在"四个短句,反复申述自己的苦闷,写出了他对人生进行思考的过程。他茫然过,也徘徊过,他站在十字路口,无所适从。但李白毕竟是李白,他终于从纷乱的思绪中挣脱出来,重新昂起头来,踏上新的征程。高唱"长风破浪会有时,直挂云帆济沧海",他要挂上云帆,效法宗悫,乘长风破万里浪。这便是诗人驾驭凌厉的笔力,构建阔大的意象,所表现出的人生自信。诗用典故作结,充满昂扬豪气。

李 白

将 进 酒

君不见,黄河之水天上来,奔流到海不复回。
君不见,高堂明镜悲白发,朝如青丝暮成雪。
人生得意须尽欢,莫使金樽空对月[1]。
天生我材必有用,千金散尽还复来。
烹羊宰牛且为乐,会须一饮三百杯[2]。
岑夫子[3],丹丘生[4],将进酒[5],杯莫停。
与君歌一曲,请君为我倾耳听[6]:
钟鼓馔(zhuàn)玉不足贵[7],但愿长醉不复醒。
古来圣贤皆寂寞,惟有饮者留其名。

陈王昔时宴平乐[8]，斗酒十千恣欢谑[9]。

主人何为言少钱，径须沽取对君酌[10]。

五花马[11]，千金裘[12]，呼儿将出换美酒[13]，

与尔同销万古愁[14]。

【注释】

[1]金樽：华美的酒杯。樽，盛酒器。[2]会须：务必如此。三百杯：《世说新语》注引《郑玄别传》说袁绍征辟郑玄，郑玄离开时在城东饯别，与会者三百余人，皆离席劝酒，欲其醉，可郑玄从早饮到晚，终日不醉。[3]岑夫子：李白好友岑勋，南阳人。[4]丹丘生：李白好友元丹丘，李白出川前在峨眉结识的一位道友。[5]将：且。[6]倾耳听：侧着耳朵听。[7]钟鼓馔玉：音乐美食。馔玉，饮食珍美，可比于玉。[8]陈王：曹植于太和六年封为陈王。平乐：观名。[9]斗酒十千：曹植《名都篇》："归来宴平乐，美酒斗十千。"斗，酒杯，十千，十千钱。恣欢谑：恣意狂欢笑谑。[10]径须：直须，只管。[11]五花马：一说马的毛色为五种花纹；一说剪马鬃为五瓣。[12]千金裘：价值千金的皮袄。[13]将：动词，取，拿。[14]尔：你们。

　　这是一首劝酒歌，题目是乐府旧题。大概作于天宝十一载（752年）。当时他与朋友岑勋到颍阳元丹丘居处为客，三人登高饮宴，于是诗人借酒抒发了淋漓尽致的万古愁情。

　　诗人先以两个"君不见"呼起，提醒友人注意。接着开端两句"黄河之水天上来，奔流到海不复回"，描写黄河从黄土高原奔腾而下，一泻千里，流向大海。这是写在筵席上抬头所见。但是在颍阳虽可看见黄河，却只能远观。远观则声势减弱，故诗人语带夸张，写黄河从天而降，来不可掩，势不可回，以此起兴，表达时光飞逝，人生易老的哲理意识，抒发他巨人式的感伤。三四句"高堂明镜悲白发，朝为青丝暮成雪"，即以黄河水起兴，以"白发"为承，水不回，人老安能复少？诗人由天地永恒想到人生短促。人生由青春年少到白发

104 苍苍,是一个渐进过程,但诗人却看作朝暮间事,这又是一种夸张。沈德潜说:"此种格调太白从心化出。"两句大开大阖,一句空间,一句时间,蕴含宇宙之伟大,人生之渺小。开始这几个排比长句,冲天而来,排山倒海,气势如霹雳震空,闪电耀眼。

下来振起,五六句"人生得意须尽欢,莫使金樽空对月",只要人生得意,便当纵情欢乐。欢乐就得有美酒,但诗人又不直接写美酒,而以金樽对月来表现,这就是诗。既然人生如此之短暂,得意能有几时,所以须求欢乐,而且要尽欢。得意以尽欢,倒金樽于月下,错过则将空对月。得意尽欢,金樽对月,多么富有诗意。但诗人何曾得意过? 他的使"寰宇大定,海县清一"的理想已经成灰。所以这是怀才不遇,又渴求入世的极为愤激之语。七八句"天生我材必有用,千金散尽还复来",二句为一篇之骨。天下无无用之才,千金散去无不回之理。充分肯定人生的自我价值,人可以创造价值,区区金钱,何足道哉,人应该驱使金钱而不应为金钱所役使。诗人高张人性,肯定自我,大写"人"字,表现个体的生命意识,不甘居于弱者地位。李白被唐玄宗赠金还山抛弃之后,"此处不留爷,自有留爷处",辗转奔波于山东、安徽、浙江,总是在寻求入世报国之途。虽然口头上喊归隐,但他的心始终是热的,所以喊出了响彻云霄的豪迈口号,天风海浪,大起大落,个性张扬,诗情狂放。

下来九、十两句描绘盛宴,三人的聚会,要杀牛烹羊,何等的豪奢! 喝酒要喝上三百杯,何等的场面! 接着几个短句,使节奏加快。饮酒已至高潮,朋友已经不胜酒力,但诗人仍醉眼蒙眬直呼其名,劝其进酒。这是何等的豪举! 而且还要为朋友高歌一曲以助兴,这是何等的张扬!

第十五句以后申诉纵情饮酒的理由。富贵人家的鸣钟击鼓,阵势浩大,饮食精美,洁白如玉,不足为贵,因为他们没有纵情,没有"长醉"。而自己的希望是"长醉不用醒"。长醉不醒,愤激语。"长醉",才能忘却现实的忧愁;"长醉",才能获得精神的解放。下来就"饮者留名"问题抒发感慨。以陈王曹植为例,曹植想建功立业,想当圣贤,可备受身为皇帝的兄、侄的猜忌,只好借酒浇愁,郁闷而死。曹植是以饮者留名,而不是以圣贤出名。圣贤不事于饮,所以身后寂寂无闻。饮者身前旷达,所以死后留名。诗人类似曹植,想为圣贤而不能,那就只能为饮者。曹植遭遇与己相似,说曹植其实是夫子自道。

　　最后再回到饮酒,口气甚大,而且愈来愈狂放。甚至反客为主,叫主人何不学陈王,招呼孩儿用五花连线的好马、价值千金的皮裘去换美酒。而且要同朋友同消万古愁。裘马非常物,万古愁非常愁,这样就写出了长期积压在胸中的万斛愁情。

　　这首诗是诗人豪壮的酒话,酒后的狂言,诗情大起大落,由悲入乐再转狂,这种波涛汹涌的情感,表现出诗人的诗仙风怀。这种崇高的美学风格,"言出天地外,思出鬼神表,读之则神驰八极,测之则心怀四溟"(皮日休《刘枣强碑文》)。

李　白

梦游天姥吟留别

海客谈瀛(yíng)洲[1],烟涛微茫信难求[2];
越人语天姥(mǔ)[3],云霓明灭或可睹[4]。
天姥连天向天横,势拔五岳掩赤城[5]。
天台四万八千丈[6],对此欲倒东南倾。

我欲因之梦吴越[7]，一夜飞渡镜湖月[8]。

湖月照我影，送我到剡（shàn）溪[9]。

谢公宿处今尚在[10]，渌（lù）水荡漾清猿啼[11]。

脚着谢公屐（jī）[12]，身登青云梯。

半壁见海日[13]，空中闻天鸡[14]。

千岩万转路不定，迷花倚石忽已暝[15]。

熊咆龙吟殷（yǐn）岩泉[16]，栗深林兮惊层巅[17]。

云青青兮欲雨，水澹澹兮生烟[18]。

列缺霹雳[19]，丘峦崩摧。

洞天石扉[20]，訇（hōng）然中开[21]。

青冥浩荡不见底[22]，日月照耀金银台[23]。

霓为衣兮风为马[24]，云之君兮纷纷而来下[25]。

虎鼓瑟兮鸾回车[26]，仙之人兮列如麻。

忽魂悸以魄动[27]，恍（huǎng）惊起而长嗟[28]。

惟觉时之枕席，失向来之烟霞。

世间行乐亦如此，古来万事东流水。

别君去兮何时还？且放白鹿青崖间[29]，须行即骑访名山。

安能摧眉折腰事权贵[30]，使我不得开心颜。

【注释】

[1]瀛洲：古代神话中的东海仙山。[2]信：实在。[3]越人：浙江人。[4]云霞：彩色的云。或：有时。[5]五岳：即东岳泰山，西岳华山，南岳衡山，北岳恒山，中岳嵩山。赤城：山名，在浙江天台县北。[6]天台：山名，在浙江天台县北。[7]吴越：今浙江和江苏南部，

为古代吴国和越国的领地。[8]镜湖:又名鉴湖,在今浙江绍兴市西南,天姥山西北。[9]剡溪:在今浙江嵊县南,曹娥江的上游。[10]谢公:谢灵运,南朝宋时永嘉太守,著名山水诗人。[11]渌:清澈。[12]谢公屐:据《南史·谢灵运传》记载,谢灵运特制的一种游山防滑木底鞋,鞋底前后都有齿,上山时抽去前齿,下山时抽去后齿。[13]半壁:指朝东的半面山崖。[14]天鸡:《述异记》说,东南方的桃都山上有桃树,树枝和树枝间的距离有三千里远,树上有天鸡,每天见到初升的太阳就叫起来,于是天下的雄鸡都跟着叫起来。[15]暝:天色晚了。[16]殷:轰响。[17]栗:惊怕。[18]澹澹:水波晃动的样子。[19]列缺:电光。[20]洞天:巨大的山洞,古人以为是神仙的居所。扉:门。[21]訇然:声音巨大的样子。[22]青冥:指天空。[23]金银台:光辉灿烂的楼台,指神仙的住所。[24]霓:云霓。[25]云之君:云神。来下:下来。[26]瑟:古代的一种弦乐器。鸾:神鸟。回:运转。[27]悸:心惊。[28]恍:同"恍",忽然惊醒的样子。[29]白鹿:神仙或隐者的坐骑。[30]摧眉:低眉。折腰:弯腰。

　　李白在天宝初年被诏入京供奉翰林,由于他既有儒家的使"海县清一"的政治抱负,又有道家追求平等的自由人格,还有游侠所具有的狂放不羁的傲岸个性,所以受到权贵的排挤和皇帝的冷遇,于是愤而离京,回到山东他妻子和女儿居住的地方。不久,他准备南游吴越,写了这首诗歌赠送亲邻好友,故这首诗又名《梦游天姥山别东鲁诸公》。

　　题目为"梦游",说明诗属于游仙性质,是借美妙神奇的梦境以表达对光明、自由的强烈追求,从而反衬对黑暗现实的不满,抒发他蔑视权贵的独立人格精神。天姥,山名。在今浙江嵊县境内。传说登山的人听到过仙人天姥的唱歌,因而得名。

　　第一段写入梦。海外来客赞叹东海瀛洲,烟波浩渺,难以企求;吴越来客谈起天姥山,云霞虹霓或明或暗可以看见。瀛洲,在传说的东海之中,太荒诞,不可信,对比之下,天姥则真实,为梦游打下基础。天姥山高入云霄,比五岳还高,把赤城山都遮盖了,著名的天台山高四万八千丈,面对着它就像向东南方倾斜。诗人运用对比与夸张的手法描写天姥山的高峻雄伟。说天姥超过五岳自然是对比中有夸张。说它有四万八千丈,更是夸张,而天台东南倾,则又是对比中的夸张。这样把天姥山描写得如此令人神往,这就引出了下面的梦游。

第二段写梦游。诗人移步换形,分别按行程经历、登山见闻、山中夜景、洞中仙境、梦中惊醒展开。我因为被天姥山所吸引,所以就梦中游吴越。乘着月光,一夜之间就飞过了镜湖。镜湖的月光照着我的身影,送我到了剡溪。这已经到了天姥山脚下,南朝著名旅游家谢灵运住过的地方古迹还在,清澈的绿水荡漾,不时还可以听到几声清脆的猿啼声。谢灵运为永嘉太守,后来住在会稽,在这一带曾尽情地游山玩水,他"暝投剡中宿,明登天姥岑"(《登临海峤初发疆中作》),玩得十分惬意。于是我也穿着谢公穿的旅游鞋,登上直入青云的石梯,就看见了从海上升起挂在立壁上的红日,听见了天鸡的啼鸣。接着经过了千岩万壑,没有固定的路,到处都是花草,找不到路径,只好倚在石头上休息。这时天色已晚,远处山巅传来熊咆龙吟的声音,夹杂着悬岩上的瀑布声,不禁使人惊骇战栗。再接着天上起了乌云,大雨将至,山中的水汽,生起了淡淡的烟雾。果然,一道闪电,一声惊雷,震得山峦快要崩塌。突然,"轰"的一声,一道石门打开,里面幽深看不见底,只见青青的幽暗颜色的天空,太阳和月亮照耀着金色和银色的台阶。这时,天上的诸神以虹霓做衣服,以风做坐骑,纷纷下来迎接我。老虎弹着琴瑟,神鸟驾着车子,仙人们一列列就如田中的苎麻。

第三段写梦醒。忽然魂魄一惊,梦就醒了,长长叹息一声,才觉得自己原来是睡在枕席上,刚才梦中所见的烟雾云霞都消失了。于是诗人向友人剖心相示,阐明全诗主旨。"世间行乐亦如此",这是政治上失意的深沉感慨。因为此诗写于赠金还山失意之时,所以三年长安生活虽然美好有如天姥山,然而却"古来万事东流水",已经如梦一样过去了。那么我暂且把白鹿放在青青的山崖间,想要行走时就骑上它去访问名山大川。表示对黑暗社会的鄙弃。诗用梦境中的自由、光明、美好,反衬现实中的拘束、黑暗、丑陋,为最后傲视权贵作下铺垫。最后飞来一笔,"安能摧眉折腰事权贵,使我不得开心颜",一吐长安三年的郁闷之气。

诗的艺术性很高,运用离奇的幻想和大胆的夸张,把神话传说中的美景和对自然山川的真实体验融合起来,创造出曲折离奇多变的艺术境界。

杜 甫

绝句(其三)

两个黄鹂鸣翠柳[1],一行白鹭上青天[2]。
窗含西岭千秋雪[3],门泊东吴万里船[4]。

【注释】
[1]黄鹂:黄莺。[2]白鹭:亦名鹭鸶,一种腿和颈较长的白色水鸟,栖息沼泽,捕食鱼虾。[3]窗含:由窗内观望风景,如像口含。西岭:西岭雪山,在今四川大邑县西。千秋雪:千年积雪。[4]东吴:现在江苏一带是古代的吴国,故称那一带为东吴。

唐代宗宝应元年(762年),诗人已定居成都草堂,他的好友成都尹兼西川剑南节度使严武回京任职,诗人相送至绵州。严武走,成都发生徐知道叛乱,诗人只好南下流落梓州和阆州。待叛乱平定后,广德二年(764年),严武再次镇蜀,诗人再次回到成都草堂,心情较好,写下了一组景物诗,题名《绝句四首》。题目叫绝句,实际上是无题诗,因为绝句是古代诗歌的一种体裁,并不表示诗歌的内容

110

和主旨。这是其三,描写春日美景,抒发愉快心情。

四句诗,两两相对,一句一景,宛如四幅色泽艳丽的水墨画。合而观之,又是一个由近景、远景、山景、水景组合动静相生的成都平原的写意图。正如魏庆之在《诗人玉屑》里引陵阳论诗说这首诗"极尽写物之工",诗中黄、白、翠、青,以色彩映带生趣,把川西平原的春日丽景写得令人神往。

这首诗曾被人讥为"断缯裂帛"。其实诗不可能如叙事文学,有头有尾,条理清晰,往往是"辞断意连",需要我们调动想象,进行补充,使它还原成艺术整体,才能得到艺术享受。诗中所写到的黄鹂、翠柳、白鹭、青天、雪山、木船,我们在生活中都是见过的,欣赏的时候,我们就让这些事物浮现在脑海中,然后顺着诗人的思路,组成一幅幅画面,并让它活动起来,这就是艺术的还原。一对黄莺在翠柳上婉转放歌,"两个",有嘤嘤求友之意,这是第一幅画面。水田中一行白色鹭鸶腾空飞上蔚蓝的天空,"一行",含合群之旨,这是第二幅画面。诗人从窗户向西眺望,西岭雪山千年积雪在阳光下时隐时现,银光闪闪。"含"字传神,如口之含物,西岭雪山含在窗中也,这是第三幅画面。门外浣花溪漂泊着一艘顺江而下的木船,正驶向东吴,他在《草堂》诗中说:"三年望东吴。"可见他久思去吴,这是第四幅画面。最后我们把这四幅画组成一个统一的有机整体,用什么来组成呢?这就是诗人的立脚点和他移动的视线。诗中"窗含"二字使我们可以想见诗人是站在室内由窗户往外看的。那么四幅画随着诗人视点的移动而形成了不同的层次,这样,在我们脑海里就浮现出了春日草堂风光旖旎的情景:诗人站在室内目光投向窗外,向近处看,"两个黄鹂鸣翠柳";朝天上看,"一行白鹭上青天";向西远望,是"西岭千秋雪";向东远眺,浣花溪远处江心正行驶着一艘开往东吴方向的木船。因为距离遥远,所以木船就像一动未动地停泊在门外江心似的。由此,我们也体会到了诗人当时观景的一种怡然自得之乐,心驰万里之兴。似乎他在高呼:"春天来了!"

杜 甫

绝句(其一)

迟日江山丽[1],春风花草香。
泥融飞燕子[2],沙暖睡鸳鸯[3]。

【注释】

[1]迟日:春天的太阳。因春日较冬日长,故曰迟。《诗经·豳风·七月》:"春日迟迟,采蘩祁祁。"[2]泥融:泥土黏软。[3]鸳鸯:一种水禽,雌雄成对,形影不离。

唐代宗广德二年(764年)暮春,诗人好友严武再度入蜀,不时给诗人经济上的资助。诗人生活比较安定,心情比较舒畅。一天,诗人又走出草堂,到浣花溪赏春,写下了两首五绝,这是其一。

这是一首"以诗为画"的绝句,描绘成都草堂浣花溪初春风景。杜甫的绝句有一种奇特的写法,就是四句各写一种景物,彼此并列,中间没有呼应关系的词,只靠这些景物的安排顺序构成一幅完整的画面。此诗就是这样。第一幅是红日下的江山,构成全幅画的大背景。第二幅是春风中的花草,第三幅是衔泥筑巢的燕子,第四幅是宁静而眠的鸳鸯。这三幅分别是大背景上的局部。这样就给人以丽日高照,春风和煦,百花竞开,花香扑鼻的温馨感受。在排列上,诗人运用了对偶的手法,把并列的景物组合成两联。第一联较阔大,较概括,是画的背景。红日、江山、花鸟,点缀其间。第二联较

112

突出,较具体,是画的重心。燕子衔泥,鸳鸯交颈而眠,写出了春的气息。两联粗笔勾勒与浓墨重彩配合,非常艳丽。在结构上,第一联为远景,第二联为近景。远近配合,极有层次。第一联是静态描写,第二联是动态描写,动静相生,富有生气。而同是动态描写也不相同,燕飞见其轻盈,鸟眠见其祥和。在构思上,四句看似了无干系,其实内在逻辑严密。首句的春回大地引出第三句的"泥融",次句的春风勾连燕子的轻飞。首句的"日丽"引出第四句的"沙暖",沙暖而鸳睡,自在情理之中。四句诗形成对偶,但不板滞,因为"丽"、"香",诗眼在句底;"融"、"暖",诗眼在句腰,工秀浑成,妙入化工。

　　诗写春景可乐,体现人对自然本质的期待、依恋和爱慕,希望与之共生共荣,这就是此诗的哲理底蕴。

杜 甫

江畔独步寻花七绝句(其五)

黄师塔前江水东[1],春光懒散倚微风[2]。一簇(cù)桃花开无主[3],可爱深红爱浅红[4]?

【注释】

[1]黄师塔:蜀人称和尚死后所葬之处为师塔(陆游《老学庵笔记》)。因和尚姓黄,故名黄师塔。江:指锦江流经草堂的支流浣花溪。[2]春光懒散:春暖困人。懒散,懒困,疲倦,没有精神。倚:临。[3]簇:簇簇,花朵聚集在一起。[4]可:疑问词。

　　唐肃宗上元元年(760年),杜甫卜居成都西郊草堂,生活比较安定。他非常热爱大自然, 不惜奔波向人求赠或花钱购买奇花名木，把草堂装点成园林式居处。而且他也经常外出寻芳赏春。次年春天，他约酒友斛斯融赏春，不遇，故独自沿浣花溪畔散步欣赏繁花似锦的春景，一连写成七言绝句七首，这是其中的一首。独步，独自一人散步。寻花，赏花。

一二句交代寻花的地点及诗人的神情。诗人沿着浣花溪走过了黄四娘家，欣赏了那儿"千枝万枝压枝低"的桃花。接着就来到了浣花溪蜿蜒向东流去的黄师塔前，稍事休息。黄师塔是当时远近有名的佛塔，风景甚佳，正可以好好赏花。诗人毕竟是上了年纪的人，身体也不很健康，春时疲倦，加之走了一段路程，出了一点微汗，渐觉劳累，故松开衣服，迎着微风稍事休息。倚风小憩，以便更好看花。这两句为下两句作了铺垫。

后两句点题，写桃花争奇斗艳，目不暇接。突然一簇簇桃花扑入眼帘，既有深红，又有浅红，简直使人应接不暇，观赏不尽。诗人不禁一问，你是爱深红呢？还是爱浅红呢？诗人为什么爱"开无主"的桃花呢？"开无主"有两层意思：一是师亡无主，故深浅红花可以无拘无束任人尽情欣赏，没有任何思想顾虑；二是师亡无主，没人管理，桃花可以自由自在生长，随意开放。这正合诗人的心意，想怎么看就怎么看，想看什么就看什么，想看多久就看多久。桃花的自由自在生长，恰好是诗人心灵自由的写照，二者契合，心灵得到解放，轻松愉快可想而知。诗人一问，把诗人当时是深红也爱，浅红也爱的心态表露无遗。"江上被花恼不彻，无处告诉只癫狂。"诗人那种热爱自然，热爱大好春光的童心已经到了"癫狂"的程度。

在这组诗中，诗人努力向民歌学习，使用方言俗语。比如此诗中的"师塔"、"懒散"、"簇"等都是当时的民间口语，具有通俗新颖，亲切生动的特点。诗以平常语与平常景，表现平常心，所以最为亲切，最为感人。

杜 甫
望 岳

岱宗夫(fú)如何[1],齐鲁青未了[2]。
造化钟神秀[3],阴阳割昏晓[4]。
荡胸生曾(céng)云[5],决眦(zī)入归鸟[6]。
会当凌绝顶[7],一览众山小[8]。

【注释】

[1]岱宗:泰山的尊称。岱,泰山的别称。宗,长,泰山为五岳之长。夫:语助词。[2]齐鲁:春秋时齐国和鲁国,都在今山东境内,以泰山为界,北为齐国,南为鲁国。未了:不尽。[3]造化:大自然。钟:钟情,聚集。神秀:神奇秀丽的景色。[4]阴阳:山北为阴,山南为阳。割:区分。[5]荡胸:胸怀激荡。生曾云:层云叠生。曾,同"层"。[6]决眦:睁裂眼眶。[7]会当:终当,定要。凌:登上。绝顶:最高处。[8]众山小:《孟子·尽心上》:"孔子登东山而小鲁,登泰山而小天下。"

　　唐玄宗开元二十四年(736年),杜甫北游齐、赵,过着一种"裘马颇清狂"的生活,开元二十八年(740年),赴兖州探父,和苏明源游了泰山,写下此诗,表现他热爱祖国河山,对前途乐观自信的胸怀。望,眺望。岳,山岳,此指泰山。

　　仇兆鳌说:"此望东岳而作也。诗用四层写意:首联远望之色,次联近望之势,三联细望之景,末联极望之情。上六实叙,下二虚摩。"也就是说,杜甫是在山下未登岳而望,今人多从此说。但近年有人提出质疑,说杜甫当年年轻气盛,焉有望泰山而不登临之理?但是登上泰山任何地方,都不能完全看见诗中所描写的情景。于是我们只得从另外的角度来领悟这首诗。

　　这首诗最大的特点是写实而不拘泥于写实。诗人后来回忆说:"我昔游山东,忆戏东岳阳。穷秋立日观,矫首望八荒。"(《又上后园山脚》)可见诗人是登上了泰山之顶的。诗人登山，即景入咏，寓目辄书，由实景得到意象，得到佳句。诗人又超越写实，用飞动的想象，熔裁、锤炼、补充、升华，创造出完美的意境。这时诗人已经由目游泰山进入到神游泰山了。

首句以问起，总揽全诗，饱含惊叹赞美之情。泰山啊，你是多么雄伟壮丽啊！"夫如何"，我欲形容泰山之胜，那如何而能得其万分之一呢？这就伏"望"字之神。次句诗人以大观小，从全方位的角度为泰山空中摄神，表现泰山高大雄浑的伟姿。整个齐鲁大地一片青葱，都是泰山的领地。"青未了"，青青的颜色没有尽头。但见鲁在岱前，齐在岱后，青色蜿蜒云际，望之不尽。这就伏"望"之影。

接着三四句立脚点从空中降至山上，着重从视觉感受写泰山色彩之绚丽。泰山阴阳变化，对比鲜明，神奇无比。大自然把一切灵秀都聚集到泰山身上，山北昏暗，山南明朗，界线分明。"神"，不可测识；"秀"，包含万有。"割昏晓"，山在中间，如刀之割，以见高大不测也。此联紧承首联，补足"夫如何"的惊叹之情。

再接着五六句立脚点又从山上移至山腰，着重从动态角度写出泰山的灵秀。望山上层云叠生而胸怀激荡，目送归鸟入没，眼眶都睁裂了。"层云荡胸"，是深厚的大气象，"鸟入眼帘"，是细微的小关节。岳生云，望时不觉胸为之荡，久望则眼花，眼眶有若决裂，忽见归鸟回山，归鸟入目，目不转睛。二句把诗人"望"的神情刻画入微。

中间这四句，可以说是对首两句的渲染。最后两句，其意不在写景，而在抒情，实乃全首之警策。诗人说，我一定要登临绝顶，一览天下风光，看群山皆小，那才惬意呢！前六句正面将泰山本身写尽，所以这两句把视线拓向山外，以"众山小"反衬泰山之高大、雄伟，首尾照应，空谷传响，以虚拟之笔抒发诗人少年登攀

116

的激情。

诗通画理，这首诗就是这样，诗人描写泰山，不重肖貌，重在神韵。其立脚点或高或低，忽远忽近，好像在空中自由翱翔，享受着情感意念上神游泰山的真和美。

杜 甫

春 望

国破山河在[1]，城春草木深[2]。
感时花溅泪，恨别鸟惊心。
烽火连三月[3]，家书抵万金[4]。
白头搔更短[5]，浑欲不胜簪[6]。

【注释】
[1]国：不是国家，而是指城市，这里指首都长安。破：陷落。[2]城：城墙，这里指城墙外面曲江池一带。[3]烽火：古代边境上遇有敌情，就升起烟火来报警。这里指战争。[4]抵：当。[5]白头：白发。[6]浑：简直。不胜：受不住。簪：古人插头发的用品。古代男子也留长发，故须用簪。

唐肃宗至德二年(757年)三月，杜甫为安禄山叛军所俘，身陷长安城中，但因官卑人微，并不为敌人严加囚禁，所以还能抽身去城南曲江池一带散步。曲江池是昔日皇族以及达官贵人游玩的繁华之所，而今却满目疮痍，残破不堪，所以诗人写下这首五言律诗抒发思家忧国的情怀。

春望，春天在高处远望。首联写春望所见。据《新唐书》记载，唐玄宗天宝十五年(765年)六月，长安被安禄山攻破，接着命令部下"大索三日，民间财资尽掠去"。又纵火焚掠，使长安几乎成了一片废墟。诗人以诗写史，说长安城残破不堪，虽然南山渭河依旧，但城外荒草杂树丛生，虽然到了春天，却没有游人，满目荒凉。司马光说："山河在，明无余物矣；草木深，明无人矣。"(《温公续诗话》)两句为全诗罩上悲怆的气氛。

次联写忧国思家。诗人为时世而感伤，为离家而恨别，花鸟也为之心惊流泪。诗用拟人手法，司马光说："花鸟平时可娱之物，见之而泣，闻之而悲，则时可知矣。"(《温公续诗话》)其实，这两句也可以理解为"花亦溅泪，鸟亦惊心"，何况人乎？按照施补华的说法，这是加一倍的写法，更耐人寻味。(见《岘佣说诗》)花溅泪，就是因为花草荒芜零乱，一种衰败的力的结构，而诗人被困长安，为国事、家事而悲伤，二者力的结构相似，所以诗人同情花木而流泪，花木也同情诗人而流泪。鸟惊心亦同此理。"溅"，堪称炼字典范。本来用花落泪，花流泪，花下泪，花滴泪均可，但都不及这个"溅"字意蕴丰富。溅有飞洒、飘洒之意，它的使动者可以是人，也可以是花，非溅不足以表现泪流之多，泪流之急，悲痛之深。"惊"字亦可作如是解。

三联揭示全诗主旨，连续三月的战争烽火，好容易才得到一封价值万金的家信。据《资治通鉴》载，这年正月，安禄山叛军将领尹子奇入寇睢阳，被守将张巡击败。二月，史思明率部围攻太原，与李光弼战，唐军败之。郭子仪遣大将王祚等收复潼关，安庆绪发兵救援，唐军大败，死者万余。三月，郭子仪从郓州出击叛军于河东，安守思从长安出兵西寇武功。整个春季战事不断。两句点明人民灾难之重以及消息隔绝久盼音讯不至的思家心情的急切。家书的可贵就在于它是载着深情，冒着战火而来的。

尾联写望后情态，沉重慨叹。白发挠了又挠，本来就稀疏的白发就更加稀少了，简直连簪子也别不住了。头"白"为焦急所致，"搔"是焦急之状，"短"是愁之结果，足见愁之难解。这样国破家亡与叹息衰老结合，更增一层悲哀。"头"，本该用"发"字，为什么用"头"呢？这是格律的要求。按照平仄，尾联应该是平平平仄仄，仄仄仄平平。所以这里只能用平声字"头"，而不能用入声字"发"，否则，这句就是孤平了，成了拗句，念起来拗口。但用"头"，也没有影响意思的表达，古乐府里有"白头不相离"之句，诗人这样用是有根据的。

诗前两联着重写春望之景，触景伤怀，后两联着重写春望之情，忧时伤乱。情景交融，沉郁悲壮，体现了诗人爱国伤时、思家念亲的沉痛心情。诗以"国破"二字领起，接着以"溅泪"、"惊心"、"白头"、"搔"等伤心之词渲染，结尾以满头白发的诗人自我形象作结，使人读之悲不胜悲。可以说是字字血，声声泪，时代之悲愤、骨肉之深情，贯穿于全诗的意境之中。

杜 甫

春 夜 喜 雨

好雨知时节，当春乃发生[1]。
随风潜入夜[2]，润物细无声[3]。
野径云俱黑[4]，江船火独明。
晓看红湿处[5]，花重锦官城[6]。

【注释】

[1]乃，就。[2]潜入：暗暗地来临。[3]润：滋润。[4]野径：野外的小道。[5]红湿处：指经雨后树头的花。[6]锦官城：成都，因官员管理织锦而得名。

俗话说，春雨贵如油。农民体会更深。唐肃宗上元二年（761年）春，成都久旱后下起了一场及时雨，这时诗人在成都草堂，生活比较安定，和田父为邻，与农民为友，他与农民同忧乐，写下了这首五言律诗,抒发春夜降雨的喜悦。

起始一联点题,点所"喜"之故,在于雨知时节。好雨懂得时候节令,一到春天万物复苏的时候,她就下起来了。用"好"赞美雨,用"知"拟人,写春雨有情有性,顺应人意,下得及时。两句用拟人化手法写雨,"物色带情"(《文镜秘府论》),表达了诗人内心的喜悦。

接着两联进一步写春雨之"好"。先从听的角度写,摹声传情,她随风悄悄地下,滋润万物细小无声。两句描摹雨景入微,细腻传神地表现了入夜而降的春雨。"潜"字,"细"字,既描写了春雨润物的情状,又表现出春雨"知"而有情,生怕搅醒了人们的春梦。仇兆鳌说:"曰'潜',曰'细',写得脉脉绵绵,见造物发生之妙。"(《杜诗详注》)传出春雨之神,用字极工。再从见的角度来写,"以画法为诗法"(《杜臆》),描绘春郊夜雨图,田野的小路乌云笼罩,一片漆黑,只有浣花溪江中的小渔船上的灯火十分耀眼。云黑,知雨不会止,从火光中见云黑,眼中实物,此种雨,画家亦不能画,尤妙。"黑"、"明"对比,借火衬云,说明春雨将下通宵。

末联驰骋想象,以"红湿"、"花重"赞扬春雨之功。明儿早天亮,看那经雨后的红花盛开的地方,锦官城沉甸甸的繁花那才壮观。一"湿"一"重",不湿则不重,表现雨后花朵,极其神妙。

这首诗看似平淡,其实最匠心独运,"通体精妙"(《瀛奎律髓》纪昀批语)。在意境上,以"喜"统摄全篇,但通篇却不露一喜字,而无一字不是喜雨,无一笔不是春夜喜雨,"喜意都从罅缝里迸透"(浦启龙《读杜心解》),写尽题中四字之神。在结构上,首联写所想,一盼望春雨,春雨就下起来了;次联写所闻,春雨不为人知,只求润物,但关心农事的诗人却听到了无声的春雨,自然喜得睡不着觉。于是引出三联写所见:看见满天乌云,雨意正浓,更加喜不自胜。水到渠成的末联写想到明天的满城春色,借花衬雨,更见雨之珍贵。

杜甫

客 至

舍南舍北皆春水，但见群鸥日日来[1]。
花径不曾缘客扫[2]，蓬门今始为君开[3]。
盘飧（sūn）市远无兼味[4]，樽酒家贫只
旧醅（péi）[5]。
肯与邻翁相对饮，隔篱呼取尽余杯[6]。

【注释】
[1]但见：只见。[2]缘：为了。
[3]君：客。这里指崔县令。
[4]飧：熟食。无兼味：菜品很少。
[5]樽：酒器。醅：没有过滤的浊
酒。[6]呼取：唤得。取，语助词。

　　这是一首七律，写于成都草堂，大概作于唐肃宗上元二年（761年）。诗人自注："喜崔明府相过。"诗人舅氏姓崔，明府是县令的尊称，可见来客既是朋友，又是亲戚。诗表现了诗人诚挚喜客的友情和亲情。

　　诗前半写客至，后半写留客。客至有空谷足音之喜，留客见诗人真切直率之情。

　　首联写家居周围景色。由于春雨连绵，草堂屋前屋后都是水。绿水环绕，细雨蒙蒙，倒也清幽清静，别有情趣。群鸥天天游来，既表现春水之大，又点闲居草堂，很少有人来访，暗含没有客到。鸥又是隐者的象征，表现主人闲得没事。

　　颔联转向庭院，引出客至。花径不曾因客而扫，因久雨之故，平时少有客人来到。客人突然来到，于是诗人对他说，舍下长满花草的小路，因天雨还没来得及打扫，实在抱歉。简陋的木门，久无客来，没有打开，今天迎接你，才第一次打开。客人的到来，使诗人喜

出望外。

颈联写待客。诗人延客就餐,频频劝饮。不断抱歉,酒菜不丰。因为天雨远离街市,购物不便,无力可致。因为经济拮据,买不起好酒、名酒,就只能用家酿的陈酒,请随便喝吧。竭诚尽心的热烈气氛和力不从心的愧疚感情交织在一起,款款相通的融洽气氛,也可见主客间真诚相待的情谊。

尾联请邻翁陪客。肴不佳,难以下箸;酒不好,难以下口。两人对酌,未免单调。村居偏僻,无人可陪,只有邻翁平日与我相对饮宴,如若不弃,肯与他相对饮吗?如肯,我就请他过来。得到客人的首肯之后,诗人就隔篱大声呼喊邻翁过来陪客,这样气氛更加热烈。诗人北邻是王姓县令,南邻是朱山人,他们与诗人是很好的邻里,都爱饮酒。可能陪客就是请的他们。"隔篱"二字,照应舍南舍北,邻翁近而熟悉路径,不为春水所隔,一呼即至,可见友好。客主衔杯半晌,又得邻翁助兴,可尽余杯。因盘中无肴,故不好劝,只好尽杯。这样人多、话多,饮酒也尽兴,这就把气氛推向高潮。

杜 甫

蜀 相

丞相祠堂何处寻[1],锦官城外柏森森[2]。
映阶碧草自春色,隔叶黄鹂空好音[3]。
三顾频烦天下计[4],两朝开济老臣心[5]。
出师未捷身先死[6],长使英雄泪满襟。

【注释】

[1]丞相:指诸葛亮。蜀汉章武元年(221年),刘备称帝,封诸葛亮为蜀汉丞相。祠堂:武侯祠,在成都城南,是晋时李雄在成都称王时所建。[2]锦官城:成都城的西南部,古为管理织锦的官员所居,所

诗 坛 巨 星 话 李 杜

122

唐肃宗乾元二年(759年)十二月,诗人颠沛流离来到成都。次年春,就前往武侯祠瞻仰诸葛亮,写下了这首记游兼吊古的诗,赞颂诸葛亮忠勤为国,痛惜其功业未遂。诗人在安史之乱时代,颂扬和效法诸葛亮,是有深意的,因为当时统治阶级内部争权夺利,李亨、李璘,兄弟内讧,而朝臣也各自保存实力,不尽心除寇,哪有刘备、诸葛亮这样君臣际遇的事呢?

诗首四句写景,但着眼于人。

首两句写远望祠堂,一问一答,自开自合,点出祠堂地点,表示久已倾慕,不是漫不经心来观赏景致。直书"丞相祠堂",含有尊崇庄严之意,一个"寻"字,写出追慕之情,表示急欲拜访的心情。"锦官城外"点明地点,"柏森森",象征丞相精神永垂不朽。这是写远处遥望所见郁郁葱葱,气象不凡的景象。

三四句写祠内近景,寓凄凉之感。丞相已作古,祠堂草自春色,鸟空好音,写祠堂之荒凉,而感物思人之意已在言外。这里撷取萋萋碧草,呖呖黄鹂,而不写殿宇之巍巍,塑像之凛凛,可见实是抒情,抒心中寂寞之情,同时也隐含对丞相祠堂之冷落的痛惋,对丞相的无限哀思。

后四句写人,缅怀丞相功业。

五六句写丞相君臣际遇,追思诸葛亮受刘备三顾而出山,辅佐刘备创业,辅佐刘禅守成的事迹。一方面刘备知人善任,始终不渝;

以后来称成都为锦官城。柏森森:柏树茂盛的样子。据说其柏为诸葛亮亲手所植。[3]黄鹂:黄莺。[4]三顾:三次访问。诸葛亮《出师表》:"先帝不以臣卑鄙,猥自枉驾,三顾臣于草庐之中,咨臣以当世之事。"频烦:即频繁,反复多次。天下计:天下大计。即诸葛亮《隆中对》中所规划的占领荆州、益州,内修政理,外结孙权,待机进攻曹操,统一天下的策略。[5]两朝:指蜀先主刘备和后主刘禅两代。开济:开创和成事。老臣心:指诸葛亮竭忠尽智不遗余力的精神。[6]出师未捷身先死:诸葛亮多次出师伐魏,未获成功,蜀建兴十四年(234年)秋病死于五丈原军中。

一方面诸葛亮鞠躬尽瘁,死而后已;一方面刘备托付之重,一方面诸葛亮报之以诚。"天下计",见其匡时雄略,"老臣心"见其报国苦衷。"士为知己者死",诗人联系自己,怎么不义愤填膺?

七八句结以痛心酸鼻之语。"出师未捷"有才困时艰之叹,"泪满襟"既是景仰英雄之泪,也是诗人痛惜自己之泪。因为诗人的忧国忧民、匡君济世之志,亦不愧为英雄,这是英雄惜英雄啊!虽很沉痛,却也悲壮。所以,宋宗简公(宗泽)临殁时还诵此二语,可见千载英雄,有同感焉。

杜 甫
登 高

风急天高猿啸哀[1],渚清沙白鸟飞回[2]。
无边落木萧萧下[3],不尽长江滚滚来。
万里悲秋常作客,百年多病独登台[4]。
艰难苦恨繁霜鬓[5],潦倒新停浊酒杯[6]。

【注释】
[1]猿啸哀:三峡多猿,叫声凄厉。《水经注》:"巴东三峡巫峡长,猿鸣三声泪沾裳。"[2]渚:水中小洲。回:回旋,不是回来。[3]落木:落叶。萧萧:风吹叶动的声音。[4]百年:黄帝曰:"中寿百年。"此时杜甫已经五十多岁。[5]苦恨:极大的遗憾。恨,憾事。繁霜鬓:形容白发多。鬓,鬓角。[6]潦倒:失意、衰颓。

唐代宗大历二年(767年)深秋重阳佳节,杜甫在夔州,他登上白帝城,写下了这首名诗,通过登高所见秋景,抒发时世艰难而漂泊潦倒的辛酸感情。

前四句写登高所见。首联由六个词组构成画面,表现秋景。天
高云淡,西风猎猎,不时传来几声凄厉的猿猴声,沙洲边江水清澈,
沙滩铺满白霜,雄鹰在低空盘旋。"风急天高"、"渚清沙白"是静景,
"猿啸哀"、"鸟飞回"是动景,上句为听觉形象,下句为视觉形象,这
样视听结合,动静相生,表现秋景的壮阔和悲凉,恰到好处。此联开
篇即对,如"风急天高"对"渚清沙白","猿啸哀"对"鸟飞回",十分
工整。不仅上下句对,且句中自对,如"天"对"风","急"对"高",
"渚"对"沙","清"对"白"。十四个字,天造地设,处处精当。又首句
入韵,一个"哀"字,为全篇打下感情基调。所以沈德潜说:"起二句
对举之中仍复用韵,格奇而变。"

领联则用流水对一气呵成,写落木萧萧,江水奔涌,补足上联
耳中所闻、目中所见的秋景,为悲秋兴象,引起身世之感。"无边"状
落木之广,"萧萧"写风声之疾,摹形兼写声。"不尽"写江源之长,
"滚滚"形江水奔腾之势。两句集中表现了三峡秋天的壮大悲凉的
典型特征,抒发了韶光易逝、壮志难酬的悲怆,有出神入化的笔力,
前人誉为"古今独步"的"句中化境"。

后四句抒登高所感。颈联又是一联意象密集的工对,宋人罗大
经在《鹤林玉露》中分析有八层悲意:异乡为"客",一可悲;经"常"
如是,二可悲;离家"万里",三可悲;孑然孤"独",四可悲;"登台"而
生怅意,五可悲;逢"秋"而悲,六可悲;一身"多病",七可悲;况复已
"百年"迟暮,八可悲。意象组合密集,把几个意象压缩在一句诗中,
显得凝重、深沉、老成。密度大,容量大,意象一个接一个层出不穷,
读起来有无穷的回味。这联还妙在诗人把眼前景和心中情融合起
来,进行时空分割和巨细对比,"万里"指距离之遥,"百年"指时间
之久,这是宏大的意象,而"独"却是细微的意象,这就把"常作客"
而"独登台"的诗人形象凸显出来了。

124

尾联又以双声叠韵对直抒穷愁潦倒。日子艰难，又白发满头，连双鬓都白了。因穷而只能饮价廉的浊酒，近来又因病连浊酒也不能饮了。从他的其他诗作中可知，诗人此时患有肺病、糖尿病、风湿病、耳聋、齿落、脚病等多种疾病，那么愁之郁结，自然很深。重九登高，本该兴趣盎然，而登高之后，反惹恨添愁，"无限悲凉意，溢于言外"。在句式上，"艰难"对"潦倒"，叠韵对叠韵，"苦恨"对"新停"，双声对双声，具有音乐之美。

此诗融情于景，而对仗自然工稳，八句皆对而不见板滞，因为三四句有疏宕之气，五六句有顿挫之神，而双声叠韵的运用又增加了音乐美。此诗最见沉郁顿挫的艺术风格，沉郁是感情的悲壮深厚，顿挫是感情表达的波澜起伏，深沉的忧思，厚积的情感。"李杜文章万丈高，就中诗律杜陵豪。"（周紫芝《次韵庭藻读少陵集》）所以胡应麟说："杜'风急天高'一章五十六字，如海底珊瑚，瘦劲难名，沉深莫测，而精光万丈，力量万钧。通章章法、句法、字法，前无昔人，后无来学……然此诗自当为古今七言律第一。"（胡应麟《诗薮》）

杜 甫

登 岳 阳 楼

昔闻洞庭水，今上岳阳楼。
吴楚东南坼[1]，乾坤日夜浮[2]。
亲朋无一字[3]，老病有孤舟。
戎马关山北[4]，凭轩涕泗流[5]。

【注释】

[1]吴楚：春秋时二国名，后来人们用以指长江中下游一带地区，吴在洞庭湖东，楚在洞庭湖南。坼：分开。[2]乾坤日夜浮：形容洞庭湖水面广阔，气势恢弘。《水经·湘水注》："洞庭湖水，广圆五百余里，日月若出没于其中。"乾坤：天地，日月。[3]字：书信。[4]戎马：指战争。[5]凭轩：依靠船窗。涕泗：眼泪和鼻涕。

诗 坛 巨 星 话 李 杜

洞庭天下水，岳阳天下楼。唐代宗大历三年（768年）冬天，诗人杜甫从川东漂泊到了洞庭湖，登上了岳阳楼，写下了这首伤时感世的名篇。

首联写登楼。说过去就听说洞庭水乃天下名胜，今天我居然也登上了岳阳楼，亲眼看到了这湖光山色的美景。"昔闻"是虚写，"今上"是实笔。"洞庭水"是浩大的面，"岳阳楼"是窄小的点，两句把时间长短、景物大小，笔墨虚实相反相成构成意境，有"万方多难此登临"的百感交集的心情。两句互文，即昔闻洞庭水和岳阳楼，今到洞庭湖和上岳阳楼，互文就以极简之笔写出极复杂之事。平平两句，含多少感慨。

颈联写登楼所见，是咏洞庭湖的名联。《西清诗话》说："洞庭天下壮观，自昔骚人墨客题之者众矣。如'水涵天影阔，山拔地形高。'（僧可明诗）'四顾疑无路，中流如有山。鸟飞应畏堕，帆远却如闲。'（评文化诗）皆见称于世。然未若孟浩然'气蒸云梦泽，波撼岳阳城。'则洞庭湖空旷无际，气象雄张，如在目前。至读子美诗，则又不然，'吴楚东南坼，乾坤日夜浮'，不知少陵心中吞几云梦也？"方回说："予登岳阳楼，此诗（孟诗）大书左序球门壁间，右书杜诗，后人自不敢复题也。"这联说，广阔无边的洞庭湖，划分开吴国和楚国的疆界，日月星辰都像是整个儿漂浮在湖水之中一般。写出其吞宇宙的壮观。这联还有深刻的寓意，它与首联含有转折关系，首联说我对洞庭湖慕名已久，很想登楼一览壮观。此联则说，哪知登楼所见，却是山河破碎，乾坤板荡。虽为写景，却含有国事之忧，表现诗人对军阀割据，中央政权衰弱的担心。

颔联感慨身世，抒写自己漂泊的痛苦。上句说亲朋音书断绝，下句说，如果自己年轻力壮，音书断绝，倒也可以对付，而今却既老又病，只有一叶孤舟供流浪而已，痛苦何堪？那么为何造成自己漂泊，尾联点明原因。

末联展望家园，关怀国事。诗人想到，吐蕃正在西北发动战争，就在这年吐蕃十万众寇灵武，二万众寇邠州，京师戒严，郭子仪正带兵驻在奉天（今陕西乾县）防守。诗人倚定栏杆，北望长安，不禁涕泗滂沱，声泪俱下。

值得注意的是，这首诗上写洞庭，下写心事，总为登楼起见。前半首景象壮阔，雄跨古今，气压百代；后半首却景况萧索，情怀黯淡，正如清人黄生说："前半写景如此阔大，五六自叙如此落寞，诗境阔狭顿异。"这是怎么一回事呢？此中奥妙，浦起龙说："不阔则狭处不苦，能狭则阔境愈空。"这就是阔与狭，大与小对立与统一的艺术辩证法。

这首诗描绘洞庭，心忧国事，由登楼想到国事，又由国事想到自身，再由自身想到国事，一唱三叹，笔力雄健，境界阔大，感情深沉，用字精妙，是杜诗的上乘之作。

杜 甫

兵 车 行

车辚辚[1]，马萧萧[2]。行人弓箭各在腰[3]。
爷娘妻子走相送[4]，尘埃不见咸阳桥[5]。
牵衣顿足拦道哭，哭声直上干云霄[6]。

道旁过者问行人，行人但云："点行（háng）频[7]。"
或从十五北防河[8]，便至四十西营田[9]。
去时里正与裹头[10]，归来头白还戍边[11]。

128

边庭流血成海水，武皇开边意未已[12]。

君不闻：汉家山东二百州[13]，千村万落生荆杞[14]。

纵有健妇把锄犁，禾生陇亩无东西[15]。

况复秦兵耐苦战，被驱不异犬与鸡[16]。

长者虽有问[17]，役夫敢申恨[18]？

且如今年冬，未休关西卒[19]。

县官急索租[20]，租税从何出？

信知生男恶[21]，反是生女好；

生女犹得嫁比邻[22]，生男埋没随百草。

君不见：青海头[23]，古来白骨无人收。

新鬼烦冤旧鬼哭[24]，天阴雨湿声啾啾[25]。

【注释】

[1]辚辚：车轮滚动的声音。[2]萧萧：马嘶鸣声。[3]行人：被征从军的士卒。[4]爷娘：爹娘。妻子：妻子和儿女。[5]咸阳桥：即渭桥，故址在今陕西咸阳西南十里渭水上，为长安通往咸阳的大桥。[6]干：冲上。[7]但云：只说。点行：按户籍名册强行点名征调从军。频：频繁。[8]北防河：唐玄宗时期，经常征调兵力驻扎西河（今甘肃、宁夏一带）以防吐蕃侵扰，因其地在长安以北，故称为北防河。[9]西营田：戍边士卒在西部边疆兼营垦荒叫营田，并设度支营田副大使管理其事。[10]里正：唐制百户为一里，设里正一人，管理户籍、赋役等事。裹头：古时以皂罗三尺作头巾，为入伍新兵缠头。[11]武皇：汉武帝刘彻，历史上以武功出名，这里借指唐玄宗。开边：拓边。[12]汉家：以汉代唐，实指唐朝。山东：华山以东。二百州：唐代潼关以东有七道二百二十一州，这里是举其成数。[13]荆杞：荆棘和杞柳，泛指野生灌木。[14]无东西：不成东西，不成样子。[15]秦兵：关中士兵。[16]驱：驱遣，驱赶。[17]长者：对老年人的尊称。[18]敢：岂敢。[19]未休：未停征调。关西：函谷关以西，即关中地区。[20]县官：不是县令，是指天子、朝廷。《史记·绛侯周勃世家》："庸知其盗买县官器。"司马贞《索引》："县官，谓天子也。"不直接指斥皇帝，故曰县官。[21]信知：确实知道。恶：不好。[22]比邻：近邻。[23]青海头：青海湖边，在今青海东部，

唐军与吐蕃接战之地。[24]烦冤：含冤。[25]啾啾：象声词，指动物细小的叫声，这里形容鬼哭声。

这是杜甫写的一篇"纪事名篇，无复依傍"的新乐府，继承了风骚重兴寄的爱国忧民精神，又发展了汉乐府写时事的优良传统。

此诗作于诗人困居长安时期，针砭时弊，讽刺唐玄宗穷兵黩武而不顾百姓死活。

诗一开始，摹写送别悲楚惨状，为我们勾画出一幅令人揪心的送别图。车鸣马嘶，部队出征，亲人相送，牵衣顿足，哭声干云。诗中一个"走"字，把那种爹送子、娘别儿、妻送夫、子哭父，离别时连走带跑、跌跌撞撞、依依不舍的情景勾画出来了。这个"走"字，用的本义，就是"跑"的意思。"牵衣顿足拦道哭"，连用三个动词，强烈地把那种诀别时呼天抢地、悲愤欲绝的情态凸显出来，表现人们的反战情绪。诗人以夸张之语渲染悲苦之情，瞥然而起，如风至潮来，这是纪事。

"行人但云"以下是纪言。先叙征夫苦役之情。借道旁过者与征夫为问答，吐人民遭开边战争之苦的心声，"点行频"为一诗之眼。征夫历数"十五防河"、"四十营田"、"头白戍边"，说明行役地域之广，任务之繁，时间之长，一生都在为武皇（明皇）拓边战争卖命。接着笔锋一转，由前方写到后方，开拓出一个触目惊心的新境界，山东二百州的广大农村，丁征妇耕，村落萧条，民不聊生。至于近畿的秦地，则更苦不堪言。在构思上，泛举天下，剔出秦中，尤为深刻。

接着再进一步申述开边战争所造成的租税繁重的灾难。上段历数从前，指陈惨苦，此段则慨叹现在，灾难更甚。"未休戍卒"照应"开边未已"，"租税何出"是"村落荆杞"的必然结果。前面写"爷娘妻子"相送，此处则应以"生男不如生女"的沉痛之语。最后以"君不见"几句作结,更见惨不忍睹。拓边战争阴风惨惨,白骨累累,人哭鬼嚎,诗至此戛然而止。

诗的艺术性很高,首先是采用客观的纪实手法,寓情于叙事之中,以征人的答话塑造征夫的形象,展现真实的历史画面。其次,杂言乐府的形式,民歌的句法,三、五、七言错杂运用,加强了诗歌的表现力,而又用通俗的口语,如"爷娘妻子"、"牵衣顿足"、"信知生男恶,反是生女好"等,"语杂歌谣,最易感人,愈浅愈切"。

杜 甫

茅屋为秋风所破歌

八月秋高风怒号(háo)[1],卷我屋上三重(chóng)茅[2]。
茅飞渡江撒江郊,高者挂罥(juàn)长林梢[3],下者飘转沉塘坳(ào)[4]。
南村群童欺我老无力,忍能对面为盗贼[5]。
公然抱茅入竹去[6],唇焦口燥呼不得[7],归来倚杖自叹息。

俄顷风定云墨色[8],秋天漠漠向昏黑[9]。
布衾(qīn)多年冷似铁[10],娇儿恶(wù)卧踏里裂[11]。
床头屋漏无干处,雨脚如麻未断绝[12]。
自经丧乱少睡眠[13],长夜沾湿何由彻[14]!

安得广厦千万间[15],大庇天下寒士俱欢颜[16],风雨不动安如山!
呜呼[17]!何时眼前突兀见(xiàn)此屋[18],吾庐独破受冻死亦足[19]!

【注释】

[1]秋高:高秋,秋深。[2]三重:三层。三,言其多,非确指。[3]挂罥:挂结。长林:高大的树林。[4]塘坳:塘边低洼的地方。[5]忍能:忍心这样。能,唐人口语,这样。[6]公然:明目张胆地。[7]呼不得:喊不住。[8]俄顷:一会儿。[9]漠漠:灰蒙蒙的样子。向:接近。[10]布衾:布被子。似铁:像铁一样脏而且硬。[11]恶卧:睡像不好。踏里裂:把被里子,即棉絮蹬坏了。[12]雨脚如麻:一线线的雨脚长在地里的麻秆一样密集。[13]丧乱:使国家遭破败的祸乱。这里指安史之乱。[14]彻:天晓。[15]安得:焉得,从何得。[16]大庇:普遍地庇护。寒士:贫寒的人们。[17]呜呼:唉,感叹词。[18]突兀:高耸的样子。见:同"现"。[19]吾:我。

　　唐肃宗上元二年(761年)八月,一场狂风暴雨,毁坏了诗人在成都靠朋友资助修建的名曰草堂的数间茅屋,他彻夜难眠,写下了这首歌行体诗篇。

　　诗分三部分,首写狂风毁屋,顽童抱茅。茅屋,用茅草盖的房屋。"怒"、"卷",写出风威;"飞"、"撒",状尽屋破。风毁屋破,已使老人悲痛难禁,而群童抱茅更使老人雪上加霜,故愤激而称群童为"盗贼"。儿童的幼稚顽皮,哪知老人的辛酸?"怒"、"卷"、"飞"、"撒"、"挂"、"飘"等一系列动词写出风势之猛、风旋之急、风向之乱。

　　次写屋破遭雨,长夜难眠。诗人彻夜难眠,忆过去,忧现在,表现出那个时代寒士生涯的痛苦,为下文抒发诗人崇高博大的胸怀作了铺垫。

　　最后抒发胸襟、怀抱。诗人在饱受熬煎、痛苦不堪的情况下展开联想,推己及人,由自己的个人家庭悲剧想到天下寒士的受冻,进而想到如何才能让天下的寒士俱欢颜,由自己的屋破,想到广厦千万间,让寒士安居乐业。

　　诗从小处着手,向大处作结,诗人超越自我,爱国忧民,这种志士仁人较常人为高的思想境界,是此诗伟大的思想基础。而奇警变化、沉雄壮阔的结构是此诗感人的艺术魅力。

【 第六单元 】
光 彩 再 现 中 唐 诗

　　到了中唐,随着伟大诗人杜甫这颗巨星的陨落,诗坛也逐步暗淡下来,虽然诗人不少,但成就不高。他们的诗作丧失了盛唐诗人昂扬的精神风貌,也缺乏反映现实的忧愤深广。诗宗王、孟的刘长卿、韦应物,已不再有王、孟的热情,而学习杜甫反映现实的元结、顾况,却泥古浅陋,成就不高,善写边塞的卢纶、李益,已现衰颓情怀,名噪一时的所谓"大历十才子",如钱起、李端等人,作品多为题赠送别之作,追求一种清雅高逸的情调,表现出一种孤独寂寞冷落的心境。但是经过了一段时间的沉寂,到了贞元、元和年间,社会相对安定,而社会矛盾正在酝酿之中,尚未完全激化,于是诗坛再次振兴,放出异彩。不管是在诗人的数量方面还是在作品的产量方面,都不下盛唐,特别是在诗歌的风格流派方面,更是争奇斗艳,流光溢彩,美不胜收。这时,既有以白居易、元稹为代表的包括李绅、张籍、王建等人数众多、声势浩大的作诗尚实、尚俗,以继承杜甫反映民生疾苦为己任的新乐府运动,又有以韩愈、孟郊为代表的以文为诗,追求奇险怪异的韩、孟诗派,还有以贾岛为代表的推敲字句的苦吟诗人,还有李贺的异想天开、诡奇虚幻,还有自成一家独树一帜的刘禹锡和柳宗元。所以明人高棅称之为"中唐之再盛"。由于时代的衰落,中唐诗歌虽然繁星满天,但已不复有"盛唐气象",总显得有那么一点衰飒,有那么一点干枯。

中唐之后就是风雨飘摇的晚唐，社会矛盾重重，民不聊生，有些诗人如杜牧、李商隐志大才高，却生不逢时，无力回天，他们写出了一些华美清艳的诗篇，抒发他们的苦闷。另外，如杜荀鹤、罗隐等则用浅显通俗的语言来反映民生疾苦和社会问题，但广度和深度均不如元稹、白居易、张籍、王建等人的新乐府。

学习中、晚唐诗，除阅读《唐诗选》、《唐诗别裁集》外，还可阅读顾肇仓和周汝昌《白居易诗选》、流沙《李贺诗歌选注》、缪越《杜牧诗选》、刘学锴等《李商隐诗选》等。

卢 纶

塞 下 曲

月黑雁飞高，单于(chányú)夜遁逃[1]。
欲将轻骑逐[2]，大雪满弓刀[3]。

【注释】
[1]单于：古代匈奴的首领叫单于，后来泛指北方地区少数民族的君主。[2]轻骑：轻装快速的骑兵。[3]弓刀：古代的武器，弓箭和大刀。

卢纶(748年？~799年？)字允吉，范阳人(今河北涿县)，后迁徙河中蒲(今山西永济县)，天宝末年应进士不第，补阌乡尉。大历初，为集贤殿学士、秘书省校书郎。后任密县令、昭应令，河中元帅府判官，检校金部郎中、户部郎中等职。卢纶是中唐"大历十才子"之一。诗多酬答之作，亦有描写军旅之作。有《卢纶集》。

这是诗人在张建封幕下任幕僚时的作品，是和张建封之作，一共六首，这是其中之一。诗通过一场战争描写，暗含对张建封的赞美之意。张建封是当时名将,时任御史大夫,徐泗濠节度使,治徐十余年,躬于所事,一军大治。所以诗人的和诗,虽属应酬,却非阿谀之词。

诗描写将军雪夜破敌的情景,但只截取一个场面,几个镜头,就把我军的军威表现得淋漓尽致,极富爱国豪情。

首句描写环境气氛。边疆的夜晚,一片漆黑,伸手不见五指,只能听见空中不时传来阵阵南飞的大雁的啼叫声。"月黑",说明没有月亮。"月黑"而"雁飞","飞"而且"高",渲染边塞环境气氛极其寒冷,暗示即将下雪。

次句交代事件。被我军重重围困的敌军的敌酋"单于",借恶劣的天气环境,趁我军不备,率众连夜突围偷偷逃走,想绝处逢生。即将到手的胜利果实突然失去,将士浴血奋战的辛劳即将付之东流,岂能善罢甘休?自然引出三四句的追逐逃敌。

三四句写将军率众追逐。逃遁的既然是敌酋,故非急追擒拿不可。将军下令派遣一支机动灵活的轻骑部队追逐。那么追上敌人没有,战斗的情况怎样,胜败如何,统统略去。诗人只摄取出发时的一个镜头"大雪满弓刀"。这既照应了前面月黑,又表现了我军将士顶风冒雪,不畏严寒的英勇顽强的战斗精神。弓刀上都是大雪,那么马背、人身自不待说。追逐过程与结果,战士的精神面貌,都在不言中。后两句不是战斗的结束,可是那种艰苦的自然环境,肃穆的战斗气氛和将士们的英雄气概,都统统被烘托出来了,以胜利结束也在预料之中。

这首诗只有短短四句,二十个字,要描写一场战争,那非用特殊的表现方法不可。诗人是用神龙见首不见尾的方法,借助片断形象以抒情写意。中唐边塞诗差不多都风格卑弱,只此首足以相匹盛唐,所以弥足珍贵。

张 继

枫 桥 夜 泊

月落乌啼霜满天[1]，江枫渔火对愁眠[2]。
姑苏城外寒山寺[3]，夜半钟声到客船[4]。

【注释】

[1]乌啼：乌鸦啼叫。[2]渔火：渔船上的灯火。[3]姑苏：苏州的别称，因城西南有姑苏山而得名。寒山寺：在枫桥附近，唐代高僧寒山曾住于此，故名。[4]夜半钟：旧称无常钟。击钟无定时，因而有时于半夜撞钟。

张继，字懿孙，襄州（今湖北襄樊市）人。唐玄宗天宝十二年（753年）进士。大历末任检校祠部员外郎，洪州盐铁判官。诗多登临纪行之作，平易自然，格调流畅，比兴深远。有《张祠部诗集》。

诗人天宝末年流寓江南，乘船到了苏州，夜泊枫桥，乡情袭来，写下了这首著名的七绝。枫桥，原名封桥，因张继此诗而改名枫桥，在今苏州市西门阊门外七里。泊，停船靠岸。

在一个繁霜满天的深秋时节，诗人泊船姑苏枫桥，由于离乱漂泊，一夜难眠，月儿已经落山，乌鸦已在呱呱啼叫。这个时刻，应该是阴历十三、十四夜，"月落"是在四更末，"乌啼"表明天将晓，"霜"则说明时已五更。难以入眠的诗人，看见江中渔火射在江岸枫叶上，枫叶上的渔火又反射进舱内，与"愁眠"的诗人目光相接，更增添愁情。诗人刚合眼，不一会儿，姑苏城外寒山寺的钟声，又声声传入耳际，搅得诗人难以入眠。

这首诗写得很美，但有不少人对其中一些词句提出非议，又引起不少人为诗人辩护。有人说，乌啼不在月落时；也有人说，江南无枫树；甚至连欧阳修这样的大学问家也说夜半不是打钟时。那么，这些批评有没有道理? 没有,都没有抓住意象的功能特点。

　　这首诗所抒发的"愁",不仅是个人乡愁,也反映了安史之乱对江南的破坏给人们带来的忧虑。所以"钟声"是警悟之钟,告诫天下名利客,何必为名为利劳苦奔波,于是诗中又有一种难以言传的禅意。

孟　郊

游　子　吟

慈母手中线,游子身上衣[1]。
临行密密缝,意恐迟迟归。
谁言寸草心[2],报得三春晖[3]。

【注释】
[1]游子:离家远游的人。[2]寸草:寸长之草,小草。心:这里指小草茎干。[3]三春晖:三春的阳光,三春,春季的三个月。

　　孟郊(751 年~814 年),字东野,湖州武康(今浙江德清县)人。中唐韩孟诗派代表人物之一。幼时生活孤苦贫穷,落拓漂泊。四十一岁至京,结识韩愈,为忘年交,但应试屡考不中,直到四十六岁才进士及第,又未得官,浪迹各地,直到五十岁才应东都选为溧阳尉,因无心政务而辞官,终身穷愁潦倒。他和韩愈合称"韩孟",其诗多危苦之辞,也有一些关心民生疾苦,愤慨贫富不公的诗。他的诗古朴中见凝练,奇险中见平易。有《孟东野集》。

　　孟郊五十岁才当上溧阳尉这样一个小官,感慨万千,想起孤苦伶仃的母亲,写了这首自制的乐府诗《游子吟》,然后把母亲接到任上。

首两句,写慈母用她手中的线,缝制了出门远行的我身上的衣服。诗人就自己身上所穿的寒衣联想到是母亲飞针走线熬更守夜所缝,一种疼母之心油然而生。"线"和"衣"这两种极为普通的事物,经诗人一对仗,表示出母子关系的亲密。儿行千里母担忧,一头缝,一头想,生怕儿子归得迟了。这两句妙就妙在出语天然,既是动态描写,又兼用比兴,似乎使人看见白发慈母挑灯夜缝的劳作情景,天寒而飞针,走线而成衣,成衣而暖儿。这不是用其他事物来比母子关系,而是用与母子有切身关系的事物来比拟,含而不露,极富魅力。

三四句,写母亲在我临走之前把寒衣缝得结结实实,生怕我回来晚了,衣服破了,染上风寒。其实母亲又何尝不盼儿早归呢? 矛盾之中见深笃之情,一片爱心唤起人们对母亲亲切的联想和深挚的忆念。诗用母亲的动作和意态把慈母的爱子之心表现得十分真切。

五六句,写谁说小草能报答三春阳光的恩情呢? 诗的结尾抒发感慨,用一个比喻表现自己的感恩之情。三春给小草以阳光和雨露,而区区小草却不能给三春晖任何东西来报答,说明儿子无论如何都报答不尽母亲的恩情。

诗人善用比兴,临行缝衣寄托母爱,春晖照物,比喻母爱。两者都使人感到温暖,前者暖身,后者暖心。"谁言"二字故作设问,意味深长。这是一首不可多得的关于母爱的人性美的赞歌。

韩　愈

早春呈水部张十八员外(其一)

天街小雨润如酥[1],草色遥看近却无[2]。
最是一年春好处,绝胜烟柳满皇都[3]。

【注释】
[1]天街:皇城中的街道。酥:酥油,牛羊乳汁制品。这里指如酥般的滑腻。[2]遥看:远看。[3]绝胜:远远超过。皇都:京城,指长安。

光彩再现中唐诗

　　韩愈(768年~824年),字退之,邓州河阳(今河南孟县)人。郡望昌黎,故人称韩昌黎。幼年孤贫,刻苦好学,贞元八年(792年)进士,任监察御史。韩愈工诗文。倡导古文运动,其散文被列入"唐宋八大家之首"。其诗追求新奇险怪,以文为诗,以议论为诗,对宋诗影响很大,为韩孟诗派代表人物之一。著有《昌黎先生集》。

　　这是一首描写、赞颂早春景物的小诗,写于穆宗长庆三年(823年),是送给友人张籍的。张籍在兄弟排行中为十八,故称张十八,其时任水部员外郎。韩愈约朋友到长安郊外赏春,张籍因事未去,回来故以诗相赠,夸示郊外早春的美好和自己的兴奋之情。

　　首句点出春雨。在皇城长安的街道上,下起了丝丝润滑如油的细雨。俗话说,春雨贵如油,是形容其宝贵,诗人却用"润如酥"三字,把宝贵的春雨的细嫩滋润、色泽晶莹表现出来了。特别是"润"字,形容春雨下得及时可贵,对万物滋长有催发助长作用,十分传神。

　　第二句写郊外小草。走出城外,透过蒙眬的春雨,向远处望去,似乎有一层淡淡的青绿草色,这是春的信息,春的象征。看着这景致,人的心里顿时充满着一种欣欣春意的快感。但当你走近想看个究竟,地上却只有稀稀落落的极为纤细的草芽儿,却反而看不见先前那种浅淡嫩绿的草色了。这句极细腻传神,兼摄远近,进行对比,捕捉小草刚萌发时的嫩绿特征,鲜明准确表达出来了。黄叔灿《唐诗签注》说:"'草色遥看近却无',写照工甚,如画家设色,在有意无意之间。"传神而不费力,是因为诗人亲眼所见,亲身所感,故真切如此。

　　最末两句,赞美郊野小草景色。这是一年中春天最好的景色,比烟柳满皇都的景色还要好。诗人直抒胸臆,极力赞美这郊外大好春光。一年之计在于春,而春天的最好处却在早春,早春最好的景色又数郊外的风光。诗人把这种郊外早春景致和烟柳皇都相比,给人以美上加美的感受。张籍收到这首诗,怎么会不怦然心动? 觉得没有去郊游,真是最大的遗憾呢。

柳 宗 元

江 雪

千山鸟飞绝[1],万径人踪灭[2]。
孤舟蓑笠翁[3],独钓寒江雪。

【注释】
[1]绝:尽。[2]径:道路。踪:脚印。[3]蓑笠:两种雨具。蓑,蓑衣,蓑草编织的衣服,可以遮挡雨雪。笠,斗笠,戴在头上的雨具。

柳宗元(773年~819年),字子厚,河东解(今山西运城市)人,贞元九年(793年)中进士,任秘书省校书郎,接着中博学宏词科,授集贤殿正字,升监察御史里行。唐顺宗抱病即位,王叔文当权,被提升为礼部员外郎,成为王叔文革新集团的核心成员。革新失败,被贬为永州司马,十年后,方诏回。因好友刘禹锡写诗讽刺时政,受牵连再贬柳州刺史。又十年,遇赦诏回,但诏书未到,人已逝于柳州。柳宗元是著名的政治革新家,在文学上,提倡古文革新运动,和韩愈一道,是古文革新运动的领袖。在诗歌创作上不傍门户,自成一家,峻洁澄澈,明净简峭,寓意深刻。有《柳柳州集》。

这是一首五言绝句,写于诗人遭贬永州之时。通过江上雪景的描写,寄托诗人一种坚强不屈的傲岸个性。

你看,千山万径,乃至整个山河都是一片雪景,不仅连人的踪迹全无,甚至连鸟儿也冻得不敢出窠。整个大地除了纷纷扬扬的大雪,竟是死一般的寂静。"千山"、"万径",画出大背景;"鸟飞"、"人踪",是背景上的点。本是动景,但缀以"绝"、"灭",迹印都被雪盖住了,转而为静景。这天地间的寒冽,仿佛亘古以来再无人与之抗衡。这是化动为静,以示环境变得异常的冷酷,呈现出地老天荒的空旷孤寂境界。

　　接着出现垂钓的渔翁。在茫茫山野,寂寂寒江,却有一位披蓑戴笠的渔翁正挺坐舟头,顶风冒雪浑若无事地垂钓。

　　这首诗写渔翁寒江垂钓,晚唐郑谷说:"江上晚来堪画处,渔翁披得一蓑归。"显然未得诗人真诠。明代唐寅说:"谁信溪溪狼虎里,满身风雪是渔人。"已经触到了诗中所表达的同情渔翁辛苦的感情,但其深层意蕴仍未接触。今人观察到这位渔翁竟然不怕天寒地冻,狂风暴雪,披着蓑衣,戴着斗笠,孤舟一叶,独自垂钓,他的意志是多么的顽强和坚定,他的性格是多么的孤傲和清高。联系诗人永贞革新失败遭贬后的政治形势,诗中的严寒酷冷,象征着永贞革新被扼杀后严酷的政治氛围。而独钓寒江的老渔翁形象,无疑是一种倔傲精神的象征,在他那默然不语中,正表现出诗人"性又倔野,不能摧折","虽万受摈弃","不更乎其内"的高洁操守。其实,此诗还有更深沉的哲理意味,诗人是表现以宇宙之广袤映衬自己饮吸于无穷时空的自我襟抱,以大观小,以小观大,俯仰天地,回归自然的意趣。只看到老渔翁寒江垂钓,是审美感受的谬误。体察到诗人政治失意,看到诗的寄托意蕴,仅是表层审美体验。领悟到诗的哲理意味,即诗的禅意才是深层审美体验。

　　这首诗充满天趣,通首不写雪景,只用空中烘托,末句点出。加之诗押入声韵,急促有力,正好表现了诗人郁结深沉的思想感情,构成冷峭清远的情韵,最能体现柳诗的风格。

刘 禹 锡

望 洞 庭

湖光秋月两相和,潭面无风镜未磨[1]。
遥望洞庭山水翠[2],白银盘里一青螺[3]。

【注释】
[1]磨:磨损。[2]山:指洞庭
湖中君山。[3]白银盘:比喻
湖面。

刘禹锡(772年~842年),字梦得,河南洛阳人,出生于苏州嘉兴。贞元九年(793年)进士,登博学宏词科,任监察御史。刘禹锡努力吸取民歌的营养,写了《竹枝词》、《浪淘沙》等民歌体裁的新诗,影响深远。有《刘宾客集》。

《望洞庭》是刘禹锡长庆四年(824年)八月由川东夔州刺史转任安徽和州刺史,途经洞庭湖而作。诗人月夜遥望千里洞庭,湖光山色尽收眼底。诗人抓住月夜无风的特点,写洞庭湖秀丽娟静的一面,表现出洞庭湖特有的阴柔美。

首句"湖光秋月两相和",从大处着笔,点出景色特点。秋夜皎洁的月光下的洞庭湖水是澄澈空明的,俨如琼田玉鉴,空明缥缈,宁静和谐。一个"和"字,表现出大自然中澄碧的湖水,在金色的月光笼罩下,相依相偎,是那么的和谐,那么的亲近,似乎谁也离不开谁。这种水天一色,玉宇无尘的境界,传达了映现的月光与湖水的吞吐的韵律。而且这个"和"字,也表现了诗人的一种心境,大自然是那么温馨、柔和、亲近,犹如自己的母亲,使孩儿感到无比的幸福。"仁者乐山,智者乐水",中国古代"天人合一"的观念在这里得到了形象的体现。

次句"潭面无风镜未磨",补充"两相和"。"潭面"就是"湖面",以免与首句"湖"字重复。"潭面无风",风平浪静,波澜不惊,安宁温柔。而时当中秋,月映湖中,白居易说"月点波心一颗珠",诗人则形容是一面圆圆的铜镜,那么光洁,那么完美,一点都没有缺损,可见是多么风平浪静。

三四句集中到湖心,"遥望",把距离拉远,目光集中到君山。君山在蔚蓝的湖水映衬下愈显青翠,如同一只玲珑剔透的银盘里,放了一只小巧玲珑的青螺。"白"、"银"、"青"色彩相映成趣。诗人以小喻大,表现诗人心胸的开阔,八百里洞庭只如一银盘而已。诗人写来举重若轻,毫不费力。

后来宋代诗人黄庭坚由四川回江南,登上岳阳楼,也写了两首望君山的诗,其中一首云:"满川风雨独凭栏,绾结湘蛾十二鬟。可惜不当湖水面,银山堆里看青山。"很显然是借鉴了此诗的写法。

刘 禹 锡

浪淘沙(其一)

九曲黄河万里沙[1],浪淘风簸自天涯[2]。
如今直上银河去[3],同到牵牛织女家[4]。

【注释】
[1]九曲黄河:弯弯曲曲的黄河。《乐府诗集》卷三一:"《河图》曰:'黄河出昆仑山,河水九曲,长九千里,入于渤海。'"
[2]自天涯:从天边流了过来。
[3]银河:天河。[4]牵牛织女:天上两星座名。牵牛星为天鹰星座主星,俗称扁担星,在银河之东南。织女星为天琴星座主星,在银河之西北。

刘禹锡贬谪到湖湘、巴渝一带,努力向民歌学习,搜集整理加工提高,创作了许多优秀的民歌,如大家熟知的《竹枝词》《踏歌词》,对我国民间文学作出了重大贡献。在此期间,他还创作了九首《浪淘沙》。这是第一首。浪淘沙,唐教坊曲名。

首两句,写黄河东流奔腾的气势。黄河发源于青藏高原,然后流经黄土高原,再流经中原大地、华北平原,注入大海,特别是上中游一带,河道弯曲,落差很大。两句中,包含"浪淘沙"三字点题。因此,寓有诗人长期遭贬,受尽颠沛流离之意。对于黄河、黄沙、波涛,人们总有一种畏惧心理,但在诗人笔下,却没有任何忧虑情绪,而是一种亲和感,这是诗人的政治家的精神气质所致。

三四句,诗人突发奇想,说沿着黄河逆流而上,就到了银河。然后就可以到牛郎、织女家去做客。晋张华《博物志》载,"旧说云:天河与海通。近世有人居海渚者,年年八月有浮槎去来不失期。……去十余日奄至一处,有城郭状,屋舍甚严,遥望宫中多织妇,见一丈夫牵牛渚次饮之。牵牛人乃惊问曰:'何由至此?'此人见说来意,并问是何处,答曰:'君还至蜀郡访严君平则知之。'竟不上岸,因还如期。后至蜀问君平,曰:'某年月日,有客星犯牵牛宿。'计年月,正是此人到天河也。"《荆楚岁时记》则说,黄河和天河相通,汉代出使西域的张骞就曾经乘槎从黄河到银河,会见了牵牛、织女。对于牛郎织女,古代的传说都是爱情悲剧,他俩为银河所阻隔,只每年七月七日能会面一次。但诗人却摒弃悲剧色彩,写成牛郎、织女一家团团圆圆、和和美美,热情欢迎下界客人的到来。诗人这样改动,寓意很深,久遭贬谪的诗人,已经厌倦官场生活,希望能够像牛郎、织女一样,过着平静、安宁的男耕女织的农家生活。诗人是唯物主义者,不管遭到怎样的打击,经受多大的磨难,多么长久的挫折,他总是对人生、对前途充满乐观自信。这就是诗人不用悲剧色彩的牛郎、

144

织女故事的原因。

诗的语言通俗清新,具有民歌风味,但又准确生动,很能启发读者的想象力。真正做到了"片言可以明百意,坐驰可以役万里"(《董氏武陵集记》)。

刘 禹 锡

石 头 城

山围故国周遭在[1],潮打空城寂寞回[2]。
淮水东边旧时月[3],夜深还过女墙来[4]。

【注释】
[1]故国:故都,金陵曾为六朝都城,东吴、东晋、宋、齐、梁、陈建都于此。周遭:环绕。在:是。[2]空城:石头城六朝时一直是国都,唐高祖武德九年(626年)开始废弃,到诗人写此诗时已废弃二百年,故曰空城。[3]淮水:即今江苏秦淮河。六朝时,建康城南淮水阔数十丈,西则顺流而下入长江,东则溯流而上通三吴。唐以后,因传为秦始皇凿通此河,遂改称秦淮河。[4]女墙:城墙上呈凹凸起伏状的小墙。朱骏声《说文通训定声》:"古城上加以专墙,为之射孔,以伺非常,曰女垣。凡言王、言马,皆大意,言女,皆小意。犹言小墙也。"

这是诗人《金陵五题》组诗的第一首,写于敬宗宝历二年(826年)诗人从和州返洛阳同白居易一道游金陵时。诗写六朝旧都化为寂寞空城,抒发怀古感伤情怀。

首两句,描写金陵城的荒凉。环绕金陵城的山依然存在,但长江的浪潮拍打着空城又冷冷地退回去了。诗句形成一种苍莽悲凉的氛围,石头为山,筑而为城,故曰"山围",显其牢固。"故国"表现今昔之殊,"空城"增加盛衰之感。潮来有声响,潮去则寂寞,无限感慨,俱含字中。诗只写山水,而六代繁华俱归乌有,令人于言外思之,这是伤前朝而垂后鉴,不言兴亡而兴亡之感溢于言外。于是诗人不禁一问:为何古时的一点痕迹都不曾留下?自然转出后面两句。

谁说没有留下古时的痕迹?你看,那淮水东边的月亮,还是古时那个月亮,在夜深之时依然从女墙那边升起来了。这样,一座只有明月空照的残破的古城就呈现在我们眼前,三四句就描写出这种境况。淮水在东,月出亦东,"旧时"二字最重,人不来而月来,月不忘旧。"旧时月"含有"今月曾经照古人"之意,自然就把古今连贯起来了,耐人寻味。不是吗?自然现象是渐变的,社会现象却是急变的,"兴废由人事,山川空地形",六朝繁华的金陵,而今只剩下一片凄凉和寂寞了。一个"还"字,意谓有情明月虽来,无常人事已非。诗中句句是景,但无不融合着诗人故国萧条,人生凄凉的深沉感慨。

诗以景烘情,十分成功。当时以此为题的还有白居易,白居易最欣赏此首,认为"后之诗人不复措辞矣"。

刘 禹 锡

酬乐天扬州初逢席上见赠

巴山楚水凄凉地^[1],二十三年弃置身。
忆旧空吟闻笛赋^[2],到乡翻是烂柯人^[3]。
沉舟侧畔千帆过,病树前头万木春。
今日听君歌一曲,暂凭杯酒长(zhǎng)
精神^[4]。

【注释】
[1]巴山:指今四川东北部及重庆东北部的山。楚水:指长江中游一带地区。[2]忆旧:怀念旧友。闻笛赋:西晋向秀与嵇康、吕安等人为友,嵇、吕被司马昭杀害,向秀路过山阳旧居,听见邻人吹笛,想起亡友,写《思旧赋》以怀念。

　　唐敬宗宝历二年(826 年)，刘禹锡从和州返洛阳，在扬州与从苏州卸任返洛阳的白居易相逢。两人互相倾慕已久，但从未晤面，故这次相逢虽是初逢，却一见如故。在酒席上，白居易写诗相赠，诗云："为我引杯添酒饮，与君把箸击盘歌。诗称国手徒为尔，命压人头不奈何。举眼风光长寂寞，满朝官职独蹉跎。亦知合被才名折，二十三年折太多。"(《醉赠刘二十八使君》)诗人则答以此诗。酬：答谢。乐天：白居易的字。扬州：即今江苏扬州市。见赠：见，表示与己的关系，有赠我的意思。

[3]烂柯人：《述异记》载，晋人王质进山砍柴，遇见两童子下棋，看完一局，身旁的斧柄已经腐烂，回家发现同辈人已经死尽了，才知已过百年。柯，斧柄。[4]长：增长。

　　诗首联接过白诗的话头，回顾自己二十多年的贬谪生涯。说，我被贬到属于楚水地区的朗州和属于巴山地区的夔州，这些地区属于比较荒凉落后的地区，而且被弃置不用已经快二十三年了。刘禹锡从唐宪宗永贞元年(805 年)被贬，到唐敬宗宝历二年应诏进京共二十二年，估计明年可以入京，所以说二十三年。这里诗人充满着一种愤激不平之情，并感谢朋友的关怀。

　　次联以典故抒发长期远谪的愤激，庆幸此次相逢。想起与我一同革新的朋友如柳宗元等已经去世，现在回来，虽然听见邻居笛声，勾起旧情，却不能如向秀那样写一篇怀念旧友的《思旧赋》。回到京城旧地，就如神话中的王质一样，恍如隔世。诗人用向秀《思旧赋》和王质烂柯的典故，把那种世事蹉跎，朋友谢世，人事全非的愤激写得沉稳而有力度，说明我们这次聚会不易。能够聚会，实属幸事。

　　三联为全诗主旨，酬答白居易对自己的不幸的同情。你看那大江中沉舟侧畔千帆竞发，那青葱森林中病树前头万木争荣。诗人经过太多的折磨，已经年老体衰，犹如那"沉舟"和"病树"，但自己成了"沉舟"和"病树",客观世界仍然是欣欣向荣的。世事的变迁,宦海的沉浮,在诗人看来,似乎是自然规律。"莫道桑榆晚,为霞尚满天","芳林新叶催陈叶,流水前波让后波",这是诗人一贯的态度。这联比喻生动,含蓄形象,插在中间,跌宕有致,读来使人胸襟开阔,精神奋发。

尾联顺势而下,点明酬答的题意。今天听了你《醉赠刘二十八使君》,又劝我饮酒,使我精神倍增。这样感谢友人的同情与安慰,情深而气雄,结束全诗,很是得体。

对比此诗和白诗,可以看出白诗一面赞扬朋友的才气和名望,一面感叹朋友的不幸,情绪较为低沉。而诗人回赠,则开朗得多,化低回哀婉之音为慷慨激越之韵,惆怅中显达观,沉郁中见豪放,风骨苍劲,实为难得。所以白居易称刘禹锡诗"在在处处应有灵物护之"。

白 居 易

赋得古原草送别

离离原上草[1],一岁一枯荣[2],
野火烧不尽,春风吹又生。
远芳侵古道[3],晴翠接荒城[4]。
又送王孙去[5],萋萋满别情[6]。

【注释】
[1]离离:草密集茂盛的样子。[2]枯荣:枯萎和茂盛。[3]远芳:蔓延连成一片伸到远处的芳草。芳,草花。[4]晴翠:阳光下翠绿色的青草。[5]又:又一年。王孙:指贵族,这里指远别的朋友。[6]萋萋:草茂盛的样子。

　光彩再现中唐诗

　　白居易(772年~846年),字乐天,原籍太原,后迁居下邽(今陕西渭南市),出生于新郑(今河南新郑县)。幼年时避乱越中,学习十分刻苦,贞元十六年(800年)进士,先后任周至县尉,翰林学士,左拾遗等官。他早年以"达则兼善天下"为己任,写了许多现实主义的诗篇。元和十年(815年),上书急请捕杀刺死宰相武元衡的凶手,以雪国耻,结果以"僭越言事"贬江州司马。贬官后则"独善其身",后转官忠州、杭州、苏州刺史。晚年回京,历任秘书监、太子少傅等职,以刑部尚书致仕(退休)。白居易是继杜甫之后伟大的现实主义诗人,特别是他贬江州以前的《新乐府》、《秦中吟》等抨击时政、反映民生疾苦的讽喻诗,具有很强的现实性和战斗性。这些诗主题明确,语言通俗,流传很广。他的其他诗作也内容广泛,富有艺术性。有《白氏长庆集》。

　　这是白居易十六岁时所写的一首五言试帖律诗,即为参加科举考试而作的练习。"赋得"二字,是按科场考试规矩,命题作诗。据说年轻诗人到长安,以此诗谒见大名士顾况,顾况看见他的名字叫白居易,说长安"米价方贵,居大不易",及至读到他这首诗中"野火烧不尽,春风吹又生",大为赞赏,说:"有才如此,居亦不难。"(见张固《幽闲鼓吹》)不管这个说法是否真实,都说明了少年诗人出众的才华。

　　诗题要求咏物兼送别,所以诗前六句写古原草,后二句写送别。

　　首联起得平实而遒劲,紧扣古原草,写古原草的枯荣。那茂盛而纷披的古原草,每年都是冬枯春荣。这样,写出了野草顽强的生命力,暗含送者与行者依依眷恋的深长情谊。

　　次联承得自然,就枯荣生发,古原草冬天的野火烧不尽,到春天春风吹来又蓬勃生长。这样,就把古原草那种在烈火中生生不息的壮烈情景呈现出来,透露出少年诗人的豪迈气概和坚定信念。两句唱叹有味,富有哲理,歌颂了新生事物不可战胜的客观规律,故卓绝千古。

　　三联转到送别,写春草生气勃勃、欣欣向荣。朋友,你去的地方芳草侵占了古道,阳光照映下的绿草,一直连接到荒城。言下之意,你已经没法走了,那么留客之意隐含其中。这联转得灵动,用字精当。如"侵"字把草有空即生的情状,"接"字把草蔓延的活力,表现得十分传神。

　　末联用典,关合全篇,点出送别,道出离情本意。《楚辞·招隐士》:"王孙游兮不归,春草生兮萋萋。"诗人变其意而用之,原上萋萋芳草,不正是诗人送别之情么? 两句情景交融,意境浑成。

　　此诗虽是少年之作,但往往成年不可企及,可见写诗需灵性。灵性来了,可以突破格律,如诗人用两"又"字又有何妨? 缺点反而成了优点。

白 居 易

钱塘湖春行

孤山寺北贾亭西[1],水面初平云脚低[2]。
几树早莺争暖树[3],谁家新燕啄春泥[4]。
乱花渐欲迷人眼[5],浅草才能没马蹄。
最爱湖东行不足,绿杨阴里白沙堤[6]。

【注释】
[1]孤山寺:孤山在西湖的里湖和外湖之间,为西湖名胜,山虽小却孤峰独峙,因而得名。上有寺,陈文帝天嘉初年建。贾亭:贾公亭,唐德宗贞元年间贾全任杭州刺史时建。[2]云脚:指贴近地面的云。[3]暖树:向阳的树木。[4]新燕:春燕。[5]乱花:星星点点散乱的花。[6]白沙堤:即白堤,又名十锦塘,西湖里的一条长堤,西接孤山,东至断桥,故又名断桥堤。

　　这是一首描写西湖春色的七言律诗,写于诗人任杭州刺史时。江南之美,美在杭州,而杭州之美,美在西湖。钱塘湖,即西湖,原名武林水,不甚有名,经过唐代的整修,名声渐大,到白居易时,已闻名遐迩。为此,诗人于长庆二年(822 年)主动请求外放杭州。诗人在杭州写了许多优美的诗篇来歌颂西湖的水光山色,以致他说:"未能抛得杭州去,一半勾留是此湖。"

　　诗抓住一个"早"字,突出一个"行"字,移步换形,不经意就道出了杭州西湖之美。

　　首联点明春游时间、地点,画出西湖春色轮廓。时间是春水初涨,刚齐湖面的早春,起游地点是孤山寺的北面,贾公亭的西面。而"云脚低"又写出所见,水色天空,混混茫茫的蒙眬美景。四个名词连用,使人有傍寺院、穿山径、绕亭台,一边走,一边看的悠闲之感。白云舒卷,水天一色,勾画出了西湖秀丽景色的整体轮廓。

　　中间两联写游赏中的所见所闻。"早莺争树"、"春燕衔泥"、"乱花迷眼"、"浅草掩蹄",四个意象组成一组灵动的风景画,表现春意盎然的早春气息。"莺"是颂春的歌手,她展开歌喉纵情歌颂美好的春光;"燕"是迎春的使者,她兴高采烈地带来春的信息。百"花"绽开,小"草"茂密,她们是春方兴未艾的标志。诗人写莺的"早",写燕的"新",写花的"乱",写草的"浅",无不紧扣一个"早"字。而说"几树",说"谁家",又表现了诗人左顾右盼张望惊喜的神情,突出了一个"行"字。至于"渐欲"、"才能",再次凸显了早春的特点,而且暗示了未来,未来将是绿草成茵、百花盛开、姹紫嫣红的美景。诗人不但使静景动化,而且使景物情化,充满新春活力,洋溢新春生机。

　　尾联写湖东胜景,直抒胸臆,点明游兴正浓。诗人说"最爱",直接用情语说明自己的感受。"行不足",就是逛不够,游赏不尽。这儿既是游之终点,也是兴之顶点。这联既留下余味,又照应开头,总结中篇,使全诗自然流转,明丽圆熟,神完气足。

清人刘熙载说:"香山用常得奇,此境良非易到。"(《艺概》)"用常得奇",正是这首诗的特点。"几处"、"谁家"、"乱花"、"浅草"都是平常语,但用得恰到好处。又如"争"、"啄"、"迷"、"没"也很普通,但却十分传神。

白 居 易

池上(其二)

小娃撑小艇[1],偷采白莲回。
不解藏踪迹[2],浮萍一道开。

【注释】
[1]小娃:小女孩。撑:划船的动作。小艇:速度很快的小船。
[2]不解:不懂得。踪迹:脚印,痕迹。

白居易晚年回到东京洛阳,虽任职却很清闲,于是在香山营建园林别墅,凿有白家池,面积达十亩余。他一有闲暇,就到池边游玩,"一部清商聊送老,白须潇飒管弦秋",日子过得十分舒心。他还在池内买有小舟,舟上设有胡床,供人闲坐观景。

这首诗是《池上》之二,描写小女孩划船采白莲的情状。池上,指白家池水面上。莲本来是江南的产物,北方很少种植。特别是白莲,南方都少见,北方就更加珍贵了。"吴中白莲洛中栽,莫恋江南花懒开。"白莲本产于苏州,"谁移尔至此,姑苏白使君",是白居易把它迁到洛阳来的。白莲的风韵正如皮日休所说:"无情有恨何人见,月小风清欲坠时。"(《白莲》)所以白居易在苏州任刺史卸任时,途经数千里,也要带回洛阳种在白家池内。

由于白莲的珍贵可爱,引起了小女孩的好奇。"娃",古时称年轻貌美的女子为娃。北方为"娥",南方为"娃",是一音之转。池上有艇,池内有莲,小娃见无人,就撑艇采莲而去,这都是不经意的事。她撑着那艘小船,偷偷地去采白莲花回来了。小娃天性自然,何曾偷采?又有何人怪她偷采?一个"偷"字,表现她的胆大,还没有脱离孩童的"野性",人小鬼大,天不怕,地不怕,什么事情都敢做。一个"撑"字,表现她动作的麻利和机灵,居然"偷"采而回来了。

可是,她自以为聪明,却露出了马脚。她毕竟太年幼,还不懂得把船经过的水面上的浮萍留下的痕迹去掉。小艇撑过,浮萍自开,留下了一道船划开了的迹印。露出踪迹,小娃哪能理会到此?"不解",妙!正喜她不解"藏",若解,就不会去采莲,浮萍中又怎能出现一道天光?她要想去掉这个踪迹,根本是不可能的,问题是她连想都没有想到会留下踪迹,这更表现了她的单纯、幼稚。她天真、活泼、可爱,真是一枝池塘里的小白莲!

白 居 易

观刈(yì)麦

田家少闲月[1],五月人倍忙[2]。
夜来南风起,小麦覆垄黄[3]。
妇姑荷箪(dān)食[4],童稚携壶浆[5]。
相随饷田去[6],丁壮在南冈。
足蒸暑土气,背灼炎天光[7]。

【注释】

[1]田家:农家。[2]五月:夏历五月,即公历六月,此时正是关中平原麦收季节。[3]垄:田埂。[4]荷:挑着。箪食:篮子里盛着饭食。[5]童稚:孩子们。浆:汤水。[6]饷田:送饭给田

力尽不知热,但惜夏日长。
复有贫妇人,抱子在其旁。
右手秉遗穗[8],左臂悬敝筐[9]。
听其相顾言,闻者为悲伤:
"家田输税尽[10],拾此充饥肠。"
今我何功德,曾不事农桑。
吏禄三百石[11],岁宴有余粮[12]。
念此私自愧,尽日不能忘。

里干活的人。[7]灼:火烤。[8]秉遗穗:拾着散落在地里的麦穗,秉,拿。[9]敝筐:破烂的竹筐。[10]输税:纳税,缴税。[11]吏禄:做官的薪水。三百石:一年的薪水,石为古代官俸的计量单位,三百石合二百七十斛,十斗为一斛。[12]岁宴:年底。

元和二年(807年),诗人任周至县尉,看见农民收割麦子十分辛苦,而劳动人民的劳动成果却被搜刮尽净,写下了这首新乐府讽喻诗,表达自己对农民的同情,并抒发感慨。刈麦:割麦。

先交代背景,五月麦收的农忙时节。农民本来就少有空闲的月份,一到农历五月夏收夏种的时节就更加忙碌了。昨晚一夜南风,遮盖了田埂的小麦,一下就黄遍了。既然小麦全黄了,而且丰收了,就得赶紧收割,这就是"倍忙"的原因。于是妇女带着小孩往田里去,给正在割麦的青壮年送饭送水。青壮年低头在割麦,脚下暑气熏蒸,背上烈日烤晒,并不觉得苦,他们只是珍惜这夏天白昼长,可以多干些活。男女老幼,全家总动员,这就是"倍忙"的情景。

接着出现辛酸的一幕,一个贫苦的妇人怀里抱着一个孩子,手里提着一个破篮子,在地里拾掉了的麦穗。割麦的农民问她为什么要来拾麦穗,她的回答真令人悲伤。她说她家的田地为了纳税,已经卖完了,所以只好拾别人掉在地里的麦穗来填肚子。她已经无田可种,无麦可收,只得拾麦充饥。这一部分写贫妇拾麦充饥,和前一部分写农民辛苦收麦,虽是两个不同场面,但却相互关联,前者辛

154　苦,后者贫穷,最根本的原因就是赋税繁重。那么辛苦劳动得来的果实必然都会被赋税榨取干净,走上卖田地卖儿女的道路。后者之路,前者必走,怎不令人凄怆难言。

　　最后诗人想到自己的生活舒适,感到十分惭愧。诗人自问,我有什么功德,没有从事农业生产,却享受着三百石的薪水,每年年终都有剩余的粮食。诗人深深自责,一想到这情景,就十分愧疚,整天都不能忘怀。表现了诗人对农民的人道主义的深切同情,体现了一个正直的知识分子的良知,这和他在《策林》中所说的"以心度心,以身观身,推其所为以及天下"的主张是一致的。

　　诗叙事曲尽人情物态,刻画人物生动形象,用人物的行动、对话来描写,使人物具有个性化特色。另外,诗人还成功运用心理描写,写农民的心,作者自己的心,表现农民的痛苦心情,和诗人自责内疚的心情,把自己的优裕生活和农民的贫苦相对比,体现了"卒章显志"的宗旨,思想内容极其深刻。诗人还善于描写农民的特殊心理,夏日的烤晒,谁乐意承受?可农民却"力尽不知热,但惜夏日长",这与唐文宗的"人皆苦炎热,我爱夏日长"哪可同日而语?夏日长才好收割,这隐含着多么大的痛苦。

　　诗的语言极其通俗,"多触景生情,因事起意,眼前景,口头语,自能沁人心脾,耐人咀嚼。"(赵翼《瓯北诗话》)

白 居 易

琵 琶 行

浔阳江头夜送客[1],枫叶荻花秋瑟瑟[2]。

主人下马客在船,举酒欲饮无管弦[3]。

醉不成欢惨将别[4]，别时茫茫江浸月[5]。

忽闻水上琵琶声，主人忘归客不发。

寻声暗问弹者谁？琵琶声停欲语迟。

移船相近邀相见，添酒回灯重开宴[6]。

千呼万唤始出来，犹抱琵琶半遮面。

转轴拨弦两三声[7]，未成曲调先有情。

弦弦掩抑声声思[8]，似诉平生不得志。

低眉信手续续弹[9]，说尽心中无限事。

轻拢慢捻抹复挑[10]，初为霓裳后六幺[11]。

大弦嘈嘈如急雨[12]，小弦切切如私语[13]。

嘈嘈切切错杂弹，大珠小珠落玉盘。

间关莺语花底滑[14]，幽咽泉流冰下难[15]。

水泉冷涩弦凝绝[16]，凝绝不通声暂歇。

别有幽情暗恨生[17]，此时无声胜有声。

银瓶乍破水浆迸[18]，铁骑突出刀枪鸣[19]。

曲终收拨当心画[20]，四弦一声如裂帛[21]。

东船西舫悄无言[22]，惟见江心秋月白。

沉吟放拨插弦中，整顿衣裳起敛容[23]。

自言本是京城女，家在虾蟆陵下住[24]。

十三学得琵琶成，名属教坊第一部[25]。

曲罢曾教善才伏[26]，妆成每被秋娘妒[27]。

五陵年少争缠头[28]，一曲红绡不知数[29]。

钿头银篦击节碎[30]，血色罗裙翻酒污。

今年欢笑复明年，秋月春风等闲度[31]。

156

弟走从军阿姨死[32]，暮去朝来颜色故[33]。

门前冷落车马稀，老大嫁作商人妇[34]。

商人重利轻别离，前月浮梁买茶去[35]。

去来江口守空船，绕船月明江水寒[36]。

夜深忽梦少年事，梦啼妆泪红阑干[37]。

我闻琵琶已叹息，又闻此语重(chóng)唧唧[38]。

同是天涯沦落人[39]，相逢何必曾相识。

我从去年辞帝京[40]，谪居卧病浔阳城[41]。

浔阳地僻无音乐，终岁不闻丝竹声[42]。

住近湓口地低湿[43]，黄芦苦竹绕宅生。

其间旦暮闻何物，杜鹃啼血猿哀鸣。

春江花朝秋月夜，往往取酒还独倾[44]。

岂无山歌与村笛，呕哑嘲哳(zhāozhá)难为听[45]。

今夜闻君琵琶语[46]，如听仙乐耳暂明[47]。

苦辞更坐弹一曲[48]，为君翻作琵琶行[49]。

闻我此言良久立[50]，却坐促弦弦转急[51]。

凄凄不似向前声，满座重(chóng)闻皆掩泣[52]。

座中泣下谁最多，江州司马青衫湿[53]。

【注释】

[1]浔阳江：今江西九江市北面的一段长江称为浔阳江。[2]荻：类似芦苇生长在水边的一种植物。瑟瑟：秋风的声音。[3]管弦：管乐器和弦乐器，代指音乐。[4]惨：感伤。[5]江浸月：月影落在江里。[6]回灯：把撤去的灯又拿回来。[7]转轴：把琵琶上的弦柱拧紧。[8]掩抑：低沉的声音。思：忧思。[9]信手：随手。[10]拢、捻、抹、挑：均是弹奏琵琶的指法。[11]霓裳：《霓裳羽衣曲》，从西域传来，唐代流行乐曲。六幺：唐代流行的乐曲。[12]嘈嘈：粗弦上发出

的沉浊的声音。[13]切切：细弦上发出的轻幽的声音。[14]间关：鸟鸣的声音。[15]幽咽：水流不畅的声音。难：通"瘫"，尽。[16]涩：形容声音凝滞不响。[17]别有：另有。[18]银瓶乍破：像银瓶突然破裂。[19]铁骑：穿上铠甲的骑兵。[20]拨：拨子，弹琵琶的工具。[21]裂帛：撕裂布帛，形容声音尖锐突发。[22]舫：船。[23]敛容：现出严肃的神情。[24]虾蟆陵：下马陵的谐音，在长安东南，当时近郊的一个游乐区。[25]教坊：唐代官办的教练歌女的机关。教，使得。[26]善才：唐代乐师的通称。[27]秋娘：唐代美女的通称。[28]五陵：汉代埋葬五个皇帝的地方，在长安城南。后来成为阔人游乐之所。年少：少年人。缠头：将丝帛缠在头上，代指以财物奖赏。[29]红绡：红色的丝织品。[30]钿头、银篦：都是用在头上的装饰品。击节：歌唱时打拍子的动作。[31]等闲：随便。[32]阿姨：姐姐。[33]颜色故：容颜衰老。[34]老大：上了年纪。[35]浮梁：地名，在今江西。[36]绕船：船周围。[37]泪阑干：泪流满面。阑干，纵横貌。[38]唧唧：叹息声。[39]天涯沦落人：流落江湖的人。[40]帝京：京城长安。[41]谪：降职。[42]丝竹：音乐。[43]溢口：地名，在鄱阳湖口。[44]往往：常常。[45]呕哑嘲哳：声音嘈杂混乱。难为听：使人听不下去。[46]君：你，指琵琶女。琵琶语：琵琶声音里所表达的情意。[47]耳暂明：耳朵一下子清亮了。暂，突然，不是暂时。[48]更坐：重新坐下。[49]翻作：编成曲调。[50]良久：好久。[51]却坐：回到原来的座位。[52]掩泣：蒙着脸流泪。[53]江州：即今江西九江市。司马：唐代地方官，协助刺史处理政务。青衫：唐代职位低的官服。

　　唐宣宗李忱在《吊白居易》诗中说："童子解吟《长恨》曲，胡儿能唱《琵琶》篇。"说白居易的《长恨歌》和《琵琶行》家弦户诵，乃至传遍边疆少数民族，可见这两篇歌行取得了巨大的成功。

　　此诗前有一小序，交代诗的内容和写作动机。序云："元和十年，予左迁九江郡司马。明年秋，送客溢浦口，闻舟中夜弹琵琶者，听其音，铮铮然有京都声。问其人，本长安倡女，尝学琵琶于穆、曹二善才。年长色衰，委身为贾人妇。遂命酒，始快弹数曲，曲罢悯然。自叙少小时欢乐事，今漂泊憔悴，转徙于江湖间。予出官二年，恬然自安，感斯人言，是夕始觉有迁谪意。因为长句，歌以赠之，凡六百一十二言，命曰《琵琶行》。"作者左迁，是因为元和十年（815年），平卢节度使李师道派人刺死宰相武元衡，刺伤御史中丞裴度。诗人时

158

为太子左赞善大夫,上书"急请捕盗,以雪国耻",朝中权贵张弘靖等以他越职言事为由,将其贬为江州司马。因此,他是满肚子冤屈和悲愤。故这首长诗的主题是,借琵琶女的盛衰宠辱变化,感叹自己迁谪失落,进而抒发人世沧桑的悲哀。

诗共分三部分。第一部分写诗人送客浔阳江边,偶遇琵琶女,描绘她弹奏琵琶的精湛技艺。第二部分写琵琶女自诉半生身世变迁的悲剧。第三部分写诗人联系自身遭贬的际遇抒发宦海浮沉的感慨。

至于所描写的琵琶女是否有其人其事,宋人洪迈在《容斋随笔》中认为没有其人其事,诗人只不过是"直欲托写天下沦落之恨耳",因为刚犯过"错误"的白乐天拘于礼教,不可能深夜入独处妇人船中。而近人陈寅恪却在《元白诗笺证稿》中力辩其有。我们认为,从描写之细腻,感情之真切,应该是有其原型人物的,至于在真人真事的基础上进行艺术加工,那也是必不可少的。

诗饱含感情,着力塑造琵琶女的生动形象,十分成功。一开始,诗人描写秋江、秋月、秋瑟瑟的秋景,就有一种浓重的悲剧氛围。接着写她"千呼万唤始出来",她不是在耍大腕,而是有一肚子的"天涯沦落之恨",不愿轻易告诉别人。她出来了,"犹抱琵琶半遮面",不是她的羞涩,更不是她要抬高身价,而是有一肚子的难言之苦。下来写她弹奏乐曲,不是单纯地描写,而是注重挖掘音乐中所蕴含的内心世界,揭示她心灵的创伤。她的弹奏"似诉平生不得志",她的弹奏"别有幽愁暗恨生",这就为她诉说悲惨的身世作好了铺垫。他的一大段沉痛的自白,前后对比,反差极大,絮絮道来,感人至深。早年,她在京都以色、艺受宠,按拍顾曲,击碎了钿头、银篦,推酒复杯,污损了血色罗裙,奢华浪漫,无以复加。可后来年老色衰,被人冷落,只得流落天涯,做商人妇,独守空房,以琵琶排遣心中的郁闷。琵琶女的身世没有什么英雄业绩,没有什么传奇色彩,极其普通,也极其普遍,因此也具有典型意义。因为任何人都有人生的起落,所谓三十年河东,三十年河西,所以能够引起广泛的共鸣和同情。

诗对音乐的描写取得了成功,它和韩愈的《听颖师弹琴》、李贺的《李凭箜篌引》被誉为唐诗描写音乐的三大名篇,而尤以本篇最细腻传神。细腻就在于诗人用词准确,如以"拨"、"拢"、"捻"、"抹"、"挑"等词描写琵琶女演奏技巧娴熟,动作有度;以"嘈嘈"、"切切"描写音乐热烈和微弱,使人如闻其声;以"银瓶破"、"水浆迸"等塞擦音表现音乐急促而响亮;以"铁骑突出"四个仄声、"刀枪鸣"三个平声表现音乐的激烈。真是绘声绘形,其妙无穷。细腻还在于善用比喻,如以"急雨"比喻繁音促节,以"私语"比喻细碎绵密,以"大珠小珠落玉盘"比喻高低错落和清脆悦耳,以"花底"、"莺语"、"水下"、"流泉"比喻音乐的婉转和畅及梗塞幽咽。这些比喻的准确运用,使我们如身临其境地领略到音乐的魅力。传神就在于诗人不是客观地再现音乐,而是以声传情,声情交融。因为音乐的灵魂是情感,琵琶女的演奏时而欢快流畅,时而低沉呜咽,都包含着她的"心中无限事",而且诗人听曲也随之动情,"如听仙乐耳暂明",与演奏双向交流,成为知音。

诗人对音乐描写的独到之处还在于总是联系着听者的感受,联系音乐所引起的想象,运用一系列比喻来写,让人觉得音乐中始终有琵琶女在,有诗人的同情在。诗人不但写有声,而且写无声,写无声来表现有声,真是妙不可言。

160

李 绅

悯农（其一）

春种一粒粟[1]，秋收万颗籽。

四海无闲田[2]，农夫犹饿死[3]。

【注释】

[1]粟：小米。这里泛指谷物。

[2]四海：天下，全国。古人认为中国四周是海，故以四海之内代表全国。闲田：荒芜没有耕种的土地。[3]农夫：农民。

李绅（772年~846年），字公垂，祖籍亳州谯县（今安徽亳县），迁家无锡（今属江苏），元和元年（806年）进士。历任校书郎，国子助教。后得罪权贵下狱。武宗时，由淮南节度使入为中书侍郎同中书门下平章事，即宰相。后复出为淮南节度使。他是白居易、元稹的好友，一道倡导新乐府运动，写有《新题乐府二十首》，可惜没有流传。《全唐诗》存其诗四卷。

诗人和元稹、白居易都有深交，共同倡导写新乐府诗，而且创作早于元、白。惜乎所作《新题乐府二十首》今不存，我们只能读到《悯农》二首。这两首诗是诗人早年作品，是深刻反映民生疾苦的诗作。悯，哀怜。

这一首赞美农民的辛勤劳动，同情农民的悲惨遭遇。农民在春天的播种季节种下一粒小米种子，经过辛勤耕耘劳作，到了秋天收获的季节，就能收获万颗小米。春、秋代表一年四季。一粒到万颗，丰收了，然而其间要付出多么艰辛的劳动。这是首两句的内容。

第三句，推而广之，像这样精心耕种，辛苦劳作，不是一家一户，普天下农民无不如此，但到头来结果如何呢？不难找到答案。

前三句写出一派丰收景象,赞美丰收,歌颂劳动,结句却一反跌,一落千丈。"农夫犹饿死",这一触目惊心的结论,犹如重重一锤,击在人们心上,引人思考。"尽道丰年瑞,丰年事如何?"(罗隐《雪》)丰收了,到处都是"贫者",到处都有"冻死骨",这就是答案。李绅继承了关心民瘼的精神,喊出了这震灼千古,光照天地的警句,在当时有极大的警示作用。

李 绅

悯农(其二)

锄禾日当午[1],汗滴禾下土。
谁知盘中餐[2],粒粒皆辛苦!

【注释】

[1]锄禾:锄去禾苗中的杂草。
日当午:太阳正当顶,正午。
[2]餐:饭。

这一首是上首的形象描绘。农民在酷暑的日子里顶着烈日锄禾,身上的汗水一颗颗滴在生长禾苗的土地中,把土地都浸湿了。农民是多么的辛苦啊!可是又有谁知道,那餐桌上碗中的美食佳肴,颗颗粒粒都是农民辛辛苦苦用血汗换来的,那些享之者对农民的劳动果实,视之如同草芥,弃置如同泥沙,这怎不使诗人伤怀感慨呢?诗人深深同情农民劳动的艰辛,讽刺富豪对粮食的浪费,告诫人们要珍惜粮食。"朱门酒肉臭,路有冻死骨。"(杜甫《自京赴奉先县咏怀五百字》)"厨有臭败肉,库有贯朽钱。"(白居易《伤宅》)

162

"西江贾客珠百斛,船中养犬长食肉。"(张籍《野老歌》)富者穷奢极欲,穷人"苗疏税多不得食"(杜荀鹤《山中寡妇》),只得饿死沟壑,这在那个时代太普遍了。《水浒传》中"智取生辰纲"时白胜唱的一首民谣:"赤日炎炎似火烧,野田禾稻半枯焦。农夫心内如汤煮,公子王孙把扇摇。"那些坐享其成的摇扇的"公子王孙"怎么会体恤心内如汤煮的"农夫"呢? 计有功《唐诗纪事》说:"绅初以《古风》求知于吕温,温见齐煦,诵其《悯农》诗,又曰:'此人必为卿相。'果如其言。"当然李绅为相倒不是因为这两首诗,但能够写出这两首诗的宰相,必然会为人民做一些好事的。

即使在今天,这两首诗仍然具有教育意义。古人云,一粥一饭,当思来处之不易;一针一线,恒念物力之维艰。我们要建设节约型社会和环保型社会,更应该牢记"谁知盘中餐,粒粒皆辛苦"的古训。

这两首诗又名《古风》,是押仄声韵的古绝。两首诗只是田家真率语,十分质朴无华,但却既高度概括,又形象具体,而且通俗有如谣谚,看似寻常最奇崛。如"锄禾",苦;"日当午",又苦;"汗滴",更苦。农民胼手胝足,终年劳苦,尚不能使粒而苗,苗而秀,秀而实,保其丰收,丰收而不得食,只得饿死沟壑。语意层层递进,又蕴含不露,耐人寻味,令人常读常新,百读不厌。

胡 令 能

小 儿 垂 钓

蓬头稚子学垂纶[1],侧坐莓苔草映身[2]。
路人借问遥招手[3],怕得鱼惊不应人[4]。

【注释】
[1]稚子:小孩子。垂纶:垂钓。纶,钓鱼竿上丝做的钓线。[2]莓苔:青苔。草映身:以草掩映身体。[3]路人:行路的人。[4]不应人:不答应别人。

胡令能,贞元、元和年间人。早年为工匠,人称"胡钉铰"。后喜欢《列子》,又受禅学影响,隐居莆田。《全唐诗》存诗四首。作者说他本不会写诗,忽得一梦,有人剖其腹,以一卷书纳之,遂能吟咏。

诗人出身贫寒,长期生活在农村,熟悉农村情况。虽写诗不多,但却很有特点,如这首儿童诗,描写乡村小孩钓鱼的情景,就很生动自然。垂钓,钓鱼。

一二句描写幼童垂钓的形态身姿。他乱蓬蓬的头发,是一个农村的野孩子,在学着钓鱼。垂纶就是垂钓,一个"学"字,表明他受到家庭或环境的熏陶,以劳动为乐,在河边钓鱼。钓鱼,既是一种劳动,也是一种娱乐。所以,他特别有兴趣,特别专注。他侧着身子坐在长满莓苔的草坪上,杂草和灌木掩隐着他的身躯。"侧坐",有随意的意思,不拘行迹。坐在莓苔之上,是不择地点,但也表现了他的心计,坐在阳光罕见,人迹罕至的地方,人不被暴晒,鱼不受惊扰,鱼儿才会上钩。但草毕竟不能遮蔽全身,所以才有路人向他打探道路。这样再次为小儿画像,也为后文作了铺垫。

三四句描写他垂钓的动作和神情。这时,有位过路的人远远地叫他,向他询问打探道路,他不回答,远远地向过路的人摇手。之所以不答话而以手势,是因为怕把鱼惊散。

诗前两句写形,但也形中蕴神,后两句写神,却以神代形,可谓形神兼备,余味无穷。

贾　岛

寻隐者不遇

松下问童子[1],言师采药去[2]。
只在此山中,云深不知处。

【注释】

[1]童子:隐者的年幼弟子。
[2]言:告诉。师:师父。

164   贾岛(779 年~843 年),字阆仙,范阳(今河北涿县)人。出身贫
贱,早年为僧,法名无本。韩愈劝其还俗应试,却终身没有登第。年
近六十,才被任命为遂州长江县主簿,后迁普州司仓参军。他是著
名的苦吟诗人,其诗苦寒瘦硬,幽冷奇峭,写自己的失意与穷苦。有
《贾长江集》。

这首小诗写诗人到山中寻访隐者而不遇的情景。隐者,隐居在
山林中的人,或为僧道,或为失意的知识分子,是诗人的朋友。

全诗十分简洁,只截取时间和空间的一部分,造成许多空白,
寓问于答,淡而有趣。首句直写已到目的地,"松下"表示隐者居处,
一儿童正在树下玩耍,于是诗人向他打探,隐者是否在家。"童子",
表明不见隐者而见其弟子,寻隐者的希望仍在。童子不经意地回
答:"师父采药去了。""采药",表明隐者的身份,他无以为业,只采
药以济众。这就直点题目"不遇"。但诗人并不甘心,所以继续追问:
"你师父在哪儿采药?"希望再访。于是童子用手一指,说:"就在这
座大山中。"诗人仍抱着希望,问:"在山的哪一方?童子似乎有点
不耐烦了,说:"就在那山巅云深的地方,至于具体在什么地方,我
也说不清楚。"诗到此戛然而止。

这样补充出来,诗人和童子的对话情景就显现出来了。诗以简
笔写繁情,一问,二问,再三问。一问,满怀希望;二问,坠入失望;三
问,怅然若失。既表现了诗人的复杂情感变化,又表现了童子的天
真烂漫。见童子,是真不遇隐者。听说采药,又似乎可遇了。最后"不
知处",又真个不遇了。跌宕起伏,摇曳生情。

寻隐者不遇,作为生活中的事件纯属偶然,也很平常。它的象
征性意蕴才是此诗的真正内涵。因为隐者与世隔绝,是另一个世
界,它对世俗是关闭着的,你可以在它的边缘打探它的消息,可以
想象它的美妙,从而使自己的身心得到涤荡。但你只要还留在世俗

社会,你就无法分享隐者独得的生命快乐。所以访者诚挚急迫,童子平淡闲散,而隐者遥不可及。

诗色彩浓淡相宜,符合隐者的身份,郁郁青松,悠悠白云,见其风骨,见其高洁。采药在于济世救人。诗平淡中见深沉,干枯中见丰腴,这就是"郊寒岛瘦"的风格特征。

李 贺

李凭箜篌引

吴丝蜀桐张高秋[1],空山凝云颓不流[2]。
江娥啼竹素女愁[3],李凭中国弹箜篌[4]。
昆山玉碎凤凰叫[5],芙蓉泣露香兰笑[6]。
十二门前融冷光[7],二十三弦动紫皇[8]。
女娲炼石补天处[9],石破天惊逗秋雨[10]。
梦入神山教神妪[11],老鱼跳波瘦蛟舞[12]。
吴质不眠倚桂树[13],露脚斜飞湿寒兔[14]。

李贺(790年~816年),字长吉,河南福昌(今河南宜阳县)人。唐皇室远裔,但家境早已破落。元和五年(810年)被推荐参加进士举,"争名者"以"避家讳"为由,

【注释】

[1]吴丝:产于吴地的丝,指琴弦。蜀桐:产于蜀地的桐木,指琴的共鸣器。[2]颓:颓然,没有精神。[3]江娥:即湘娥。传说为舜的二妃。啼竹:指泪洒在斑竹上。素女:传说为古之乐伎,善鼓瑟。[4]中国:即国中,此指首都长安。箜篌:一种弦乐器。[5]昆山:古时产玉之地,神仙居住之所。[6]芙蓉:荷花。香兰:有香气的兰花。[7]十二门:据《三辅黄图》,长安城有四面,每面三门,合计十二门。[8]二十三弦:杜佑《通典》:"竖箜篌,胡乐也,汉灵帝好之,体曲而长,二十二弦。"紫皇:道教称天上最尊的神为紫皇。这里指皇帝。[9]女娲炼石补天:《淮南子》载,往古之时,天的四极废,九州裂,

166

不得应进士第,故落拓困顿,仅任太常寺奉礼郎这样一个卑微的小官。极度的忧郁愤懑使他早夭,仅活了二十七岁。集有《李长吉歌诗》。其诗多写被压抑的悲愤,想象奇诡,怪诞神秘,构思新颖奇特,语言瑰丽多彩,有一种凄婉虚幻、奇崛冷艳的风格。

　　这是一首描写音乐的名诗,与白居易的《琵琶行》齐名。作于元和六年(811年),诗人时在长安任奉礼郎。李凭是唐代梨园女弟子,时称李供奉。善弹箜篌,名噪一时,以致"天子一日一回见,王侯将相立马迎"。此诗描写她的高超弹琴技艺,构思新颖,想象丰富,比喻奇特,辞采绚丽。

　　前四句写她演奏的时间、地点及高超技艺。李凭的琴弦是吴地产的丝做的,琴箱是蜀地产的桐木做的。她在一个秋高气爽的日子里在长安城中张开琴弦演奏,空山流云立即凝固,颓然不流。诗人写法奇特,先写琴,后写声,然后点人,时间、地点穿插其中。而写声又避开主体的琴声,从客体落笔,以实写虚,亦真亦幻,侧面烘托,具有神奇莫测的魅力。

　　五六句正面描写琴声。这时,众弦齐奏,演奏到高音时,好像昆山的玉石击碎,又像是神鸟凤凰啼叫;一弦独奏,演奏到低音时,就像荷花滴着泪水,又像香兰在微笑。上句以声写声,下句以形写声,写尽众弦齐鸣和一弦独响悲抑和欢快的效果,形神兼备。

　　七句以下描写音响效果。先写近处,长安十二道城门前的寒冷全为乐声所消融。再写远处,音乐飞上天庭,飞向神山,飞向月宫,

女娲炼五色石补天。[10]石破天惊逗秋雨:乐声惊动上天,石头破裂,引出一阵秋雨。逗,引。[11]神妪:《搜神记》:"有号成夫人,夫人好音乐,能弹箜篌。闻人弦歌,辄便起舞。"[12]蛟:即今之鲨鱼。[13]吴质:可能就是吴刚,相传为月宫里的仙人。据《酉阳杂俎》载:"旧言月宫中有桂,有蟾蜍。故异书言月桂高五百丈,下有一人常砍之,树创随合。人姓吴名刚,西河人。学仙有过,谪令伐树。"[14]露脚:古人以为露如雨是天上落下的,故有脚。寒兔:传说月宫中有兔,见屈原《天问》。

连女娲也忘记职守,以致石破天惊,秋雨倾泻,连神妪也感动不已,老鱼瘦蛟也为之起舞,月宫里伐桂树的吴刚也忘记了睡觉,倚在桂树上欣赏,玉兔痴迷为霜露所湿,也不肯离去。这都是以形写声。鱼而言"老",蛟而言"瘦",特别新奇,它们本无力舞,可一听见李凭的琴声就来了精神而起舞,可见音乐的感染力之大。劳累已极的吴质眠而不眠,玉兔亦陪伴着听,可见感染力之深。

诗想象力大胆离奇,差不多捕捉的都是虚幻的异想天开的意象,使"百怪入我肠",从而形成奇情异调的浪漫色彩,可谓笔补造化。他那种强烈而独特的自我感受化腐朽为神奇,化平易为惊险,形成瑰丽冷艳的独特风格,这就是"长吉体"的特征。

李 贺

雁门太守行

黑云压城城欲摧[1],甲光向日金鳞开[2]。
角声满天秋色里[3],塞上燕脂凝夜紫[4]。
半卷红旗临易水[5],霜重鼓寒声不起[6]。
报君黄金台上意[7],提携玉龙为君死[8]。

这是一首乐府旧题,多写边塞征战之事,此诗也不例外。雁门,郡名,在今山西大同市东北一带。行,歌行,一种诗歌体裁。

中唐时期,藩镇叛乱时有发生,严重影响国家的统一和人民的安定。元和四年(809年),王承宗率叛军攻打易州和定州,李光颜率军驰救。此诗的背景可能与此次战役有关。诗人有感于此,用乐府古题写了这首具有现实意义的诗篇,表现战斗的惊心动魄和悲壮激烈,歌颂将士英勇献身的爱国精神。

诗以主观想象建构意象,时空交错,境界屡迁,章句之间,忽起忽结,若断若续,起伏跌宕,变幻莫测,因而不好理解。联系时代背景,大概前半首是写敌军围城,后半首是写我军增援。

首二句表达严峻形势,敌军攻城,我军严阵以待。黑云压城,既是天气实况,又象征敌军大兵压境,守城形势极其严峻。敌军如黑云压城一般把我军重重包围,城池快被打破了,而我守城将士严阵以待,铠甲在乌云罅缝的阳光照耀下金光闪闪。敌我力量如此悬殊,一场激战不可避免。

三四句以秋色、秋声渲染战争气氛。白天号角声在肃穆的秋空中回荡,我军伤亡惨重,晚上战士的鲜血在寒夜中凝成了胭脂色。这是一场保卫国家城池的争夺战,战争极其惨烈,我军伤亡极其惨重。

下来时空发生了极大的跳跃,五六句转写我军部队驰援,行军的艰难困苦。由于风大,士兵们只能半卷着红旗吃力地前进,由于天寒地冻,繁霜凝聚,到了城下,击鼓进攻也使不上劲,鼓舞士气的鼓声也显得有气无力。

七八句写将士誓死决心。将士们为了报答国君的恩宠,个个全副武装,手握武器,准备决一死战,为国捐躯。表现了我军将士同仇敌忾不怕牺牲的爱国精神。

诗虚幻荒诞,描写战斗场面,用词色彩奇异。选用"黑"、"金"、"红"、"紫"等浓墨重彩的词语渲染凝重悲壮的气氛,又选用"压"、

"摧"、"凝"、"死"等动作强烈的词语烘托紧张激烈的战斗场面,给人一种凝重、压抑的感觉。

杜 牧

清 明

清明时节雨纷纷,路上行人欲断魂[1]。
借问酒家何处有[2]?牧童遥指杏花村[3]。

【注释】

[1]行人:走路的人。断魂:好像神魂快要离开身体一样,形容极其疲惫。[2]借问:请问。酒家:卖酒的人家。[3]杏花村:在安徽贵池县城西,向以产酒著称。《江南通志》载:唐诗人杜牧任池州刺史时,有"清明时节……一诗, 即指此。"今山西汾阳县亦有杏花村,以产汾酒出名,可能因此诗而命名。

杜牧(803年~852年),字牧之,京兆万年(今陕西西安市)人。出身官宦书香门第,祖父杜佑为中唐名相,著有《通典》。杜牧诗文兼善,诗和李商隐齐名,人称"小李杜"。其诗学习前人而自成一家,尤长于七绝,风华俊爽,豪健跌宕,耐人寻味。散文继韩、柳之后在晚唐振颓起衰,议论精警深刻。有《樊川文集》。

这首诗作于诗人任池州刺史时,诗是代言体,不是写身为刺史的诗人自己,而是描写清明时节雨中行路之人的苦况和愁情。清明,节气名,在农历三月,阳历四月四日或五日。

首句写节令雨情。清明时节除了要下地抓紧春耕春种外,人们还要上坟扫墓,祭祀祖先,这就不免奔波劳累。而天下着纷纷细雨,道路泥泞,则更苦不堪言。"雨纷纷"写出环境气氛,"纷纷",说明这种如丝如雾的细雨已经下了好久,隐含一个"寒"字。

次句写路上行人。"行人"在泥泞的小路上踽踽而行,快"断魂"了一样,写出孤单焦急,疲惫不堪,隐含一个"愁"字。

三四句描写行人和牧童对话,表现一种愁闷与希望交织的复杂心理。行人正在一筹莫展之时,眼前突然出现了一个骑在牛背上的牧童,他马上向牧童打听,问他哪儿有酒店,牧童向远处一指,说前面杏花村有酒店。诗动中见景,景中含情。"借问酒家",写出欲借酒消愁,以酒御寒。"遥指",妙笔生花,似远似近,不可捉摸。结果如何,不得而知,真是高华俊爽,言有尽而意无穷。

杜 牧
山 行

远上寒山石径斜[1],白云生处有人家[2]。
停车坐爱枫林晚[3],霜叶红于二月花。

【注释】
[1]寒山:秋冬的山。石径:石板铺的小路。[2]白云生处:指山林又高又深的地方。[3]坐:因为。不是动词。枫:枫树,叶子到了秋天就变成红色。

诗人二十五岁时曾游湖南澧县,此诗大约写于此时。这首七绝描写秋日山景,题目《山行》,然而诗中却不写"行"而重点写"停",之所以停,是因为行进中的美景令人流连忘返。由行而停,这就把情融入景中,达到情景交融,这就是诗的魅力之所在。湖南长沙岳麓山爱晚亭因此诗而得名。

首句叙事,画出秋山行旅图。在一个深秋的日子,诗人说,我沿着石板小路,盘旋而上高山。"远"写出距离,说明山之大;"上",写出高度,说明山之高;"寒",点明季节已是深秋;"石径斜",写出山间小道弯曲盘旋。远山,石径,秋高气爽,景致特别富有诗意。

次句承"远",写未上山时仰望所见。山巅白云缭绕,那儿还有农民的居所,显然白云为人家做晚饭的炊烟所致。白云即是炊烟,照应后面的"晚"字。诗人的目力落在山之最高点上,石径的尽头,白云掩映处有住户人家。这就为大山平添了许多生气,既明丽,又深邃;既充满希望,又有几分神秘。

后两句是全诗的中心,描写已"上"所见之景,重点是山间的"枫林"。诗人走至山间,看见漫山红遍的枫林,于是停下车来,尽情地欣赏,不禁赞叹说,经霜的枫叶比二月的鲜花还要红!经霜的红叶,红得似火,红得可爱,哪儿还有一点寒意?大自然的美使人陶醉。最后一个比喻把"爱"意补足,夕晖晚照,枫叶流丹,层林尽染,美不胜收。

杜 牧

江 南 春

千里莺啼绿映红[1],水村山郭酒旗风[2]。
南朝四百八十寺[3],多少楼台烟雨中。

【注释】
[1]绿映红:红花和绿叶相映衬。[2]山郭:靠山的城墙。郭,外城。酒旗:酒店的招牌,用竹竿挑挂在门外,俗称望子。[3]南朝:指偏安在东南的宋、齐、梁、陈四朝。四百八十寺:《南史·郭祖深传》:"时(梁武)帝大弘释典,将以易俗,故祖深尤言其事,条以为都下佛寺,五百余所,穷其宏丽,僧尼十余万,资产丰沃。所在郡县,不可胜言。"

172

这首绝句是诗人在江南做州刺史时所写,描绘祖国江南春景,大笔淋漓,深厚雄浑,故久负盛名。

首两句写江南春天晴景,千里江南大地,莺声婉转,红花绿叶相映,美不胜收。依山傍水的村庄和城郭酒旗飘扬,十分热闹。

后两句写江南春天雨景,南朝四百八十座佛寺,这些金碧辉煌的亭台楼阁笼罩在烟雨蒙眬之中,深邃迷离,秀美无比。

在写晴景时,诗人选择了黄莺、绿树、红花、水村、山郭、酒旗六种春日的意象,在春风吹拂中,统一在"江南"的大环境中。而山水相对,红绿相衬,莺啼酒旗视听相映,说明江南之美是多么丰富多彩,美不胜收。而贯以"千里"的广袤地域,说明这种美,不是某个角落,某个园林,而是整个江南大地。

在写雨景时,诗人从眼前如烟似雾,细雨蒙蒙笼罩中的佛寺,作纵深联想。一是它的数量,大概有四百八十处之多;二是它的历史悠久,这些佛寺,大多建于南朝时代,历今已有数百年的历史了,已经成为文化古迹。这金碧辉煌,屋宇重重的寺院,里面供奉着尊严的佛像,人们顶礼膜拜如潮,本来就有几分深邃神秘感,而在春雨蒙蒙中,这种感觉就更加浓重了。如果说,前两句写出了祖国江南艳阳高照的阳刚美,那么这两句就写出了阴雨绵绵的阴柔美。二者结合,合而观之就给我们描绘出了一幅地域广阔、气象万千、历史悠久的江南春景图。

杜 牧

过华清宫(其一)

长安回望绣成堆[1],山顶千门次第开[2]。
一骑(jì)红尘妃子笑[3],无人知是荔枝来。

华清宫是唐贞观十八年(644年)由著名建筑设计师颜立德主持修建,初名汤泉宫,后改名温泉宫。玄宗时又大加扩建,改名华清宫,成为皇帝及妃嫔、文武大臣游乐、避寒之所。

《新唐书·杨贵妃传》:"妃嗜荔枝,必欲生致之,乃置骑传送,走数千里,味未变,已至京师。"这首绝句诗人借送荔枝这一典型事件,讽刺杨贵妃骄奢淫逸的生活,并警告晚唐统治者不要步唐玄宗后尘。

首句写诗人由临潼回长安,途中回望骊山的景色。回望,就是回头望骊山,骊山花团锦簇,漂亮极了。次句写山顶行宫雄伟壮观,成千的宫门一下子都依次打开了。三四句是两个特写镜头,宫外山下大路上一骑人马,扬起红尘,宫门口妃子嫣然一笑。这两个镜头一贱一贵,一苦一乐,于是引起悬念:千门为何而开?一骑为何而来?妃子为何而笑?最后揭出谜底"荔枝"两字,透出原委,原来是给娘娘送鲜荔枝来了。

陈寅恪在《元白诗笺证稿》中说李隆基、杨玉环夏天未幸过骊山,到骊山是十月份的事,可见诗人是借题发挥而已。谢枋得《注解选唐诗》说:"明皇致远以悦妇人,穷人之力,绝人之命,有所不顾,如之何不亡?"由此可见,诗人立意之深刻。而此诗的艺术魅力在于含蓄无尽,诗不明说玄宗荒淫好色,贵妃恃宠而骄,只用"一骑红尘"与"妃子笑"构成对比,就收到了强烈的艺术效果。且"妃子笑"自然容易使人联想到历史上周幽王博妃子一笑而国破身亡的故事。苏轼《荔枝叹》:"宫中美人一破颜,惊尘溅血流千载。"这就是"笑"的内涵。"无人知"也容易使人以为是什么军国机密大事,原来才是这样一件为了饱口腹的区区小事。

作者在《与友人论谏书》中说:"近者宝历中,敬宗皇帝欲幸骊山,时谏者至多,上意不决,拾遗张权舆伏紫宸殿下叩头谏曰:'昔

174

周幽王幸骊山为犬戎所杀；秦始皇葬骊山，国亡；玄宗皇帝宫骊山，
而禄山乱；先皇帝（指穆宗）幸骊山，而享年不长。'帝曰：'骊山若此
之凶耶？我宜一往以验彼言。'后数日自骊山回，语亲幸曰：'叩头者
之言，安足信哉？'"

　　华清宫为玄宗所建，靡费无算，弄得"物议喧嚣，财力耗悴，数
年之外，天下萧然"（元稹《两省供奉官谏幸温汤状》）。经过安史之
乱，华清宫已十分荒芜，李湛前往游幸，定要大事修葺。联系这段史
实，作者的讽刺用意十分明显。

杜　牧

赤　壁

折戟沉沙铁未销[1]，自将磨洗任前朝。
东风不与周郎便[2]，铜雀春深锁二乔[3]。

【注释】
[1] 戟：古代的一种兵器。
[2] 周郎：周瑜，后汉时吴国
大将，时人称为周郎。[3] 铜
雀：铜雀台，曹操所建，以楼
顶有大铜雀而得名。台在邺
城。二乔："乔"亦作"桥"。即
大桥、小桥姐妹，东吴的两
个美女。大乔为孙策妇，小
乔为周瑜妇。

　　这首七绝是一首咏史诗，人称"二十八字史论"，写于诗人任黄
州刺史时。赤壁，地名，在黄州长江北岸。赤壁之所以有名，是因为
汉末发生了一次大战——赤壁之战。当时东吴周瑜利用火攻，以少
胜多，打败了气势汹汹、南下江南的曹操大军，奠定了三国鼎立的
基础。诗人借题发挥，有感于英雄成败在于机会的把握，抒发自己

怀才不遇的感叹。

　　首两句，写在长江的积沙中发现了半截锈迹斑斑的兵器，诗人是博学多才的人，他亲自洗去泥沙，磨去铁锈，进行考古，发现这个遗物是历史上赤壁鏖兵时留下的。

　　后两句，写诗人由这个小小的东西，联想到那次决定历史命运的大战，想到那次战争中的风云人物，抒发感慨。赤壁大战的结果是周瑜以三万人马战胜了曹操号称八十三万大军，周瑜之所以取胜主要是用了火攻，而用火攻，又靠一场偶然的东风。诗人把东风放在主要位置，认为东风起了关键的作用。但诗人不是正面着笔，而是反面假设，说，如果东风不给周郎方便，而是刮一场西北风，那么结果将是如何呢？因为那时正是冬天，刮风一般都是西北风，刮东风只是偶然。不言而喻，胜利者将是曹操，失败者则是周瑜，三国的历史将会改写。但诗人又不这样明说，而是换一个角度，说东吴的两个美女大乔和小乔将落入曹操手中，锁入铜雀台，供其享乐。大乔是东吴领袖孙策的妻子，小乔是东吴大将周瑜的妻子。《四库提要》说："二人入魏，即吴亡可知。此诗人不欲直言，故变其辞耳。"这种写法就是以小见大、言近旨远的手法。

　　诗人胸怀大志，并且知兵，曾研究和注解《孙子兵法》，但他却生不逢时，得不到朝廷的重用，所以周瑜在他眼中，只不过是"时无英雄，遂使竖子成名"而已，可见他是借史事以抒胸中不平之气罢了。

　　此诗议论风发，俊爽流美，立意高绝，才气横溢，最能体现杜牧的个性和风格。

杜 牧

泊秦淮

烟笼寒水月笼沙[1]，夜泊秦淮近酒家。
商女不知亡国恨[2]，隔江犹唱后庭花[3]。

【注释】
[1]烟：水上雾气。笼：笼罩。沙：沙滩。[2]商女：以卖唱为生的歌女。[3]后庭花：《韵语阳秋》：“《后庭花》，陈后主之所作也。主与幸臣各制歌词，极于轻荡，男女唱和，其音甚哀。”辞曰：“玉树后庭花，花开不复久。”

　　这是一首悼古伤今的七言绝句，表现诗人忧国忧民的情怀。秦淮，河名，源出江苏溧水县东北，横贯南京城，流入长江。相传为秦始皇南巡所修，凿钟山以疏淮水，故名。

　　首句写景不同凡响，句式是互文对举，意思是烟笼寒水烟笼沙，月亦笼寒水月亦笼沙，秦淮河的水面沙滩都笼罩在一片淡淡的月色和烟雾之中。“烟”、“水”、“月”、“沙”，被两个“笼”字融成一幅淡雅清冷的水边夜色图，烟、水色青，月、沙色白，渲染凄清暗淡气氛。两个“笼”字，给人以阴暗沉闷的感觉；一个“寒”字，更是冷气逼人。这个环境氛围，与诗人忧国忧民的心境相谐。

　　次句叙事，点出时、地、人、事，说我在这个“烟笼寒水月笼沙”的夜晚，将船停泊在秦淮河的酒店对面，以便在此过夜。十里秦淮，为金陵最为繁华之所，酒店遍地，莺歌燕舞，到了金陵，焉能不游？

　　首两句是倒装，本该是我夜泊秦淮，靠近酒家，看见烟笼寒水月笼沙。一倒置，突出所见景物，暗示诗人一种暗淡的忧思。两句又自为因果，由于“夜泊秦淮”，所以才“近酒家”；由于“近酒家”，才勾连下文；引出商女唱歌。

后两句写诗人在舟中听见商女在唱歌，她们不懂得亡国的痛苦，还在江对面的酒家唱《玉树后庭花》。六朝金粉逐流水，而今，六朝早已过去，在这烟月迷蒙、水寒沙白的秦淮之夜，那不识忧愁的歌女，却依然轻按檀板，漫舒歌喉，一遍又一遍地唱着这哀怨的歌曲。歌声传入泊舟对岸的诗人耳中，不免使他感慨系之，他还哪有心思去酒店饮酒听曲。历史上的陈后主是著名的荒淫皇帝，他"以宫人袁大舍等为文学士，因狎客共赋新诗，采其尤艳者，有《玉树后庭花》、《临春乐》等曲"（《南史》）。他"与幸臣各制歌词，极于轻荡，男女倡和，其音甚哀"（葛立方《韵语阳秋》）。"门外韩擒虎，楼头张丽华"，敌军已经兵临城下还在寻欢作乐。这两句曲笔写意，真正醉生梦死，不知亡国之恨而要欣赏亡国的靡靡之音者，乃官僚、贵族、豪绅也。因商女所唱，实为听者的审美趣味所决定。商女只知唱曲，安知曲中有恨？六朝去唐，殷鉴不远，虽是客中偶感，却不无警世之意。诗人志大才高，喜欢研究"治乱兴亡之迹，……古人之长短得失"（杜牧《上李中丞书》）。"犹唱"二字，把历史、现实和想象中的未来串成一线，意味深长，于婉曲、含蓄、深奥中表现出辛辣的讽刺以及深沉的悲痛和感慨，言在此而意在彼，使人回味无穷。

李 商 隐

夜 雨 寄 北

君问归期未有期[1]，巴山夜雨涨秋池[2]。
何当共剪西窗烛[3]，却话巴山夜雨时[4]。

【注释】
[1]君：你，指妻子王夫人。[2]巴山：即大巴山，在今四川东北部一带。[3]何当：何时，哪一天。剪烛：剪去烧残的灯花，使灯明亮。[4]却话：重谈，再说。

178

李商隐(813 年? ~858? 年),字义山,号玉溪生,怀州河内(今河南沁阳县)人。二十五岁中进士。有《李义山诗集》,内容有政治和咏怀,还有爱情诗。他的诗师承杜甫,但有很大的独创性,其特点是思远意深,情致缠绵,绮丽细密,空灵含蓄,意境蒙眬。

中国拘于封建礼教,爱情诗不甚发达,因此,这首情真意挚的寄内诗弥足珍贵。李商隐在唐宣宗二年(848 年)秋,由桂林回京滞留川东一带,写下了这首寄内的绝句,慰妻兼以自慰,写得言短情长,恳挚朴实,富有余味。寄北,寄给北方的人,自然也包括妻子。一作"寄内",明确标明寄给内人妻子。他与妻子王氏夫人,婚后夫妻感情一直很好。

首句从妻子王氏夫人来信说起。妻子来信问他"归期",可见妻子对自己的关爱, 盼望自己及早平安回家。而自己却回答"未有期",这就把宦途失意,羁旅穷愁,有家归不得种种抑郁之情包含其中。一问一答,跌宕有致。

次句写眼前景。巴山深夜听雨,烘托彻夜难眠的愁情。虽然思家心切,却因巴山夜雨而阻隔,更何况秋雨涨满池塘,短期更难成行。这样就化情思为景物,解答了"未有期"的原因。秋雨又比喻愁情,愁之深,愁之重,有如秋雨,有增无减。诗含比兴,饶有兴味。

后两句宕开愁情,写拟想他日团聚的欢乐,聊以慰妻和自慰。说,到那时,我俩西窗秉烛夜话,今日的苦楚成为来日的话料,苦尽甘来,其味如何? 桂馥《札朴》说:"眼前景反作后日怀想,此意更深。"

此诗妙在长安——巴山——长安,今宵——他日——今宵的双线交错回旋往复,既写出了空间之跳跃,又写出了时间的变迁,还写了异地双方情感的悲欢离合,虚实相生,情景交融,感情细腻,意境婉约,诗中贯穿着时世身世的悲感,具有沉痛凄婉的抑郁情调和忧伤的美。

诗即景见情,语浅情深。如闻娓娓清谈,深情弥见。又"期"字重现,"巴山夜雨"复出,形成咏叹,与内容的回还往复相生相谐,实为语浅情浓的爱情诗的杰作。

李商隐

登乐游原

向晚意不适[1],驱车登古原[2]。
夕阳无限好,只是近黄昏。

【注释】

[1]向晚:傍晚,接近黄昏。意不适:心情不愉快。[2]驱车:驾着车子。古原:指乐游原。

　　这首五言绝句写诗人晚登长安乐游原的感受。乐游原,秦为宜春苑,汉宣帝时修乐游庙,因以为名。在长安城东南面,地势轩敞,云天高渺,草木丰茂,飞禽走兽。遨游其间,登原可以将长安全景尽收眼底。从秦汉以来,这里就是登高望远的游览之地。每逢正月晦日、三月三日、九月九日,长安士女多到此登赏。

　　前两句写为何登原。时间是"向晚",原因是"意不适"。为何意不适? 诗人处于晚唐,变局纷纷,牛李党争,使诗人沉沦下僚,历尽坎坷,受尽人情冷暖,致使他心中郁闷,想登原散心。感念天地之悠悠,便觉人事之琐杂,于是驱车登上了古原。不乐而登乐地,结果如何,语虽淡而耐人百思。

　　后两句写登原所见和所感。你看,这无边无际把大地和长安城照耀得金碧辉煌的晚霞,才是无可比拟的美! 而这种美正因为将近

180

黄昏,只有一刹那,故特别珍贵,尤足珍惜。诗人从而得到了满足,驱走了郁闷。诗人意有不适,登古原而得解,其心如洗过一样清澄。何况黄昏时分,夕阳染红大地,如金黄世界,层林光彩闪耀,一望无垠,大自然的壮丽辽阔,格外令人赞叹。这两句是倒装句,意谓正是近黄昏的夕阳才无限的美好。一倒装,先赞叹,再补充,把激荡之情表露无余。因为唐人的"只是"不是转折词,而是"正是"之意。

　　有人说,这首诗是"迟暮之感,沉沦之痛,触绪纷来,悲凉无限","谓之悲身世可,谓之忧时事亦可"。这有求之过深之嫌。因为诗人不会用夕阳来比喻自己坎坷沉沦的晚年,也不会用夕阳来比喻百孔千疮的晚唐时代。诗人曾说过,"莫道桑榆晚,为霞尚满天",他对夕阳的赞美态度是一贯的。

　　但是,诗人在"乐"的背后仍然掩饰不住一股淡淡的感伤。因为好景不长,年华易逝,白鬓长影,又怕对黄昏。一入黄昏,便万象俱灭,即使是莺花楼阁,石崇金谷之园,锦绣江山,后主琼枝之曲,也弹指兴亡,如斜阳之一瞥。回思人在世间的一生,有多少消磨在琐杂的人事中。而美好的感受,却不过是间或的片刻,人生就是这样被辜负了的。

李 商 隐

无题(其二)

相见时难别亦难,东风无力百花残[1]。
春蚕到死丝方尽[2],蜡炬成灰泪始干[3]。
晓镜但愁云鬓改[4],夜吟应觉月光寒[5]。
蓬山此去无多路[6],青鸟殷勤为探看[7]。

【注释】
[1]残:凋残。[2]丝:与"思"谐音,隐含情思。[3]蜡炬:蜡烛。[4]云鬓:像乌云一样的发鬓。[5]吟:吟诗。[6]蓬山:蓬莱仙山,神话中东海里的仙山。[7]青鸟:据《汉武故事》

李商隐一生写有二十余首七言律诗标为《无题》。这些诗意义隐晦,色彩蒙眬,韵律精工,语言流畅,情趣绵邈,有一种沉博丽绝之美。这些诗意蕴深厚,往往有深层的建构,照一般爱情诗读,很美,但恐怕会辜负诗人的一片良苦的艺术用心。因为他说他的诗"楚雨含情皆有托",然而到底寄托着什么,可谁也说不清。所以我们只能从宽泛的角度,从表面的层次来认识,把它看作是一首爱情的悲歌,描写青年男女刻骨铭心的恋情和别离后的痛苦相思。

载,七月七日忽有青鸟飞来,停在殿前。东方朔告诉汉武帝说西王母就要来了。不久西王母到,三只青鸟便夹侍在她身旁,后便称爱情信使为青鸟。

在古代,中国人是先结婚后恋爱的。所以,婚前自由恋爱的爱情诗是少之又少,而且即使抒发爱情,也多是婚后之情。那么李商隐这些恋情诗就特别珍贵了。这首诗是《无题》组诗二首中的一首,写对意中人刻骨铭心的相思之苦。

首联,写他们难以忍受的离别场面。他们在一个春光将尽,百花凋谢的夜晚相会了,此时东风缓缓地吹着,他们紧紧搂抱在一起,然而,他们却不得不马上分离。"难",前一个是难得,后一个是难舍难分。"相见时难",可见他们这次短暂的相聚是克服了多大的障碍和阻力,经过了多少艰难和波折。"别亦难",唯其相见之不易,故离别才不堪忍受,唯其短暂相会之不易,故长别之痛苦更不堪忍受。这后会难期的长别自然柔肠寸断,凄苦难言了。两个"难"字,字同义异,前者为困难,后者为难堪。用字精妙,由此可见。东风无力,百花凋残,这不仅是点明相会的时间,而且还有比兴象征意义,以花比人,以人喻花。花固如是,人何以堪?

颔联写两人别前的山盟海誓,一个说,我像春蚕吐丝一样,到

182

死才把丝吐完,我爱你到永远;一个说,我像蜡烛一样,燃烧完了才停止烛泪,我爱你至死不渝。以两物作誓,比喻爱情之坚。春蚕吐丝,蜡炬燃灰,是痛苦的,但也是执著的。比喻爱情,恰如其分。春蚕吐丝,情在缠绵。蜡炬燃灰,语在悲伤。实为奇思妙喻,而且富有新的意蕴。即为了爱,就需要奉献,甚至牺牲,这是痛苦。但只有经历痛苦,才能获得幸福。每一个忠于爱情的人都无法回避这个矛盾,只有生命结束,才能得到解脱。所以这两句成为描写忠贞爱情的千古名句。而且富有哲理意义,忠于事业,忠于理想,不也是这种精神吗?

颈联是别时对对方进行嘱托,一个说,你要保重自己的身体,我担心你早晨梳妆照镜会出现白发,青春不在;一个说你也要保重自己的身体,晚上在月光下吟诗,感觉寒意就早点休息,莫熬坏了身子。清晨理妆,深夜吟诗,两幅画面都是替对方设想,表现了相爱者的温柔多情。"但愁"、"应觉",猜测之词,体现了思念的体贴入微,一往情深。这种强压内心痛苦,反以软语柔情相慰,使诗格外感人。

尾联是别时对对方的慰勉,说别后即使你到海角天涯,我们也要互通音讯。人隔蓬山云路,但我们"心有灵犀一点通",心路的历程是"无多路"的,也要派遣青鸟殷勤探看,传书带信。可见他们的爱情是多么倔强和执著。

这首诗表现的是典型的东方式的爱情,交织着希望与失望的悲剧性爱情心理,这和诗人的不幸身世及人生体验有着某种联系。所以是如此刻骨铭心,缠绵悱恻,但又欲说还休,遮遮掩掩。这是一种不可名状的高尚、温馨的美,心灵的象征,爱情的绝唱。

李 商 隐

锦 瑟

锦瑟无端五十弦[1]，一弦一柱思华年[2]。
庄生晓梦迷蝴蝶[3]，望帝春心托杜鹃[4]。
沧海月明珠有泪[5]，蓝田日暖玉生烟[6]。
此情可待成追忆[7]，只是当时已惘然[8]。

【注释】

[1]锦瑟:有华美彩饰的瑟。无端:无缘无故。五十弦:传说古瑟五十弦,后改为二十五弦。[2]思:回忆。华年:少年往事。[3]庄生:战国时的庄周。晓梦:《庄子·齐物论》说,他梦见自己变成了蝴蝶,醒来后很迷茫,不知是庄周梦见蝴蝶,还是蝴蝶梦见了庄周。[4]望帝:古蜀国国君杜宇,号望帝。传说他死后魂魄化为杜鹃,啼声哀切。春心:伤春的心。[5]沧海:大海。月明珠有泪:《大戴礼记》有月满珠圆和月亏珠缺的说法。又张华《博物志》载,有南海鲛人泣泪成珠的故事。[6]蓝田:蓝田山,以产玉著称,在今陕西蓝田县。日暖玉生烟:玉在阳光照耀下虽沉埋地下,也能够烟云升腾。[7]可待:岂待,哪能等待到今。[8]惘然:迷茫无知而惆怅失意。

诗以"锦瑟"为题,其实是无题,因为锦瑟是取首句首二字。这首诗具体写的什么,元好问说:"诗家总爱西昆好,独恨无人作郑笺。"(《论诗三十首》)意思是说,都喜欢李商隐的诗,可惜没有人像郑玄给《诗经》作注解一样,笺释李商隐的诗,以致不易读懂。梁启超干脆承认:"《锦瑟》等诗讲什么,根本不明白","拆开一句一句叫我解释,我连文义也解不出来,但我觉得它美,读起来令我精神上得到一种新鲜的愉快。"(《中国韵文里面所表现的情感》)关于这首诗的主旨,历史上有爱情说、咏瑟说、悼亡说、自伤身世说四种。至于现当代人,说法就更多了。但都难以服众。

我们先来看看诗的表层意思:那锦瑟的五十根弦上弹出的音

乐,为什么平白无故地那么哀怨?它一声声都使我想起那一去不返的美好华年。过去生活中的悲欢离合就像庄生梦蝶那样迷离恍惚,谁也不知哪些是真,哪些是幻,那颗早已破碎的青春的心,只有托付给那日夜啼血的一片痴情的望帝精魂所化的杜鹃。昔日的情事留下的记忆是那么凄怆悲凉,仿佛是沧海中的明珠,在冷冷的月光下闪烁着点点泪光;又像是埋藏在蓝田山中的宝玉,在和煦的阳光下升腾起暖暖的轻烟。尽管前尘往事那么温馨缠绵,但早已烟消云散,何须等到今日追忆起来才黯然神伤,使当时的情味仍在心头不时闪现。

　　这首诗难解的关键就在于中间四句是用饱含情感和心绪色彩的历史典故来表达诗人的情感,这些典故有很大的蒙眬色彩,形成一种抽象的暗示性的象征性结构,具有多重意义的歧义性,对读者起着一种引而不发的作用。

　　庄生梦蝶既含憧憬与向往,又含虚幻与失落;望帝啼鹃既含有执著与追求,又含有失败与痛苦;沧海珠泪既含理想的光辉,又含遗弃的悲哀;蓝玉生烟既有信念的操守,也有成灰的凄婉。于是持爱情说者就把它看成爱情的曲折过程:热情向往——执著追求——失恋痛苦——心灰意冷。持咏瑟说者就把它看作音乐的几种艺术境界:奇幻迷离——深刻缠绵——哭泣哀怨——失望低沉。持自伤身世说者就把它看作人生旅程:少年理想——青年曲折——中年痛苦——老年失落。

　　总之,这首诗正如叶燮所说:"诗之至处,妙在含蓄无垠,思致微渺,其寄托在可言不可言之间,其指归在可解不可解之会;言在此而意在彼,泯端倪而离形象,绝议论而穷思维,引人于冥漠恍惚之境,所以为至也。"(《原诗》)

罗 隐

蜂

无论平地与山尖[1]，无限风光尽被占。
采得百花成蜜后[2]，为谁辛苦为谁甜？

【注释】
[1]无论：不论。[2]百花：各种各样的花。百，表多数，非确指。

罗隐（833 年~909 年），原名横，愤世嫉俗，改名为隐，字昭谏，杭州新城（今浙江富阳县）人。恃才傲物，故六举不第。唐亡，依吴越王钱镠，历任钱塘令、著作令等职，官至谏议大夫。有《罗昭谏集》和杂文集《谗书》。

这是一首借咏物言志的寓言诗，前两句说，不论是平地还是山巅，蜜蜂都可以飞到，都是蜜蜂采蜜的领地，它占尽了风光。据专家研究，蜜蜂有类似于人类的群体性，它们有组织、有领导、有交流地进行采花酿蜜。这两句写出了蜜蜂的勤劳和勇敢，它们无所不到，无所不能，一年四季，从不歇息。

后两句，说它们采集百花，酿成蜂蜜，蜂蜜到哪儿去了？它们在为谁辛苦？为谁创造幸福？它们的劳动成果究竟属谁所有？结论不言而喻。这样，就将前面的"尽占"二字的意思一扫而空。

此诗借咏蜂寄托人生感喟。但咏物的寓体"蜂"有两种不同的含意，既可以寄托人们的勤劳品质，也可以寄托一些人的浪荡品性。

其实二者也有相通之处，不劳而获者正是掠夺了他人的劳动

186　成果,才聚敛了财富,才造成他人的贫困,养成自己品行的败坏。因此有人说,此诗乃叹世人之劳心于利禄者;也有人说,此诗借蜜蜂以歌颂辛勤劳作者,而对那些不劳而获的剥削者以辛辣的讽刺。其实这两种领会都有其合理性。

　　此诗句句咏蜂,却句句比人。由比而兴,引出议论,欲夺故与,反向有力,叙述反诘,唱叹有情,意到笔随,浑然一体。

〖 第七单元 〗
别 辟 新 境 品 宋 诗

　　宋诗,是在唐诗的基础上别寻蹊径,独树一帜。因为唐诗是我国古典诗歌的高峰,后人要想超越它,恐怕是不大可能的。于是诗到宋人手里,只好别出心裁,自走新路。的确,宋人在这方面作了很大的努力,终于使宋诗取得了继唐诗之后令人刮目相看的成就。由于印刷术的发明、应用以及经济、文化的发展,宋诗在数量上大大超过唐诗,在质量上,基本上与唐诗并驾齐驱。大体说来,唐诗主情致、风韵,宋诗主风骨、理趣;唐诗以强烈的激情去感受现实生活,宋诗以冷静的态度去体察客观事物;唐诗显得博大,宋诗显得精深;唐诗如芍药、牡丹,浓华繁彩,宋诗如寒梅、秋菊,幽韵冷香。宋诗就内容论,较唐诗更为广阔,特别是在思想内容方面,那种强烈的爱国心、救国情,在唐诗中是少有的,而在宋诗中却贯彻始终。就技巧论,较唐诗更为精细,运思造境,炼字琢句,都贵奇、贵清,产生了不少佳作。但有时由于过分追求奇险,也产生了许多艰涩枯燥难以卒读的作品。宋诗为什么会形成这种奇特的风格呢?因为宋人写诗师承韩愈,好以文为诗,以议论为诗,以才学为诗,加之娱宾遣兴的词的兴盛,与诗分工,一般儿女情长的闺怨爱情内容,差不多都用词去表现,诗则专用以写与军国大事、民生疾苦有关的内容。这固然是宋诗的缺点,但也是宋诗的优点。

　　宋诗有北宋、南宋之分。在北宋初期,仍然宗唐,重文采轻内容的"西昆体"风靡一时。到中期,欧阳修、苏轼、王安石、黄庭坚一变唐风,形成独立的风格。之后出现的"江西诗派",又走到单纯追求技巧,讲求形式的道路上去了。到了南宋前期,由于民族危难,许多诗人跳出"江西诗派"牢笼,写了不少关注现实,高歌抗战的爱国诗篇,产生了尤袤、杨万里、范成大、陆游为代表的"中兴四大诗人"。到了南宋后期,"四灵派"和"江湖派"又走向题材狭窄,追求细腻的路子。只有到了宋末,文天祥等抗战救国的诗人才学习杜甫,写出了风骨凛然的诗篇,给宋诗画上完满的句号。

学习宋诗,可参看钱钟书《宋诗选注》,王水照《苏轼选集》,李璧《王荆公诗笺注》,游国恩等《陆游诗选》等。

范 仲 淹

江 上 渔 者

江上往来人[1],但爱鲈鱼美[2]。
君看一叶舟[3],出没风波里[4]。

【注释】
[1]往来人:来来往往的人。
[2]但爱:只是喜欢。鲈鱼:鱼的一种,大头,阔嘴,肉嫩,但内脏有毒。[3]君:你。一叶舟:一只小船,如一片树叶落在水上随流漂荡。[4]出没:出现和隐藏。

范仲淹(989年~1052年),字希文,吴县(今江苏苏州市)人。早年贫寒,刻苦读书,中进士后,历任州县长官,后与韩琦同镇陕西,任经略副使,对防守西夏起了很大的作用。后诏回任参知政事,推行庆历新政,进行改革。在保守势力的阻挠破坏下失败,任陕西四路安抚使。他功业彪炳,虽无意为文,但诗词散文兼善,留下不少名篇。有《范文正公文集》传世。

这诗一名《赠钓者》,是一首有意打破唐人近体声律,用散文句式来写的古朴、平淡的绝句。诗通过江上打鱼的人冒着风险一年四季辛勤劳动,表现封建社会一个习见而重大的主题:劳者不获,获者不劳。诗人采用对比的手法把这一极不合理的社会现实展现在我们面前,使人深思,富有历史意义和现实意义。

诗前两句写不劳者, 他们在江边走来走去, 只是喜欢鲈鱼好。他们品评鲈鱼,挑选购买鲈鱼,总想先得为快。一个“美”字,表现他们对鲈鱼的赞不绝口。然而他们却没有,也不愿想到打鱼的艰辛。

所以后两句就写劳者,为了打捞鲈鱼,渔民们驾着一叶扁舟,起早摸黑在风波里出没。自然,渔民没有购鱼者的悠闲,他们要顶着烈日,冒着严寒,起五更睡半夜出去打鱼。如果遇到狂风巨浪,就有翻船的危险,说不定还有生命之虞。他们长年累月地捕鱼,恐怕从不吃鱼,或很少吃鱼,因为他们连简单的衣食都无法顾及,哪里谈得上吃名贵的鲈鱼呢? 正如与诗人同时代的诗人梅尧臣在《陶者》一诗中所写:“陶尽门前土,屋上无片瓦;十指不沾泥,鳞鳞居大厦。”陶者无屋住,渔者无鱼吃,那么这个社会怎么能不动荡不安呢? “君看”一词,既对打鱼者充满着真挚的同情,也对买鱼人和旁观者加以提醒。看似平淡,实则精警。

这诗看似没有技巧,平淡无奇,实则构思精深,巧用对比。江上往来和出没风波,岸上和舟中,打鱼和吃鱼,处处强烈对比,但又不剑拔弩张,而是深含同情之心和规劝之意,感情真挚,有一种“先天下忧”的思想深度。

王安石

元 日

爆竹声中一岁除[1],春风送暖入屠苏[2]。千门万户曈曈(tóng)日[3],总把新桃换旧符[4]。

【注释】

[1]爆竹:以竹筒装火药来爆炸发声的鞭炮。除:过去。[2]屠苏:用屠苏草浸泡的酒。古代风俗,农历正月初一,家家先幼后长,饮屠苏酒庆贺新年。[3]户:门。单门为户,双门为门。曈曈:太阳初出,由暗转明的情景。[4]桃符:即门神。

　　王安石(1021 年~1086 年),字介甫。晚年自号半山,抚州临川(今属江西)人。少时读书即立下以天下为己任的志向。庆历二年(1042 年)中进士,历任淮南、鄞县、舒州、常州等地州县官达十七年之久。嘉祐三年(1058 年),调任三司度支判官,以《上仁宗皇帝言事书》指陈时政,对政治"改易更革"出名,但仁宗无意改革。熙宁元年(1068 年),又向神宗皇帝上《本朝百年无事札子》,重申政治改革主张,深得神宗信任,次年被任命为参知政事,又次年,被任命为参知政事同平章事,开始变法。新法遭到守旧派的激烈反对,先后两次被罢相,只得退居江宁。新法被废,忧愤而死。一生著述甚丰,有《临川集》一百卷。诗文兼善,诗为北宋四大家之一,文为唐宋八大家之一。

　　大家都读过鲁迅先生的小说《祝福》,知道人们过春节的热闹情景。这种风俗习惯,如果从黄帝算起,一直延续了几千年。王安石这首《元日》描写的就是北宋时代人们过春节的情况。元日就是农历初一。此指农历正月初一,即春节。这首诗短短二十八个字,把春节热闹气氛和万象更新的盛况一笔画出。

首两句,描绘人们元日送旧迎新的欢快场面和高兴心情。元日的前一晚上称为"除夕",人们就开始送旧迎新,家家户户都燃放爆竹,欢送旧岁,迎接新春。天明,和煦的春风徐徐吹来,送来阵阵温暖,人人穿新衣,家家吃喜宴,一家人围坐在一起喝着屠苏酒,一派喜气洋洋,享受着天伦之乐。这两句艺术地概括了年复一年的辞旧迎新的春节景况,所以传诵千秋。

后两句描写人们元日贴门神的情景。太阳出来了,照着大地,照着门庭,家家户户按照过去的风俗,揭下旧的门神,贴上新的门神,有的还要换上新的对联。诗用一"换"字,不仅写出人们辞旧迎新的风俗习惯,而且揭示出新陈代谢的哲理,不是吗?任何事物发展到一定的阶段,都要新陈代谢,自然界如此,人事社会也是如此。

此诗借春节时新桃换旧符的景象,表明他政治上除旧布新的意愿和推行新法决心,道出了他当政初期的喜悦心情。

王 安 石

泊 船 瓜 洲

京口瓜洲一水间[1],钟山只隔数重山[2]。
春风又绿江南岸,明月何时照我还。

【注释】

[1]京口:镇江旧名,在长江南岸。瓜洲:在扬州市南面的长江北岸,和镇江市隔江相对,运河于此注入长江。隋唐以来,这里一直是水运交通的重要枢纽。[2]钟山:一名紫金山,在南京城东。

192

　　王安石幼年随父定居江宁,熙宁二年(1069年)任参知政事(副宰相)推行新法,因遭韩琦、司马光等保守派的攻击而于熙宁七年(1074年)辞相,以观文殿大学士的身份出知江宁府,在江宁钟山闲居。熙宁八年(1075年)二月,神宗皇帝下诏王安石进京,以同中书门下平章事(宰相)起复,再次推行新法,虽两次推辞,均未获准,只好赴任。皇帝的信任,使他再度燃起改革的决心,于是他离家从钟山出发,东下京口,过江宿瓜洲渡,然后顺运河北上赴京。这首诗就是行至瓜洲渡时写的。

　　首两句写他此行路程:钟山——京口——瓜洲(汴京)。"一水间","数重山",表明舟行速度很快,有"春风得意马蹄疾"(孟郊诗句)之意,蕴含一种东山再起的兴奋之情。但也表现了诗人对金陵的留恋之情和隐居山林的愿望,因为京口和瓜洲隔着宽阔的大江,并非浅浅的一水间,而到金陵也不只是相隔数重山。只不过当时心情愉快,不觉其远。这是写他到了瓜洲回望京口的情景。

　　"春风又绿江南岸",这既是舟行所见的欣欣向荣的江南实景,又象征他准备大干一场推行新法的信心, 似乎已经看到了美好的前景。这句中的"绿"字是讲求炼字的脍炙人口的例子,洪迈《容斋随笔·诗词改字》说:"王荆公绝句云:'京口瓜洲一水间……'吴中士人家藏其草,初云'又到江南岸',圈去'到'字,注曰:'不好。'改为'过'。复圈去,而改为'入'。旋改为'满'。凡如是十许字,始定为'绿'。"为什么"绿"字好?因为"到"、"过"、"入"皆平常字,一般人皆能用之,不足为奇。"满"字虽好于前三字,但仍缺乏形象。"绿"则不同,它有颜色,写出了江南早春"草长莺飞"、"杂花生树"的欣欣向荣的美丽景色,这是一;它有动感,写出了"野火烧不尽,春风吹又生"的小草由枯到荣的过程,这是二;它启人联想,使人想起李白《侍从宜春苑奉诏赋龙池柳色初晴听新莺百啭歌》:"春风已绿瀛草洲，紫殿红楼觉春好。"丘为《题农父庐舍》："春风何时至，已绿湖上山。"温庭筠《敬答李先生》："绿昏晴气春风岸，红漾轻纶野水天。"这是三。而且诗人将"绿"与"春风"关合在一起，春风象征皇帝的恩泽，就隐含"沐浴皇恩"的政治寓意。这里既有再次被起用为相以行新法的欣喜和知遇之恩的感激，又有因政治风云变幻，前途莫测，产生疑虑，希望及早功成身退，再回钟山颐养天年的隐逸之思。这就是"明月何时照我还"的隐微含义。王维《送别》诗云："春草年年绿，王孙归不归？"草绿不归，尚待何时？最后这两句就是这种复杂的难以向人明言的幽微之情。

王 安 石

书湖阴先生壁

茅檐长扫净无苔[1]，
花木成畦(qí)手自栽[2]。
一水护田将绿绕，
两山排闼(tà)送青来[3]。

【注释】
[1]茅檐：茅草屋的屋檐下。长扫：经常打扫。[2]成畦：列成长行。[3]排闼：推门迎面而入。《汉书·樊哙传》："哙乃排闼直入。"

晚年王安石赋闲金陵，住在钟山半山的钟山书院，附近住着一位自号"湖阴先生"的杨德逢，相知甚厚，请诗人题壁留念，诗人欣然命笔，于是写下了两首七言绝句，此为其一。

首句写主人居处虽然简陋，是几间茅屋，但主人经常打扫，院落干净得没有一点苔草。给人一种古朴洁净愉悦的感受。

次句写主人以美化居处庭院为乐，在庭院中亲手栽种了许多花木，而且成行成畦，整洁清雅，有赏心悦目的园林风光之感。

院内写完了，下来三四句则拓展开去，写院外环境。一溪流水把居处外面的一块块绿油油的稻田环绕起来，打开柴门，两座青山迎面扑来。这两句诗人使用拟人手法，把青山绿水写得有情有义，具有灵性，青山性急，绿水情深，她们特意向主人奉献殷勤，主人一打开门，青山就性急地闯了进来，绿水则连忙把禾苗保护起来，呈现在主人的眼前。

诗人选择初夏景色，写湖阴先生居处环境的优美。门对青山，绿水环抱，十分清净幽雅。诗抓住这一特点，并从中显示主人的兴趣爱好，个性品格。诗中还显示了主人生活俭朴，热爱劳动和自然的审美情趣。

王 安 石

登 飞 来 峰

飞来山上千寻塔[1]，闻说鸡鸣见日升[2]。
不畏浮云遮望眼[3]，自缘身在最高层[4]。

【注释】

[1]飞来山：旧说在杭州西湖灵隐山上，但俞炎先生考证应为绍兴城外的宝林山。(见《安徽师大学报》1978年2期《王安石诗飞来山在绍兴证》)千寻：八千尺。古人以八尺为一寻。[2]闻说：听说。见日升：看见太阳从东方海中升起。[3]不畏：不怕。遮望眼：挡住视线。浮云：象征邪曲小人。[4]自缘：只因为。

195

宋仁宗皇祐二年（1050年），时年30的王安石在浙江鄞县做知县任满改舒州通判，途中回京，然后回家乡临川休假。回京途中路经绍兴，登飞来峰塔，写下此诗。

首句，诗人略去登塔过程，一开始就写站在制高点，一下子就把塔的顶峰胜景置于眼前。山名飞来，说明山已很高，四周平旷。而山巅的千寻塔，那就高入云霄了。

次句，写鸡鸣看日出的景象。《后汉志·泰山记》："东南岩名曰日观，言鸡初鸣时见日出。"但诗人不正面写自己看日出，而是用"闻说"虚化，以传闻之景显风骨，以传闻之景出思致，以典故显出神异与雄奇。

首两句用平叙的方法直写登塔，并用民间传说烘托塔的高峻和雄伟，现出"鸡鸣见日升"的最高审美境界，为议论作铺垫。于是三四句议论，阐明登高望远的道理。但诗人的议论却不离写景，而是显现诗人置身高端，穿透脚下浮云的极目远眺俯瞰的形象，写出"不畏"的独特感受。又用"身在最高层"揭示"不畏"的原因，表现诗人高瞻远瞩、不畏艰险的胸襟气魄。

苏 轼

惠崇春江晓景（其一）

竹外桃花三两枝，春江水暖鸭先知。蒌蒿满地芦芽短[1]，正是河豚（tún）欲上时[2]。

【注释】
[1]蒌蒿：春天的一种野草，嫩尖可食。芦芽：芦苇的嫩芽，即芦笋，可食。[2]河豚：俗称气泡鱼，一种味道极其鲜美，但肝脏、卵巢有剧毒的鱼。欲上：快要上市了。

196 　　苏轼(1037 年~1101 年),字子瞻,号东坡。眉山(今属四川)人。
父亲苏洵,弟弟苏辙,都是北宋著名的古文家,父子合称"三苏"。苏
轼从小聪慧,就"奋厉有当世志"。嘉祐二年(1057 年),父亲带领兄
弟二人赴京应试,次年,双双考中。嘉祐六年(1061 年),中制科考
试,授凤翔签判,入朝为直史馆。神宗任王安石行新法,他上书反
对,未起作用,于是请求外任,任杭州通判。由于写诗涉嫌讽刺新
法,被捕受审,这就是有名的"乌台诗案"。经大臣的多方营救,才免
于死刑,贬黄州团练副使。元丰八年(1085 年),哲宗立,高太后听
政,起用旧党,回京任翰林学士知制诰,又因对"尽废新法"提出不
同意见而遭旧党排斥,于是再次请求外任,知杭州、颍州等地。元祐
六年(1092 年),哲宗亲政,起用新党,又被贬知英州,再贬建昌军司
马,惠州安置,再贬琼州别驾,昌化军安置。徽宗立,遇赦。病逝于常
州。苏轼具有多方面的艺术才能,诗词散文,卓然大家,琴棋书画无
一不精。有《苏文忠公全集》一百一十卷。苏诗气象恢弘,笔力矫健,
意境姿逸,妙趣横生,成一代之大观。苏词开豪放词派,"无意不可
入,无事不可言",真乃天下奇观。苏文腾挪变化,不拘一格,汪洋恣
肆,行云流水,为宋文之楷模,是唐宋八大家之一。

　　这是苏轼为惠崇的画所题的诗,共两首,此为其一,是一首题
画诗的精品。题画诗发明于唐代杜甫,宋以后就渐渐多起来了。平
庸的题画诗仅写出画面所有,好的题画诗不仅要写出画面所有,而
且要写出画面所无,此诗正是这样。

　　惠崇是宋初的"九僧"之一,能诗会画,"工画鹅、雁、鹭鸶,尤工
小景,善为寒汀远渚,潇洒虚旷之象,人所难到。"(《唐宋诗举要》
引) 东坡这首诗是题在他所画的一幅以早春为背景的《春江鸭戏

图》上。画已不存,根据诗意,画中有竹子、桃花、江水、鸭子、芦苇等景物。诗的首句写地面景,竹子外面有三两枝桃花,含万绿丛中一点红的春意。次句则写江中景,春江水暖,鸭儿戏水,活蹦乱跳。"鸭先知",鸭先于人知。三句写岸边景,岸上生长着蒌蒿和芦芽。可见画面桃花和绿竹红绿相映,在霞光的照耀下十分明丽,格外醒目。用桃花来表现春色几分,这是画家常用的手法。画面中的蒌蒿、芦芽,则是画家点缀春景的闲笔。这些,诗都表现出来了。然而,画家没有表现出来的,诗却表现出来了,这就是诗人的高明之处。第四句"正是河豚欲上时",画无法表现,诗人由蒌蒿、芦芽联想到煎鱼要用这些作为佐料,再联想到江水春汛,正是捕捞河豚之时,这是画中所没有的弦外之音。

更为难得的是表现春水的温度及其由寒变暖,这是画家无论如何画不出来的,最多只能暗示一下。即使暗示一下,但一般人也没法观察出来。诗人却不然,他不仅观察出来了,而且用一句富有哲理的诗句表现出来了,"春江水暖鸭先知",就表现了鸭儿下水活蹦欢闹的情景,再不是水冷的时候那样羽毛瑟缩,动作迟缓。"鸭先知"三字,由鸭儿的身动看到了它的心动,看到了它先知的快乐,诗句就把艺术的美感和发人深省的哲理有机地结合起来了,使诗具有浑厚的意境和理趣。

画是空间艺术,诗是时间艺术,画是无声诗,诗是无形画,诗人通过虚实结合的手法,不只重现了画中所描绘的早春风光,而且表现了画中所无的扑面而来的温暖气息和蓬勃生机,将画意和诗情完美地结合起来了。

苏 轼

题 西 林 壁

横看成岭侧成峰[1]，远近高低各不同。
不识庐山真面目[2]，只缘身在此山中[3]。

【注释】
[1]横看成岭侧成峰：南山宣律师《感通律》："庐山七岭，共会于东，合而成峰。"[2]庐山：位于江西九江市南，为中国名山之一。[3]缘：因为。

　　对于祖国名山庐山，苏轼早就神游已久，元丰七年（1084年）苏轼由黄州团练副使改迁汝州，特地顺长江而下，抵兴国，取道高安，访被贬在江西筠州做官的弟弟子由，顺便游览庐山。他往来山南山北十余日，饱览了庐山十分之六的景点，以为绝胜不可胜数。最后与总长老同游西林。西林，寺庙名，庐山禅寺之一，晋代慧永所居，宋时改名乾明寺。苏轼在壁上题诗二首，此为其一，谈游庐山后的总体印象。

　　首两句写西林寺远眺的景色，横看是一座座山岭，竖看是一座座山峰。随着横竖、远近、高低立脚点和观察的角度的转移，庐山的山容地貌也辗转多姿，呈现出多姿多彩的不同风貌。的确，庐山"奇胜殆不可胜记"（《东坡志林》），有五老峰的雄视大江，有季峰寺的静谧清幽，有三叠泉的深山飞瀑，有锦绣谷的峭壁悬崖……真是美不胜收。

　　然而是不是诗人观赏了这些就心满意足了呢？恐怕未必。因为这些都是庐山的局部之美，而非整体之美，那么庐山的整体之美又如何呢？所以，诗人后两句就道出了这种观后心情："不识庐山真面目,只缘身在此山中。"言外之意,这些都是庐山的局部之美,而非整体之美。而要观赏其整体之美,那就得采取适当的审美距离,跳出山外,高瞻远瞩。可见这两句表现了诗人游兴未已,未览整体,欲观全貌的复杂心情。

诗写看庐山的感受,说明欣赏山色之美必须与山形成适当的审美距离。清代有位姑娘写了一首诗:"我家住在两湖东,十二青山夕照红。今日打从江上望,始知家在画图中。"也说明了这个道理。另外,这首诗的哲理底蕴还在于,看山如此,观察其他事物无不如此,都得保持适当距离,避开利害冲突,才不至于被局部现象所迷惑,于是诗外就透露出一层哲理思辨光彩来,说明了部分与全体,微观与宏观,分析与综合的辩证关系,这就使诗透露出无限的禅意。王国维说,诗人对社会人生应该入乎其内,出乎其外。入,才有实感,出,才能超脱。全诗道出了这样一个平凡而深刻的道理,但议论又没离开形象,"不识"是"识"后的慨叹,是具体到抽象,感性到理性的生动再现。读者可根据自己的审美体验和人生感悟对它进行哲理的补充,使这首诗具有永久的魅力。

苏 轼

饮湖上初晴后雨(其二)

水光潋滟(liànyàn)晴方好[1],山色空濛雨亦奇[2]。

欲把西湖比西子[3],淡妆浓抹总相宜[4]。

【注释】

[1]潋滟:波光闪动的样子。

[2]空濛:云雾迷茫的样子。

[3]西子:西施,子,古代女性亦可称子。[4]相宜:恰到好处。

别辟新境品宋诗

熙宁六年(1073年),诗人任杭州通判,一天,载酒乘船游西湖,这一天,"朝曦迎客艳重岗,晚雨留人入醉乡",先晴后雨,尽兴玩了一天。诗人从这一晴一雨的天气变化中,敏锐地观察到了西湖的美丽,写下此诗加以赞美。诗人抓住西湖晴雨变化的特点,通过联想和比喻,把西湖这种特殊的美景描绘出来,遂使这首诗成为描写西湖"前无古人,后无来者"的名篇。

首两句,上句写晴,下句写雨。晴,是"水光潋滟",说"晴方好",雨,是"山色空濛",说"雨亦奇"。"水光潋滟"、"山色空濛"是描写,"晴方好"、"雨亦奇"是抒情。"好",是说其优美,"奇",是说其难得。特别是"方"、"亦"虚字传神,各尽其妙。这样就从山、水两方面把描写和抒情完美地结合起来,写出了诗人独特的感受,创造了空灵的意境。

后两句,用一个比喻,用"西子"的着妆来比"西湖"的变化,结论是:无论是"淡妆"还是"浓抹",都是"相宜"的。这个联想和比喻,真是"出新意于法度之中,寄妙理于豪放之外"。正如施补华所说:"人所不能比喻者,东坡能比喻,人所不能形容者,东坡能形容。"但她究竟如何美,我们只能凭想象得之,西湖晴雨变化之美,也是难以捕捉形容的,诗人这样一比,就化实为虚,虚境出而神境生。西子这样的绝世美人,淡妆美,浓妆也美,无论怎样着妆总是相宜的;西湖的姿容,天晴美,天雨也美,无论怎样变化都是美的。因为二者的本质是美的,所以能够相比。一切美好的事物,无论形式怎么变化,其美的本质不会改变。所以二者一比,就能激起人们丰富的想象力,启迪人们去发现美,认识美,创造美,欣赏美。这个比喻之所以新奇,还在于诗人是以当地人比当地景,抓住二者婀娜多姿,靓丽妩媚的神韵,写出了人人心中有,笔下无的新奇感受,以及这种感受微妙的心理变化,"方"、"亦"、"欲"、"总"四字,把诗人由欣喜到扫兴,转而大喜的情感变化,以及把诗人对美的发现到迟疑,再到决断的审美过程,都活灵活现地刻画出来了,不得不使人叹为观止,所以,南宋的武衍说:"除却淡妆浓抹句,更将何语比西湖?"(《正月二日泛舟湖上》)。

苏 轼

六月二十七日望湖楼醉书(其一)

黑云翻墨未遮山[1],白雨跳珠乱入船[2]。
卷地风来忽吹散[3],望湖楼下水如天[4]。

【注释】
[1]翻墨:把墨汁打翻。遮山,遮住山头。[2]白雨:夏天的大粒雨点。[3]卷地风:卷起地面尘土的大风。[4]望湖楼,在西湖边昭庆寺前。

熙宁五年(1072年),苏轼在杭州任通判。六月二十七日,乘船游览西湖,准备到望湖楼喝酒。快到楼下,天色突然陡变,下了一场急雨,雨停,诗人上楼喝酒,诗兴袭来,在酒醉中写下五首绝句,表现西湖晴雨变化之美。这是第一首。

首句写起云。船正好划到望湖楼下,突然出现一大片黑云,但黑云只是一团,没有遮住山头,可以断定是雷阵雨,可船上的人吓慌了,嚷着要靠岸。而诗人凭着经验,断定是场急雨,正好船中赏雨。雨"入船",说明赏雨不是在楼上。

次句写下雨。雨势很猛,雨点很大,白亮亮的,像一粒粒珍珠噼里啪啦打在船篷上,飞溅到船舱中。"跳珠"二字最传神,既有晶莹发光的颜色,又有重量和力度以及落在船篷、船舷反弹的动态及声

202

响,而且表达了诗人的惊喜之情。

三句写天晴。突然刮来一阵狂风,风势很大,飞沙走石,一瞬间就把天上乌云吹散。于是就出现了第四句"望湖楼下水如天"的情景。水映着天,天映着水,水天一色,沉璧如镜,又是一派旖旎明媚的风光。

诗第一句写浓云远起,第二句写暴雨骤至,第三句写风过雨歇,第四句写西湖水涨。一句一景转得快,正是夏日雷雨特点。由云写到雨,由雨写到晴,特别善于捕写动景,动景多于静景,奇景多于常景,把稍纵即逝的变幻奇景摹写下来,意到笔随,穷形尽相,充满了生命的律动,写尽大自然的变化之美。而且,极富启迪性,使我们联想到阳光总在风雨后,一切美好的结果总是要经过艰难曲折的。

对这首诗,诗人印象特别深,所以元祐四年(1089年)他重到杭州还记得这个景象并写诗说:"还来一醉西湖雨,不见跳珠十五年。"(《与莫同年雨中饮湖上》)

李 清 照

夏 日 绝 句

生当作人杰[1],死亦为鬼雄[2]。
至今思项羽[3],不肯过江东[4]。

【注释】

[1]人杰:人中豪杰。[2]鬼雄:鬼中英雄。[3]项羽:秦末起义军领袖,后称楚霸王。[4]江东:江南。

李清照（1084年~1151年？），女，号易安居士。济南章丘明水（今山东济南）人。她出身于书香门第，父李格非是著名学者、散文家。十八岁，嫁给宰相之子太学生赵明诚。夫出仕不久，因家庭变故，夫妇二人返青州"屏居乡里"，过了十多年书斋生活。夫妇唱和，颇为相得。金兵入主中原，夫妇相随南下。建炎三年（1129年），赵明诚奉旨知湖州，途中病死。从此她漂泊杭州、金华一带，在流亡中度过了晚年。李清照散文、诗、词都有成就，而词的成就尤高，感情细腻，意境优美，语言清新。有《漱玉集》传世。

这首绝句借咏史以讽今，写于女诗人避难江南之时。当时金兵虽占领了中原，但兵力数量不多，立足未稳，如果南宋朝廷上下齐心，起用主战派将领，是能够收复国土的。但赵构出于一己私利，根本没有驱逐金人，收复失地的愿望，故女诗人用项羽以"无颜见江东父老"而自刎于乌江的历史故事加以对照，对卖国求荣的主和派予以深刻讽刺。

诗首两句就单刀直入，进行议论，说人活在世上就应该做人中豪杰，就是死了，也要做鬼中英雄。也就是说要活得有骨气，死得悲壮。女诗人提出了她的生死观。这是针对当时赵构来说的，赵构登上历史的宝座，完全是历史的误会，是因为他的父兄徽、钦二宗被金人掳掠北去，如果照当时主战派的意见，"迎二圣还朝"，所谓"天无二日，民无二王"，那么将置他于何地？所以出于一己之私，他就只能当软骨头，苟且偷生，以免"二圣还朝"。女诗人遗憾自己不是男儿身，不能实现"欲将血泪寄山河，去洒青州一抔土"的志向，所以这两句有压倒须眉之气，意在讽刺南宋小朝廷，虽纯属议论，但不愧石破天惊，高出人表。

后两句歌颂项羽。那么谁是正确人生观的楷模呢？女诗人拈出了项羽。项羽和刘邦争夺天下，被刘邦打败，退到乌江，即今安徽和

204 县东北长江边的乌江浦。人家劝他回到江东,整顿兵马再战。项羽觉得当初跟自己一起渡江西进的八千子弟兵都牺牲了,自己独自一人回去无颜见江东父老,结果在乌江边自杀。项羽失败了,而且自杀了,但他活着的时候,干了一番轰轰烈烈的大事业,钜鹿之战,九败章邯,又挥师入关,灭掉暴秦,自称西楚霸王。临死之前还突围、斩将、刈旗,杀得汉军胆战心惊。死也死得光明磊落,堂堂正正。真正是生为人杰,死为鬼雄。那么对比之下,赵构之流是何其卑鄙,何其可怜。

　　历史上那么多有文治武功的英雄人物值得歌颂,为什么偏偏选一个有缺点的项羽来歌颂呢? 这就是将项羽和南宋统治者相对比是最恰当不过了,一个是失败的英雄,令人同情,一个是失败的狗熊,使人鄙弃。可见作者选材的独到用心。

杨 万 里

小 池

泉眼无声惜细流[1],树荫照水爱晴柔[2]。
小荷才露尖尖角[3],早有蜻蜓立上头。

【注释】

[1]泉眼:泉水的出口。惜:吝惜。[2]晴柔:晴天的柔和风光。[3]尖尖角:嫩荷含苞待放的花蕾的尖端。

　　杨万里(1127年~1206年),字廷秀,号诚斋。吉州吉水(今属江西)人。绍兴二十四年(1154年)进士,任赣州司户、永州零陵丞。孝宗乾道六年(1170年)任吏部员外郎、东宫侍读、秘书少监等职。晚年因反对权臣韩侂胄,家居十五年不出,忧愤而死。作诗四千二百余首,有《诚斋集》。诗人与尤袤、范成大、陆游齐名,称"南宋四大家"。写诗"师法自然",创"诚斋体",清新活脱,笔调诙谐,语言通俗,富有情趣。

这首绝句写小荷,表现出诗人善于捕捉日常生活中所见的平凡事物,用通俗浅显的语言,清新灵活的笔调,写出富有情趣的小诗。

第一句,紧扣题目写小池的源泉,一股涓涓细流的泉水。泉水从洞口流出,没有一丝声响,当然是小之又小的了。流出的泉水形成一股细流,更是小而又小了。这本来很寻常,然而作者却凭空加一"惜"字,说好像泉眼很爱惜这股细流,吝啬地舍不得多流一点儿。于是这句诗就立刻飞动起来,变得有情有趣,富有人性。

第二句,写树阴在晴朗柔和的风光里,遮住水面。这也是极平常之事,可诗人加一"爱"字,似乎用她的阴凉盖住小池,以免水分蒸发而干涸,这样就化无情为有情了。而且,诗舍形取影,重点表现水面上的柔枝婆娑弄影,十分空灵。

三四句把焦点缩小,写池中一株小荷以及荷上的蜻蜓。小荷刚把她的含苞待放的嫩尖露出水面,显露出勃勃生机,可在这尖尖嫩角上却早有一只小小蜻蜓立在上面,它似乎要捷足先登,领略春光。小荷与蜻蜓,一个"才露",一个"早有",以新奇的眼光看待身边的一切,捕捉那稍纵即逝的景物。诗人触物起兴,用敏捷灵巧的手法,描绘充满情趣的特定场景,把大自然中的极平常的细小事物写得相亲相依,和谐一体,活泼自然,流转圆活,风趣诙谐,通俗明快,开辟了诗的新境界。

杨 万 里

晓出净慈寺送林子方

毕竟西湖六月中[1]，风光不与四时同[2]。
接天莲叶无穷碧，映日荷花分外红。

【注释】
[1]毕竟：到底。[2]四时：春
夏秋冬。

西湖"有三秋桂子，十里荷花"（柳永《望海潮》），杨万里这首诗就是描写西湖十里荷花的名诗。

首句，"西湖六月中"，点明地点和时间。冠以"毕竟"二字，就把诗人的惊奇喜爱情感表现出来了。那么西湖六月怎么样？这就逼出次句："风光不与四时同。"四时是指春夏秋冬，春季"小荷才露尖尖角"，不成气候；秋季"菡萏香消翠叶残"（李璟词），一片衰飒；冬季"荷尽已无擎雨盖"（苏轼诗），更无可观。那么只有夏季的六月，她才别有一番景致。至于夏季的五月接近春季，七月又接近秋季，所以只有六月，才特别风光。

后两句具体生动描绘西湖六月的荷花，莲叶接天，虽带夸张，却是实景，抬眼望去，望不到边的西湖莲叶的绿和远天的蓝相接，连成一片，分不清哪是莲叶，哪是蓝天。再看在万绿丛中的星星点点的荷花，在朝阳的辉映下，显得特别红艳。这两句在修辞上是互文对举，就是两句互为补充，互相替代。接天莲叶就包含了接天荷花，映日荷花也包含映日莲叶。这样言约意丰，耐人寻味。

再回到诗题"晓出净慈寺送林子方"，净慈寺是杭州西湖边著名的佛寺，位于西湖西南岸，今尚存。林子方是诗人的朋友，做过直阁秘书的官。朋友要走，自然免不了要送行一程。六月中的杭州，天气异常炎热，有时气温高达摄氏三十七八度，所以只好趁清晨凉爽时赶路。这就是"晓出"。朋友走了，以描写西湖六月荷花美景的诗相赠，就有挽留朋友留下之意，即使朋友不能留下，也可以作为日后怀念的见证。

这首诗虚实相生，刚柔相济。前两句直陈概述，是虚。后两句描绘，具体生动，是实。荷花莲叶，本属阴柔，却以壮大之景出之，这就是刚柔相济。这就建构了具有生命灵性和直觉情意的诗化自然，写出了大自然的灵性，充满一种奇趣。

范 成 大

四时田园杂兴（昼出耘田）

昼出耘田夜绩麻[1]，村庄儿女各当家[2]。
童孙未解供耕织[3]，也傍桑阴学种瓜。

【注释】
[1]昼：白天。耘田：除去田间杂草。绩麻：把麻搓成细线。
[2]当家：承担家务。[3]童孙：幼小的孙儿。未解：不懂得。供：从事。

范成大（1126 年~1193 年），字致能，号石湖居士。平江吴郡（今江苏苏州市）人。少孤，奔走流转。绍兴二十四年（1154 年）中进士，初任徽州司户参军，入朝任秘书省正字，吏部员外郎。有《石湖诗集》。集中出使金国所写七十二首绝句，充满爱国激情，尤为感人。另外反映农村生活的田园诗，洋溢着浓厚的乡土气息，具有独特的风格。

208

诗人幼年家境贫寒,为衣食奔走,因此十分了解民生疾苦。57岁退居石湖,过着田园生活,对农村生活更为熟悉,先后写了六十首田园诗。这些田园诗不同于陶渊明、王维、孟浩然的田园诗,那些田园诗旨在借以抒发个人的情感,表现自己的情趣和人格。而范成大的田园诗就不同,他以浅近平易、清新秀雅的语言,真实地再现农家的劳动生活,表现他们的喜怒哀乐,有浓郁的江南农村泥土气息。

这一首以老农的口吻,写农村夏日的劳动生活。首两句写农村昼夜繁忙,男耕女织。男的天一亮就扛着锄头下地除草,而女的在家做饭,喂养猪牛鸡鸭,晚上还要绩麻纺线。在农村里,各家各户,男男女女各人都自觉地干着自己应该干的事情。

后两句诗人把笔锋移向没有劳动能力的小孩,他们虽然不懂得劳动的意义,但耳濡目染,学习成人,也拿起小锄,在桑阴下学种瓜。这两句画出儿童情态,天真可掬。

诗由"昼"写到"夜",由男写到女,由"儿女"辈写到"童孙"辈,他们各得其所,各尽所能,表现出农村一片繁忙景象。这是中国古代自给自足的小农经济男耕女织生活的生动写照。

范 成 大

四时田园杂兴(梅子金黄)

梅子金黄杏子肥,麦花雪白菜花稀。日长篱落无人过[1],惟有蜻蜓蛱(jiá)蝶飞[2]。

【注释】
[1]篱落:篱笆墙。[2]惟有:只有。蛱蝶:蝴蝶。

这一首属于夏日田园杂兴,写初夏田园景色。

首两句描写农村初夏田园,先写宅院四周的果树,梅子已经金黄熟透,挂满枝头,杏子也硕大饱满,耀人眼目。再写宅院外面的农田,一望无际的麦田,麦穗正在扬花,花儿白得如雪,而那金色的油菜花已经只有稀稀拉拉的星星点点。这两句用字通俗而准确,金黄、雪白,色泽明丽;一"肥"一"稀",形象生动,再现了农村丰收的景象。

三四句把目光收回,注目于宅院外的篱笆墙。夏日很长,篱落外冷冷清清,连一个人影都没有,但是篱落上的野花野草却引来了一些蜻蜓、蝴蝶飞来飞去。最后一句,不由得使我们想起杜甫《曲江》:"穿花蛱蝶深深见,点水蜻蜓款款飞。"这些小精灵们自在得很,悠闲得很,尽情在花花草草中嬉戏。它们的悠闲恰恰反衬出此时农村的繁忙,人们都下地去了。否则,篱落边就会常有人走动,它们就不会在这儿飞来飞去了。诗人用典而使人不觉,用闲反衬忙,极其自然,手法十分高明。

陆　游

示　儿

死去元知万事空[1],但悲不见九州同[2]。
王师北定中原日[3],家祭无忘告乃翁[4]。

【注释】

[1]元:通"原"。[2]九州:中国古代曾分为九州。同:统一。[3]北定:北伐成功。中原:指淮河以北的广大地区。[4]乃翁:你的父亲。乃:而,汝,你。

陆游(1125年~1210年),字务观,自号放翁。越州山阴(今浙江绍兴市)人。是南宋著名的爱国诗人。陆游创作丰富,"六十年间万首诗",大量是悲愤激昂,志在恢复的爱国诗篇,另外,还有一些闲适隽永、细腻熨帖的农村景物诗。他的诗,在激昂的乐调中,包含着悲凉的音符,在深沉的忧愤中,闪耀着理想的火花。有《剑南诗集》和《渭南文集》传世。

这是诗人八十六岁所写的一首绝命诗,也就是临终遗嘱。首句从"死"字落笔,形死神销,人一死,了无牵挂,什么金钱、财富、功名、地位,都没有了,真是万事皆空。可以说老人此时心情已经平静如水。

第二句"但"字一转,却有一事放心不下,这就是"不见九州同",没有看到祖国统一的那一天,突出一个"悲"字,写尽一生憾事。这种悲痛中既有诗人对南宋小朝廷偏安江左,不思恢复的愤慨,又深蕴着热爱祖国的强烈感情,所以徐伯龄说:"较之宗泽三呼渡河之心,何以易哉!"

然而诗人并没有丧失信心,所以嘱咐他的子孙在"王师北定中原日,家祭无忘告乃翁"。三句用一"定"字,写出恢复大业必将实现,表现诗人对国家的统一、民族的复兴仍然充满信心。四句叮咛"无忘",表示自己在九泉地下也可以得到安慰。

然而令人遗憾的是,诗人去世56年后中国确实统一了,但不是南宋的王师去统一,而是蒙古族的元帅灭了南宋。故南宋遗民诗人林景熙《题陆放翁诗卷后》云:"青山一发愁濛濛,干戈已满天南东。来孙却见九州同,家祭如何告乃翁?"诗人的遗愿始终未能实现。

陆 游

书 愤

早岁哪知世事艰[1]，中原北望气如山[2]。
楼船夜雪瓜洲渡[3]，铁马秋风大散关[4]。
塞上长城空自许[5]，镜中衰鬓已先斑[6]。
出师一表真名世[7]，千载谁堪伯仲间[8]。

【注释】

[1]世事：社会上的事情，这里指收复中原之事。[2]气如山：气势之壮，有如山涌。[3]楼船：战舰。瓜洲渡：地名，在今江苏扬州市南长江边。[4]铁马：披着铁甲的战马。大散关：地名，在今陕西宝鸡市西南，为当时南宋与金的边界要塞。[5]塞上长城：南朝刘宋大将檀道济抵抗北魏的侵略，把自己比作万里长城。他临刑时叹息说，皇帝为何自毁塞上长城？[6]斑：花白。[7]名世：有名于世。[8]堪：可以。伯仲间：差不多。古时老大叫伯，老二叫仲。

淳熙十三年(1186 年)，诗人已经是六十二岁的老人，平生抱负未展，却被罢职赋闲在山阴老家六年多了，此时朝廷又以朝奉大夫权知严州军事起用。诗人追怀往事，悲愤莫名，但又对再次起用激起了报国杀敌的雄心，写下了这首七言律诗。

题目《书愤》，这个"愤"有愤恨，愤慨，愤激，愤怒等多种意思。

首联追忆少年爱国意气，少年不更事，没把敌人放在眼里，北望中原，豪气如山。把一个志在恢复，慷慨激昂的青年形象写得栩栩如生。这个"艰"字，含义丰富，他二十岁就立下"上马击狂胡，下马草军书"的宏愿，可是进士考试却因名列秦桧之孙的前面而被取消。入仕以后，又以"交结台谏，鼓唱是非，力主张浚用兵"而罢官。这个"艰"字，是诗人半生经历的总结。

次联回忆壮年的军事生活，全用名词列锦，构成战斗画面，把

212

一个威武雄壮的斗士形象写得高大无比。上句是指隆兴二年(1164年),诗人任镇江通判,时张浚以右丞相都督江淮诸路军马,楼船横江,往来于建康、镇江之间,军容甚壮,准备北伐。诗人助佐张浚,十分自豪。但不久,由于主和势力的阻挠,以及张浚部下大将步调不一致,导致军败符离,统一成了泡影。下句是指乾道八年(1172年)诗人在陕南王炎幕中任干办公事兼检法官,积极协助王炎擘画进军关中,恢复中原的军事部署。诗人在军中曾夜间骑马涉过渭水,亲临大散关前线察看地形。但在这年九月,王炎调回中央,诗人回到后方成都,北伐再次化为泡影。这一联属对工稳,雄放豪迈,成为千古名句。

三联写老年的现在,他自许为"塞上长城",然而却抱负成空,壮志未酬而衰鬓先斑,这是赤心为国的诗人为之痛心疾首的事。一个"空"字,一个"已"字,十分沉痛。

尾联写自己仍然壮心不已,寄希望于朝廷中的主战派能效法诸葛亮"鞠躬尽瘁",干一番与伊尹、吕望相伯仲的伟业。

诗从回忆早年的宏伟抱负,写到壮年的战斗生活,再写到暮年的壮志酬空,最后燃起希望,景仰诸葛亮,以"愤"贯穿忆旧和伤今,感情沉郁,气韵浑厚,感人至深。真是"亘古男儿一放翁"!(梁启超语)

陆 游

秋夜将晓出篱门迎凉有感

三万里河东入海[1],五千仞岳上摩天[2]。
遗民泪尽胡尘里[3],南望王师又一年[4]。

【注释】

[1]河:黄河。[2]仞:古人以八尺为一仞。岳:山岳,此指华山。摩天:触到青天。[3]遗民:指中原地区沦陷后,在女贞统治下的老百姓。胡尘:胡人骑兵所溅起的尘土。[4]王师:指宋王朝的军队。

诗人68岁时,赋闲在家乡山阴,秋日闷热,使他彻夜难眠。天快亮时,才偶尔吹来丝丝凉风,于是诗人走出篱笆柴门,敞开衣襟迎凉,回想往事,感慨万千,写下两首绝句,此为其二。

首两句,写诗人仰望北方中原大地,浮想联翩,那三万里长的母亲河——黄河,从昆仑山一直奔腾咆哮流入东海,那五千仞高的父亲山——华山,在中原大地拔地而起,直插云霄。它们都怒吼悲愤,不甘屈服。"入"、"上",拟人,描写祖国大好河山的反抗精神,虎虎有生气,使我们仿佛看到了北方天怨人怒的情景。诗人夜不能寐,热,固然是一方面原因,但老诗人关怀国事,忧心沦陷区人民,希望收复国土才是最根本的原因。两句以大胆的想象,适度的夸张,用拟人的手法表现了北方人民及诗人的爱国热忱,力重千钧。

后两句,诗人联想北方沦陷区的人民,他们的眼泪已经流干了,然而胡尘依然不绝。他们望呀,望呀,年复一年,望穿秋水,仍然没见王师的影子。这个"又"字,凝聚着南北人民共同的哀痛与悲切。诗人身居陋室,心忧天下,心系国家人民,是何等的崇高啊!

陆 游

游 山 西 村

莫笑农家腊酒浑[1],丰年留客足鸡豚[2]。
山重水复疑无路,柳暗花明又一村。
箫鼓追随春社近[3],衣冠简朴古风存[4]。
从今若许闲乘月[5],拄杖无时夜叩门[6]。

【注释】
[1]腊酒:冬季酿制的酒。浑:指酒浑浊。[2]鸡豚:鸡和猪。这里指鸡肉和猪肉。[3]箫鼓:指锣鼓音乐之声。春社:古人立春之后祭祀土地神和五谷神的日子。[4]衣冠:衣帽,指穿戴。古风:古代风俗。[5]闲乘月:趁着月明之夜出外闲游。[6]拄杖:拄着拐杖。无时:随时。

214

　　宋孝宗乾道二年(1167年)，陆游任隆兴通判，力主张浚北伐，被罢置回山阴镜湖三山乡闲居。他的人缘关系很好，有时还到稽山西边人家去做客。这首七言律诗就是他次年初春游山西村去做客的游记诗。山西村，地名，在绍兴鉴湖陆游居处附近的一个村庄。

　　诗从回忆到农家做客后的感受写起，首联写丰收之年农村一片祥和欢悦气氛，农家喝的是腊月自制的浑酒，主人端出了鸡肉和猪肉做的菜肴。一个"足"字，表达了农家款待诗人尽其所有的盛情。"莫笑"二字表现世人认为农家贫穷，无啥可以待客，然而诗人却认为并非如此。道出了诗人对农村淳朴风俗的赞美。

　　次联写去山西村路上所见的自然风光。诗人步行在郁郁葱葱的山峦间，潺潺涧水在山间曲折流淌，发出清脆悦耳的声响。越走草木越浓密，蜿蜒的山径愈益依稀难辨，正在迷惘之际，突然看见在花明柳暗树木扶疏之处，有一农家村庄。诗人眼前豁然开朗，疑虑之色顿消，喜形露于眉梢。此联用字精工，"重"、"复"是一重重山、一道道水的意思，"暗"，写出柳树多而密，绿的范围很广；"明"，写出百花盛开，姹紫嫣红，红的范围很广。这样就勾画出了园林式农村的美景。此联对仗工稳，形象鲜明，灌注了诗人对农村最真挚饱满的喜悦之情，而且富有宋诗特有的理趣，道出了世间事物变化消长出人意外的哲理，因此成为古今名句。

　　三联写去山西村途中所见农村风俗。走近村庄，响起了箫鼓的音乐声，后面跟随着许多大人、小孩，原来是到那不远的土地庙赶庙会的。这些人穿戴着简朴的衣冠，有一种古朴的民风。

　　末联写临别感言，诗人已经游玩了一整天，此时明月当头，大地笼罩在一片淡淡的清光中，给喧闹了一整天的村庄染上一层静谧的色彩。于是诗人告别主人，说从今而后，我说不定会乘月拄杖来叩柴扉，和你絮语。

这首律诗结构严谨,线索分明,全诗八句无一"游"字,而处处紧扣"游"字,游兴十足,游趣不尽。

朱 熹
春 日

胜日寻芳泗水滨[1],无边光景一时新[2]。
等闲识得东风面[3],万紫千红总是春[4]。

【注释】

[1]胜日:春光明媚的日子。寻芳:游春,踏青。泗水:在今山东中部,源出东蒙山南麓,四源并发,故而得名。[2]光景:风景。[3]等闲:随便。[4]万紫千红:百花竞艳。紫,紫色。红,红色。

朱熹(1130年~1200年),字元晦,一字仲晦,号晦庵,又称紫阳。徽州婺源(今属江西)人,出生于福建龙溪(今属福建龙海县)。绍兴十八年(1148)进士,任泉州同安主簿,因上书反对议和,与时相意见不合,屡辞朝廷诏命,闲居乡里,安贫乐道。淳熙年间,在白鹿洞书院设坛讲学。朱熹学问广博,是著名的哲学家、教育家。著有《四书章句集注》、《朱文公集》等。其诗寓意含蓄,富有哲理。

诗题为《春日》,自然是游春、览春之作。首句点时、点地、点事情。在一个春光明媚的日子里,诗人沿着泗水河滨游春。次句概写所见。无边无际的春光一下子展现在眼前,使人眼睛为之一亮。这个"新"字,使人有"池塘生春草,园柳变鸣禽"(谢灵运诗)的感受,寓有除旧布新的哲理韵味。

三四句承"新",具体描绘春景。在不经意中,诗人就感受到了东风劲吹,百花盛开,万紫千红的大好春光。"识"承"寻","寻"的结

216 果就是"识得"。"万紫千红"承"新"。实际上有一种"春在枝头已十分"(宋女尼诗)的哲理。

这首诗寓理而流溢出理趣,在感性意象中闪烁着理性的睿智,灵气发散。将意兴情理与客观景物和谐地融合在一起,显现冲淡超远的心态和直率温和的性情,句法自然平易,语言净洁简丽,气韵高古而音节流畅,诗风雅正明洁,这正是道学家朱熹的性情表露。

林 升

题 临 安 邸

山外青山楼外楼,西湖歌舞几时休[1]?
暖风熏得游人醉[2],直把杭州作汴州[3]。

【注释】
[1]休:停止,结束。[2]熏:浸染。醉:沉醉。[3]直:简直。汴州:北宋首都,即今河南开封市。

林升,南宋诗人,宋孝宗淳熙年间的一位士人,1180年前后在世,生平事迹不详。

临安,即今浙江杭州市,宋朝南渡以后,以此作为首都。邸,旅馆。《西湖游览志余·帝王都会》说:"绍兴、淳熙之间,颇称康裕,君相纵逸,耽乐湖山,无复新亭之泪。士人林升,题一绝于旅邸云……"林升有感于南宋统治者把杭州当作汴州的老家,走北宋荒淫政事而亡的老路,讥笑他们醉生梦死,忘却国难。他在旅馆墙壁上题下此诗。

上有天堂,下有苏杭,唐代白居易就曾讴歌杭州之美,到了北宋,柳永、苏轼都留下了描绘杭州湖山之美的名篇。北宋末年,金人入侵,赵构南逃,逃到杭州,后回到建康(南京),当时爱国志士建议以建康为都,以利整顿人马,抗战恢复。可是到了绍兴二年(1132年),赵构再次回到杭州,有终焉之志,于是大兴土木,建明堂,修太庙,宫殿楼阁,一应俱全。达官显宦,富商大贾也争相修建豪宅华第,几十年中,杭州终于如北宋的汴州,成为统治阶级的安乐窝、销金窟。

首句"山外青山"抓住杭州的自然景观特点,点明藏歌贮舞的崇楼美宅的山川背景。"山"、"楼"、"外",展现出阔大的空间,表现出山的层出不穷和楼的众多高耸。山外山,不足奇,楼外楼,使人惊。所以次句"西湖歌舞"点出"楼外楼"的内涵,"几时休"一问,时间的无限,是愤慨的指责。两句诗不禁使人想起殷纣王的鹿台,吴王的馆娃宫、秦始皇的阿房宫、隋炀帝的江都宫,而歌舞不休更使人想起陈后主的《玉树后庭花》、唐明皇的《霓裳羽衣曲》以及李后主的纵情歌舞。

第三四句写游人的醉态和丑态。"风"而曰"暖",既指自然界的春风,又指宴饮、歌舞的热烈氛围。可见风不单是自然之风,而是指酒肉气、脂粉气,把醉态写足。既如此,那么诗人愤怒谴责:他们简直把杭州当作汴州了!他们以"钱塘为乐国",乐不思蜀,早就把祖宗基业、中原父老、万里江山忘诸脑后。那么既如此,步徽、钦二宗的后尘,走亡国的老路,也就为时不远了。

翁 卷

乡 村 四 月

绿遍山原白满川[1],子规声里雨如烟[2]。
乡村四月闲人少,才了蚕桑又插田[3]。

【注释】

[1]山原:山陵和平原。白:河水映着天光,一片白色。[2]子规:杜鹃。[3]蚕桑:采桑养蚕。插田:插秧。

别辟新境品宋诗

　　翁卷,南宋诗人,生卒年不详。字继古,又字灵舒,永嘉(今浙江温州市)人。终身布衣。他与徐照、徐玑、赵师秀齐名,他们都是永嘉人,被称为"永嘉四灵"。有《苇碧轩诗集》。其诗清新流畅,潇洒超脱。

　　诗人是永嘉人,长期居住浙南农村,"爱闲却道无官好,住僻如嫌有客多",所以这首诗是写春夏之交浙江南部农村忙中带闲的景致,抒发诗人自适、闲放、超旷之情。

　　首句写山环水绕的层层梯田,一个"绿"字,写出这一带山丘树木葱茏,万物畅茂。一个"白"字又写出山下平坦的地方是一块块蓄满水的稻田。而"遍"和"满"又紧扣四月初夏,是满山遍野的树林,望不到边的水田。诗句"绿"、"白"相衬,"山"、"川"相对,"遍"、"满"相映,色泽明丽又层次突出,描绘江南山温水暖,不愧为写景妙句。

　　次句写四月梅雨。江南的初夏梅雨,如烟似雾,"润物细无声",透过细雨望去,雨水丰盈,正好夏栽夏种。雨中又不时传来子规的啼声,子规,应为布谷。布谷为劝耕之鸟,鸣于孟夏播种时,杜甫诗:"布谷处处催春种。"这里诗人是以子规代布谷。布谷似乎在催人们抓紧时间播种。这种清纯的鸟鸣声使雨中的田野显得更为宁静。"雨如烟",静中之景,"子规声",动中之景,动静相生,梅雨季节,布谷催耕,已经暗示着人们的辛勤劳动。

　　三四句写乡村农事。说正值农忙季节刚刚结束了养蚕的人们,又冒着雨丝风片在插秧。"蚕桑"照应"绿遍山原","插田"承"子规声里",针线细密。"才"、"又",虚字传神,不言忙而忙情自显。这两句似议论,又似写人,十分灵动。写的虽然是农忙,但紧张的农忙并没有打破农村平静的气氛,这种忙倒和周围的山光水色相协调,这正是生活本身和谐的节奏韵律的表现。这首诗"无异语,皆人所知也,人不能道耳"。那种萧散、简远的意境正是此诗诗意美的所在。

叶 绍 翁

游 园 不 值

应怜屐(jī)齿印苍苔[1]，小叩柴扉久不开[2]。

春色满园关不住，一枝红杏出墙来。

【注释】
[1]屐齿：《宋书·谢灵运传》：
"灵运常著木屐，上山都去前
齿，下山则去后齿。"木屐是
木底鞋，下有齿，以防滑倒。
苍苔：青色的苔藓。[2]小扣：
轻轻地敲。柴扉：篱笆门。

叶绍翁，生卒年不详。字嗣宗，号靖逸，处州（今浙江龙泉县）人。他是南宋宁宗、理宗时代的江湖派诗人，善于描写山水胜景，诗意含蓄，技巧轻灵。

叶绍翁善于以小诗描写景物。这首诗写他去游园，没有见到主人，没能观赏园林景致，但却没能减退诗人的游兴以及对春天的赞美。不值：不遇，没有遇到主人。

首句，直接点"游园"，但从到园写起，省去路途经过。走到园前，诗人小心翼翼，轻手轻脚，生怕脚下的屐齿踩坏了去园林路上的青青苔草，写出诗人一片惜春之意。"苍苔"，这种青青的小草，生于阴雨天气，透露出春雨的消息。春雨久下，道路泥泞，所以诗人才穿防滑的屐齿鞋，鞋有屐齿，才会踏坏苍苔。

次句写叩门，点"不值"。主人围墙柴扉关闭，小叩多时，却久久不开，说明主人不在家。叩而言"小"，可见动作之轻，生怕惊吓园内春天的精灵们。这两句写出了诗人的怜春惜春的细微心理。

游园而不值，这本是一件扫兴的事情，可是诗人并不因此而罢休。于是三四句就写他园外观赏风景。抬眼一看,一枝伸出墙外的红杏特别耀眼,诗人由这枝红杏联想到园内肯定已经满园春色。诗人以小景写大景,由一枝到满园,可见善于联想。诗人又不明写春雨,却用陈与义"杏花消息雨声中",陆游"小楼一夜听春雨,深巷明朝卖杏花"中的"杏花"来暗示春雨。于是诗由春雨而杏花,透露出春的消息。由一枝表现满园,由关而不住说明美好的东西是禁锢不了的,使诗富有哲理韵味。

文天祥

过 零 丁 洋

辛苦遭逢起一经[1],干戈寥落四周星[2]。
山河破碎风飘絮[3],身世浮沉雨打萍[4]。
惶恐滩头说惶恐[5],零丁洋里叹零丁。
人生自古谁无死,留取丹心照汗青[6]。

【注释】

[1]遭逢:遭遇。起一经:指精通一种经书,通过考试,走向仕途。[2]干戈:两种武器,这里借指战争。寥落:荒凉冷落。四周星:指四周年。天上星宿运行一周以后又回到原处,而星行一周正好一年。作者从德祐元年(1275年)起兵到祥兴元年(1278年)被俘正好四个周年。[3]风飘絮:狂风吹得柳絮四处飘荡。[4]雨打萍:雨点打击水面的浮萍。[5]惶恐滩:地名,江西万安县中赣江的一个险滩,为赣江十八滩之一。[6]留取:留得。取,语尾助词。丹心:红心。汗青:历史书。古人字刻竹简,刻前须烘干其水分(汗),使竹简失去青色,故古人把书籍称为汗青。

文天祥(1236年~1282年),字履善,又字宋瑞,号文山。江西吉水(今属江西)人。宋理宗宝祐四年(1256年)状元。他是我国历史上著名的民族英雄,诗文只是余事,有《文山先生全集》。后期诗歌记录他的抗元斗争经历,表现民族气节,是很好的爱国主义教材。

南宋祥兴元年(1278年)十二月二十日,文天祥在广东海丰北的五岭坡被元军所俘,元军逼迫他出珠江口,过零丁洋,随水军追击在厓山的南宋最后一个小皇帝赵昺。在舟中,元军统帅张弘范逼他写信招降保护南宋小皇帝抗元的大将张士杰。文天祥大义凛然回答说:"我自救父母不得,乃教人背父母,可乎?"于是提笔写了这首七言律诗,回答敌帅的相逼,表示以死殉国的决心。零丁洋,地名,在今广东中山市南零丁山下。

首联,回顾自己一生,表示要报知遇之恩。诗中提到他一生中的两件大事:一件是他以科举明经状元及第入仕,这是关系他政治前途的大事,宝祐四年(1256年)诗人参加殿试,为状元。明经,是用唐代术语,宋代只有进士;二是从家乡招募军队奉诏勤王,诗人于德祐元年(1275年)起兵入卫临安,朝廷委以抗元重任,这是关系国家存亡的大事。然而四年来却是势单力孤,前有强大的元军进逼,后有媚敌投降者的破坏,虽经孤军力战,但无力回天,才弄到如此地步。

颔联接着写自己抗元"干戈寥落"的结果,从国家方面来说,山河破碎,国运如风中之飘絮,就在诗人被俘后二十天,南宋大将陆秀夫背着八岁的小皇帝蹈海而死,南宋的灭亡不可避免。而个人身世也如雨打之浮萍,想当初刚入朝踏上仕途,就遭到权奸贾士道等的排挤,屡遭罢黜。后来在抗元斗争中,又一次被扣,两次被俘,为了名节,曾服毒、绝食,又偏偏不死。而今家破人亡,老母被俘,妻妾被囚,长子身亡,自己身陷敌手。这两句既形象,又概括,内涵十分丰富,比喻十分精切。

颈联拈出两事,再点家国之不幸。一是诗人在德祐二年(1276年)正月至五月,为元军拘押北上,九死一生,脱险以后,七月在福

222 建南剑州建立督府,率军奋战,败后又于次年在江西空坑与元军激战,败后由黄公滩撤退到福建汀州,前临大海,后有追兵,真是"惶恐"之极。二是而今兵败五坡岭,将士全部壮烈牺牲,自己成为敌囚,过零丁洋,怎不感叹自己孤苦"伶仃"? 这一联中,两"惶恐"、两"零丁"形成对仗,语义双关,实属巧对,既表明当时形势之险恶,又表现诗人处境之危艰,还概括了他起兵救国的始末,和此时心情的悲愤。

尾联宕开一笔,表明自己生无所愧,死无所恋,忠贞为国的民族气节。古人用竹片作纸记载历史大事,在书写前用火烤,把青竹的水分去掉,以便保存。这种竹片称为汗青。后人又以之作为书册的代称。这一联是诗人对敌人的回答,表现出诗人鲜明的生死观和人生价值取向,是诗人伟大人格的写照。这两句诗震古烁今,感人至深,千秋传诵。连敌帅张弘范读了这首诗也不得不连称"好人! 好诗! "

第八单元
诗 坛 奇 葩 唐 宋 词

诗到唐代,花样已尽,于是又有词的产生。对于古体诗来说,词是一种新兴的诗歌体裁,它的字数、句数、平仄等格律都不同于诗。这种新兴的诗歌主要是用来配乐的,而这种音乐是隋唐时期由西域传入的与中原音乐相融合的燕乐,这是当时的一种流行音乐,这种音乐促使词的诞生。因为原有的古体诗不管从字句长短,还是情调色彩都难以配上这些音乐。起初,词流行于民间,后来文人染指,于是发展到宋代,就完全与诗歌分庭抗礼了。

词有所谓婉约、豪放两派的说法,虽然近年有人提出这种分法不科学,但还是大致可以概括词的风格与流派的。过去说词以婉约为宗,这虽然有排斥豪放派的意味,但纵观整个词史,无论是数量还是质量,婉约词的确都在豪放词之上。因为词的社会功能主要就是"娱宾遣兴",它与诗的分别也在于"诗庄词媚"。故婉约词题材大多是闺房、花草、恨别、伤春,其风格大多缠绵悱恻,儿女情长。

在婉约词中,晚唐温庭筠是第一个大量创作词的作家,他的词浓艳香软,正式形成婉约词风,而南唐后主李煜进一步丰富了词的抒情方式,以白描倾诉内心的哀怨,是婉约词中的一朵奇葩。词至北宋柳永而一变,他以毕生精力创作慢词,开拓词的铺叙白描手法,抒妓女心声和羁旅行役之情,淋漓尽致。继柳永之后,婉约词经秦观、周邦彦的努力,渐趋典雅精工。

　　但是,作为文学的词总要或多或少与现实社会生活,尤其是政治发生各种直接的或间接的关系,北宋中期,由于民族矛盾、阶级矛盾日益激化,统治阶级内部一部分有识之士进行了两次变法,即以范仲淹为代表的庆历新政和以王安石为代表的"熙宁变法"。这种改革精神必然曲折地反映到包括词在内的文学中来。于是范仲淹首先突破婉约藩篱,以词描写边塞风光和守边生活,这可以说是豪放词的发轫之作。其后王安石以词怀古咏史,再次突破"诗庄词媚"的界限。到苏轼,他把词作为抒情言志的手段,以诗为词,使词脱离音乐的羁绊,做到"无意不可入,无事不可言"。因此,他的词里怀古伤今,论史说理,抒爱国之志,叙友朋之情,写田园风光,记旅游览胜,应有尽有。自然他也写了许多闺情绮思的婉约词,但是影响最大的还是他的豪放词。北宋末年,延及南宋,金人入侵,南北分裂。爱国之士,力图恢复,他们无暇,也不愿意依红偎翠,浅斟低唱,于是他们用词高歌抗战,高唱北伐,形成了一个人多势众的豪放词派,为宋词写下了光辉的一页。在这个词派中,辛弃疾是成就最大者,他继承苏轼,进一步以文为词,在词中纵情抒发他那横戈跃马,矢志北伐的豪情壮志,以及备受压抑的悲愤之情,把豪放词的创作推向一个新的高峰。

　　关于豪放词和婉约词的不同风格,《说郛》引俞文豹《吹剑续录》说:"东坡在玉堂日,有幕士善歌,因问:'我词何如耆卿?'对曰:'郎中词,只好十七八女子,执红牙板歌,杨柳岸、晓风残月',学士词,须关西大汉,绰铁板,唱'大江东去'。公为之绝倒。"这个故事生动说明"婉约者欲其词调蕴藉,豪放者欲其气象恢宏"(张綎《诗余图谱》)。

　　在两宋之交,李清照以女性特有的心理作词而有丈夫气,柔中有刚,别具一格。其后姜夔,又以清雅矫婉约之过于柔媚,开创清雅词派。这是介于婉约、豪放之间的第三种风格。

　　学习唐宋词,可读龙榆生《唐宋名家词选》,夏承焘等人编《唐宋词选》,陈迩冬《苏轼词选》,邓广铭《稼轩词编年笺注》。深入研究则须选读唐圭璋编辑的《全宋词》。

张 志 和

渔 歌 子

　　西塞山前白鹭飞[1],桃花流水鳜(guì)鱼肥[2]。青箬(ruò)笠[3],绿蓑衣[4],斜风细雨不须归。

【注释】

[1]西塞山:旧说在今湖北大冶市长江边,恐非。[2]鳜鱼:俗称桂鱼,色青黄,间以黑斑,江南著名食用鱼。[3]箬笠:以箬叶和竹篾编织的斗笠。[4]蓑衣:以棕丝编织的雨衣。

　　张志和(730年?~810年?),初名龟龄,字子同。婺州金华(今属浙江)人。唐肃宗时待诏翰林,官至左金吾录事参军。后坐事贬官,隐居江湖间,自号烟波钓徒。著书名《玄真子》,亦以自号。唐代宗大历年间,颜真卿贬官湖州,作者谒见颜真卿,献上《渔歌子》词五首,此为第一首。渔歌子,词牌名,又名渔歌、渔父、渔父引。子,曲子。此词属于词的发展早期,词牌名称就是词的内容。此词描绘了一幅带有清高脱俗的隐逸风调的渔家乐的图画。

　　西塞山在何处? 陆游《入蜀记》:"西塞山即湖北鄂州道士矶,石壁数百尺,色正青,了无窍穴,而竹树迸根,交络其上,苍翠可爱。自过小孤,临江峰嶂,无出其右。矶一名西塞山,即玄真子《渔父辞》所谓'西塞山前白鹭飞'者。苏轼官黄州时,游览说:'元真语极清丽,恨其曲度不传,加其语以《浣溪沙》歌之。'词说:'西塞山前白鹭飞,散花洲外片帆微。'"但作者未生活在湖北,所以此词写于湖北的可能性不大。徐钒《词苑丛谈》认为西塞山在吴兴磁湖镇。但吴兴无此山,且五首分咏西塞、钓台、松江、雪溪、青草湖,均不在吴兴。所以是泛言江湖垂钓之处,不一定专指某处。

　　这首词以清新明丽的笔触描写了一幅江南水乡渔歌图。写的是在斜风细雨时,江南的西塞山春色正浓,偏偏又是桃花汛期,高处有从水田飞入上空的白鹭,低处是落红缤纷的春水绿波,以及引起人们胃口的大嘴细鳞的肥嫩鳜鱼。而图画的中心则是一个头戴"青箬笠",身披"绿蓑衣"的老渔父。固然这位渔父并不是一个以渔业为生的人,而是以"烟波"为寄托的文人式的"钓徒",即词人自己,他"每垂钓,不设饵,志不在鱼也"(《新唐书》本传)。所以,词人是以"淳古淡泊之音,写山林闲适之趣"(胡震亨《唐音癸签》)。词清新、明朗、活泼,闲适中带着潇洒,把江南的水乡风光和渔人生活描写得极富诗情画意。

白 居 易

忆 江 南

江南好,风景旧曾谙(ān)[1]。日出江花红胜火,春来江水绿如蓝[2],能不忆江南!

忆江南,词牌名,又名《江南好》。原名《谢秋娘》,乃李德裕为谢秋娘作,因白居易此词而更今名。这首词是白居易晚年之作,属于中唐文人偶染词作。时六十六七岁的白居易闲居洛阳,十分怀念江南苏杭,写了《忆江南》三首小令。题目揭示主旨,这是第一首,泛写江南春景。

词一开始就赞颂"江南好",所以才值得"忆",而且这种好不是听说的而是"旧曾谙",有亲身体验。他在青少年时期就随父避乱寄居江南,后来在唐穆宗长庆二年(822 年)至敬宗宝历二年(826 年)先后出任杭州刺史和苏州刺史。然后回洛阳任职,再没去过江南。俗话说,"上有天堂,下有苏杭",所以江南美景虽时隔十余年,仍然记忆犹新。接着用两句写江南水景:"日出"、"春来",互文见义。"胜"、"如",也是互文生训,"如"是"胜过"的意思。江南春天,太阳出来,你看,那受阳光照射的春水比蓝草还蓝,受到阳光照射的浪花十分耀眼,比火焰还红。这不是诗人曾经在诗中所写过的"半江瑟瑟半江红"吗? 江花,有人认为是江岸的花。不对,江岸之花虽红,但太阳不能增其红,有何引人之处? 江中浪花则不然,在阳光下金波粼粼,红得刺眼,何等壮观! 作者用"日出"和"花红"同色相烘染,"花红"和"水绿"异色相映衬,把色彩写得非常明丽,起到了加倍强化的作用。最后以问句收束:"能不忆江南?"的确,现在也是"春来"时,身在北方洛阳的作者,看到的景象却是"花寒懒发鸟慵啼"(《魏王堤》),花不红,至于水,更不绿,而是黄色的了,这叫他怎么"能不忆江南"呢? 这一问余情荡漾,自然引起下面两首,分别忆杭州和苏州。

这是一首早期的词,尚属于向民歌学习的模拟阶段,所以语言通俗自然,清新明快,具有浓郁的民歌风味。

228

温庭筠

菩萨蛮

小山重叠金明灭[1],鬓云欲度香腮
雪[2]。懒起画蛾眉[3],弄妆梳洗迟[4]。
照花前后镜[5],花面交相映。新帖
绣罗襦(rú)[6],双双金鹧鸪[7]。

【注释】

[1]小山:有人说指床头屏风
上所画的山峰,有人说指眉
毛,其实是指所睡之枕,形如
小山。[2]鬓云:乌黑似云的头
发。[3]蛾眉:女子长而细的美
眉。[4]弄妆:梳妆打扮。[5]
花:指在发上簪的花。[6]帖:
通"贴"。罗襦:丝绸做的短袄。
[7]金鹧鸪:金线绣的鹧鸪鸟。

　　温庭筠(812年~866年),本名歧,字飞卿,太原祁(今属山西)
人。为人恃才傲物。在唐宣宗大中年间,屡应进士试不第,只作过方
城及随县尉之类的小官,官终国子助教。温庭筠工诗、词及文,诗与
李商隐齐名,人称"温李"。他精通音律,词尤为突出,内容虽为艳情
绮思和离愁别绪,但精美绝伦,有很高的艺术水平。他对词的格律
规范起了很大作用,对词的发展作出了贡献。有《温飞卿集》。

　　菩萨蛮,本为唐玄宗时教坊曲名,后来用为词调名。当时西南
邻国到长安朝贡,所带的女弟子舞队"危髻金冠,璎珞被体",故谓
之菩萨蛮。据说唐宣宗时,缅甸国到长安进贡,带来异国风情的歌
舞,宣宗皇帝很喜爱那些高髻赤脚,璎珞护身的女郎所表演的节目
《菩萨蛮》。缅甸使臣走后,他还想欣赏,于是组织伶人演唱,命宰相
令狐绹为音乐填写新词,这可难坏了令狐绹,他只得找老朋友温庭
筠代笔。温庭筠闭门谢客,一共写了十四首《菩萨蛮》,新词演唱后,
轰动文坛。这是第一首,写一个独处深闺的女性从起床到梳妆,再

到穿衣的一系列动作情态,以表现她青春的苦闷。

首两句写她起床。阳光已经照在少妇的枕头上,她散乱的秀发快要遮住她的脸蛋。"金明灭",指小山枕上金线绣的花鸟在阳光斜射中随女子的头的微动而时明时暗。阳光明灭,绣屏掩映,说明已经日上三竿,她还在浓睡,也说明她的居室陈设之美,点明她的贵家妇女身份。这时她脸上隔夜妆残,鬓丝缭乱,快要低垂到香腮上去了。"鬓云",写她秀发浓密蓬松。"香腮雪",写她肌肤白嫩,而且带着脂粉的余香。"欲度",静中寓动,静而欲动,最为传神。

三四句写她梳妆。她终于起床了,梳洗、画眉、弄妆,是她的动作,而"懒""迟"二字则是她的神态,她懒洋洋的,没精打采。两句动中寓静,动而欲静,和前面恰好相反。她为什么这样不得劲儿呢?看来她有一肚子难言之苦。

五六句写她簪花。她梳洗停当就对着镜子簪花。她很爱美,前面一个镜子,后面一个镜子,生怕簪花不到位。她自赏自怜,觉得"人面桃花相映红",她如鲜花一样美丽。

七八句写她着衣。"帖",通"贴",贴身也,即紧身衣,古时风流女子的时尚装束。簪花以后,她就穿上贴身的新衣。突然新衣上金线绣的一对鹧鸪鸟映入眼帘,不禁触起她的无限凄凉孤独之感。这两句词人不写她穿衣的动作,而写她眼中所见的彩绘,然后戛然而止,却余意无穷。

这首词的内容完全是"绮罗香泽",按五代孙光宪的说法是"香而软",对了解古代女性的苦闷具有一定的认识价值。在写作上,章法严密,穷妍极态,不管是写她的居室之华丽,还是写她的睡态之惺忪,不管是写她的梳妆的动作,还是暗示她内心的活动,都很细腻秾丽,绘形绘影,美丽无比。

李 煜
相见欢

无言独上西楼,月如钩[1]。寂寞梧桐深院,锁清秋[2]。　　剪不断,理还乱,是离愁,别是一般滋味在心头。

【注释】
[1]月如钩:指阴历月初或月末的弯月。[2]锁:笼罩。清秋:凄清的秋色。

李煜(937年~978年),本名从嘉,字重光,号钟隐。徐州(今属江苏)人。他是南唐中主的第六子,幼年为长兄所忌,隐于钟山,研究诗词、书法、绘画、音乐,养成了良好的艺术修养。后长兄死,立为太子,二十五岁父死即帝位,史称后主。他是五代时的代表词家,前期多写宫廷生活,风格柔靡,无甚价值。后期国亡后的作品抒写家国之痛,情真意切,直率自然,有极大的艺术感染力。他的词和其父中祖的词集为《南唐二主词》。

《相见欢》一名《乌夜啼》,本为六朝乐府旧题,多抒哀愁之情,后用为词调名。这首词可能是李煜亡国降宋后的作品,写他亡国后幽居生活的愁情。

上阕写他登楼所见之秋景。"无言独上西楼",看似平淡的叙事,实为深刻的抒情。他迈着艰难的步履,一步一挪地登上西楼,内心隐含着无以言状的愁情。"无言",无人共语,寂寞之极。他已是"凭栏半日独无言"(《虞美人》),点明他内心的痛苦,千言万语不知从何说起，真是"无语泪先流"。这是其一；其二，他是孤独一人，纵有千言万语，又向谁倾诉呢？心境之悲凉不言而喻。这"无言"的悲哀与"独上"的凄凉，浓缩了一个幽居囚徒的全部辛酸。"月如钩"写景，写登楼抬头所见。月如钩，已是更残漏尽之时了。一弯残月，庭院深深，秋风飒飒，桐叶飘零，一片死寂，这就是他此时的环境。举头月如钩，与悲凉心境正相合。他低头一看，"梧桐深院，锁清秋"，这句不言愁而愁自见。"锁清秋"三字总体写景，点明环境是清秋景色，一个"锁"字，境界全出。似乎把深院、西楼、残月、衰桐连同诗人自己全部紧紧拴结在一起，形象地把他被囚、被锁的幽居生活和孤寂心态准确地描绘出来了，而且已经由写景向抒情过渡。

上阕虽为写景，但景中含情，达到了"一切景语皆情语"的境界。下阕则设喻言情，抒幽居之离愁，追怀故国，痛念家乡，抒写美好事物丧失之后的切肤之痛。"剪不断，理还乱，是离愁"，这是比喻，但又非一般地以有形喻无形，而是以抽象的愁化为形象的乱丝，然后又回归为抽象的难以名状的东西，用似比非比的暗喻把抽象之愁形象具体地表现出来。最后，结句深沉的感叹，"别是一般滋味在心头"，这种滋味似苦非苦，似涩非涩，似酸非酸，难以名状。明人沈际飞在《草堂诗余续集》说："七情所至，浅尝者说破，深尝者说不破。破之浅，不破之深。'别是'句妙。"的确，诗人有"一旦归为臣虏"的悔恨，有"故国不堪回首"的苦涩，有"流水落花春去也"的心疼，有"日夕以泪洗面"的屈辱，这些，都不明说，只用"别是"一词来概括这种滋味，把尝尽的酸甜苦辣说得似透非透，供人咀嚼回味。

李 煜

虞美人

春花秋月何时了[1]，往事知多少？小楼昨夜又东风，故国不堪回首月明中[2]。　雕栏玉砌应犹在[3]，只是朱颜改[4]。问君能有几多愁[5]，恰似一江春水向东流。

【注释】

[1]了：了结，结束。[2]故国：旧都，指金陵。[3]雕栏玉砌：雕花的栏杆，玉石的台阶，指华丽的宫殿。犹在：还在。[4]朱颜改：容颜衰老。[5]问君：请问你，指问自己。几多：多少。

虞美人，本古曲名，咏虞姬事，后用为词调名。这是李煜的绝命词，他为此词而死。据宋人王铚《默记》记载，宋太宗赵光义一日问李煜以前的旧臣徐铉曾见李煜否？徐铉说不敢私见，太宗叫他但见无妨。徐铉见李煜后，太宗问他李煜说过些什么，徐铉据实说他长叹曰："当时悔杀了潘佑、李平。"潘、李二人是当时力主抗宋，反对投降的大将，因此太宗十分不快。另外，李煜在这年七夕（农历七月七日）自己的生日这一天，命乐伎作乐庆祝，声闻于外，传出"小楼昨夜又东风"、"一江春水向东流"之句，太宗听后，派人赐药杀死李煜。

词一开始以问起，表达自己悲恨相续的心情。"春花"、"秋月"，人们都以为美好，希望不要过去，然而词人却问它"何时了"，希望它早一点结束。在他看来，春花虽艳，终有谢时；秋月虽明，也有暗时。联想到自己过去也为一国之尊，有"三千里地河山"、"四十年来家国"，可是曾几何时，"一旦归为臣虏"，就过着"日夕以泪洗面"的日子，哪还有心思去欣赏那春花、秋月呢？于是他回忆起了他的"往事"，陷入了深深的沉痛之中。

三四句追思往事，痛不欲生。"小楼昨夜又东风"，带来了春天的信息，但他却有"不堪回首"之念，说不堪回首，其实已经回首，越回首，越不堪；越不堪，越回首。他陷入了不能自拔的境地之中。而今明月不殊，可是却江山易主，这就是"不堪"的感情重量。"东风"、"月明"又和篇首"春花"、"秋月"照应，一个"又"字，表明囚禁生活已经不止一春，景中含情，痛不欲生。

五六句揣想昔日家国，发物是人非之叹。"雕栏玉砌"，追忆昔日宫殿的富丽堂皇，"应犹在"，希望之词，表明对昔日帝王生活的留恋。"只是朱颜改"，写出宫廷依旧，人事日非。"朱颜"含义有三，一是宫廷凋残，破败不堪；二是过去宫廷妃嫔，青春不在；三是自己三年囚禁，容颜已老。照常理，三年时间不算太久，四十二岁也说不上老，这么说，可见隐含了多少屈辱和痛苦。

最后两句又以一问一答作结，直书一个"愁"字。以"问君能有几多愁"呼起，以"恰似一江春水向东流"作答，以水喻愁，以景烘情，把情感推至高峰。

这首词具有极高的艺术性。它最大的特点就是一个"真"字。王国维在《人间词话》中称"真所谓以血书者"。而这种真挚又用震撼人心的问答句式表达，起句一问，如苍茫天地外，结尾一答，吐出万斛愁情，中间问天、问地、问自己，而句子之间又以虚字传神，"不堪"、"只是"、"问君"、"恰似"，加重了感情分量。加之触目惊心的对比，异常鲜明。而最后那高度概括的比喻，把情感推至极致。以"一江春水向东流"比愁，写出了量如江水之多，愁如江水之长，而且有增无减。这样的比喻，正如谭献所说："雄奇忧怨，乃兼二难。"

范仲淹

渔家傲

塞下秋来风景异[1]，衡阳雁去无留意[2]。四面边声连角起[3]，千嶂里[4]，长烟落日孤城闭。　　浊酒一杯家万里[5]，燕然未勒归无计[6]。羌管悠悠霜满地[7]，人不寐，将军白发征夫泪。

渔家傲，词牌名。始见于晏殊词，因词中有"神仙一曲渔家傲"句，取以为名。北宋宝元元年（1038年）十二月，夏州李元昊反叛宋朝，次年正月，上表请称帝改元，是为西夏。接着，大兴干戈，于北宋康定元年（1040年）进攻延州，包围七天，俘虏北宋守卫职官，正好赶上一场大雪，西夏才撤兵。康定三年（1042年），朝廷派韩琦为陕西都转运使，范仲淹为陕西经略安抚副史，防御西夏。新任延州知州张存，久不到任，刚上任，就向新任陕西经略安抚副使的范仲淹提出调向内地任职，其理由是"素不知兵"和"亲年八十"。在这种情况下，范仲淹只得上表自请代张存兼知延州。他积极训练士卒，团结沿边羌族，提拔狄青等得力将官，于险处筑城堡，严加防范。守边四年（1040年~1043年），西夏不敢轻易侵犯，说："无以延州为意，今小范老子胸中有数万甲兵，不比大范老子（指以前守边的范雍）可欺也。"（《范文正公集》附年谱）由于北宋积贫积弱，范仲淹只能采取守势，因此士卒难以回乡。魏泰《东轩笔录》记载："范文正公守边日,作《渔家傲》乐歌数阕,皆以'塞下秋来'为首句,颇述镇边之苦。欧公尝呼为穷塞主之词。"所以这首词的主题是"颇述镇边之苦"。

上片写景。一个"异"字领起,点出边塞风光特点,这是南人眼中的观感。一异大雁南飞,二异边声四起,三异千峰孤城,四异长烟落日。词人从感觉、视觉、听觉几个方面渲染出边地的荒漠凄凉。而将士们却在此时刻御敌,以防不测。写景扣住了边地和战场的特点,隐含戍边之情,苍凉悲壮。

下片抒情。首句写思归之切,"一杯"和"万里"数字多少相对,表示杯酒难消愁情,愁多酒少,愁深酒劣,有"有家归不得"之意。接着点明原因,深叹征战无功,有家难回。"燕然未勒归无计",时北宋国力贫弱,故只能采取守势,怎么能勒石燕然呢? 这句有霍去病"匈奴未灭,何以家为"的怀抱,有"后天下之乐而乐"的胸襟。最后两句再以声色点染,抒发壮志难酬的感慨和思乡忧国的情怀。一方面,镇边责任重大,为国为民,必须戍守,但另一方面,边塞苦寒,久戍不归,哪能不产生思乡之情呢? 词但有思乡之情而无怨尤之意,盖抵御外侮,义不容辞,然征夫久戍,亦非所宜,故词旨虽雄壮,意境却苍凉。

以边塞题材入词,是作者的首创,可以说开豪放词风之先。

晏 殊

浣 溪 沙

一曲新词酒一杯,去年天气旧亭台,夕阳西下几时回? 无可奈何花落去,似曾相识燕归来,小园香径独徘徊[1]。

【注释】
[1]香径:花径,花园小路。

236

　　晏殊(991年~1055年),字同叔。抚州临川(今属江西)人。14岁以"神童"召试,赐同进士出身。历事北宋真宗、仁宗两朝,官至集贤殿学士、同平章事,兼枢密使,有"太平宰相"之称。词有《珠玉集》,疏淡娴雅,温润秀洁。

　　浣溪沙,原为唐玄宗时教坊曲名,后用为词调名。这首小词明白如话,但又意境蒙眬。劈头一句"一曲新词酒一杯",结合后面的"独"字,显然是写现在他独自一人自斟自酌。但接着一句"去年天气旧亭台",回忆过去,去年究竟是与人同饮,还是自斟自酌? 若是自斟自酌,则为伤春;若为与人同饮,则为怀人。揣摩全词,虽无怀人之语,却不排除怀人之意。想去年,天气、夕阳、亭台,和今年依稀相似,去年是共酌春酒,同品新词,一曲又一曲,一杯又一杯,其意洋洋,其乐融融。可而今,虽有新酒在手,新词在耳,天气夕阳亭台依旧,而人事全殊,一股感伤之情油然而生,怎不令人一问:"夕阳西下几时回?"惋惜时光的流逝。

　　为了排解感伤,诗人独自在他的小园花径徘徊,突然看见微风一起,片片飞花坠落,抬头一看,一对春燕翩然归来。诗人感触万分,吟出"无可奈何花落去,似曾相识燕归来"的名句。上句伤春,花之落去是一层,悲花之落去又是一层,联系春之逝则更进一层,而思挽留,又进一层,年年如此,已成惨痛经验,故曰"无可奈何"。下句写伤别,人去燕来,不知今年之燕是不是去年之燕? 如果是,它们同情我否? 纵使同情,归来又有何用? 如果不是,则更不知我的孤寂。真是细腻婉曲,体物入微。这两句属对工巧,虚实相生。"花落去"、"燕归来"是眼前景,是写实。"无可奈何"、"似曾相识"是心中情,是虚写。见春花落去而联想到人之杳然,燕归而人不归,而燕又"似曾相识",是去年欢宴时的春燕,这一旁衬,怀人之情,何等深挚?"无可奈何",何其无情!"似曾相识",多么有情! 一无情,一有情,对照激射就构成了起伏跌宕的艺术美。

这首词最能体现作者的风格，他所抒发的愁是一种富贵人家淡淡的闲愁。

柳 永

雨 霖 铃

寒蝉凄切[1]，对长亭晚[2]，骤雨初歇。都门帐饮无绪[3]，留恋处，兰舟催发[4]。相看执手泪眼，竟无语凝噎[5]。念去去千里烟波[6]，暮霭沉沉楚天阔[7]。　　多情自古伤离别，更哪堪冷落清秋节[8]。今宵酒醒何处，杨柳岸、晓风残月。此去经年[9]，应是良辰好景虚设。便纵有千种风情[10]，更与何人说？

【注释】

[1]寒蝉：又名蜩，蝉的一种，似蝉而小，鸣声凄切。[2]长亭：庾信《哀江南赋》："十里五里，长亭短亭。"亭，古时设在驿路旁供人休息的亭子。[3]都门：汴京城门。帐饮：在野外张设帏帐宴饮。[4]兰舟：木兰舟，船的美称。[5]凝噎：喉咙被气流阻塞，说不出话来。[6]去去：不断地前行。[7]楚天：南国的天空。古时楚国占有长江中下游及以南地区，故称南天为楚天。[8]清秋节：中秋节。[9]经年：年复一年。[10]风情：此指男女爱情。

柳永（985年？~1053年？）初名三变，字景庄，后改名为永，字耆卿。崇安（今属福建）人。因为行为放荡，喜作"艳词"，未能早登科第。从此更流连于歌楼妓馆之间，专以填词为务。直到仁宗景祐元年（1034年），更名以后始及进士第。后来仅做过屯田员外郎这样的小官，世称"柳屯田"，一生落拓，穷困而终。有《乐章集》，存词二百

238

多首。他的词表现了都市市民生活，以妓女生活和羁旅行役为题材，以不登大雅之堂的俚语入词，有别于晏殊、欧阳修等上层士大夫文人词。他开创慢词长调，提高了词的表现力，被当时称为"新声"，十分流行，以至"凡有井水饮处，即能歌柳词"。

雨霖铃，唐玄宗时教坊大曲名，据说玄宗逃蜀，于斜谷道中，霖雨逾旬，栈道中闻铃声，悼念杨贵妃，作《雨霖铃曲》，后用为词调名。柳永浪迹京城，混迹妓女群中，靠写词供她们演唱获得润笔之资为生，因此，他和这些妓女们关系很好。一次，不知什么原因，他要回南方去，与他相好的妓女前来送行，他就以此为题材，写了这首表现离别和羁旅行役的著名新词，以至"残月晓风杨柳岸，天涯齐诵柳屯田"（张问陶诗）。

上阕写别前。起首三句写别时之景。时间是一个秋天的傍晚，地点是在京城郊外的长亭，这时，秋蝉凄厉的叫声阵阵传来，又刚刚下了一场急雨，酝酿着一场缠绵悱恻的离别氛围。寒蝉是凄恻的，长亭是分离的象征，雨停是离别的催化剂，这种氛围对青年男女的离别起到了心理衬托作用。接着三句写别时之情。离别的酒席是丰盛的，但词人却说"无绪"，可见心情是悲苦的，是万不得已才分离的。"兰舟催发"是"骤雨初歇"引起的，别而不想别的心境可想而知。"执手"两句写别时的举动。两个年轻人手牵着手，眼中流着热泪，在今天看来十分平常，但在那时却是惊世骇俗的反传统的举动，两人情感之深，可想而知。而"无语凝噎"更是情感的高度集中表现，"此时无声胜有声"。过片两句回到景语，"千里烟波"表示前途艰辛劳顿，"暮霭沉沉"、楚天宽阔，暗示前途暗淡渺茫，并非一帆风顺。

下阕写别后。别前是实写，别后则是拟想。首两句写别后心情更加痛苦，但从个人宕开，先说古人离别都很"多情"，都很感伤，再说到自己何况是"冷落清秋节",中秋节是传统的团圆节,应该亲人团聚,其乐融融,而自己却要离别,古今对比,词人已经深深陷入"伤离别"之中。接下来又揣想别后酒醒之景,今夜酒醒,不见心上人,而只能面对杨柳岸上的晓风、残月。离别饮酒,本是为了以酒消愁,然而酒只能起暂时的麻醉作用,酒醒则愁上加愁。杨柳岸,使人想起离别时情人折柳赠别的情景,晓风凄清,残月暗淡,这更烘托了词人那形只影单的孤零寂寥的情景。最后四句更设想别后见面难再,长受别离熬煎之苦。"经年"说明时间之长,"良辰美景"虽有,但却是"虚设",于我有何干呢?所以即使有"千种风情",因为心上人不在身边,这种缠绵的男女情思"更与何人说"?把执著的相思之情推向高峰。

这是词人自制的一首慢词。慢词的特点就是尽情铺叙,这首词按时间顺序,未到——渐到——临别——别后——经年的线索,把男女之间的离情别绪层层铺叙,尽情发露,纯用白描,毫无遮拦,旁若无人地表现出来。虽是婉约题材,却一反脉脉含情,欲说还休的含蓄手法。

词人善用点染手法。清人刘熙载《艺概》:"词有点、有染,柳耆卿《雨霖铃》云:'多情自古伤离别,更那堪冷落清秋节。今宵酒醒何处?杨柳岸、晓风残月。'上二句点出离别冷落,'今宵'二句乃就上二句意染之。点染之间,不得有他语相隔,隔则警句亦成死灰矣。"

点染本是绘画技法,指先勾画轮廓,再着色大胆皴染。这几句就是这样,上两句写一般的离别情景,这是点的勾勒,后两句写自己的别情,这是染的泼墨。这样就做到了情景交融,以少胜多。所以清人贺裳称之为"古今俊句"。

总之,这首词情趣是市民的审美情趣,婉约风流是其基本特色,层层铺叙是其基本手法,所写的羁旅行役和男女情感是千百年

240 来青年男女经常经历到的感情,它揭开了他们的心幕,又怎能不受到千百年来人们的喜爱呢?

王安石

桂枝香·金陵怀古

登临送目[1],正故国晚秋[2],天气初肃[3]。千里澄江似练[4],翠峰如簇(cù)[5]。征帆去棹(zhào)残阳里[6],背西风,酒旗斜矗(chù)[7]。彩舟云淡,星河鹭起[8],画图难足[9]。

念往昔,繁华竞逐[10]。叹门外楼头[11],悲恨相续[12]。千古凭高对此,漫嗟荣辱[13]。六朝旧事随流水,但寒烟,荒草凝绿。至今商女,时时犹唱,后庭遗曲[14]。

【注释】

[1]送目:远望。[2]故国:旧都,指金陵,金陵曾是六朝首都。[3]初肃:刚刚严寒肃杀。《礼记·月令》:"孟秋之月……天气初肃。"[4]澄江似练:谢朓《晚登三山还望京邑》:"余霞散成绮,澄江静如练。"澄澈的长江如一条白色的绸带。练,白绸。[5]簇:箭头。[6]征帆去棹:来往的船只。棹,船桨。[7]酒旗:酒店前悬挂的布帘招牌。矗:竖立。[8]星河:银河。鹭起:白鹭飞起。[9]难足:难以描绘。[10]繁华竞逐:竞逐繁华,竞相争着过繁华的生活。[11]门外楼头:语出杜牧《台城曲》:"门外韩擒虎,楼头张丽华。"[12]悲恨相续:指六朝相继亡国的事连续不断。[13]漫嗟荣辱:空自为历史上的兴亡叹息。漫,徒然。[14]后庭遗曲:指陈后主的《玉树后庭花》。

桂枝香,词牌名,首见于王安石此作。此词是北宋英宗治平四年(1067年)诗人初次罢相后退居金陵出知江宁府时所作。

上片写景,是一幅雄壮的金陵画图。首四字,领起,写作者登高望远。"送目"写

出目光由近而远景物不断进入视野的过程。下面全是目中所见。先点地点季节时间,故国,故都,指金陵,照应题目。初肃,开始肃杀起来,这是晚秋的景象。下来写俯瞰所见,用谢朓诗句,写一泻千里的大江,因为遥远,所以好像平静似一匹白绸子。再自铸伟词"翠峰如簇",金陵周围有清凉山、狮子山、覆舟山、幕府山、紫金山,远处还有青龙山、牛首山、祖堂山等。四字鲜明、生动地描写了金陵远近群峰葱茏攒聚的形势。这两句一写山,一写水,前句化动为静,后句化静为动,灵活变化,金陵山水大观毕现。接着再用笔补充写江中征帆船来船往,岸上酒家,酒旗飘摇。再下来写随着时间的推移,一到傍晚,船只在晚霞中犹如彩舟,而倒映星宿的江中白鹭飞翔,更见金陵的繁华,故以画图难足歇拍。

下片抒感。先领起,再用杜牧诗句:"门外韩擒虎,楼头张丽华。"(《台城曲》)对六朝往事进行感叹。诗句意思是,隋文帝开皇九年(589 年),伐陈,以韩擒虎为先锋,率精兵五百人攻入金陵朱雀门,直扑宫闱,陈后主降。宠妃张丽华正与之寻欢作乐。然而实际情况是,韩军入宫,后主命人把自己和张丽华、孔贵嫔用绳子连在一起,藏于井中以避难,被出之而俘。诗、词是文学,这样一改更能表现荒淫误国的主题。所以"繁华竞逐"是"悲恨相续"的原因。"漫嗟荣辱",批评他人空谈兴亡,不务实际。最后又用杜牧诗句"商女不知亡国恨,隔江犹唱后庭花"收束,六朝旧事已经过去了,眼前只有寒烟衰草而已。可是,现在的统治者仍然征歌逐舞,纵情声色,歌女仍然唱着《玉树后庭花》这种亡国的靡靡之音。《玉树后庭花》今存两句:"璧月夜夜满,琼树朝朝新。"而《隋书·五行志》:"玉树后庭花,花开不复久。"乃唐人附会之词。整个下片,从六朝写到北宋,一气呵成,委婉曲折,唱叹有情。

据说写金陵怀古,调寄《桂枝香》者三十余家,安石此首斯为绝

242

唱。苏东坡见之,叹曰:"此老野狐精也!"因为作者立意高远,不只是站在文学家的角度去描写金陵,而是站在政治家的角度以词议政,慨叹六朝更迭之快的原因,指陈北宋现实,因而不同凡响,独具雄健一格。

苏 轼

水 调 歌 头

明月几时有?把酒问青天[1]。我欲乘风归去,又恐琼楼玉宇[2],高处不胜寒[3]。起舞弄清影,何似在人间？　转朱阁[4],低绮户[5],照无眠。不应有恨,何事长向别时圆？人有悲欢离合,月有阴晴圆缺,此事古难全。但愿人长久,千里共婵娟[6]。

【注释】

[1]把酒:端起酒杯。[2]琼楼玉宇:指月宫中华美的宫殿。琼,美玉。宇,屋宇。[3]不胜:经受不住。[4]朱阁:红色的楼阁。[5]绮户:华美的门帘。绮:丝绸织品。户,门。[6]婵娟:形容美好的样子,这里指月光。许浑《怀江南同志》:"惟应洞庭月,万里共婵娟。"

水调歌头,相传隋炀帝修运河幸江都,作大曲《水调》《河传》。凡大曲都有歌头,即歌曲的序幕,后裁取歌头另倚新声,成为词调。

作者词前有一小序云:"丙辰中秋,欢饮达旦,大醉,作此篇,兼怀子由。"可见此词是咏月以怀人。熙宁变法期间,苏轼由于反对王安石行新法,未起作用,为了远祸,请求外任,出为杭州通判。王安石第一次罢相后,才升任密州知州。而弟弟苏辙,为齐州掌书记,兄弟俩已经七年没见面了。所以词人在这中秋之夜,写下这首词怀念弟弟。

上片写把酒问月所产生的奇思遐想。起始以屈原《天问》式地问天:"明月几时有?"这一问,破空而来,比李白"青天有月来几时,我今停杯一问之"更急迫。这一问,好像在追溯明月的起源,又好像在惊叹大自然造化的精妙。郑文焯说:"发端从太白仙心脱化,顿成奇逸之气。"(《手批东坡乐府》)于是接着发问:"不知天上宫阙,今夕是何年?"这一问,表明诗人不满局促的现实,而向往广阔的天庭的豪爽性格。词人想象今晚的月宫一定是一个比地上更加美好的夜晚,所以月儿才这样的圆,这样的明,这样的美。于是激起了他奔月的想法:"我欲乘风归去。"归去,他认为他同诗仙李白一样都是从天上下凡的,所以想归去摆脱人间的苦恼。然而他又踌躇起来,那"琼楼玉宇"的月宫,那么的高,必然很冷,身体大概经受不住吧,虽然有嫦娥仙子"起舞弄清影",但"何似在人间",哪里比得上人间好呢? 这个"似"字,不是"像"的意思,在古人那里,有比较的意味,所以东坡的意思是,若论天上,倒不知比起人间来又如何呢? 这几句新奇的想象,充分表现了他在饱经政治风波后"出世"与"入世"的矛盾情怀。他既有飘然若仙的超旷气质,又有执著人生、热爱生活的现实态度。一个"我欲",一个"又恐",一个"何似",大开大阖,气势恢宏,充分表达了词人情感的波澜起伏。

下片怀念弟弟子由。他和弟弟苏辙不管是在政治上还是生活上从来都是患难与共,手足情深。苏辙在《超然台记》中说:"子瞻通判余杭,三年不得代。以辙之在济南也,求为东州守,既得请高密。五月乃有移知密州之命。"可见苏轼抛却山水秀美的杭州知州改知北方密州,完全是为了兄弟之情。可是到了密州,仍然"离别亦何久,七度过中秋"(苏辙《水调歌头》),未能见面。又至中秋佳节,怎不令多情的词人兴起怀念之情呢? 首三句,写月光转过了红色的楼

244

阁,斜照进了纱窗,照着无眠的词人。"转"、"低"、"照"三个动词既写出了时间的推移,又用拟人手法,赋予月光以感情色彩。所以下面一问:"不应有恨,何事长向别时圆?"月儿呀,你不该有什么憾事吧,为什么老是在别人分离的时候来圆呢?你是在同情我呢,还是在笑话我呢?此时词人陷入了极度的苦闷之中。但苏轼是旷达的,他往往能在自我心中泯灭矛盾,化解苦闷。于是他立刻想到"人有悲欢离合"正如"月有阴晴圆缺"一样,任何事物都不可能永远完美无缺,这是自然发展的规律,也是社会发展的规律。那么,自己又何必为弟兄的不能团聚而忧伤呢?于是他最后祝愿:"但愿人长久,千里共婵娟。"我们兄弟俩彼此各自珍重,让我们共享今夜的月光吧!"但愿人长久",打破了时间界限,"千里共婵娟",开通了地域的阻隔,自慰与共勉结合,把词推向极高的境界。

苏 轼

念奴娇·赤壁怀古

大江东去,浪淘尽千古风流人物[1],故垒西边[2],人道是,三国周郎赤壁[3]。乱石穿空,惊涛拍岸,卷起千堆雪。江山如画,一时多少豪杰。 遥想公瑾当年,小乔初嫁了[4],羽扇纶(guān)巾[5],雄姿英发[6],谈笑间,樯橹灰飞烟灭[7]。故国神游[8],多情应笑我[9],早生华发[10]。人生如梦,一樽还酹(lèi)江月[11]。

【注释】

[1] 风流人物:指杰出的人物。风流,流风余韵。[2]故垒:旧营垒。垒,古时军营四周筑的墙壁。[3]周郎:周瑜,字公瑾,三国时吴国著名将领。东汉建安三年(198年)被孙策授为建威中郎将,"时年二十四,吴中皆呼为周郎。"(《三国志·吴志·周瑜传》)赤壁:作者所写的赤壁在今湖北黄冈市西北,又名赤壁山,

念奴娇，词牌名。唐元稹《连昌宫词》有"力士传呼觅念奴，念奴潜伴诸郎宿"的句子，调名"念奴娇"本此。苏轼被贬黄州，于北宋元丰五年（1082 年）夏天的一晚夜游赤壁，写下了这首著名的豪放词。

上片描绘赤壁景色，赞美江山之胜。开篇两句大处着笔，昂首天外，放眼千秋，写尽长江气势，为赤壁衬景，为怀古铺垫。然后下来面中抓点，把赤壁从大江中拈出，把周郎从风流人物中拈出，于是就写出了怀古的时代、地点、人物。"人道是"三字，表示这儿的赤壁古战场仅是传闻而已，聊以借景抒怀古之情。"乱石"三句，大笔淋漓，正面描写赤壁江山景色，"穿空"极言山之高，"拍岸"极言江水之猛，"千堆雪"极言浪花之白。三句从形、声、色三方面描绘出一幅壮丽雄伟的山川图，这就是当年龙争虎斗的赤壁古战场。在这里，词人用了夸张手法，范成大《吴船录》说："赤壁，小赤土山也，未见所谓'乱石穿空'及'蒙茸巉岩'之境。东坡词、赋微夸焉。"可见词人是以豪放之笔美其人而奇其地。然后"江山如画"收拢，"一时多少豪杰"勾下。一收一放，举重若轻，人杰地灵，自然引出思古之幽情。

下片追慕赤壁英雄的功业，抒发自己的感慨。开始承"豪杰"而言，拈出周瑜，着重写他风流俊雅，年轻有为。二十四岁，任建威中郎将，插进小乔，为英雄刷色，增加情趣，英雄美人，家庭幸福。而"羽扇纶巾"两句，又写他的外貌装束及内在精神，一派儒将风度。这么大一场战斗，他指挥若定，从容不迫，风度潇洒，这是写他的军事功业，极尽赞美企羡之情。接着下来一反跌，说我苏轼神游故国，

下有赤壁矶。[4]小乔：周瑜妻，周瑜从孙策攻皖，时得乔公两女，皆国色，策自纳大乔，瑜纳小乔。[5]羽扇纶巾：古代儒将的装束。羽扇，以长羽毛做的扇子。纶巾，黑色的丝制头巾。[6]英发：识见卓异。[7]樯橹：船的代称。樯，桅杆。橹，船桨。[8]故国神游：神游故国。故国，指赤壁。[9]多情应笑我：应笑我多情。[10]华发：花白的头发。华，同"花"。[11]樽：酒器。酹：以酒洒地，表示祭奠。

245

246

遇见周郎，他会笑我太多情了，以致头发都花白了。这是借古人以自嘲。当年词人四十七岁，却落得戴罪黄州，壮志未酬，哪里能够像周瑜那样年少有为，三十多岁就成为历史风云人物。对比之下，怎么不令人感慨万端呢？然而词人却能以顺处逆，故最后以酒浇愁作结："人生如梦，一樽还酹江月。"历史是一场梦，现实也是一场梦，都是过眼烟云，还是端起酒杯，先敬江上的明月，然后再自己痛饮吧。最后落到"月"上，点明夜游，回应开篇，余味无穷。可以说是历经磨难而笑对人生。

这首词气象恢宏，雄放杰出，在当时就起到了"指出向上一路，新天下耳目，弄笔者始知自振"（王灼《碧鸡漫志》）的振聋发聩的作用。

苏 轼

江城子·密州出猎

老夫聊发少年狂[1]，左牵黄[2]，右擎苍[3]。锦帽貂裘[4]，千骑(jì)卷平冈[5]。为报倾城随太守[6]，亲射虎，看孙郎[7]。　　酒酣胸胆尚开张[8]，鬓微霜[9]，又何妨？持节云中[10]，何日遣冯唐[11]？会挽雕弓如满月[12]，西北望，射天狼[13]。

【注释】
[1]聊：姑且。[2]黄：黄狗，猎犬。[3]苍：苍鹰，猎鹰。[4]锦帽：锦蒙帽。貂裘：貂皮制的皮衣。[5]千骑：形容随从人马之多。骑，一人一马为一骑。[6]为报：为了酬报。太守：一州的地方长官，秦汉时叫太守，宋时叫知州，这里用的古称。[7]孙郎：孙权。孙权射虎，见《三国志·吴志·孙权传》："建安二十三年十月，权将入吴，亲乘马射虎于庱亭。

江城子，词牌名。首见五代韦庄所作。北宋熙宁八年（1075年）十月，苏轼在密州祭常山回，与同官会猎于铁沟附近，作此词以抒豪迈的爱国情怀。

上片写出猎情景，起句说，我虽然是一介老夫，但也姑且学着少年，发一回狂，左手牵着猎犬，右臂托着苍鹰，驰骋猎场。一个"狂"字，统摄全词精神，表示雄心不减当年。"锦帽貂裘"，牵犬托鹰，见出武人装束，围猎气氛，十分浓重。而"千骑卷平冈"，写出猎队随行的阵势和乘马飞驰的武勇情况。"为报"二句，是说为我通知官员武士都随我出城打猎，看我像孙郎一样大显不凡身手。此次出猎，不仅随从千骑，而且倾城百姓都出来观看太守打猎的壮举，这一则是作者勤政爱民，深得百姓拥护，二则太守是一文官，弃文从武，有练兵讨敌之意，谁不为之助兴呢？因此，百姓倾城，使太守深为感动，决心像古代孙权一样，亲自射杀猛虎，以酬答百姓的好意，显示自己不凡的身手，虽然年老，仍然英武有为。

下片抒发自己安边卫国的爱国情。首三句说，我酒意正浓，心高胆壮，即使添了几根白发，又有什么关系呢？下来又用《汉书·冯唐传》典故，希望朝廷派遣使者奉符命来起用自己，把边事委托他，立功边陲。结尾三句更直抒豪壮，点明词旨。说如果能够这样，自己将拉开雕弓如满月，箭矢射向那西北主侵略的天狼星。"天狼"，星名，古代用以代贪馋掠夺，这里指辽和西夏。

这首词具有阳刚之美，是作者创作的第一首豪放词。在题材内

马为虎所伤，权投以双戟，虎却废。"[8]开张：豪壮。[9]鬓微霜：鬓角的头发开始出现白发。[10]持节云中：拿着符节到云中郡（今内蒙托托县一带地区）。[11]冯唐：西汉文帝、景帝、武帝时人。文帝时，魏尚为云中太守，因虚报杀敌数字6个，获罪，冯唐向文帝陈述魏尚阻击匈奴有功，不应因此办罪，文帝便派冯唐持节去云中赦免，恢复其云中太守职务。[12]会：定要。[13]天狼：星名，主侵掠。这里借指西夏。

248

容上，进一步发展了范仲淹的边塞词，开南宋抗战词先河；在表现手法上，塑造激昂慷慨的志士形象，粗犷豪放，对后来辛派词人影响甚大。

秦 观

鹊 桥 仙

纤云弄巧[1]，飞星传恨[2]。银汉迢迢暗度[3]。金风玉露一相逢[4]，便胜却人间无数[5]。　　柔情似水，佳期如梦，忍顾鹊桥归路[6]！两情若是久长时，又岂在朝朝暮暮？

【注释】

[1]纤云弄巧：纤薄的云彩弄出许多细小的花样。[2]飞星传恨：织女星组成梭形的几颗星星如流星般闪烁传达织女的恨意。[3]银汉：银河。[4]金风：秋风。秋天在五行中属金，故秋风又曰金风。玉露：秋露。玉，形容其白。李商隐《辛未七夕》："恐是仙家好别离，故教迢递作佳期。由来碧落银河畔，可要金风玉露时。"[5]胜却人间无数：赵璜《七夕》："莫嫌天上稀相见，犹胜人间去不回。"[6]忍顾：怎能忍心回顾。鹊桥：传说喜鹊在天河上搭成的长桥。

秦观（1049年~1100年），字少游，一字太虚，号淮海居士，扬州高邮人（今属江苏）。宋神宗年间进士，苏轼推荐入朝任秘书省正字，后迁国史院编修。因与苏轼交往甚厚，被视为"旧党"。"新党"执政，先后被贬杭州、郴州、横州等地。遇赦，还，死于滕州。秦观诗词俱佳，与苏轼合称"苏秦"，与黄庭坚合称"秦黄"。其词"花边酒下，一往情深"，为婉约大家。有《淮海词》。

鹊桥仙，欧阳修词中有"鹊迎桥路接天津"句，后取以为词调名。牛郎织女的爱情故事,在汉代已经流传,汉应劭《风俗通》:"织女七夕当渡河,使鹊为桥。相传七日鹊首无故皆髡,因为梁以渡织女故也。"后人以这些传说入诗词,基调不出愁苦哀怨,离愁别恨。此词也写牛郎织女的传说故事,虽带愁情,却一反俗套,立意新颖,境界高绝。

词以少妇七夕乞巧所见所思写起,描写天上仙人爱情,是从地上观察中写出。你看,那天河周围纤纤云彩是织女的巧手所织,可她却不能与所爱的人朝夕相处,受到长河的阻隔,这是何等的憾事。"弄巧",有向牛郎献爱之意。那来回穿梭的飞梭,似乎也在传达她的恨意。一个"飞"字,写出织女星座那四颗较暗的梭子型的小星闪烁不定。"传恨",表现织女急欲与牛郎相会的迫切情状。巧者有恨,能者心切,她更能得到人们的同情。果然,她的愁情恨意得到了天上小精灵的同情和帮助,它们搭鹊桥使他们相会。"暗渡",表明有无限的阻力。"金风"两句是词人借少妇进行议论,立意新,境界高。说在这秋风习习,白露降临之时,他们终于相逢,他们相会不敢张扬,因此没有仪仗,没有侍从,没有张灯结彩,他们的爱情超过人间朝夕相处。

下片悬想牛郎织女七夕相会,难舍难分,认为两情久长与否并不在于朝暮相处。"柔情似水,佳期如梦",写缠绵爱情,一刻千金,转瞬分手。末点题,异峰突起,说爱情如果坚贞不渝,那又何在乎朝朝暮暮聚在一起呢?人生有限,人情有变,即使朝暮相处,也不免有乖违离异以至长别的事。因此,真情相爱,即使短暂,也胜过"在天愿作比翼鸟,在地愿作连理枝"的平庸的爱情。最后两句是点睛之笔,使词升华到新的高度。

250

李清照

声声慢

　　寻寻觅觅[1]，冷冷清清，凄凄惨惨戚戚[2]。乍暖还寒时候[3]，最难将息[4]。三杯两盏淡酒，怎敌他晓来风急。雁过也，却是旧时相识。　　满地黄花堆积[5]，憔悴损[6]，有谁堪摘。守着窗儿独自、怎生得黑[7]。梧桐更兼细雨，到黄昏、点点滴滴。这次第[8]，怎一个愁字了得[9]！

【注释】
[1]寻寻觅觅：若有所失，四顾张望的样子。[2]戚戚：哀伤的样子。[3]乍暖还寒：忽暖忽寒。乍，忽然。[4]将息：休息，调养。[5]黄花：菊花。[6]损：语尾程度副词，有"很"的意思。[7]怎生得黑：怎么能够熬到天黑。生，语助词。[8]次第：张相《诗词曲语汇释》："次第，状况之辞，犹云状态也；规模或规矩也；光景或情形也。"这里指光景、情形。[9]了得：了结。

　　声声慢，词牌名。首见于北宋晁补之词。慢，慢词，长调。李清照在她的《金石录后序》中说，丈夫赵明诚死后，"葬毕，顾四维，无所之。……余又大病，仅存喘息，事势日迫"。这时她流落临安，孤身一人，四顾茫然，国破家亡，在一个秋日，她写下了这首词表现她从朝到暮的心境。

　　起始三句，连用十四个叠字，写她那寂苦凄凉的心境，为全词打下感情基调。今人傅庚生说："此十四字之妙，妙在叠字，一也；妙在层次，二也；妙在曲尽思妇之情，三也。"丈夫的去世，她心未信其真，于是寻了又寻。寻之未见，而心仍未信其去，觅了又觅。觅者，寻而又细察之也。觅之未得，始信真去。渐觉居室冷冷的。"冷冷"，外部感觉。接着心情凉凉的。"清清"，内部感受。冷清渐凝于心而不堪忍受,故终以"凄凄惨惨戚戚",肠痛心碎,伏枕而泣。这样步步写来,由浅入深,由行动而感受,由外部气氛而内部心境,宋人张端义称之为"此乃公孙大娘舞剑手",说"本朝非无能文之士,未曾有一个下十四叠字者,俱无斧凿痕"(《贵耳集》)。这已经说明它的开创性。而且这十四叠字,还具有音乐声调美。凄、惨、戚构成双声叠韵,而且纯是齿音和舌尖音,以咬啮叮咛口吻表达忧郁恍惚之情,故读来急促激越,声情相应。李钶称之为"真如大珠小珠落玉盘也"(《词苑丛谈》)。这十四个字,表现了故国,故人,当时,而今,影事重重,不堪回首的一种沉重悲痛心理。

十四叠字以下,就使用赋体进行写景和抒情。"乍暖还寒时候,最难将息。"这是写秋日清晨的天气和感受,但不是一般人的写景和感受,因为其中隐含着深沉的家国之痛。下来就写饮酒以御寒和消愁:"三杯两盏淡酒,怎敌他晓来风急。""晓来",有的版本作"晚来",以"晓来"为好,因为词是写一整天,不是写一晚上。早晨喝酒,称为"扶头卯酒",是古人的饮酒习惯。淡酒敌不过风急,可见愁之深重。在饮酒中,抬头看天,天上一行大雁正飞来南方,词人顿时产生了"旧时相识"的联想。过去几年,大雁由北而南,词人和丈夫也由北而南,故而"相识"。而今,大雁又由北而南,而我却孤苦一人,鸟尚可一年一度返乡,我却不能,人不如鸟,何其伤怀。继而俯首看地,遍地黄花憔悴,无人爱惜。"憔悴损"三字,一语双关,既惜花,又怜人。"花开堪摘直须摘,莫待无花空摘枝。"自己如此凄寂,哪有心思去赏菊摘菊?下来直书胸臆:"守着窗儿独自,怎生得黑?"写出她度日如年的悲苦心境。最后又拉回到眼前景,写黄昏梧桐雨。好容易挨到黄昏,然而又下起了秋雨,秋雨打在梧桐叶上,好像打在心上,漫漫长夜,更加难熬。秋雨梧桐的意象古人常用来烘托愁情,温庭筠《更漏子》云:"梧桐树,三更雨,不道离人正苦。一叶叶,一声

252

声,空阶滴到明。"结尾总结,大书一个"愁"字。这个"愁",不是一般人的春愁秋恨,也不是士大夫阶层的闲愁,而是凝聚着家国之恨的血泪之愁。结尾这一"愁"字,力量千钧。

总之,这首词虽属婉约,但兼豪放之气,虽是写她孤居临安的种种不幸而产生的深沉悲秋,但这不仅是她的个人悲剧,而是国家的悲剧,时代的悲剧,因而具有比较深广的社会意义。

在写作上,这是一首慢词,词人采用了铺叙白描手法,选取具有典型意义的意象,如萧瑟的秋风,南飞的征雁,憔悴的菊花,秋雨中的桐叶,然后融情于景,极力渲染一个愁字,是苦难时代的灵魂绝唱,自然深厚感人。

辛弃疾

破阵子

醉里挑灯看剑[1],梦回吹角连营[2]。八百里分麾下炙(zhì)[3],五十弦翻塞外声[4],沙场秋点兵[5]!马作的卢飞快[6],弓如霹雳弦惊[7]。了却君王天下事[8],赢得生前身后名,可怜白发生。

【注释】

[1]挑灯:把油灯拨亮。[2]梦回:梦中回到。吹角连营:连营吹角,一座连一座的军营都吹响了号角。[3]八百里:指牛。《晋书》载,王颛有牛名八百里驳,常莹其蹄角,王济与王颛赌射得胜。命左右探牛心作炙。麾下:军旗下。炙:烤肉。[4]五十弦:指瑟。李商隐:"锦瑟无端五十弦。"翻:演奏。塞外声:指雄壮悲凉的军歌。[5]沙场:战场。点兵:检阅军队。[6]的卢:一种烈性的骏马名。据说刘备有骏马的卢,在荆州

辛弃疾(1140年~1207年),字幼安,号稼轩。历城(今山东济南市)人。父亲虽不得已降金,但心怀故国,经常教育他要报"君父不共戴天之仇"。二十一岁,在家乡组织一支义军,次年,率军参加耿京农民义军,被任命为掌书记。后来奉命到建康联系共同抗金,北回途中,耿京被张安国杀害投金,辛弃疾率五十人突入济州城,活捉叛徒,送回建康,斩首示众。被朝廷任命为江阴金判。他多次上书朝廷,陈述抗金主张和计划。均未被采纳,却让他去处理地方财政和地方治安问题,先后任建康通判、司农主簿、滁州知州、仓都郎官以及湖北、湖南、江西等地安抚使。四十二岁遭弹劾,到江西上饶自建稼轩闲居长达十八年之久。有《稼轩词》,其中大量是爱国词,悲歌慷慨,横绝六合,扫空万古。后期所写的大量农村词也清新活泼,从另一个侧面反映了他的爱国感情。

破阵子,唐玄宗教坊曲名,出自《破阵乐》,后用为词调名。从词的副标题可以看出这是词人寄给陈同甫的一首词。陈同甫,名亮,字同甫,是辛弃疾志同道合的好友,他俩一同讨论抗金,一起研究学术。但却一生不得志,死前一年才状元及第。淳熙十五年(1188年),他俩在江西鹅湖商量恢复大计,但却无法实现。这首词就是写在这次约会的前后。

词描写作者梦中的一次盛大的阅兵场面,想象中的抗金生活。开始四句,"挑灯",点明时间是夜晚。"看剑",表明词人的雄心。"梦回",梦中回到,听见号角声,"吹角连营"说明军容的肃整威严。"麾下分炙"写见,"八百里",一指牛,一指地域,一语双关,既表明饮宴,又表明军容阵势,士兵的昂扬激情。第五句则点事,秋天早晨点兵。场面异常壮观,将军豪情满怀。

受厄,的卢马载着他一跃三丈,越过檀溪,载刘备脱险。(《三国志·蜀志·先主传》引《世说》)[7]霹雳:一种惊雷声。[8]了却:完成。天下事:指收复中原,统一国家的大业。

253

254

下阕开始用一对偶句继续描写练兵的紧张热烈场面。战马都是如的卢马一样飞驰,弓箭射出发出霹雳般的响声。"作"和"如"互文,即"如"的意思。八九句一结,写练兵的目的,完成国家统一大业,建立个人功勋。表现词人大功告成,意气昂扬。

前九句写梦中,是壮词,最后一句写梦醒,却悲凉,故词风是悲壮而不是雄壮。"可怜白发生",感慨"廉颇老矣",抒发悲愤情怀。时词人五十四岁,陈亮也五十一岁了。陈亮被朝野目为"狂野",他多次向孝宗上书陈述国策,但孝宗派人找他做官,他却跳墙逃走,然而又几次去考进士,居然考了个进士第一。可见陈亮不想以上书言事来博取功名,但实现宏愿却不得不凭借功名。所以"了却君王天下事"既是寄希望于陈亮,又是自勉,然而年过半百,壮志难申,怎不令人悲怆欲绝?

这首词虽然写的是梦,然而境界阔大,感情豪壮,再现了昔日飒爽英姿的作者抗金形象,真是"金戈铁马,气吞万里如虎"啊。虽然最后由极雄壮转为极消沉愤激,但这潜气内转,摧刚为柔的大起大落,这正是典型的"大声镗嗒,小声铿訇"的沉雄悲壮的阳刚美,正是词的感人力量之所在。

辛 弃 疾

永 遇 乐

千古江山,英雄无觅孙仲谋处[1]。舞榭歌台[2],风流总被风吹雨打去[3]。斜阳草树,寻常巷陌[4],人道寄奴曾住[5]。

【注释】

[1]英雄无觅:无觅英雄。孙仲谋:孙权,字仲谋。三国时吴国君主,曾在京口建都。[2]舞榭歌台:供歌舞之用的楼台。榭,高台上的建筑物。[3]风流:英

想当年金戈铁马[6]，气吞万里如虎。

元嘉草草[7]，封狼居胥[8]，赢得仓皇北顾[8]。四十三年，望中犹记，烽火扬州路[9]。可堪回首[10]，佛狸祠下[11]，一片神鸦社鼓[12]。凭谁问，廉颇老矣尚能饭否[13]！

永遇乐，词牌名。此为仄韵，始见于北宋柳永词。宋宁宗嘉泰年间，权臣韩侂胄看见蒙古崛起，金国势衰，想借机北伐以巩固自己的权势，于是起用闲置江西农村的主战派辛弃疾为绍兴知府兼浙东安抚使，接着又调任镇江知府。镇江是抗战前线，一水横陈，连岗三面，形势险要，可是辛弃疾到了镇江，看见战备不修，市井萧条，想到韩侂胄不是真心抗战，恢复故土，想到当时竟然没有一个能够保住偏安南方半壁江山的英雄人物，于是登上北固亭，怀古兴叹，写下了这首著名的爱国词。北固亭在京口北固山上。京口即今江苏镇江市。

词以怀古为序，感今为目的。上阕"意在恢复，故追述孙、刘"（宋翔凤《乐府余

雄人物的流风余韵。[4]寻常巷陌：普通的街巷。[5]寄奴：南朝宋武帝刘裕的小名。刘裕出生于京口，并从这里出兵北伐。[6]铁马：身披铁甲的战马。[7]元嘉：宋文帝刘义隆(424年~453年)的年号。草草：轻率马虎。[8]封狼居胥：《史记·霍去病传》载，霍去病曾追击匈奴单于至狼居胥山(在今内蒙古自治区西北部）封山而还。[8]仓皇北顾：惊恐地回头北望。[9]扬州路：指淮南东路，其治所在扬州。[10]可堪：不堪。[11]佛狸祠：北魏太武帝拓跋焘率军追击王玄谟至长江北岸的瓜步山，在山上建行宫，后来称为佛狸祠，佛狸为拓跋焘小名。[12]神鸦：在庙里吃供品的乌鸦。社鼓：祭神时的击鼓声。[13]廉颇：战国时赵国名将。《史记·廉颇蔺相如列传》载，廉颇晚年被黜奔魏，赵国因数困于秦兵，思复得廉颇，廉颇亦思复用于赵。赵王派使者视廉颇尚可用否，廉颇之仇郭开，多与使者金，令毁之。使者见廉颇，廉颇为之一饭斗米，肉十斤，披甲上马，以示尚可用。使者还，报赵王曰："廉将军虽老，尚善饭；然与臣坐，三遗矢(屎)矣。"赵王以为老，遂不诏。

论》)。先写孙权,再写刘裕,"江山"前贯以"千古",就把我们带入历史兴亡长河的回忆之中。孙权据守江东,与雄踞北方的曹操和占据西南的刘备抗衡,而刘裕占据南方,还曾率师北伐,克复洛阳和长安,这些英雄人物的流风余韵,都已衰歇消沉。这几句基调豪迈、悲壮,然而感慨又缠绵、曲折。接着过片一结,语气转为高亢激越。孙权、刘裕,虽无秦皇、汉武的雄才,唐宗、宋祖的大略,统一天下,但却能据守江南,称雄一方。这与当今朝廷苟安而不可得相比,降格以求,尚不失为英雄。词人对孙、刘歌颂越甚,则对"时无英雄"的感慨越深。词由地而写到人,吊古而伤今,吊古之意明写,伤今之意则见于言外。

下阕意在警世。起始三句用典,感慨宋文帝,意在警告宋宁宗、韩侂胄等人应记取历史教训,免蹈历史覆辙。宋文帝刘义隆在元嘉二十七年(450 年),听信"不足与谋"的"白面书生"王玄谟的大言,"有封狼居胥意"(《宋书·王玄谟传》),草草出兵北伐,和北魏开战,想和霍去病一样追匈奴至狼居胥,封山而还,结果招致惨败。又据《宋书·索虏传》,元嘉八年(431 年),刘义隆因滑台失陷,曾作诗道:"惆怅惧迁逝,北顾涕交流。"作者融典入典,言简意赅。"草草"二字,含蓄而气挟风霜,既击中了历史的要害,又击中了现实的要害。辛弃疾对待抗金,既坚决,又持重。他一到镇江,一面注意设防,派人到对面观察敌情,一面又深忧"朝廷有其意而未有其事",主张要做充分的准备。他曾向皇帝陈明己见,但皇帝不予采纳,而且很快撤销了他镇江知府的职务。离职次年,韩侂胄进行了所谓的"开禧北伐",招致一场"仓皇北顾"的败局,"无一而非辛弃疾言于二年之先者"。所以这下片开始三句表现了作者见识之高,谋国之深,以及悲愤之大。下来作者又用自己四十三年前耿京派他南下与朝廷联系,路过扬州。一年前,即绍兴三十一年(1161 年)金人渡淮侵宋,金主完颜亮率兵攻占扬州,使扬州遭受战火。并到瓜洲望江亭,指顾江山之胜,对部下说:"朕不久入浙,誓不返国。"因改其亭为"不归亭"。幸好金廷内讧,金主完颜亮被杀,又遭到宋将虞允文等的抵抗,南宋始得稍安。如果这次韩侂胄再战败,敌人势必再次"烽火扬州路"。这几句貌似平淡,实则包含无穷的悲愤,无尽的血泪。所以作者警告统治者,不要忘记当年"烽火扬州路"的惨痛教训。下面再回到现实,看看长江对面的佛狸祠,人们正在迎神赛会,民族意识早已淡化。佛狸是北魏太武帝拓跋焘的小字,他追击宋军,直至镇江西北面的瓜步山,并在那儿建行宫,立祠庙。而今人们竟然在那里击鼓祭社,引来一片啄食的乌鸦。面对这种现实,草草北伐,怎么不败?现实刺痛作者,深彻肺腑。结尾三句,以老将廉颇自喻,书写自己身老、头白,报国无门的遭遇和悲愤,说自己年纪虽老,但雄心犹在,还能为国杀敌立功,但朝廷怎能了解我的一片忠心而加以重用呢?用笔婉曲,在无限感慨中结束全曲。

姜 夔

扬 州 慢

　　淮左名都[1],竹西佳处[2],解鞍少驻初程[3]。过春风十里[4],尽荠(jì)麦青青[5]。自胡马窥江去后[6],废池乔木,犹厌言兵[7]。渐黄昏,清角吹寒[8],都在空城。　　杜郎俊赏[9],算而今[10],重到须惊。纵豆蔻词工[11],青楼梦好[12],

【注释】

[1]淮左:宋时淮南东路称为淮左,扬州是其治所。[2]竹西:竹西亭,在扬州城东禅智寺侧,环境清幽。[3]初程:第一站路。[4]春风十里:杜牧《赠别》:"春风十里扬州路,卷上珠帘总不如。"[5]荠麦:荠菜和麦苗。[6]胡马窥江:胡人战马窥视长江,指宋高宗建炎

258

难赋深情。二十四桥仍在[13]，波心荡冷月无声。念桥边红药[14]，年年知为谁生？

三年(1129年)和绍兴三十一年(1161年)，金兵两度南侵，扬州都惨遭破坏。[7]犹厌言兵：还不愿意谈起战争。[8]清角吹寒：凄清的号角声带来阵阵寒意。[9]杜郎：指杜牧。俊赏：对景物有很高的鉴赏审美能力。[10]算：料想。[11]豆蔻词工：指杜牧所写的《赠别》诗，诗中有"娉娉袅袅十三余，豆蔻梢头二月初"之句。工，工整。[12]青楼梦好：指杜牧所写《遣怀》诗，诗中有"十年一觉扬州梦，赢得青楼薄幸名"之句。好，美好。[13]二十四桥：一说"即吴家桥，一名红药桥"。(《扬州画舫录》)一说唐时扬州有二十四座桥，宋时已不全存。(《梦溪笔谈·补笔谈》)[14]红药：即芍药花。

　　姜夔(1155年？~1221年？)，字尧章，自号白石道人。饶州鄱阳(今属江西)人。早岁孤贫，即有文名，而屡试不第，一生不曾做官，转徙江湖，往来仕宦之家，过着清客生活。他有潇洒自由的性格和清高雅洁的人品，近于隐逸，但不是隐士，虽无功名，但却和名人、权贵交往唱和。他是一位纯粹的文学家，是封建时代高人名士的典型。音乐、诗词、书法兼擅，而尤以词著称。有《白石道人歌曲集》，风格清空，如野云孤鹤，去留无迹。

　　扬州慢，词牌名，姜夔的自度曲。这首词题下有小序云："淳熙丙申至日，予过维扬，夜雪初霁，荠麦弥望。入其城，则四顾萧条，寒水自碧，暮色渐起，号角悲吟。予怀怆然，感慨今昔，因自度此曲。千岩老人以为有黍离之悲也。"小序最后一句是后来补上的，因为作者时年二十二岁，三十岁始与萧德藻交往。

　　淳熙三年(1176年)，这年冬至，不知为何事，作者曾去扬州。扬州，建炎三年(1129年)，金人南下曾焚掠一空。绍兴三十一年(1161年)，金主完颜亮又大举南侵，再次掳掠扬州。词人此次去扬州，仅隔第二次遭掳掠十五年，看见扬州断井残垣，破碎不堪，追怀丧乱，感慨今昔,写下了这首名作。

上片写扬州在兵灾之后的萧条景象,首三句写他旅程的目的是驻马暂停,以观赏古城风貌。据史载,城东禅智寺侧有个竹西亭,环境清幽,杜牧曾写诗云:"暮霭生深树,斜阳下小楼。谁知竹西路,歌吹是扬州。"(《题扬州禅智寺》)可见其歌吹沸天,热闹无比。这三句是从历史写起,以古诗烘托,以想象中的繁华反衬现实中的衰败。下来五句,今昔对比,过去是"春风十里扬州路",而今却是"荠麦青青",原因何在?"胡马窥江"就是答案。"废池",蹂躏之深,"乔木",寄托故国之恋。而"犹厌言兵"是用拟人手法把作者主观感情渗透在客观景物之中。"渐黄昏,清角吹寒",写出夜间更为沉寂凄凉,以声写静。"都在空城"四字,陈廷焯说是"包括无限伤乱语,他人累千百言,亦无此韵味"(《白雨斋词话》)。因为一个"空"字,有极其强烈的感情色彩。总之,上片写扬州今昔对比,"荠麦青青"四字,使人自然联想到《诗经》"彼黍离离",而"乔木"又增加了青山故国的追念之情,故说有"黍离之悲"。

下片直抒黍离之悲。但词人不是从自己角度去抒写,而是借助杜牧在扬州的史事和杜牧歌颂扬州的作品来反衬自己"难赋"的"深情"。这样,就达到了词人所追求的化实为虚的"清空"境界,而化用前人诗句,又显得十分含蓄典雅。杜牧应牛僧孺之邀,曾在扬州住了两年,风流倜傥,生活优游,写了不少赞美扬州风物的诗和艳诗,但词人却说"杜郎俊赏,算而今、重到须惊",俊赏是指有极高的审美能力和写作技巧,即使杜牧写出了"娉娉袅袅十三余,豆蔻梢头二月初,春风十里扬州路,卷上珠帘总不如"以及"落魄江南载酒行,楚腰纤细掌中轻。十年一觉扬州梦,赢得青楼薄幸名"这样优美的诗篇,也难以书写我今天难受的心情,词人写杜牧,主要在于反衬铺垫自己,"算"字、"纵"字,一先一后的虚拟手法,表达了词人极其沉痛的心情。"二十四桥"四句,借年年花开之景,抒"知为谁生"的悲痛之情。词人仍用杜牧"青山隐隐水迢迢,秋尽江南草木凋,二十四桥明月夜,玉人何处教吹箫"诗句,表达自己的悲痛之情。过去二十四桥何等的热闹,而今却只有波心无声的"冷月",这时桥边本无芍药花开,而词人却联想到纵使来年花开,怕也只是徒增空城的感伤而已。花愈绚烂,人愈哀愁,尽管这时花还未开,但明年花开的命运可知,二十四桥的乱后荒寂可知,由"空城"所引起的"黍离之悲"亦可知。

全词贯穿着黍离之悲,情感真切,含蓄,布局严谨,由少驻之想写到所见之景,由景之荒芜写到造成之因;由眼中所见写到耳中所闻,再写到心中所思,极有层次。词中巧用对比、反衬,化用杜牧诗句而自成其美,显得既清空,又典雅。

〖 第九单元 〗
俗 而 不 俗 是 元 曲

当词由民间走向文人,文人逐步对词用了许多清规戒律加以束缚,即走向格律化,实际宣告词的艺术生命已经走向衰竭。所以南宋以后,再也没有多少人能写出惊世之作了。于是另一种新兴的诗体也在民间潜滋暗长,最后走上诗坛。这就是肇始于唐宋,兴盛于元代的元曲。金元时期,北方民间音乐由于各民族的交融,特别是吸收了女贞、蒙古等少数民族的乐曲,逐步形成了别具特色的北曲,到元代就形成元曲。元曲,包括如一首首诗一样的元散曲和由若干支散曲加宾白和舞台演出的动作提示的"科"组成的元杂剧。前者属于诗歌艺术,后者属于类似于歌剧的戏曲艺术。一支支元曲虽然也属于诗歌,但它似乎处处都要标新立异显示自己不同于诗词的特色。诗词用文言,十分典雅,而元曲却用当时已经消失了入声调的口语、俚语,即白话,显得它是属于俗文学之列。诗词贵含蓄,而元曲贵显露,诗词贵庄重,而元曲则带油滑,以俗为雅,尖新纤巧。诗词长于抒情,多用比兴,而元曲长于叙事,多用赋体。在格律上,诗词很严,元曲则相对宽松一些,特别是在规定的字数外可以在句首和句中任意加添衬字,使句子长短不拘,显得自由活泼。这就是俗而不俗。俗,是指它的语言,不俗,是指它的成就,特别是杂剧的成就远在当时的传统诗文之上,完全可以和唐诗宋词比肩。

俗而不俗是元曲

元曲是有元一代之文学、著名大家,前期主要有关汉卿、马致远、白朴、王实甫等,他们都是戏曲大师,也写散曲,语言浅近活泼本色。后期主要有张可久、张养浩、乔吉、郑德辉等,其中张可久、张养浩只写散曲,已经逐步诗化,语言典雅清丽工巧。乔吉和郑德辉的成就则主要是杂剧。

初学元曲,可读王季思校注《西厢记》,王季思主编《元散曲选注》,王季思主编《元杂剧选》。进一步学习则需阅读隋树森《全元散曲简编》、臧晋叔《元曲选》等。

王 实 甫

西厢记(节选)

【正宫·端正好】[1]碧云天,黄花地[2],西风紧,北雁南飞。晓来谁染霜林醉[3]? 总是离人泪[4]。

【注释】

[1]正宫:宫调名。端正好:曲牌名。[2]黄花:菊花。[3]霜林醉:秋天枫叶经霜变红,好像人喝醉了酒脸色红晕一样。[4]离人:离别的恋人。

王实甫,名德信,大都(今属北京)人,生卒年不详,大概是由金入元的作家。他死后,明初贾仲明为他写了一首《凌波仙》吊词,说明他也是一位熟悉勾栏生活的书会才人,而且很有才华,当时文人都很佩服他。他是元杂剧的代表作家,创作杂剧十四种,今存三种,特别是他的五本二十一折的《西厢记》是"天下夺魁"之作,使他名声大振。

王实甫的杂剧《西厢记》用诗一般的语言,讲述着一个封建时代青年男女争取婚姻自主,要求爱情自由,最后"有情人终成眷属"

的动人故事。故事根据唐代诗人元稹的自传体传奇小说《莺莺传》以及金代民间艺人董解元《西厢记诸宫调》而来。书生张生赴京应试，途中住在普救寺，与南归的贵族小姐崔莺莺一见钟情，产生爱情，但门第观念极重的崔莺莺的母亲老夫人却从中处处作梗，在热心人丫鬟红娘的帮助下，几经波折，终于结成眷属。《西厢记》，全名叫《崔莺莺待月西厢记》。

所选的这一曲，是剧本第四本第三折的第一支曲子，是女主人公崔莺莺所唱。作者化用范仲淹《苏幕遮》"碧云天，黄叶地，秋色连波，波上寒烟翠"词意，描绘出一片萧瑟的秋景，天上愁云惨淡，地上黄菊憔悴，西风飕飕刺骨，大雁呱呱南飞。在她的心目中，简直是风如快刀，霜似利剑，花含悲泪，雁吞哀声。这种景色，不言愁而愁情自见。可以说是景中含情。"晓来"两句使前面的"无我之境"突然化为"有我之境"，霜林似火，这是自然现象，但莺莺却觉得是人"染"而成，红得令人陶醉，而且以问句表现，就是说，她觉得大自然已经异样起来，接着一答，说是我们离人的眼泪染成。可见她离别时已经精神恍惚，也可见她的泪水之多。《董西厢》在这里是这样写的："莫道男儿心似铁，君不见满川红叶，尽是离人眼中血！"句子虽豪壮，却与女性的温柔不协调，王实甫一改，真是化腐朽为神奇，把那种今朝一别，后会何期的心情淋漓尽致地表现出来了。全曲句句是景，只有一"泪"字是情，但这个"泪"字，使所有的景物都闪耀着泪花。真是画龙点睛，一字传神！

这支曲子，如"花间美人"，具有优美的抒情诗的特色，作者把古典诗词的文句和意境熔铸在自己的曲子里，以经过提炼的民间口语为主，适当地融化前人的诗词佳句，从而形成既明白晓畅，又自然流走，既含蓄隽永，又清丽华美的语言风格，使我们受到巨大的艺术震撼。总之，是本色而富有文采，具有浓郁的诗情画意。

马致远

天净沙·秋思

枯藤老树昏鸦，小桥流水人家，古道西风瘦马[1]。夕阳西下，断肠人在天涯[2]。

【注释】
[1]古道：小道，小路。[2]断肠人：形容非常伤心的人。

　　马致远(1250年？~1321年？)，字千里，号东篱，大都(今北京)人。早年不得志，为元贞书会才人。后曾任江浙儒学提举，晚年退出官场，归隐杭州。他是元代著名的戏剧作家，有"曲状元"之称，著有《汉宫秋》等杂剧十五种，今存七种。也是元代散曲的代表作家，风格放逸、清丽。

　　这是一首小令，周德清推为"秋思之祖"(《中原音韵》)，王国维说它"纯似天籁，仿佛唐人绝句"(《宋元戏曲考·元剧之文章》)。也就是说，作者使用了清新自然的语言，描绘了一幅天涯游子羁旅图，而且富有深邃的意境。天净沙，曲牌名，宫调属越调。秋思，秋天的情思。这是小令的题目。

　　首三句是一组元曲特有的鼎足对，把九种名物不用任何关联词语排列在一起，成为意象叠加，描绘出一幅萧条苍凉的秋景。干枯的藤，苍老的树，黄昏的鸦，给人一种穷途末路之感。而突然出现狭窄的小桥，潺潺的流水，远处的人家，这又似乎有一点生气，产生一线希望，可供游子投宿。羊肠古道，刺骨寒风，嶙峋瘦马，游子的一副可怜狼狈相，已经暗示出来。一、三句用深秋意象，表现萧条气氛，中间插入"小桥流水人家"加以对比映衬，形成衰败枯寂环境属我，和平静谧环境属人的对比，产生张力，悲伤消极的情怀与一线希望的闪念交织在一起，使境界透出生气来。九种名物，组成三句，看似板滞，实很灵动，因为重点突出。枯藤、老树，只有在昏鸦栖息之时，才显得败落，昏鸦是重点。小桥、流水，只有有了人家，才显得有生气，人家是重点。古道、西风，也只有瘦马的出现才见其凄凉，瘦马是重点。昏鸦归窠，游子何之？这一对比，情何以堪！

上三句写景，景为人设，于是后二句就写人，勾勒天涯游子的凄惨形象。此时一轮红日冉冉西下，又给前三句的景色抹上一层底色，而这位骑着瘦马的天涯游子在姗姗而行，他是为生活奔波？他是为仕途漂泊？这些余味都留给读者慢慢体味。但有一点，他伤心极了，愁肠欲断。他为何伤心？这也留给读者去思索，这种深意就是前人所说的"意境"。联系马致远所处的时代是在汉人备受压迫，知识分子没有出路的元蒙时代，那么这个游子的孤独苦闷，就是民族的苦闷，时代的苦闷，是具有典型意义的，所以它特别打动人心。

张 养 浩

山坡羊·潼关怀古

峰峦如聚[1]，波涛如怒，山河表里潼关路[2]。望西都[3]，意踟蹰（chíchú）[4]。伤心秦汉经行处[5]，宫阙万间都做了土。兴，百姓苦；亡，百姓苦。

【注释】
[1]聚：聚集，形容群山攒立。[2]山河表里：《左传·僖公二十八年》载，子犯劝晋文公与楚决战，说："山河表里，必无害也。"意谓潼关外有黄河，内有华山，地势险要。表，外。里，内。[3]西都：指长安。东汉都洛阳，称为东都，以长安为西都。[4]踟蹰：联绵词，即踌躇、犹豫、徘徊。[5]经行处：行程所历经之处。

　俗　而　不　俗　是　元　曲

　　张养浩(1269 年~1329 年),字希孟,号云庄,济南历城(今属山东)人。曾任监察御史,因批评时政为权贵所忌,被免官,后复官至礼部尚书,参议中书省事。后辞官归隐,屡召不赴。元天历二年(1329 年),关中大旱,召为陕西行台中丞,办理赈灾,积劳病卒。有《云庄休居自适小乐府》传世。

　　张养浩为政清廉,直言敢谏,愤世嫉俗而辞官归隐。元文宗天历二年(1329 年),关中大旱,复召为陕西行台中丞,前往赈济灾民。在行经潼关时目睹陕西灾情,有感而作,写下九首凭古吊今的小令,这是其中最著名的一首。山坡羊,曲牌名,宫调属中吕宫。潼关,在今陕西潼关县西南,后汉建安中建,下临黄河,内靠华山,扼秦、晋、豫三省要冲,历来为兵家必争之地。

　　首三句,写潼关,从眼前景写起,华山高耸巍峨,群峰攒聚。黄河汹涌奔腾,咆哮怒吼。这就是面山带河的潼关之路。首句写山,次句写河,三句山河合写,极有层次。又“聚”、“怒”二字拟人,表现了华山、黄河的性格,好像它们也有一种不平之气。

　　中间四句抒发怀古之情。西望长安,心意徘徊,这时,诗人陷入了沉思的心境,以引起下文。“伤心秦汉经行处,宫阙万间都做了土。”西京是八代帝王之都,历代统治者苦心经营,在这里建造了许多豪华的宫殿园苑,但那些宫殿却一次又一次地被兵火焚毁。而今又遇大旱,赤地千里,饿殍满地,哀鸿遍野,岂不令人伤心。

　　最后两句,石破天惊!历代王朝兴废相续,兵祸相连,前代灭亡,苦的自然是百姓,但新朝建立,百姓是否好一点呢?否。因为统治者搜刮民脂民膏,奴役百姓,以供其享乐,百姓仍然是苦的。这两个“苦”字,是一个关怀民生的官吏对历代统治者有力的谴责,是对历史本质精湛的概括。据《元史·张养浩传》记载,他“拜陕西行台中丞,既闻命,即散其家之所有与乡里贫乏者。登车就道,遇饿者则赈之,死者则葬之"。"到官四月,未尝家居,止宿公署,夜则褥于天,昼则出赈饥民,终日无懈怠。……遂得疾不起。"只有这样一个系心民瘼,关怀百姓,勤于民事的好官,才写得出这样惊心动魄的句子。一般文人怀古,往往都是抒发一种怀才不遇、羁旅牢愁,跳不出自我的圈子,而张养浩却能超越自我,站在政治历史的高度,概括出至理名言,所以这是元散曲中的一首不可多得的佳作。

这首小令最大的特点就是以诗入曲,把咏史怀古引入曲中,叙事抒情言志,写对社会历史的看法和对民生疾苦的同情。作者把曲作为一种新的抒情诗体来写,具有奔放浩荡的气势。一开始就写得气势雄浑,苍凉沉郁。最后两句,概括出千古兴亡的结局,沉郁而雄浑。让人看了振聋发聩,惊心动魄。

【 第十单元 】
模 唐 仿 宋 明 清 诗

　　元代是蒙古族统治的时代，有艺术天才的作家多致力于戏曲的创作，因此诗歌从数量和质量来看成就都不大。明清时期，中国社会已经步入封建社会后期，统治者加强了君主专制，大兴文字狱，又兴科举八股取士，钳制士人的思想。因此，正统的诗歌已经让位于通俗的戏曲和小说，虽然诗歌创作的作家人数众多，远远超过唐宋，数量更是空前，是唐宋的数倍之多，但质量却不能与唐宋诗词同日而语。其成就既比不上同时的通俗文学，也比不上唐宋时期的诗词。他们缺乏唐宋诗人的艺术创新精神，很少创造出令人耳目一新的新天地，更不见李、杜、苏轼这样的大家。他们往往陷于复古和反复古、宗唐还是宗宋的漩涡之中。不管是明代的前七子，还是后七子，也不管是清初的钱谦益，还是吴伟业，以及其后的王士禛，都缺乏惊世之作。

　　但是，一些反传统的离经叛道的思想也在潜滋暗长，如明代中后期李贽主张"童心"说，以"三袁"为代表的性灵派主张"独抒性灵"，而清代中叶的袁枚更是主张写诗要抒发人的真性情，他们的主张对当时和后世的诗歌创作都有很深的影响。

　　同时一些诗人不满现实的黑暗，他们以诗画表现作家的隐逸心态和孤高性格，元明之际的王冕，清代中叶的郑燮，既是画家，又是诗人，他们的题画诗，往往抒写自己磊落的胸怀，独立的人格。

诗至近代,鸦片战争时期,一批诗人以诗表现鸦片战争前后动乱的社会现实,他们或揭露统治者的腐朽无能,或怒斥帝国主义的侵略,或歌颂人民群众的抗敌斗争。其中以龚自珍成就尤为卓著,其诗呼唤改革,大气磅礴,充满浪漫色彩,开一代新风。其后资产阶级变法时期,诗人中的政治家和思想家,其诗表现出振兴国家,挽救民族危亡的爱国激情。他们提出"诗界革命"的口号,掀起诗歌革新运动,黄遵宪是诗界革命的一面旗帜,梁启超、谭嗣同也写出了许多振奋人心的诗歌。到辛亥革命时期,又有女革命家秋瑾,其爱国诗篇尤为感人。

学习元、明、清诗歌,可阅读沈德潜、周准编《明诗别裁集》,朱东润主编《中国历代文学作品选》下编第二册,郭延礼选编《近代六十家诗选》。

王 冕

墨 梅

我家洗砚池头树[1],个个花开淡墨痕[2]。
不要人夸好颜色,但留清气满乾坤[3]。

【注释】

[1]洗砚池:相传会稽戢山下有洗砚池,为书法大师王羲之洗笔砚的水池。洗砚:洗墨,国画技法的一种,全以墨汁为颜料进行勾勒和皴染。池头:池边。[2]个个:即朵朵。[3]清气:清香之气。乾坤:天地。

王冕(1287年~1359年),字元章,号煮石山农、饭牛翁等,浙江诸暨(今属浙江)人。出身贫苦农民家庭,幼时替人家放牛,有时就在学舍旁边旁听，夜晚到寺庙长明灯下苦读，终于学有所成。后来屡试进士不第，隐居会稽九里山，以种豆、养鱼、卖画为生，自食其力。他能诗会画，尤善墨梅，行笔劲健，生机益然。有《竹斋集》。

墨梅，就是利用深浅浓淡富于变化的墨色勾画出的梅花。这首诗是在他自己所画的一幅墨梅图上所题的诗，这幅题诗的梅花图是赠送给朋友良佐的。

梅花，宋、元以来尤其受文人学士的宠爱，因为它开在冬末初春，和松、竹称为"岁寒三友"，不畏凛冽的寒风，而且有一股淡淡的清香，所谓"梅花香自苦寒来"是也。文人学士爱梅，在梅的身上寄托着一种自甘淡泊，孤高自赏，不媚于世的品格，所以画梅、咏梅成为明清的一种时尚。

此诗首两句点画上的"墨梅"，说我家洗砚池边的梅花树，树上的梅花朵朵都呈现出淡淡的墨痕，于是我就用洗墨的技法写生，画出了池边的梅花树。说"我家"，因为诗人与书圣王羲之同姓，强调"我家"，有家传的自豪感。树上梅花有"淡墨痕"，说明它的天然本性，不是人的矫性所为，那么梅的独立个性就凸显出来了，这就为下面言志作好了铺垫。

梅是用洗墨的技法画的，颜色暗淡，并不浓丽鲜艳，因此并不讨人喜欢，所以第三句一转，他说他画的梅花不是为了让人夸赞颜色多么漂亮。于是第四句顺承，说只是要让它的清香气息弥漫在宇宙之间。后两句写志抒情，既是题画，又是咏梅，既是咏梅，也是自况，表现诗人不取媚于世俗的品格。诗人借梅为喻，在素洁的梅花身上寄寓了他鄙视流俗，贞洁自守的高尚情操。

于 谦

咏 石 灰

千锤万凿出深山,烈火焚烧若等闲[1]。
粉身碎骨浑不怕[2],要留清白在人间。

【注释】
[1]等闲:平常。[2]浑:全。

于谦(1398年~1457年),字廷益,钱塘(今浙江杭州)人。明永乐十九年(1421年)进士,历任御史、巡抚等职,为官清正,有美名。"土木之役"中,英宗被俘,敌军进逼北京,以英宗为要挟,于谦拥立代宗,临危请命,与瓦剌军激战,取得胜利。英宗复辟后,却以"大逆不道,迎立外藩"的罪名将他处死。著有《于忠肃集》。

这是于谦少年言志之作,写于明成祖永乐十二年(1414年),时年16岁。

诗托物言志,既写了生产石灰的过程,又表达了自己的志向。首句写取石,取石在深山之中,经过工人用铁锤打,用钢钎凿,千锤万凿的开采,成为一块块烧石灰的原料,运出深山,以备装窑煅烧。次句写高温煅烧,石灰石装在窑中,经摄氏千度以上的温度焚烧,才成为石灰。三句写入水发泡,石灰烧好,还须放入水中,使其发泡变成粉末,才能使用。诗用三句描绘了制造石灰的全过程,其实蕴含着人的成长过程。不是吗?人从出生到长大,要经过多少锤炼和坎坷,甚至出生入死的考验,才能成材。那么,人对这些历练应该持乐观态度,视之为"等闲",历经各种劫难,哪怕粉身碎骨,也毫不畏惧。这样就把少年诗人顽强的性格,昂扬向上的无所畏惧的精神表

272 现出来了。最后一句点明要把"清白"留在人间,传之后世。石灰的特征就是"清白",为人也要清清白白,如屈原"伏清白以死直兮",周敦颐"出淤泥而不染"。这样,诗人就把他永葆美好人格,尽忠报国的志向表达出来了。

结合诗人身世,诗可以说完全是诗人成长的写照。诗人幼年时"濡首下帷,足不出户"地苦读,累了以冷水浇头,家藏文天祥画像,写词赞扬"殉国忘身,舍生取义,气吞寰宇,诚感天地",并作为案前座右铭,表示要"宁正而死,勿苟而全",以古代民族英雄为楷模,立下了宏大的志向。后来从政,为政清廉,关心民生疾苦。史载他任职江西,释冤囚数百。巡抚河南、山西,遍访父老。为兵部尚书,"日夜分国忧,不问家产","毅然以社稷安危为己任"(《明史·于谦传》)。后来在皇室权力角逐中蒙冤而死。冤死后,北京民谣曰:"京都老米贵,哪里得饭广(同时遇害的范广),鹭鸶水上走,何处觅鱼嗛(于谦)。"可见老百姓都十分怀念他。

诗用比兴手法,托物言志,浅近通俗,含而不露,是千古传诵的励志名作。

郑 燮

竹 石

咬定青山不放松,立根原在破岩中[1]。
千磨万击还坚劲[2],任尔东西南北风[3]。

【注释】

[1]破岩:岩缝。[2]坚劲:坚韧而有力。[3]尔:你。

郑燮(1693 年~1765 年),字克柔,号板桥,兴化(今属江苏)人。乾隆进士,任范县知县,后调潍县令。因得罪上司和乡绅愤而辞官,在扬州卖画度日。他工书善画,为画坛扬州八怪之一。著有《郑板桥集》。他的诗"直抒血性",关心民生疾苦,通过一些题画诗来表达个人的情怀。

这是郑板桥在自己的《竹石》画上的题诗。他擅画竹石,他画的竹石,石占去了大部分空间,大面积的石头表面不作太多的皴染,而墨竹挺劲孤直,倔强不驯,加之一笔乱石铺街的"六分半"字体的题诗,书嵌在石表,这样虚与实,空与盈恰到好处,具有极高的艺术审美价值。

诗首句写画面上傲岸的竹依靠着青山,"咬定"二字,使竹人格化,把它那种坚忍不拔的性格凸显了出来。"不放松"则是"咬定"的进一步深化。为什么能够"咬定"?次句交代原由。原来它的根是紧紧生在岩缝之中。根不能够向四面发展,就只能向深处发展,和石头青山紧密相连,成为一体,这就是"坚劲"的原因和力量之所在。什么风也难以撼动大山,不能够撼动大山,那么竹也就安如泰山了。

首两句写出了竹和石以及青山之间的关系,这给我们以启示,青山就是人民大众,就是祖国,我们就是一根根竹,这就是诗意之所在。

后两句写竹坚忍不拔的性格,紧紧嵌入石缝中的竹即使经过千磨万击,仍然十分"坚劲",那么任随你东西南北风都无所畏惧。东西南北风自然包括各种各样的风,如果加以分类,则可以分为和风和狂风。为人,特别是有点作为的人,总有人会来巴结你,讨好你,给你吹点和风、香风,给你一定的好处,使你丧失原则,偏向于他。也有人会来打压你,陷害你,给你来场暴风、恶风,使你倒下去,他能爬上来。但是只要"坚劲",就不怕东西南北风,不怕软的,也不怕硬的。所以诗表达了诗人不为恶浊环境所动、所屈的高尚志节,是诗人思想人格的化身,而且具有一定的哲理意味。

袁 枚

所 见

牧童骑黄牛,歌声振林樾(yuè)[1]。
意欲捕鸣蝉[2],忽然闭口立。

【注释】
[1] 林樾:道旁成阴的树林。
[2] 意欲:心想。

　　袁枚(1716 年~1797 年),字子才,号简斋,钱塘(今浙江杭州)人。乾隆进士,官溧水、江浦、江宁等县令。三十三岁辞官,在南京小仓山下建"随园",过着以诗酒自娱的生活达五十多年。有《小仓山房诗文集》、《随园诗话》等。他是清代中期性灵诗派的代表人物。主张写诗要抒发人的真性情,认为每个时代应该有自己的文学。其诗构思新颖,笔调轻灵,通俗洒脱,变化多姿。

　　袁枚是清代中期性灵派诗人的代表,是才人,也是狂士。他主张写诗要抒发人的真性情,说"若夫诗者,心之声也,性情所流露者也"(《答何水部》)。这首小诗就是他抒发性灵之作。

　　题目是"所见",自然是写诗人的所见,那么下面就是所见的内容。诗犹如两个特写镜头,照出生活中的瞬间变化,表达自己的心声。"牧童骑黄牛",冲口而出,不加修饰,写出所见。一个放牛的小孩,骑在牛背上,他是那么的悠闲自在。"黄牛",是指毛色是黄颜色的水牛。牛分黄牛和水牛,黄牛不喜水,多用来耕地,背脊较窄,不能骑;水牛喜水,多用于耕田,背脊宽厚,可以骑。所以,这里的牛是南方习见的水牛。"歌声振林樾",牧童在牛背上唱起了牧歌,这是原生态的歌声,高亢入云,振动道路两旁的树林。这样就把那牧童牧牛的生活情景展现在我们面前。

接着,另一个镜头出现在我们眼前,"意欲捕鸣蝉,忽然闭口立",一只知了在道旁林阴中知知知地叫个不停,似乎要和少年比比谁的歌声更高亢、更嘹亮,这可惹恼了少年,于是他想捉住它,带回去玩,他忽然闭口停止了唱歌,立在牛背上,寻找鸣蝉。这样就把那牧童的神态情貌都展现出来。至于他捉住鸣蝉没有,那是后话,诗没有写,也不用写,留给大家去想象。

这首诗就这样表现了牧童的童真和童趣,于恬淡宁静中透露出轻松活泼的生活气息。牧童的表现,引起了诗人的神往,诗人在《湖上杂诗》中说:"老夫心与游人异,不羡神仙羡少年。"牧童把诗人带回了童年的美好回忆,触发了诗人的童心,他多么希望自己是一个永远长不大的孩子,永远保持童心与童真。

龚 自 珍

己亥杂诗(其一百二十五)

九州生气恃风雷[1],
万马齐喑(yīn)究可哀[2]。
我劝天公重(chóng)抖擞[3],
不拘一格降人才[4]!

【注释】

[1] 九州:古代中国分为冀、兖、青、徐、扬、荆、豫、梁、雍九州,后以此代称中国。生气:活力,生命力。恃:依靠。风雷:风神和雷神。这里比喻社会变革。[2]万马齐喑:所有的马都变哑了,语出苏轼《三马图赞

276

龚自珍(1792年~1841年),字璱人，号定盦，浙江仁和(今杭州市)人。清道光九年(1829年)进士，做过宗人府主事、礼部主事等低级京官。道光十九年(1839年)辞官南归。道光二十一年(1841年)任丹阳云阳书院、杭州紫阳书院讲习，是年暴卒于丹阳。有《龚自珍全集》。他是近代开风气之先的著名启蒙思想家，文学家，激烈抨击专制统治和思想禁锢，主张个性解放，倡言变法革新。其诗怨愤中含有豪迈，感伤中包含热情，郁闷中闪耀着理想。其文慷慨论天下事，锋芒犀利，影响深远。

引》："时西域贡马，首高八尺，龙颅而凤膺，虎迹而豹章，出东华门，入天驷监，振鬣长鸣，万马齐喑。"究：毕竟。[3]天公：老天爷。抖擞：振作，奋发。[4]格：规格，模式。

题目"己亥杂诗"，己亥，己亥年，即道光十九年(1839年)。这年诗人辞官南归，然后又返回北京接取家眷，往返途中，作七言绝句三百一十五首，为一组大型组诗。因这年为己亥年，故名为《己亥杂诗》。这一首是第一百二十五首，是作者最为人传诵的一首。他在诗后注道："过镇江，见赛玉皇及风神、雷神者，祷词万数，道士乞撰青词。"但诗人所撰青词，不是祷告诸神降雨赐福，而是批判旧世界，呼唤改革创新，渴望济世人才的降生。

首句，"九州生气恃风雷"，诗人说，国家、民族振兴的活力，全赖于激荡的风雷了。表面是说中国大地的干旱，须靠风、雷二神的激荡，但言在此而意在彼，是借喻暴风骤雨的社会变革。

次句，"万马齐喑究可哀"，这里指清代后期，思想沉寂，人才遭到扼杀，言论没有自由，一片死气沉沉，令人窒息。当时中国社会内忧外患，中华民族的生死存亡到了紧急关头，统治集团内部骄奢淫逸，贿赂公行，帝国主义列强虎视眈眈，魔爪伸进中国大门，知识分子经过百年的思想禁锢，八股取士和"文字狱"使得知识分子"读书只为稻粱谋"，不敢言事议政，万马齐喑，是诗人对这个时代深刻的认识和准确的概括。然后缀以"究可哀",对这种黑暗的时代进行严厉的批判。

最后两句是诗人对时代变革的人才的涌现发出深切的呼唤。天公,明指玉帝,虚应道士,实指清王朝的最高统治者,希望统治者振奋精神,培育人才,大胆改革,挽救这末世危机。"不拘一格",一是指数量众多,二是指各种各样,既有管理国家的政治人才,也有发展经济的科技人才。所以这首绝句是他一次改革的呼吁。这呼吁如雷霆突发,振聋发聩,如惊涛拍岸,气势磅礴。后来改良主义思想家梁启超说读龚自珍的诗使人"若受电然",可见其效应之大。这首诗是诗人呼唤人才降生的渴望使他唱出了此后百年激动人心的最强音。

龚 自 珍

己亥杂诗(其五)

浩荡离愁白日斜[1],吟鞭东指即天涯[2]。
落红不是无情物[3],化作春泥更护花。

【注释】
[1]浩荡:水势汹涌壮阔的样子。[2]吟鞭:即鸣鞭,古人骑马,手执马鞭,发出声音,指挥坐骑前行。即:动词,走向。[3]落红:落花。

这是龚自珍《己亥杂诗》的第五首,写诗人辞官南归初出都门的感怀。

首二句叙事,诗人离别京师,应该愉悦欢快,可是诗人却高兴不起来,为什么呢?因为诗人的祖父、父亲都在京师做过官,自己幼时也在北京生活和念书,后来又做京官二十年,所以现在一下子要离开自己有感情的京师,故而产生了"离愁"。况且,这次离开是只

278

身一人,家眷尚留北京,北京还有许多朋友,亲友离别,怎不愁从中来? 离愁而以"浩荡"形容,可见愁之汹涌澎湃,不可收拾。"白日斜",点明离京的时间,古人离别,多在晚饭之后,《古诗》:"携手上河梁,游子暮何之?"柳永词云:"念去去千里烟波,暮霭沉沉楚天阔。"古人爱用夕阳这一意象来烘托离愁,此处也是如此。诗人此时离愁满怀,难以消释,更值红日西斜,光景黯淡,离愁与暮色齐增,情景交融。

第二句紧承"离愁"二字,吟鞭东指,点明前行的方向。吟鞭,这里诗人是袭用旧词。诗人南归,出了北京东门,坐车到通州张家湾,再由运河乘船南行。天涯,与京城相对而言,此次南归,有似天涯,不知何日能够再回京与亲友相会。再者,远离朝廷,再没有机会实现自己政治改革的理想抱负了。天涯远去,加重了诗人的失落感和眷恋情。

诗人离开北京是农历四月二十三日,正是春末夏初,柳絮与落花飘零。此时诗人目睹这一情景,不像其他诗人感时伤春,而是以剑胆琴心抒发自己的理想与狂愤,他不只看到了落花的飘零,更看到了未来的生机,于是他高吟"落红不是无情物,化作春泥更护花"。落红飘零,化作春泥,但来春却培育出了鲜花。诗人用拟人手法,表现了落红化泥护花的崇高精神。这正是诗人人格理想的化身。

高 鼎
村 居

草长莺飞二月天[1],拂堤杨柳醉春烟[2]。
儿童散学归来早[3],忙趁东风放纸鸢
(yuān)[4]。

【注释】
[1]草长莺飞:春草在生长,群莺在乱飞。丘迟《与陈伯之书》:"暮春三月,江南草长,杂花生树,群莺乱飞。"[2]拂堤:拖在堤岸上。[3]散学:放学。[4]忙趁:赶忙趁着。纸鸢:风筝。古时风筝是用纸做的,故又名纸鸢。鸢,老鹰。

　　高鼎,近代诗人,浙江杭州人。生卒年不详,大约生活在清末咸丰前后。

　　题目是"村居",可诗却未写村居,而是写儿童在村居周围放风筝,表现儿童课余的乐趣,从侧面反映农村的祥和。

　　首两句写景,描绘村居周围的环境,时间是在早春二月,一年中最美好的季节,地点是在江南水乡的河堤上,春草欣欣向荣,群莺纷飞,婉转歌唱,柳丝垂在岸上,在和风中摇曳,环境异常优美。此时,正当傍晚,低空起了淡淡的雾霭,村居人家开始做晚饭,由于烧的柴火,升起缕缕白烟,见此景致,着实令人陶醉。

　　三四句写事,描绘儿童放学做放风筝的游戏。那时儿童上学,一般都是就近上私塾,人数不多,放学就一起三三两两回家,家里没事就邀约出去玩耍,他们看见今天天气好,就相约堤上放风筝。"早"不是早早就放了学,而是天气晴明,他们觉得"早",是一种心理作用,表现他们对放风筝的浓厚兴趣。他们把书包一放,就急急忙忙拿着风筝去和伙伴比赛,看谁的风筝漂亮,谁的风筝飞得最高,因为此时正刮东风,如果不抓紧,东风没了,风筝就玩不成了。"忙趁"二字,就生动表现了他们的这种心情。

〖第十一单元〗
散 文 之 源 话 子 史

  我国的散文源于远古神话和传说,但那仅是口耳相传,没有文字记载。真正有文字记载的成熟的散文已经到春秋、战国时期了。这个时期,奴隶主贵族占有制受到冲击,形成了"礼崩乐坏"的政治局面,使思想得到解放,出现了"百家争鸣"的局面。各种学术思想的表达,必须借助于散文,这就产生了诸子散文。同时,各国之间合纵、连横的政治、经济、军事、外交斗争也需要及时总结经验和吸取教训,从而形成历史著作的兴盛,这就是史传散文。

  诸子散文也称哲理散文,是表达各家思想的说理文。这些说理散文适应列国纷争和辩难蜂起的客观形势而生, 当时著名的有以孔子、孟子、荀子为代表的儒家学派的《论语》、《孟子》、《荀子》;有以老子和庄子为代表的道家学派的《老子》、《庄子》;有以墨子为代表的墨家学派的《墨子》;有以韩非为代表的法家学派的《韩非子》;其他还有纵横家、名家、兵家、杂家等学派,都有各自的著作,从而出现了"百家争鸣"的鼎盛局面。诸子散文虽意在说理,却很讲究修辞技巧,注意锤炼形象化的语言,还多运用寓言故事,注意说理的生动性和感染力,因而具有不同程度的文学性。

  历史散文也称史传散文,主要记载春秋战国时期各国政治、军事、外交等各方面的事件和统治者及谋士的言论。但不是对历史事实进行科学分析和概括评价,而是详细记载事件的原委过程以及人物的言行,具有文学的形象性和生动性。历史散文主要有记载春秋时代历史的《左传》和《国语》以及记载战国时代谋士言行的《战国策》。

历史散文发展到汉代出现了传记文学。所谓传记文学,就是用塑造人物形象来记叙人物的生平历史。这是历史学家写历史人物的一种方法,但他们是用语言行动来刻画人物性格,使人物形象栩栩如生,因而具有很高的文学价值。

在传记文学方面,成就最高的当推西汉司马迁的《史记》和东汉班固的《汉书》。《史记》是我国第一部纪传体通史,记载了从黄帝到汉武帝时期长达三千多年的历史,有极高的史学价值。全书130篇,共52万多字。《汉书》是我国第一部纪传体断代史,记载自汉高祖元年到王莽政权倾覆共229年的西汉历史。

先秦两汉的诸子散文和史传散文,文史哲不分,不仅形象生动,说理透辟,而且具有神理气韵,诗的特质。

学习诸子散文可参读朱东润主编《中国历代文学作品选》上编第一、二册,杨伯峻《论语译注》,杨伯峻《孟子译注》,陈应鼓《庄子今注今译》等。学习历史传记散文,可参读沈玉成《左传选译》,朱有华《战国策选译》,王伯祥《史记选》等。

孔 子

语录(节选)

子曰[1]:"学而时习之[2],不亦说(yuè)乎[3]?有朋自远方来[4],不亦乐

【注释】

[1]子曰:孔老师说。子:古代对男士的尊称,即先生之意。《论语》一书中,单说"子"即指孔子。曰:说。[2]学:指学

282

乎？人不知而不愠(yùn)[5]，不亦君子乎[6]？"

子贡问曰[7]："孔文子何以谓之'文'也[8]？"子曰："敏而好学[9]，不耻下问[10]，是以谓之文也。"

子曰："学而不思则罔[11]，思而不学则殆[12]。"

子曰："由[13]，诲女(rǔ)知之乎[14]？知之为知之[15]，不知为不知，是知也[16]。"

子曰："默而识(zhì)之[17]，学而不厌[18]，诲人不倦[19]，何有于我哉[20]？"

子曰："温故而知新[21]，可以为师矣[22]。"

孔子(前551年~前479年)，名丘，字仲尼，鲁国陬邑(今山东曲阜)人。我国春秋时代伟大的教育家和思想家，儒家学派的创始人。少孤贫，早年做过管粮仓的"委吏"，管牛羊畜牧的"乘田"。50岁左右做过管工程的"司空"，管司法的"司寇"。后去职，从事教育活动，以诗、书、礼、乐教学生。相传有弟子三千，贤人七十二。晚年率弟子周游列国，凡十四年，宣传他的以"仁"为核心的政治主张，

习心地修养、人格完善及礼仪方面的知识。时习：按时诵习。时，按时。习，指鸟儿练习飞翔时不停地扇动翅膀的动作。[3]说：通"悦"，高兴，快乐。[4]朋：同门为朋，指同学。[5]知：了解。愠：懊恼，苦闷，心中略有不平。[6]君子：古代指道德、学问都很高的人。[7]子贡：孔子学生，姓端木，名赐，卫人。[8]孔文子：孔圉，卫国大夫，谥号文。何以：因何，因为什么。谓之：叫做。[9]敏：聪敏。[10]不耻下问：不以下问为耻。下问：向地位和学识不如自己的人请教。[11]罔：通"惘"，迷惘无所知。[12]殆：疑惑。[13]由：姓仲名由，字子路，卞人，孔子的学生。[14]诲：教诲，教导，使其明白。女：通"汝"，你。[15]知：知道，明白。[16]知：通"智"，聪明。[17]默：寂，无声。识：志，记住。[18]学而不厌：努力学习，不知满足。厌，吃饱，引申为满足。[19]诲人：教育别人。[20]何有于我哉：对于我有何难呢？[21]温故：对所学习的知识、义理经常复习。温，以火热物，有层层加深之意。[22]师：榜样，使人效法的人。

但都未被采纳。68岁回到鲁国,继续办学,整理文化古籍。终年73岁。他的门人及再传子弟在他死后把他的言行辑录整理成书,名曰《论语》,共二十篇。《论语》语言迂徐雍容,简练含蓄,许多语录已成为格言。《论语》是研究孔子思想学说的重要典籍,属于儒家学派的经典著作之一。

孔子在长期的教育教学实践中,总结出了一些教学的原则、方法,对我们今天仍然具有启发作用。比如他总结出的"学思结合"、"知行结合"、"温故知新"等,今天都有借鉴的必要。特别是孔子重视通过智育进行道德教育,主张"学—思—行"结合,更有一定的现实意义。他的治学语录是他教学体验的结果,值得我们很好学习。

这里所选的六则都是选自《论语》,是关于教育和学习方面的经典语录。第一则,选自《学而》篇,自述他毕生为学的经验。他十五而志于学,三十而立,四十而不惑,五十而知天命,六十而耳顺,每十年上升一个台阶,最后达到圣境。因此,孔子告诫学生,学习修身的知识要按时温习,把知识巩固起来,这是一件令人高兴的事情。同学从远方来了,同自己一道学习,可以互相切磋,这是一件很快乐的事情。学成以后,如果不为人理解和任用,却心胸坦荡,不怨天尤人,这就达到君子的境界了。这则,孔子讲到了为学、交友和为人。孔子一生是在求知中度过的,他经历了一般学者所经历了的困难和挫折,也领略了一般人所无法领略到的快乐。因此,以快乐的情绪对待学习,并在学习中享受快乐,暂时抛弃眼前的功利主义,专心致志地学习,才能学有所成,我们必须牢记。

第二则选自《公冶长》篇,此则孔子指出为学的基本态度:一是聪敏好学,聪敏即人的智商高,反应敏捷,但关键还要"好学"。不好学,再高的天资也是白搭,王安石所写的仲永就是一例。好学,勤能

284　补拙,爱因斯坦5岁还不会说话,但经过勤奋努力,终于成为伟大的科学家。二是不耻下问,闻道有先后,术业有专攻,智者千虑,必有一失,人怎能把天下事全知? 不知,就得求教,向别人学习。"好学"是向书本学习,"下问"是向他人学习。后者尤为重要,然而也是更难做到的。

第三则选自《为政》篇,论述学与思的关系。孔子主张学思结合,二者不可偏废。只学不思,入乎耳,出乎口,仍然是惘惘然无所得,所以研究型的学习特别重要。从学者来说,要带着问题去学;从教者来说,要运用启发式教学,因材施教。反之,只思不学,不借鉴他人经验,仍然疑惑不解。要学思并重,已有的知识是学习新知识的基础,而利用已有知识进行思考则是扩展知识,提高认识层次的主要手段。没有知识储备的头脑,根本不具备思考的能力。而不善于思考,头脑即使满得像一座仓库,也做不出一顿美味佳肴。当今是信息时代,闭门造车,造出来的车可能没有使用价值,也可能落后于时代,所以要了解科学发展的动向,掌握最尖端的科技成果,向世界学习。

第四则选自《为政》篇,教育学生要有实事求是的治学态度。据《荀子》所载,子路初见孔子时,盛服以饰,孔子觉得他这个人华而不实。子路跑步出门,换了衣服再进去见孔子,孔子就对他说了这一段话。孔子问子路知道这个道理吗? 知道了就是知道了,不知道就是不知道,要实事求是,这就叫作聪明。此则体现了孔子实事求是的思想。

第五则选自《述而》篇,孔子讲自己的教学态度:对己,不断学习而不知满足;对人,耐心教导而不知疲倦。要有严谨的学习态度,要实事求是,虚怀若谷,不耻下问,不要不懂装懂。每个人掌握的知识都是有限的,向别人学习,只能增加自己的知识,有百利而无一弊。孔子讲师德,这不仅是教师为人师表应有的品德,也是每个人做人应有的品德,值得我们很好借鉴。人要活到老,学到老,不断地更换、更新自己的知识,才能与时俱进,跟上时代潮流,才能有益于自己的身心健康。同时教育别人,培养后代,要有责任心和职业道德,才能称得上"为人师表"。

第六则选自《为政》篇,论述学习规律。此则论述学习的一条重要规律,就是要经常复习,积累知识,产生能力。人与遗忘作斗争,最好的办法就是对学业经常温习,强化记忆,才能把所学的知识巩固起来。还应该把所学的知识用于实践,以产生新知,产生能力。能够正确处理新与旧、知识与能力的关系,就可以作为人们效法的榜样。

孟 子

鱼我所欲也

孟子曰:"鱼,我所欲也[1];熊掌,亦我所欲也[2]。二者不可得兼[3],舍鱼而取熊掌者也[4]。生亦我所欲也[5];义亦我所欲也[6]。二者不可得兼,舍生而取义者也。生亦我所欲,所欲有甚于生者[7],故不为苟得也[8];死亦我所恶(wù)[9],所恶有甚于死者,故患有所辟(bì)也[10]。如使人之所欲莫甚于生[11],则凡可以辟患者何不用也[12]?使人之

【注释】

[1]欲:喜欢,爱好。[2]熊掌:熊的脚掌,是一种很珍贵的食品。[3]得兼:兼得,同时得到。[4]舍:放弃。[5]生:生命。[6]义:合于道义而应该做的事情。[7]甚于生:比生命更重要。[8]苟得:苟且获得。指生存。[9]恶:厌恶。[10]患有所不辟:灾难不应躲避。辟,通"避"。[11]莫甚于生:没有比生命更重要。[12]何不用也:哪种手段不可用呢?意即不择

286

所恶莫甚于死者，则凡可以辟患者何不为也[13]？由是则生，而有不用也[14]；由是则可以辟患，而有不为也[15]。是故所欲有甚于生者，所恶有甚于死者，非独贤者有是心也，人皆有之，贤者能勿丧耳[16]。一箪(dān)食[17]，一豆羹[18]，得之则生，弗得则死；嘑(hū)尔而与之[19]，行道之人勿受[20]，蹴(cù)尔而与之[21]，乞人不屑也[22]。

万钟则不辨礼义而受之[23]，万钟于我何加焉[24]？为宫室之美[25]，妻妾之奉[26]，所识穷乏者得我与[27]？乡为身死而不受[28]，今为妻妾之奉为之；乡为身死而不受，今为所识穷乏者得我而为之：是亦不可以已乎[29]？此之谓失其本心[30]。"

手段。[13]何不为：没有什么不干的。为，做。[14]有不用：有何不用。[15]有不为：有何不为。[16]丧：不能保持。[17]箪：盛食物的圆形竹器。[18]豆：盛肉或羹的木器。[19]嘑尔：轻蔑或粗暴地呼喊。嘑，同"呼"。尔，语助词。[20]行道：过路。[21]蹴：践踏。[22]乞人不屑：乞丐不愿意接受。不屑，看不起，即不愿接受。[23]万钟：指优厚的俸禄。钟，古量器名，六石四斗为一钟。[24]何加：有什么益处？[25]为：为了。[26]奉：侍奉。[27]所识穷乏者得我与：所认识的穷困的人感激我吗？得，通"德"，感激。[28]乡：同"向"，向来，从前。[29]是亦不可以已乎：这些不也可以中止了吗？已，止。[30]本心：指羞恶之心。

孟子(约前372年~前289年)，名轲，字子舆，鲁国邹(今山东邹县)人，他是孔子之孙子思的学生，继承和发展了儒家学说，是战国时代儒家学派最杰出的代表。他曾游梁，说惠王，不能用。乃见齐宣王，为客卿，虽礼敬他，然终不见用。又出游滕、鲁等国，因其学说不合时宜，于是"退而与万章之徒，序《诗》、《书》，述仲尼之意，作《孟子》七篇"。

孟子发展了孔子的儒家学说,主张仁义,行仁政,进而发展为民本思想,反对暴政。其思想具有一定的民主因素。《孟子》善用比喻,说理畅达,发挥详尽,气势充沛,长于辩论,辞采铺张扬厉,富于感染力。

本文选自《孟子·告子上》,孟子指出,"义"的价值高于生命,人应该在必要的时候舍生取义;不辨礼义而追求富贵的行为是不可取的。

全文可分为两部分,第一部分论述"生"与"义"的关系,推出中心论点——"舍生取义"。作者先用一个日常生活中的浅显例子,人喜欢吃鱼,也喜欢吃熊掌,但二者不可得兼时,按照常理人情,人们都会舍鱼而取熊掌,因为熊掌比鱼更鲜美,更珍贵。那么由此推出,人的生命和气节不可得兼时,就应该舍弃生命以保持气节。这就是生命诚可贵,正义价更高。接着孟子又进一步说明人应该"舍生取义",因为人的动物本能是"欲生"而"恶死"的,但是人的社会性又决定人有"甚于生"的道德的"义"存在,当"欲生"与"舍生取义"不可得兼时,自然应该"舍生取义",而不能做出贪生怕死、苟且偷生的不义之事。这样,作者就把抽象的道理说得十分具体而明白。

下来作者又从反面说明"义"重于"生"的道理,如果人把"欲生"看得至高无上,那么凡是可以求生的办法无所不用,凡是可以避死的办法无所不用。那么社会将不成其为社会,发展下去,人类将会自我毁灭。然而人类决不会如此,事实上却有这种情况:有时通过某种方法可以保全生命,然而人们却不愿采用这种方法;通过某种行动可以逃避患难,人们却不愿采取这种行为。这是什么呢?这就是高于"生"的"义"。说明"义"重于"生"是理所当然的。那么是否只有圣贤才能达到"舍生取义"的境界呢? 孟子认为,"人皆有之"。孟子是性善论者,他说:"恻隐之心,仁也;羞恶之心,义也;恭敬之心，礼也；是非之心，智也。仁、义、礼、智，非由外烁我也，我固有之也，弗思耳矣。"（《孟子·告子上》）认为这些人性是与生俱来，人人可以为尧舜，都可以做到"舍生取义"，只不过圣贤"勿丧"，保持了而已，而做不到的人是为物欲所蔽，失其本性，没有保持罢了。为了证明"舍生取义"之心一般人也有，于是他举了一个"乞人"不食"嗟来之食"的例子。箪食豆羹，是将要饿死之人的活命之物，但施予者态度不好，使之受辱，他宁肯饿死，也不接受，以保持人格的尊严。这就是"舍生取义"。

那么为什么现实生活中又会有许多不义之人干着不义之事呢？孟子认为这些人是为物欲所蔽而"失其本心"。第二部分就论述这一问题。物质利益重要吗？孟子认为，比之于"礼义"那是第二位的事情。因此，万钟的厚禄如果不辨礼义而受之，那就是见利忘义，对自己没有丝毫好处。这些人过去宁肯身死也不接受不义之财，现在却为了得到宫室之美的享受，得到妻妾之奉的服务，得到穷乏者的感激，却接受万钟之禄，这就是"失其本心"。孟子对这些唯利是图的不义行为大加挞伐，喝令他们"是亦不可以已乎"！那么怎样才能使这些人改正错误，保持"本心"？他认为只有进行教育。

在当今社会生活中，市场经济的发展，物质财富的增加，有些人已经变得越来越没有理想，越来越贪求物质享受。为了追求财富，这些人良知泯灭，丧尽廉耻，出卖肉体，出卖灵魂，不要人格，甚至不惜牺牲国家、民族利益，以取得一己之私利，满足一己之私欲。读读孟子这段话，应该感到汗颜。当然，我们应该分享前人未尝享受过的物质文明，但以牺牲人的品格、尊严、正义为代价，那我们的一切追求就会变得毫无意义。回顾历史，能够留在我们心中的都是那些舍生取义的仁人志士，谁会记得那些历史垃圾堆中的见利忘义的小人呢？

孟 子

生于忧患,死于安乐

孟子曰:"舜发于畎(quǎn)亩之中[1],傅说举于版筑之间[2],胶鬲(gé)举于鱼盐之中[3],管夷吾举于士[4],孙叔敖举于海[5],百里奚举于市[6]。故天将降大任于斯人也[7],必先苦其心志[8],劳其筋骨[9],饿其体肤[10],空乏其身[11],行拂乱其所为[12],所以动心忍性[13],增益其所不能[14]。

人恒过[15],然后能改;困于心,衡于虑[16],而后作[17];征于色[18],发于声,而后喻[19]。入则无法家拂(bì)士[22],出则无敌国外患者,国恒亡。然后知生于忧患,死于安乐也。"

这段文字选自《孟子·告子下》,论述人生逆境成才的重要命题。孟子认为,人只有在逆境中奋力拼搏,经受物质困乏,身体损害,精神折磨,才能坚定意志;担当重任,有所作为。

全文分为两段。第一段,作者先列举

【注释】

[1]舜发于畎亩之中:舜20岁就以孝闻名。其母死,父瞽,其后母子象,十分骄横,欲杀舜。父母使舜修缮仓库,象抽掉梯子,焚烧仓库,舜逃出。父母又使他淘水井,象埋井,他又先逃出。逃至历山耕田,历山之人原先都争田界,自舜到后,都互相让田界。30岁时,帝尧征求接班人,四方的地方官员都推荐舜。发,起用,与后文的"举"同义。畎亩:田亩。畎,田间水沟。[2]傅说举于版筑之间:殷高宗做梦,得到贤臣傅说,使百官访求郊野,在傅岩找到傅说,是时傅说为罪犯,身负版筑,为人所拘押服劳役,筑于傅险。高宗得而与之语,果圣人,举以为相,大治。版,筑墙的工具。[3]胶鬲举于鱼盐之中:胶鬲,殷时贤臣,遭纣之乱,隐遁为商,周文王于鬻贩鱼盐之中得其人,举之以为重臣。[4]管夷吾举于士:齐乱,管仲辅公子纠,鲍叔牙辅公子小白,回国继

290

舜、傅说、胶鬲、管夷吾、孙叔敖、百里奚等六人的苦难出身经历，说明艰难困苦的磨炼可以使人大有作为。其中舜是圣君，其余五人是贤臣，都出身微贱。舜是耕夫，傅说是匠役，胶鬲是商贩，管仲是罪犯，孙叔敖是隐士，百里奚是奴隶，他们都崛起于苦难之中，承担起安邦治国的重担，施展了平生的抱负。然后推出至理名言："故天将降大任于斯人也，必先苦其心志，劳其筋骨，饿其体肤，空乏其身，行拂乱其所为，所以动心忍性，增益其所不能。"也就是说，人要在精神上、肌体上、生活上、经济上、行为上遭受巨大的、常人难以忍受的折磨、打击和干扰，这些困难和挫折，能够磨炼人坚忍不拔的毅力，增强奋力拼搏的意志，增加应变处事的知识和才干，提高道德层次和思想境界。更重要的是他们来自社会的最底层，最了解民风、民俗、民情、民生疾苦，在大任上处理政事能够体谅百姓，宽厚待民，自然得到人民的拥戴，处理政事得心应手。

以上论证了"生于忧患"，第二部分就转入论述人是在不断地改过自新中有所作为的。人来到这个世界上，为了生存和发展，总是要与客观外界发生某种关系，或由于客观条件的困难无法克服，或由于

位。在争夺王位中，公子纠失败死，管仲自鲁囚执于士官，鲍叔牙向齐桓公推荐管仲可以为相，桓公从之，举以为相国，后辅佐桓公为霸。夷吾，管仲的字。士，狱官之长。[5]孙叔敖举于海：孙叔敖是楚国隐士，耕于海滨，楚庄王举之以为令尹（宰相）。[6]百里奚举于市：百里奚，齐之乞丐，被逐，卖羊皮入秦，走到宛地，被楚国乡下人执之，秦穆公闻其贤，以五羊之皮赎之归秦而以为相。[7]降大任：使之担任重大职责。是人：此人。[8]苦其心志：使他心灵痛苦。[9]劳其筋骨：使他筋骨劳顿。[10]饿其体肤：使他身体饿得面黄肌瘦。[11]空乏：一无所有。[12]拂：逆，不顺利。[13]动心忍性：惊动其心，坚忍其性。[14]增益：增加。[15]恒：常。过：过错。[16]衡：通"横"，横梗。[17]作：奋起。[18]征：验。[19]喻：明白。[20]法家：执行法度的世家旧臣。弼士：辅弼君王直言敢谏的贤士。拂，同"弼"，辅弼。

主观认识的偏差，总是要犯这样那样的错误的。人犯错误并不可怕，可怕的是坚持错误，所以孟子认为"人恒过然后能改"，才有所作为。怎么样才能改？这是需要决心和毅力的。即要"困于心，衡于虑，而后作"。经过激烈的思想斗争，使精神遭受痛苦，造成内心阻塞，冲破这种阻力，而后才奋发有为。这个思想斗争的过程是很痛苦的，表现在面容上是容颜憔悴，表现在言语上是忧愁不堪，而且别人都明白你的痛苦。这当然是需要很大的决心和毅力了。一个人改过是这样，那么推论到一个国家也是这样，一个国家如果内部没有忠谏敢言的贤士，给国君进逆耳之言，外部又无与之抗衡的敌国威胁侵扰，那么君臣就会斗志松懈，享乐宴安，不求上进，完全丧失了忧患意识，必然是身危国亡。这就论证了"死于安乐"。最后再归结一句："然后知生于忧患，死于安乐。"论证神完气足。

今天，对于我们来说，总是有时处于逆境，有时处于顺境，不过数量多少、程度轻重不同而已。人怎样对待逆境和顺境，关键在于人怎样战胜自己，超越自我。人处逆境时要靠毅力渡过难关，否则逆境就会使人消沉，不能自拔。人处顺境时要警悟自己，振奋精神，否则顺境就会使人懒惰，安于现状。

庄 子

逍遥游（节选）

北冥有鱼[1]，其名为鲲[2]，鲲之大，不知其几千里也。化而为鸟，其名为鹏[3]，鹏之背，不知其几千里也；怒而

【注释】
[1]北冥：北海。冥，深暗，指海水颜色。[2]鲲：大鱼名。[3]鹏：大鸟名。鹏即传说中的凤。鹏、凤音近。[4]怒而

飞[4]，其翼若垂天之云[5]。是鸟也，海运则将徙于南冥[6]；南冥者，天池也。《齐谐》者[7]，志怪者也[8]。《谐》之言曰："鹏之徙于南冥也，水击三千里[9]，抟(tuán)扶摇而上者九万里[10]；去以六月息者也[11]。"野马也[12]，尘埃也，生物之以息相吹也[13]。天之苍苍，其正色邪[14]？其远而无所至极邪[15]？其视下也[16]，亦若是则已矣[17]。且夫水之积也不厚[18]，则其负大舟也无力。覆杯水于坳堂之上[19]，则芥为之舟[20]；置杯焉则胶[21]，水浅而舟大也。风之积也不厚，则其负大翼也无力。故九万里则风斯在下矣[22]，而后乃今培(píng)风[23]；背负青天而莫之夭阏(è)者[24]，而后乃今将图南[25]。蜩(tiáo)与莺(xué)鸠笑之曰[26]："我决起而飞[27]，抢榆枋[28]，时则不至[29]，而控于地而已矣[30]。奚以之九万里而南为[31]？"适莽苍者[32]，三飡(cān)而反[33]，腹犹果然[34]；适百里者，宿舂粮[35]；适千里者，三月聚粮。之二虫又何知[36]？小知不及大知[37]；小年不及大年[38]。奚以知其然也？朝菌不知晦朔[39]，蟪蛄不知春秋[40]，此小年也。楚之南有冥灵者[41]，以五百岁为春，五百岁为秋；

飞：使劲一飞。怒：通"努"，努力。[5]垂天之云：天边的云彩。垂，通"陲"，边陲。[6]海运：海动。南冥：南海。[7]齐谐：书名。[8]志怪：记载怪异之事。[9]水击三千里：两翼击水前行三千里。[10]抟扶摇：凭借旋风之力。扶摇，旋风。[11]六月息：六月的大风。周代的六月即阴历的四月。[12]野马：沼泽上游动的水汽，远望像野马奔驰，故名。[13]生物：指有生命之物和无生命的野马、尘埃。[14]其正色邪：是它真正的颜色吗？[15]远而无所至极：高远到看不见它的极尽之处。[16]其视下也：它向下看。[17]亦若是则已矣：也像这样罢了。[18]不厚：不深厚。[19]坳堂：室内低洼处。[20]芥：小草。[21]胶：胶着，粘住。[22]斯：就。[23]培风：凭风。培通"凭"。[24]夭阏：遮拦，阻塞。[25]图南：打算南飞。[26]蜩：蝉的总称。莺鸠：斑鸠。[27]决起：迅速地飞起。决：通"赵"。[28]抢榆枋：穿越榆树和紫檀木林。[29]则：或者。[30]控：投落。[31]奚以：何以。为：疑问助词。[32]适莽苍：到郊外。莽苍，郊野之色。[33]三飡而反：一上古有大椿者[42]，以八千岁为春，八千岁为秋，此大年也。而彭祖乃今以久特闻[43]，众人匹之[44]，不亦悲乎？

汤之问棘也是已[45]："穷发之北[46]，有冥海者，天池也。有鱼焉，其广数千里，未有知其修者[47]，其名为鲲。有鸟焉，其名为鹏，背若泰山，翼若垂天之云；抟扶摇羊角而上者九万里[48]，绝云气[49]，负青天，然后图南，且适南冥也。斥鴳（ān）笑之曰[50]："彼且奚适也[51]，我腾跃而上，不过数仞而下[52]，翱翔蓬蒿之间，此亦飞之至也。而彼且奚适也。"此小大之辩也[53]。

故夫知效一官[54]，行比一乡[55]，德合一君[56]，而（néng）征一国者[57]，其自视也亦若此矣。而宋荣子犹然笑之[58]。且举世誉之而不加劝[59]，举世而非之而不加沮[60]，定乎内外之分[61]，辩乎荣辱之境，斯已矣[62]；彼其于世，未数数（shuò）也[63]。虽然，犹有未树也[64]。夫列子御风而行[65]，泠然善也[66]，旬有五日而后返[67]。彼于致福者[68]，未数数然也，此虽免乎行，犹有所待者也。若夫乘天地之正[69]，而御六气之辩[70]，以游无穷者，彼且恶（wū）乎待哉[71]！故曰：至人无己[72]，神人无功[73]，圣人无名[74]。

天就回来了。飡，同"餐"。反，通"返"。[34]果然：饱的样子。[35]宿春粮：隔夜捣米备粮。[36]之而虫：此二虫。指蜩和鸴鸠。[37]知：通"智"。[38]年：寿限。[39]朝菌不知晦朔：朝生暮死的菌类不懂得黄昏和夜半。朝菌，清晨出生于阴湿之处的菌类，见日即死。晦，黄昏。朔，周代以半夜为朔。[40]蟪蛄不知春秋：夏生秋死的寒蝉不懂得春秋。蟪蛄，即知了，春生夏死，夏生秋死。[41]冥灵：海中长寿的灵龟。[42]大椿：枝干高大的椿树。[43]彭祖：传说中的长寿者，尧之臣子，封于彭城，历虞、夏、商三代，享年七百余岁。特闻：特别出名。[44]匹之：和他相比。[45]汤之问棘：汤向棘询问有关宇宙的知识，并认为"物各有理，任之则条畅"，即《逍遥游》中的思想。汤，殷第一代君主。棘，汤时大夫，有贤名。[46]穷发：没有草木的地方，极荒远的地方。发，地以草木为发。[47]修：长。[48]羊角：旋风名。[49]绝：凌越。[50]斥鴳：即鹁鹌，生活在湖泽间的一种小鸟。[51]且：将。[52]仞：古以八尺为一仞。[53]辩：同"辨"，区别。[54]效：胜任。[55]比：庇护，保护。比，通"庇"。[56]合：投合。

294

庄子（约前 360 年~前 280 年），名周，宋国蒙(今河南商丘县东北)人。曾做过蒙的漆园吏，时间很短就引退，从事讲学和著述，虽楚王以重金聘，终不应。庄子是继老子之后道家学派的代表人物，他宣扬无形的"道"，贬斥儒、墨，肯定自然，反对人为，主张相对。《庄子》一书共三十三篇，为庄周及其后学所撰。其文善于运用含义深刻的寓言故事来说明哲学道理，善于用比喻和夸张生动描写事物，浮想联翩，流露出诗人特有的至情至性，优美感人。语言瑰奇曲折，幽默讽刺，妙趣横生。这些，构成了他的散文汪洋恣肆，变化无穷的特色。

这是《庄子》第一篇的前面部分。所谓"逍遥"，是指道家学派所主张的人在自然无为时所获得的一种最高精神境界，即绝对自由的状态。这是庄子不满现实而又无力改变现实，企图超脱现实的追求绝对自由的人生观的表现，不过这只是一种空想而已，因为世界上只有相对的自由，没有绝对自由。

全文分为两大段，前大段以自然事物为喻，说明"小知"不及"大知"的道理，阐明事物都"有待"，都不逍遥。硕大无比腾飞九万里的大鹏，就是道家理想中的壮伟无比的力的象征，它的高远奇特的行动是蜩与鴬鸠所不能认识和理解的，蜩和鴬鸠自足于一树之高的飞腾，是眼光狭隘的世俗人物的象征，所以小年笑大年，斥鷃

[57]而征：才能取信。而，通"能"。[58]宋荣子：先秦思想家宋钘，有贤名。犹然：嗤笑的样子。[59]劝：劝勉。这里有兴奋得意的意思。[60]沮：沮丧灰心。[61]内外之分：对己、对人掌握一定的分寸。内，指内心修养；外，指待人接物。[62]斯已矣：就止于此。[63]数数然：汲汲追求的样子。[64]未树：未见建树。[65]列子：列御寇，郑国人，相传向风仙学法术，能够御风而行。[66]泠然：轻妙的样子。[67]旬有五日：十五天。十天为一旬。有，又。[68]致福：做事顺利，得到好处。[69]若夫：句首语气词，有"至于说到那"的意思。正：基本规律。[70]六气之辩：阴阳风雨晦明的变化。辩，通"变"。[71]恶乎：何必。[72]无己：无我，不为自己。[73]无功：不求功绩。[74]无名：不求名声。

笑大鹏，都是世俗的短见和无知。它们和大鹏都要"有所待"，都不算逍遥。所不同者是大鹏是自觉的有所待，蜩和鸴鸠是不自觉的有所待。至于野马、尘埃、蟪蛄、朝菌则是更不自觉的有所待了。

第二大段从自然领域移到人事领域，以自然无为之道为衡量标准，从修养最低的人讲起，逐步引至如何才能达到道家所推崇的至人、神人、圣人的逍遥最高境界。现实社会中的人物，以其才智和品德，或者适应一官，或者适应一乡，乃至一君，一国，便自足于自己的作为，这就同斥鷃以数仞之高为"飞之至"一样。其次，宋荣子明于内外之分，不以世俗是非毁誉为转移，注意修养自己，这就比前种人高出一筹。但他坚守一己的东西，不能做到无己而与万物冥合为一，修养还不到家。再次是列子，能够御风而行，跳出物的局限，但他仍然是属于"有所待"，未能达到极致。最后提出修养至极的人，就是能够"乘天地之正，而御六气之辩"的人，就能够达到逍遥的境界。所谓"天地之正"，就是庄子认为作为万物本体的自然无为的"道"，"乘六气之辩"，就是大自然本身的变化。这样，就跳出了自身而回归自然，达到与万物同一，就能无所待而游于无穷，这就是无为而无不为，无往而不适，达到精神自我超脱的高境。这样的人就是无己、无功、无名的"至人"、"神人"、"圣人"。"无己"就是不以己性为核心。要求万物适应自己，那样便会违背万物的自然本性，与万物处于对立的地位。"无功"就是不要有为，无为才能无不为。"无名"，名是实之宾，无为、无功，自然也就无名了。做到"三无"，人就处于逍遥的精神状态，也就达到了人生的最高境界。

作为思想家的庄子，他所苦恼的就是人的主观和客观的矛盾，人的精神和人的行为的矛盾，觉得精神总是受到行为的限制，一点也不逍遥。他身处下贱，心比天高，安居斗室，神游八极，总想解决这个矛盾。他认为这个矛盾都是人不知道内外之分，不知道人最需

296 要什么而产生的欲望所引起的。如何解决,他主张压制欲望,提倡通过道德修养提升思想境界自然而然地减少人欲。于是反对智慧,反对机心,因为智慧和机心会促使人增加行为,产生更大的欲望。而人只有认识人的本质意义,能分清内外界限,知道人最需要什么的人,才能摆脱对一切事物的依赖,才能达到逍遥的境界。庄子太绝对化了,他不理解物质文明给我们带来了新的生活,精神是离不开物质的。

文章以寓言、重言、卮言说明道理。大鹏与蜩、鸴鸠的故事就是寓言,思路极其开阔,想象极其丰富,气势极其浩瀚,极富浪漫色彩。搏击长空的大鹏形象,成为后世人们追求理想的象征意象。借《齐谐》和列子、彭祖等前人的话或历史故事说明道理这就是重言,增加论据的真实性。最后进行抽象议论,说明道理,深化主题,这就是卮言。但文章主要是以寓言比喻说明哲理,把哲学文学化。

荀 子

劝学(节选)

君子曰[1]:"学不可已[2],青,取之于蓝而青于蓝[3];冰,水为之而寒于水。"木直中(zhòng)绳[4],輮(róu)以为轮[5],其曲中规[6]。虽有槁暴(pù)[7],不复挺者,輮使之然也[8]。故木受绳则直,金就砺则利[9],君子博学而日参省(xǐng)乎己[10],则知明而行无过矣[11]。

【注释】

[1]君子:道德高尚,学识渊博的人。[2]已:止,半途而废。[3]青,取之于蓝而青于蓝:青这种染料是从蓝草中提取出来的,但却比蓝草的颜色更深。青,青色。蓝,蓼蓝,也叫染青草,叶子可以用来提取染料。[4]中绳:合乎墨线。绳,木匠用于取直的墨线。[5]輮以为轮:使它弯曲成为车轮。輮,通"煣",用火

吾尝终日而思,不如须臾之所学也[12];吾尝跂(qí)而望矣[13],不如登高之博见也[14]。登高而招[15],臂非加长也,而见者远;顺风而呼,声非加疾也,而闻者彰[16]。假舆马者[17],非利足也,而致千里;假舟楫者[18],非能水也,而绝江河[19]。君子生(xìng)非异也[20],善假于物也。

积土成山,风雨兴焉;积水成渊,蛟龙生焉。积善成德,而神明自得,圣心备焉[21]。故不积跬(kuǐ)步[22],无以至千里,不积小流,无以成江海。骐骥一跃[23],不能十步;驽马十驾[24]功在不舍。锲而舍之[25],朽木不折;锲而不舍,金石可镂[26]。螾(yǐn)无爪牙之利[27],筋骨之强,上食埃土,下引黄泉,用心一也。蟹八跪而二螯[28],非蛇鳝之穴无可寄托者,用心躁也。

荀子(约前313年~前238年),名况,赵国人,人称荀卿。为孟子之后的儒家代表人物。齐威王和齐宣王时,游学稷下,为稷下学术界领袖。后去楚,春申君以为兰

烤,使直木慢慢弯曲。[6]中规:合于圆规所画的圆。规,木匠用以画圆的工具。[7]槁暴:太阳暴晒而干枯。[8]使之然:使它成为这样。[9]金就砺则利:金属刃具在磨刀石上磨就会锋利。金,指金属制造的刀具。就,接近。砺,磨刀石。利,锋利。[10]日参省乎己:天天检查反省自己的言行。参省,自我反省检查。[11]知明而行无过:在认识上看得清楚而且做起来没有什么过失。知,同"智"。明,目明。[12]须臾:片刻。[13]跂:同"企",踮起脚后跟。[14]博见:见识广。[15]招:招手。[16]彰:清楚。[17]假舆马:借助车马。假:借,凭借。舆,车。[18]舟楫:舟船。楫,船桨。[19]绝:横渡。[20]君子生非异:君子并不是生性与一般人有什么差异。生,同"性",性情。[21]圣心:圣人的心智。[22]跬步:一步。古人以两脚各移动一次为一步,故跬即今天的一步,步为今天的两步。[23]骐骥:良马,千里马。[24]驽马:劣马,行动迟缓的马。驾:车马一日所行的路程。[25]锲:用刀刻东西。[26]镂:雕刻。[27]螾:同"蚓",蚯蚓。[28]跪:腿脚。螯:蟹的大脚前端的钳。

298 陵令。春申君死而废，发愤著书，老于兰陵。荀子以孔子学说为本，
综合各家思想，加以补充修正，成为一种新儒学，并开启了法家思
想，法家代表人物韩非、李斯皆出其门下。《荀子》现存三十二篇，长
于说理，论点鲜明，结构严密，说理透彻，词汇丰富，句式整齐而又
时有变化。

《劝学》是《荀子》的第一篇，劝，是劝勉，鼓励，而不是规劝，劝
诫。节选部分阐述学习的意义、态度、方法，强调后天学习对修养人
性所起的决定性作用，勉励人们要坚持不懈、专心致志地努力学习。

第一段阐明学习的意义、重要性。荀子开宗明义第一句就提出
"学不可已"的论点，但他妙在冠以"君子曰"三字，说明这个问题的
普遍性，不是我荀况一人的看法，而是有学识和道德修养的人共同
的看法。接着连用三个比喻，从修身养性的角度阐明学习的重要性
和必要性。"青胜于蓝"和"冰寒于水"两个比喻，说明通过学习的积
累，量变可以引起质变，学生可以超过老师，后人可以超过前辈。
"𫐓以为轮"则比喻学习可以改造人的本性。荀子是性恶论者，认为
人先天就是恶的，必须经过后天的教育才能改造为性善。这个比喻
就说明了这个道理。下来又加以引申，用"木受绳"、"金就砺"比喻
说明"博学而参省乎己"就可以"知明而行无过"(脑袋聪明而行为
没有错误)。

第二段论证怎样学呢? 就是"善假于物"。"假于物"就是在实践
中学习并掌握积累知识和经验，这是最好的学习方法。他以亲身体
验说明整天脱离实际的冥思苦想不如在实践中片刻学习。他主张
在实践中学习，认为人的认识始于感觉，只有与外界事物接触才能
获得真知。他把学行结合起来，这个观点在当时是很新颖的，也是
很进步的。为了证明这个问题，他又从日常生活中的事例出发，用
一连串比喻，就是登高、顺风、假舆马、假舟楫等比喻，深化"思"不

如"学"的道理,说明在实践中学习可以增长能力和才干,结出"君子生非异也,善假于物"的结论。的确,人的知识、智慧来自于在实践中学习的积累,同时又反过来利用外物,改造客观世界,使之为我所用。人和动物的区分就在此,聪明人和愚蠢者的区别也在此。

第三段论述正确的学习态度。他以"积土成山"、"积水成渊"两个比喻导出学习的"积善成德",说明学习不能一蹴而就,学习是一个由少到多、循序渐进的积累过程。接着又用"不积跬步,无以至千里"、"不积小流,无以成江海"的比喻,从反面说明学习不积累就不会取得成绩。下来,他又以"骐骥"与"驽马"对比,"朽木"和"金石"对比,"螾"和"蟹"对比,论证学贵专一。因为学习非一日之功,只有持之以恒,才能刻金镂石,功到事成。如果三天打鱼,两天晒网,心情浮躁,必然半途而废,一事无成。

王先谦说,荀子文章"反复推详,务明其旨趣"(《荀子集解·自序》)。这就体现在广征博喻,务必把道理说深说透,增强文章的说服力量。这些设喻灵活多样,不同于庄子寓言悠渺恍惚,全是人们熟悉的事物,使抽象的道理具体化。文章结构严谨,意义、方法、态度三位一体的逻辑程式,逐层深入的推论,辅以铺张排比,气势雄壮,说服力强。

左 传

曹 刿 论 战

十年春[1],齐师伐我[2],公将战[3]。曹刿(guì)请见[4]。其乡人曰[5]:"肉食者谋

【注释】

[1]十年春:鲁庄公十年(前684年)春天。[2]我:指鲁国。因《左传》为鲁国史官所写的历史。[3]公:鲁庄公,姓姬名同。[4]曹刿:鲁国人,即《史

300

之[6]，又何间焉[7]？"刿曰："肉食者鄙[8]，未能远谋。"乃入见。问："何以战[9]？"公曰："衣食所安[10]，弗敢专也[11]，必以分人。"对曰："小惠未遍[12]，民弗从也[13]。"公曰："牺牲玉帛[14]，弗敢加也[15]，必以信[16]。"对曰："小信未孚[17]，神弗福也[18]。"公曰："小大之狱[19]，虽不能察，必以情[20]。"对曰："忠之属也[21]，可以一战。战则请从[22]。"

公与之乘[23]。战于长勺[24]。公将鼓之[25]，刿曰："未可。"齐人三鼓，刿曰："可矣。"齐师败绩[26]。公将驰之[27]，刿曰："未可。"下，视其辙[28]，登，轼而望之[29]，曰："可矣。"遂逐齐师。

既克[30]，公问其故。对曰："夫战，勇气也。一鼓作气[31]，再而衰[32]，三而竭[33]。彼竭我盈，故克之。夫大国难测也，惧有伏焉[34]。吾视其辙乱，望其旗靡[35]，故逐之。"

记》中的曹沫，曾随鲁庄公与齐桓公会盟，以匕首胁迫齐桓公归还侵占鲁国的领土。[5]乡人：同乡的人。[6]肉食者：掌权的人。做官享有俸禄，生活优裕，故称肉食者。[7]间：参与。[8]鄙：见识短浅鄙陋。[9]何以战：凭什么打仗。[10]衣食所安：穿衣吃饭这些所用来安身之物。[11]专：独占。[12]小惠未遍：小恩小惠未能遍及大众。[13]弗从：不跟随你。[14]牺牲玉帛：祭品。猪牛羊称为牺牲，丝绸玉器称为玉帛。[15]加：夸大，虚报。[16]信：诚实，守信用。[17]小信未孚：只是小的信用，未能取得信任。孚，取信。[18]福：赐福。[19]小大之狱：大大小小的诉讼案件。[20]必以情：一定求其合乎情理。[21]忠之属：属于忠实为民的一类。[22]请从：请允许我跟着去。[23]公与之乘：鲁庄公和他同坐一辆兵车。乘，车。[24]长勺：地名，在鲁国。[25]鼓之：擂鼓进军。[26]败绩：溃阵败退。[27]驰之：纵兵追击。[28]辙：车走过的迹印。[29]轼：车前供乘者扶手的横木。[30]克：胜。[31]作气：振作士气。[32]再：二。[33]竭：尽。[34]伏：伏兵。[35]靡：倒下。

这篇文章选自《左传·庄公十年》。《左传》是为孔子所修的《春秋》所作的解释，但不是字句的解释，而是用生动的历史事实说明,所以富有文学性。《左传》特别长于描写战争,塑造人物,对中国古代历史散文的发展具有奠基作用。它记事上起鲁隐公元年(前722年)下迄鲁哀公二十七年(前467年)的历史,具有很高的史学价值。所选这段文章记叙齐鲁长勺之战,塑造了一个政治家兼军事家曹刿的形象。

　　第一段写论战起因和战前准备。先交代时间、事件,"齐师伐我","公将战",表现庄公胸无谋略,引出曹刿。短短几字,烘托出战前紧张气氛,当时齐国是大国,在今山东中部,鲁国是小国,在今山东南部。战前,齐国内乱,襄公的两个弟弟公子小白和公子纠分别出逃莒国和鲁国,襄公被杀,公孙无知立,后又被杀,公子小白和公子纠回国争位,鲁庄公派兵护送公子纠,在乾时被打败,结果小白抢先即位,是为齐桓公。桓公胁迫庄公杀公子纠,并自恃强大,发动了这次侵鲁的长勺之战。曹刿认识到了这次战争的正义性,往见庄公。问他何以战,庄公讲了三条依据,完全是一种主观情绪。第一条"衣食所安","必以分人",是对官僚贵族说的,因为在先秦,只有官僚贵族才称为"人",老百姓只能称为"民"。第二条"牺牲玉帛",不敢虚报,是对天地神灵说的,只有第三条"小大之狱",一定根据实情判案,是给广大老百姓办的好事。曹刿否定了前两条,只肯定了第三条。这是"取信于民"的政治保证,是军事胜利的前提。作者又用乡人劝阻,来表现曹刿的远谋和责任感。乡人眼光短浅,肉食者无能,反衬曹刿的远见卓识。文章写曹刿与庄公对话,三次问答,表现庄公之鄙,曹刿之远谋。三次问答十分紧凑,一波未平,一波又起,引人入胜。

　　第二段写战争场面,但只写击鼓和逐师两件事。战斗中,庄公"将鼓之","将驰之",迫不及待,轻举妄动,而曹刿沉着果断,对士气盛衰了然于心,善于捕捉战机,抓住反攻、追击的时机,取得了胜

302

利。他对战争时机的选择完全符合"敌疲我打"的军事原则,故毛泽东在《中国革命的战略问题》中作为以弱胜强的战例进行精辟的分析。文章在与庄公的对比刻画中,表现二人的思想、作风和见识。曹刿知己知彼,精通战略战术的军事指挥才能得到了充分的表现。至于取胜的原因,只写果,不写因,留下悬念和伏笔。

第三段论战胜之因。何以打了胜仗,庄公还莫名其妙,于是曹刿进行解释。也是抓住"击鼓"和"逐师"来分析。击鼓,曹刿深知士气在战争中的重大作用,两军相逢勇者胜,所以在"彼竭我盈"时就能"克之"。逐师,则抓住"辙乱"、"旗靡"之时,掌握实情,知己知彼,正确判断,才能百战不殆。至此,一位成熟老练、深谋远虑的将军形象就浮现出来了。

战 国 策

邹忌讽齐王纳谏

邹忌修八尺有余[1],而形貌昳(yì)丽[2]。朝服衣冠[3],窥镜,谓其妻曰:"我孰与城北徐公美[4]?"其妻曰:"君美甚,徐公何能及君也?"城北徐公,齐国之美丽者也。忌不自信[5],而复问其妾曰:"吾孰与徐公美?"妾曰:"徐公何能及君也?"旦日[6],客从外来,问之客曰:"吾与徐公孰美?"客曰:"徐公不若君之美也。"明日,徐公来,孰视

【注释】

[1]邹忌:战国时齐人。善鼓琴,见齐威王,威王用以为相,封成侯。修:长。这里指身高。[2]昳丽:光亮的样子。昳,日侧貌。[3]朝服衣冠:早晨穿好上朝的服装。[4]我孰与城北徐公美:我与城北徐公谁漂亮。孰,哪个。[5]不自信:自己不相信。[6]旦日:明日。[7]孰:通"熟",仔细,反复。[8]暮寝而思之:晚上躺下来考虑这件事。[9]私我:偏爱

之[7]，自以为不如，窥镜而自视，又弗如远甚。暮寝而思之[8]，曰：“吾妻之美我者，私我也[9]；妾之美我者，畏我也；客之美我者，欲有求于我也。”

于是入朝，见威王[10]，曰：“臣诚知不如徐公美。臣之妻私臣，臣之妾畏臣，臣之客欲有求于臣，皆以美于徐公。今齐地，方千里[11]，百二十城，宫妇左右莫不私王，朝廷之臣莫不畏王，四境之内莫不有求于王：由此观之，王之蔽甚矣[12]！”

王曰：“善！”乃下令：“群臣吏民能面刺寡人之过者[13]，受上赏；上书谏寡人者，受中赏；能谤讥于市朝[14]，闻寡人之耳者，受下赏。”令初下，群臣进谏，门庭若市；数月之后，时时而间进[15]；期（jī）年之后[16]，虽欲言，无可进者。

燕、赵、韩、魏闻之，皆朝于齐[17]。此可谓战胜于朝廷[18]。

我。[10]威王：田姓，名婴齐。前356年～前320年在位。[11]方：方圆。[12]王之蔽甚矣：王受的蒙蔽太深了。[13]面刺寡人之过：当面指责我的过错。[14]谤讥于市朝：在公共场所指责。谤讥，议论，不是诽谤。市，集市。[15]间：间或。[16]期年：一周年。期，《尚书·尧典》：“期，三百有六旬有六日。”[17]朝于齐：到齐国来表示友好和敬意。[18]战胜于朝廷：在朝廷上取得胜利。指不用战争取胜。

本篇选自《战国策·齐策》。《战国策》是由战国末年或秦汉间人纂集而成的一部历史著作，最后由西汉刘向编定。记事上继春秋，下止秦并六国，约二百四十年左右的史事，分十二国策，其中主要记叙了策士们的奇策异谋。行文注意人物形象的刻画，较之《左传》更细腻，更波澜曲折，形象生动。这篇文章记叙邹忌以巧妙的方式劝告齐王纳谏,说明国君必须广泛采纳各方面的批评建议,革新政治,才能治理好国家。

第一段写邹忌从与徐公比美的经历中受到启发,为进谏找到了有力的论据。文章先写邹忌之美,身长八尺,高大魁伟,容貌漂亮,真是一个美男子,帅气得很。他也很自信,敢于与出名的美男子徐公比美。于是他穿上华丽的时装,用镜子照了又照,然后询问他的妻、妾和客:"我孰与城北徐公美?"当他得到肯定的答复以后,恰巧徐公来,他"孰视之,自以为不如。窥镜而自视,又弗如远甚",说明他有自知之明,不受阿谀之词蒙蔽,而且能够认真思索,得出妻、妾、客奉承自己的原因是"私我"、"畏我"、"有求于我"。一个人能够认识到自己不如人不难,但虚荣心迫使自己往往不敢承认不如别人,陶醉于自己感觉良好之中。邹忌没有这样,他承认自己不如徐公,并进而领悟到人一受到蒙蔽,就会偏信偏听,不能正确认识自己的缺点和错误。自己身居相位,有一点权势,就有人阿谀奉承,那么作为一国之君的齐王,岂不是阿谀奉承的人更多,他决心用自己的切身体会去讽谏齐王。

第二段写邹忌用自己的故事讽喻齐王去蔽纳谏,这是全文的中心部分。邹忌见齐王,十分注意进谏的方式、方法,他不是直言谏诤,这样弄得不好会得罪齐王,而是从摆家常开始,以自己与徐公比美受到妻、妾、客蒙蔽的事例说明王更可能受到更大、更多的蒙蔽,因为国君地位更高,权势更大,所受到的偏私、敬畏、奉承更为严重,那么"王之蔽甚矣"则是确定无疑的了。一般地说,权势越大,身边阿谀奉承的人就越多,也就越不容易分清是非,认识自我,因为没有人会去讨好一个对自己没有好处的人。他这样类比推理,由己及人,委婉周至,使齐王不得不心悦诚服。这样,就刻画出了一个有自知之明,有责任心,善解人意,懂进谏艺术的谋臣形象。据载,他当相后,淳于髡提了不少意见和建议,都接受了。当然,齐威王也是有自知之明的国君,邹忌第一次见他,他在鼓琴时邹忌说了一句"善哉鼓琴",被认为有恭维之嫌,差点杀掉邹忌。直到邹忌说明其中的道理,提出一系列的治国之道,才原谅了邹忌,邹忌才受到重视。

第三段写讽谏结果。齐威王在位四十六年,早年是个昏君,"好为淫乐长夜之饮,沉湎不治"(《史记·滑稽列传》)。在"国且危亡"之际,淳于髡讲了一只大鸟"止王之庭,三年不飞也不鸣"的故事,使他从迷醉中醒悟,发出"不鸣则已,一鸣惊人"的豪言壮语,于是奋兵称雄,"威行三十六年"。齐王听了邹忌的劝谏,接受劝告,悬赏求谏,广开言路,改革朝政。令初下,进谏的"门庭若市",说明以前问题成堆,"王之蔽甚矣"。过了几个月,是"时时而间进",说明已经初见成效。一年之后,"无可进者",说明已经大见成效。从而使齐国国势强盛,威镇诸侯。战国初期,统治者都懂得人心向背是国家政权能否巩固的决定因素。在齐国,齐威王是有魄力的开明国君,邹忌是有政治头脑的谋臣。他们为了巩固统治,增强国力,所以纳谏。封建统治者的这些手段,在当时是有进步意义的。但文章却过分夸张渲染,不免有背历史的真实,"虽欲言无可进者",只是儒家偃武修文的理想而已,当时是不可能实现的。

司马迁

屈原列传(节选)

屈原者,名平,楚之同姓也[1]。为楚怀王左徒[2]。博闻强志[3],明于治乱[4],娴

【注释】

[1]楚之同姓:楚武王熊通子瑕封于屈地,后世子孙因以屈为姓,屈原为其后代,故是楚国王族中的一支。[2]左

于辞令[5]。入则与王图议国事,以出号令;出则接遇诸侯[6]。王甚任之。

上官大夫与之同列[7],争宠而心害其能[8]。怀王使屈原造为宪令[9],屈平属草稿未定[10],上官大夫见而欲夺之,屈平不与。因谗之曰[11]:"王使屈平为令,众莫不知。每一令出,平伐其功曰[12],以为'非我莫能为'也。"王怒而疏屈平。

屈平疾王听之不聪也[13],谗谄之蔽明也[14],邪曲之害公也[15],方正之不容也[16],故忧愁幽思而作《离骚》[17]。"离骚"者,犹离忧也[18]。夫天者,人之始也[19];父母者,人之本也[20]。人穷则反本[21],故劳苦倦极[22],未尝不呼天也;疾痛惨怛(tà)[23],未尝不呼父母也。屈平正道直行[24],竭忠尽智,以事其君,谗人间之[25],可谓穷矣[26]。信而见疑[27],忠而被谤[28],能无怨乎?屈平之作《离骚》,盖自怨生也[29]。国风好色而不淫[30],小雅怨诽而不乱[31]。若《离骚》者,可谓兼之也[32]。上称帝喾(kù)[33],下道齐桓[34],中述汤、武[35],以刺世事[36]。明道德之广崇[37],治乱之条贯,靡不毕见[38]。其文约[39],其辞微[40],其志洁,其

徒:官名,相当于上大夫,仅次于令尹(宰相)。[3]博闻强志:学识渊博,记忆力强。[4]明于治乱:了解治理国家的道理,治乱,偏义复词,指治理。[5]娴于辞令:熟悉应酬交际语言和文辞。[6]接遇:接见招待。宾客:别国使节。[7]上官大夫:姓上官的大夫,大夫,官名。同列:官阶相同,屈原为左徒,属于大夫之列。[8]害:嫉妒。[9]造为宪令:制定国家法令。[10]属:连接文字,即编写。[11]谗:诽谤。[12]伐:夸耀。[13]疾:痛心。[14]谗谄蔽明:谄媚小人的诽谤之言蒙蔽了楚怀王的明察。[15]邪曲:邪恶,歪曲事理。[16]方正:正直端方。[17]幽思:深思。[18]离忧:遭忧,离,通"罹",遭致。[19]天者,人之始:古人认为天生万物,故是人之始。[20]父母者,人之本:子女由父母所生,故父母为人之本。[21]反本:追念本源。反,同"返"。[22]极:穷困。[23]惨怛:悲苦忧伤。[24]正道:道理正大。[25]间:离间。[26]穷:困苦到了尽头。[27]信:诚信。见:被。[28]忠:忠诚。[29]盖自怨生:本是由怨恨而生。[30]国风:《诗经》中的风诗,

行廉[41]。其称文小而其指极大[42]，举类迩(ér)而见义远[43]。其志洁，故其称物芳[44]；其行廉，故死而不容自疏[45]，濯淖(zháonào)污泥之中[46]，蝉蜕于浊秽[47]，以浮游尘埃之外[48]，不获世之滋垢[49]，皭(jiào)然泥而不滓者也[50]。推此志也[51]，虽与日月争光可也。

又称十五国风。好色：国风中反映的男女爱情。不淫：不过分。[31]小雅：《诗经》中的雅诗，分大雅和小雅。怨诽：抱怨非议。不乱：没有逾越君臣纲常。[32]兼之：指《离骚》兼有国风和小雅的长处。[33]上：远古。称：述。帝喾：古帝王名，相传为黄帝曾孙，号高辛氏。[34]下：近古。道：说。齐桓：齐桓公，春秋五霸之一。[35]中：中古。汤、武：商汤和周武王。[36]刺：讽刺。[37]广崇：广大崇高。[38]靡不毕见：无不全面表述清楚，见，同"现"。[39]约：简约。[40]微：精深。[41]廉：廉洁，行为不苟且。[42]称：引用。文：文辞。小：细微。指：同"旨"，作品的含意。[43]类：事例。迩：近。[44]芳：芳草，指《离骚》常以美人香草作比喻。[45]不容自疏：不顾自己被疏远。[46]濯淖：洗涤。[47]蜕：虫类蜕皮。[48]浮游：超脱。[49]获：辱。滋垢：污秽。[50]皭然：洁白的样子。泥：黑土。[51]推：发扬。

司马迁(前145年？~前87年)，夏阳(今陕西韩城市)人。西汉时伟大的史学家和文学家。他生长在一个世代史官的家庭里，青少年时代一面读书，一面游历，足迹几遍全国。后继父任太史令，不久开始写《史记》。中途，为李陵兵败投降匈奴申说其功过可以相抵，触怒汉武帝，惨遭宫刑。出狱后任中书令(这种官职一般由宦者担任)，更增加他发愤写《史记》的决心和毅力。55岁完成不朽巨著《史记》。不久离开人世。《史记》把我国古代自黄帝至汉武帝年间的政治、经济、文化等各方面的内容纳入史学范围，共一百三十篇，五十二万多字，它既是一部百科全书式的通史巨著，也是一部史学与文学相结合的典范著作。

这篇文章节选自《史记·屈原贾生列传》，节选部分记载屈原早

308 期的生平事迹,以及在政治上遭受迫害的悲惨遭遇,表现他在政治上和文学上的杰出才能,以他创作《离骚》为例,高度赞扬他的爱国精神和刚正不阿的高贵品德,发出了"信而见疑,忠而见谤"的不平之鸣。司马迁以深挚的同情,沉痛的哀婉,记叙屈原的家世,才干以及奸佞之徒对他的谗毁,塑造了一个伟大的爱国诗人的形象。对他的《离骚》给予极高评价,比之于最受尊崇的《诗经》中的风、雅。他给予屈原和他的代表作品这样高的评价,这在当时是一种离经叛道的思想。屈原是信而见疑,忠而见谤,这和他十分相似,特别引起了他的共鸣。屈原愤而作《离骚》,和他发愤写《史记》二者也很类似,所以他完全是以情驭文,情之所之,文之所之,自然天成,感人至深。

开头两小节为一段,是叙事部分。先交代屈原的姓名、出身、官职、才能以及楚怀王对他的信任。"博闻强志"是说文化素养高,"明于治乱"是说政治水平高,"娴于辞令"是说外交才能杰出,因而担任了仅次于令尹(宰相)的"左徒"这样重要的职务。他因为"明于治乱",所以"入则与国王图议国事,以出号令";他因为"娴于辞令",所以"出则接遇宾客,应对诸侯";他因为有对内对外的杰出才能,所以"王甚任之",成为楚怀王的左右手。这是概括性地介绍,给人一个总的印象,然后再选择他一生中的重大事件来表现他的爱国精神。接着写屈原任左徒时,楚怀王叫屈原起草宪令,施行变法,可是重臣上官大夫嫉贤妒能,"见而欲夺之,屈平不与"。夺,本义是鸟儿从手中脱去,引申为改变,即修改。不与,不同意。因为这牵涉到原则问题,怎能轻易改动。上官大夫怀恨在心,于是向楚怀王进谗,说"每一令出,平伐其功,以为非我莫能为也"。上官大夫才能平庸,可进谗却手段高明,说"平伐其功",用心险毒。怀王是个心地高傲,刚愎自用的人,曾经当过合纵长,怎能容忍屈原的"狂妄",于是一怒之下就疏远了屈原。可见上官大夫卑劣阴险,楚怀王昏庸之极。在国君昏庸,大臣妒害的情况下,屈原遭到疏远,这是他一生不幸遭遇的开始。

第三自然段,是夹叙夹议式的议论部分。写屈原受谗为楚怀王所疏远,忧愁幽思而作《离骚》。先写屈原著《离骚》,并对《离骚》给予极高的评价。这些文字主要采自刘安的《离骚序》和《易·系辞下》而稍加变化。在叙述作《离骚》的原委以后,对《离骚》题意做了简洁的解释,说"离骚"就是"离忧",遭到忧愁。接着引入议论,说屈原是一个"正道直行,竭忠尽智,以事其君"的人,却被疑忌疏远,怎能不怨? 可见作《离骚》是由怨而产生的。这种抒发怨愤之情的著作,就像人在极端痛苦时呼天地、呼父母一样的出于人的至情至性。"信而见疑"、"忠而见谤",是屈原一生遭遇的概括,由此而产生"怨","怨"是《离骚》的精神所在。人一怨容易过激走错路,但屈原却不,仍处处表现出眷恋故国,怀念楚王,这正是屈原的可贵之处。当时像他这样有才干的人,朝秦暮楚是很普遍的,并不会引起人们的非议。所以他是伟大的爱国主义诗人。说《离骚》兼有《国风》和《小雅》的怨刺特点,司马迁抓住一个"怨"字,说明他对屈原有充分的了解,对《离骚》有准确的把握。因为在遭遇和人格上,他和屈原是相似的。

接着十分感慨地介绍《离骚》的内容。说《离骚》是用"帝喾"、"汤"、"武"、"齐桓公"等几个英明君主的政事来对比讥讽当世的时政,阐明道德和国家治乱的因果关系,表达屈原的政治主张。然后对《离骚》进行评价:"其称文小而其旨极大",承"其文约",说文字方面不过说的是平常事物,但其用意极其远大。"举类迩而见义远"承"其辞微",说所举的是眼前习见的事例,而所体现的道理极其深远。"其志洁,故其称物芳",意思是屈原志趣高洁,所以《离骚》中多

310

引用兰、蕙、荃、桂之类的香花香草作比喻。"其行廉,故死而不容自疏",说屈原的行为毫不苟且,虽死也不肯有所疏忽。他身处污浊如泥的社会,但能够像蝉蜕壳一样解脱于污秽之中,超脱于世俗之外,不为尘埃所染,不蒙受当世的污垢,出淤泥而不染,歌颂了屈原洁身自好的操守。最后两句总结,屈原的高尚志行、高尚情操,可与日月争光。

第十二单元
注重实用六朝文

　　散文发展到六朝,出现了重文采、重骈化的倾向。魏晋南北朝时期由于战乱频繁,政治黑暗,传统的儒家思想的松动,对文学的发展提供了相对的自由环境。文人偏安于南方,水暖山温,生活富裕,使他们逐步意气消沉,转而追求文学的形式技巧和花样翻新。由于方块汉字一形、一音、一义的特点,组合自由,粘接灵便,容易产生对偶,这就助长了他们追求骈偶的风气。骈偶即行文以偶句出现,两句字数相等,音调平仄相对,词性相近或相反,并大量用典。通篇用骈偶写成的文章就叫骈文。在魏晋,散文开始骈化,到南北朝,骈文统治散文文坛,极其盛行,不仅文学创作大量使用骈文,就是应用文字,乃至理论著述,比如数万言的文艺理论巨著《文心雕龙》,都是使用骈文写成,这成为一种时尚。这种文风一直延续到中唐韩愈、柳宗元领导的古文革新运动,才推翻了骈文的统治。骈文的缺点是难写、难读,束缚思想的自由表达与交流,优点是一些骈文精品极富文采,并有神韵。

　　然而,也有一些作家不受骈文的时尚左右,注重散文的经世致用,通脱清新,言之有物,抒发情怀,情文兼善。他们或倾诉友情,或抒发怀抱,或上表言事,或品评文章,或纪游山水,感情都很真挚,语言则吸收骈文优点,隽语叠出,清峻婉转,呈现出浓厚的抒情特色。

这个时期的散文，代表作家有曹操、曹丕、曹植、嵇康、阮籍、王羲之等。同时，还出现了《搜神记》、《世说新语》等一些笔记小品著作以及《水经注》等地理著作。

阅读魏晋六朝散文，可参读曹融南选注《汉魏六朝散文选注》。

诸 葛 亮

出 师 表

臣亮言：

先帝创业未半而中道崩殂(cú)[1]，今天下三分[2]，益州疲弊[3]，此诚危急存亡之秋也。然侍卫之臣不懈于内，忠志之士忘身于外者，盖追先帝之殊遇[4]，欲报之于陛下也[5]。诚宜开张圣听[6]，以光先帝遗德，恢弘志士之气，不宜妄自菲薄[7]，引喻失义[8]，以塞忠谏之路也。

宫中府中[9]，俱为一体，陟(zhì)罚臧(zāng)否(pǐ)[10]，不宜异同。若有作奸犯科及为忠善者[11]，宜付有司论其刑赏，以昭陛下平明之理，不宜偏私，使内外异法也。

侍中、侍郎郭攸之、费祎(yī)、董允等[12]，此皆良实，志虑忠纯，是以先

【注释】

[1]先帝：去世的皇帝，指刘备。崩殂：死亡。皇帝死称"崩"，又称"殂"。[2]三分：指分为魏、蜀、吴三国。[3]益州：汉置益州，在今四川及陕西、云南、贵州部分地区。[4]追：追念。[5]陛下：旧时对皇帝的尊称。陛，皇帝宫殿的台阶。言臣下不能与皇帝平起平坐，只能在台阶下与皇帝说话。[6]开张圣听：扩大圣明的听闻。[7]妄自菲薄：随便地看轻自己。菲，薄。[8]引喻失义：称引不合义理。[9]宫中府中：指皇帝宫禁中的侍臣和丞相府中的属吏。[10]陟罚臧否：提拔奖励表现好的和降职处罚表现坏的。陟，提升。罚，处罚。臧，善。否，恶。[11]作奸犯科：违法乱纪。作奸，干坏事，犯

帝简拔以遗陛下[13]。愚以为宫中之事，事无大小，悉以咨之[14]，然后施行，必能裨补缺漏[15]，有所广益。将军向宠[16]，性行淑均，晓畅军事，试用于昔日，先帝称之曰："能。"是以众议举宠为督。愚以为营中之事，悉以咨之，必能使行（háng）阵和睦，优劣得所。

亲贤臣，远小人，此先汉所以兴隆也；亲小人，远贤臣，此后汉所以倾颓也[17]。先帝在时，每与臣论此事，未尝不叹息痛恨于桓、灵也[18]。侍中尚书、长（zhǎng）史、参军[19]，此悉贞良死节之臣，愿陛下亲之信之，则汉室之隆，可计日而待也。

臣本布衣[20]，躬耕于南阳[21]，苟全性命于乱世，不求闻达于诸侯。先帝不以臣卑鄙[22]，猥自枉屈[23]，三顾臣于草庐之中，咨（zī）臣以当世之事，由是感激[24]，遂许先帝以驱驰[25]。后值倾覆[26]，受任于败军之际，奉命于危难之间，尔来二十有一年矣[27]。先帝知臣谨慎，故临崩寄臣以大事也[28]。受命以来，夙夜忧叹[29]，恐托付不效，以伤先帝之明。故五月渡泸[30]，深入不毛[31]。今南方已定，兵甲已足，当奖率三军，

科，违犯法律条文。[12]侍中、侍郎：出入宫中侍奉皇帝的近臣。郭攸之：南阳人。费祎：江夏人。董允：枝江人。时郭攸之、费祎任侍中，董允任黄门侍郎。[13]简拔：选拔。[14]咨之：询问他们。[15]裨补：增益，补救。[16]向宠：宜城人，刘备伐吴，只有向宠部队损失最小。后主时封为都亭侯，后为中部督。[17]倾颓：倾覆衰败。[18]桓、灵：东汉末年的汉桓帝和汉灵帝。[19]尚书：主管朝政的高级官员，指南阳人陈震。长史：主管文书、簿籍的官员，指成都人张裔。参军：丞相府参谋军务的官员，指零陵人蒋琬。[20]布衣：平民。平民穿麻织布衣。[21]躬耕南阳：《汉晋春秋》："亮家于南阳之邓县，在襄阳城西二十里，号曰隆中。"躬耕，亲自耕种。南阳，南阳郡，隆中时属南阳郡。[22]卑鄙：地位卑微，见识少。[23]猥：辱，谦词。[24]感激：感奋激动。[25]驱驰：奔走效劳。[26]倾覆：指汉献帝建安十三年（208年）赤壁大战前刘备为曹操所败。[27]尔来：自那以来。[28]寄臣以大事：蜀汉章武三年（223年）刘备为吴所败，兵退白帝城，病危召见诸葛亮托付国家大事说："君

314

北定中原。庶竭驽钝[32]，攘除奸凶，复兴汉室，还于旧都[33]。此臣所以报先帝而忠陛下之职分也。至于斟酌损益[34]，进尽忠言，则攸之、祎、允之任也。

愿陛下托臣以讨贼兴复之效，不效，则治臣之罪，以告先帝之灵。若无兴德之言，则责攸之、祎、允等之慢，以彰其咎[35]。陛下亦宜自谋，以咨诹(zōu)善道[36]，察纳雅言，深追先帝遗诏，臣不胜受恩感激。

今当远离，临表涕零[37]，不知所言。

才十倍曹丕，必能安国，终定大事。若嗣子可辅，辅之；如其不才，君可自取。"[29]夙夜：早晚。[30]渡泸：指后主建兴三年(225年)诸葛亮南征孟获事。泸，泸水，金沙江支流。[31]不毛：指不长庄稼的未开发的地方。毛，草。[32]斟酌损益：权衡利弊得失。[33]庶竭驽钝：希望用尽平庸的才能。驽钝，下等马。[34]旧都：指西汉和东汉首都长安和洛阳。[35]以彰其咎：来显扬他们的错误。[36]咨诹善道：询问良方。[37]涕零：流泪。涕，泪。零，落。

诸葛亮(181年~234年)，字孔明，琅琊阳都(今山东沂水县南)人，三国时著名的政治家和军事家。刘备称帝，封为丞相。后辅佐后主刘禅，封为武乡侯，领益州牧。他任蜀国丞相二十余年，先后辅佐刘备父子，为发展祖国西南作出了重大贡献。后主建兴十二年(234年)病逝于北伐军中。有《诸葛忠武侯文集》。其文"志尽文畅"，号称"详约"。

蜀汉章武三年(223年)，刘备为失荆州大举伐吴，结果失败，病死白帝城永安宫，托孤于诸葛亮。刘禅继位，诸葛亮辅佐，"政事无巨细，咸决于亮"。经过几年的励精图治，出师南征，安定了后方。时值北方曹丕新亡，曹睿初立，又因北魏用兵东吴，关中空虚，蜀汉兵甲已足，诸葛亮决定率师北伐，以图实现刘备生前复兴汉室，一统天下的夙愿。为了开导刘禅，诸葛亮上了这道《出师表》。表，属奏议类,给国君的上书。"章以谢恩,奏以按劾,表以陈情,议以执议"（《文心雕龙·章表》）。在表中,诸葛亮追念先帝,议论形势,提出建议,安排人事,可以说是一篇施政大纲。

首尾两句是上表程式。

第一段论述北伐的重要性,指明后主应持的态度。先从"先帝创业未半,而中道崩殂"谈起,因为刘备一向以继承汉统自居,以恢复汉业为己任,而称帝仅三年就死去,所以是"创业未半"。那么刘禅就应该继承父志,北伐就应该提到议事日程上来。接着分析天下形势,"天下三分,益州疲弊",天下三分,北方魏国最为强大,东吴其次,西蜀最弱,而关羽失荆州,刘备又兵败,已伤元气,所以是"危急存亡之秋"。这是客观形势。但事在人为,从主观条件来说,"侍卫之臣不懈于内,忠志之士忘身于外",他们尽忠报国完全是怀念先帝的恩宠来报答你。既如此,所以你就不要妄自菲薄,说话失体,堵塞忠言。而要"开张圣听",听取各方面的意见,来发扬先帝的优良作风,鼓舞大家的士气。作者用"宜"、"不宜"正反两方面告诫刘禅,不要宠信宦官,要听用忠臣。真是语重心长,殷勤恳切。

第二段提出具体的人事安排建议。刘禅是扶不起来的"阿斗",一继位就有亲近宦官重用小人的倾向,所以诸葛亮特别提出"宫中府中,俱为一体,陟罚臧否,不宜异同"。执法一定要公,处事一定要平,不要使人觉得"内外异法"。下来提出人事安排,宫中可以倚重的文臣有"侍中、侍郎郭攸之、费祎、董允等",都是品质优良朴实,忠诚纯正的人,强调这是"先帝简拔以遗陛下",所以要特别信用他们。遇事多征求他们的意见,必能"裨补缺漏"。府中可以信赖的武将有向宠,他品性和善公允,通晓军事。在刘备伐吴的战役中,只有向宠的部队损失最小,先帝称为"能",众人也拥戴。所以"营中之事"询问他,就能"行阵和睦,优劣得所"。最后再次以历史教训告诫

316

刘禅,"亲贤臣,远小人",先汉就兴隆;"亲小人,远贤臣",后汉就倾覆。而且,先帝也有同感,尤其痛恨桓、灵二帝,重用宦官和外戚,导致亡国。接着再推荐尚书陈震、长史张裔、参军蒋琬等"贞良死节"之臣。

前两段晓之以理,当前形势、先帝遗范、大政方针、人事安排、官员职责、自己心情,追今抚昔,喷泻而出。第三段就表明时机成熟,决心北伐。这种决心,不是"贪功贸赏,滋生事端",而是"鞠躬尽瘁,死而后已"的职分。于是这就不得不从自己的身世、志趣以及和刘备的君臣际遇说起。自己身逢乱世,苟全性命,不求闻达,是刘备枉驾屈尊三顾草庐,为了报答知遇之恩,才出山辅佐。时刘备处于败军之际,危难之间,以诸葛亮为军师,确定联孙抗曹的方针,取得了赤壁之战的胜利,三分之势初成。"尔来二十有一年矣",说明自己二十年如一日,戎马倥偬,竭忠尽智,没有一点私心。这样的表白,流露出创业的艰辛,自己的忠诚。接着再说白帝城托孤,刘备把辅佐刘禅的重任托付给他,他感激泣涕地说:"臣敢竭股肱之力,效忠贞之节,继之以死。""五月渡泸,深入不毛",已为北伐打下基础,"南方已定,兵甲已足",就应不失时机地"奖率三军,北定中原"。这才算报答先帝的知遇之恩,才算尽到为臣的职分。这就把报先帝和忠陛下统一起来了。

第四段提出希望,希望后主以先帝遗愿为重,从总体上尽责。自己讨贼无效,"治臣之罪";攸之等重臣"无兴德之言",加以重责;皇帝自己也要自谋,"咨诹善道,察纳雅言",不要忘记先帝遗诏。能做到这些,自己就"不胜受恩感激"。这最后两段动之以情,处处表达报答先帝知遇之恩,忠于事业的耿耿忠心,对后主依依惜别的眷恋之情,字字句句从肺腑中流出,感人至深。

李 密

陈 情 表

臣密言：

臣以险衅[1]，夙遭闵凶[2]。生孩六月，慈父见背[3]；行年四岁，舅夺母志[4]。祖母刘，愍(mǐn)臣孤弱[5]，躬亲抚养。少多疾病，九岁不行[6]。零丁孤苦[7]，至于成立[8]。既无伯叔[9]，终鲜兄弟[10]。门衰祚薄[11]，晚有儿息[12]。外无期功强近之亲[13]，内无应门五尺之僮[14]。茕茕(qióng)孑(jié)立[15]，形影相吊[16]。而刘夙婴疾病[17]，常在床蓐(rù)[18]；臣侍汤药，未尝废离[19]。

逮(dài)逢圣朝[20]，沐浴清化[21]。前太守臣逵[22]，察臣孝廉[23]。后刺史臣荣[24]，举臣秀才[25]。臣以供养无主，辞不赴命。诏书特下，拜臣郎中[26]。寻蒙国恩，除臣洗马[27]。猥以微贱[28]，当侍东宫[29]，非臣殒首所能上报[30]。臣具以表闻，辞不就职。诏书切峻，责臣逋(bū)慢[31]，郡县逼迫，催臣上道。州司临门，急于星火。臣欲奉诏奔驰，则刘病日笃[32]；欲苟顺私情，则告诉不

【注释】

[1]险衅：命运多难，罪孽深重。[2]闵凶：丧事。指丧父。[3]见背：离开我，指父死。见，表示与自己的关系。背，离开。[4]舅夺母志：舅逼其母改嫁，不得守节。夺，脱，引申为改变。[5]愍：怜悯。[6]不行：足力弱，不能行走。[7]零丁：孤苦的样子。[8]成立：成人自立。[9]伯叔：伯父、叔父。[10]鲜：少。这里是没有。[11]门衰：门庭衰微。祚薄：福气很少。[12]晚有儿息：年岁很大，得子女很晚。[13]期功：丧服名。穿缝边的粗麻布服守丧一年叫期；穿粗麻布守丧九月叫大功，穿细麻布守丧五月叫小功。强近：勉强为亲近。[14]五尺：即一米多一点。古代尺寸小，一尺相当于现在的六寸。[15]茕茕子立：孤独无靠的样子。[16]形影相吊：曹植《责躬表》："形影相吊，五情愧报。"只有自己的影子和自己的身体互相安慰。吊，问候。[17]婴：萦绕。[18]蓐：草席。[19]废离：

许[33]。臣之进退，实为狼狈[34]。

伏惟圣朝以孝治天下[35]，凡在故老，犹蒙矜育[36]。况臣孤苦特为尤甚。且臣少仕伪朝[37]，历职郎署[38]，本图宦达，不矜名节。今臣亡国贱俘，至微至陋，过蒙拔擢，宠命优渥（wò）[39]，岂敢盘桓[40]，有所希冀[41]。但以刘日薄西山[42]，气息奄奄[43]，人命危浅[44]，朝不虑夕[45]。臣无祖母，无以至今日；祖母无臣，无以终余年。母孙二人，更相为命，是以区区不能废远[46]。臣密今年四十有四，祖母刘今年九十有六。是臣尽节于陛下之日长[47]，报刘之日短也。乌鸟私情[48]，愿乞终养。

臣之辛苦，非独蜀之人士及二州牧伯所见明知[49]，皇天后土，实所共鉴。愿陛下矜愍愚诚[50]，听臣微志，庶刘侥幸[51]，得卒余年。臣生当殒首，死当结草[52]。臣不胜犬马怖惧之情[53]，谨拜表以闻[54]。

李密（224年～287年），一名虔，字令伯，犍为武阳（今四川彭山县）人。父早亡，母改嫁，事祖母以孝闻。曾仕蜀汉，为尚书

停止、离开。[20]迨：到。[21]沐浴清化：蒙受清明的政治教化。[22]太守逵：蜀郡太守名逵，姓不详。[23]孝廉：汉代以后，每年由地方官考察当地人物，向朝廷推荐孝顺父母，品行廉洁的人出仕，称为举孝廉。[24]刺史荣：蜀州刺史名荣，姓不详。[25]秀才：向朝廷推荐学识优秀的人才出仕，称为举秀才。[26]郎中：晋代尚书曹司的长官。[27]除臣洗马：拜臣为太子的侍从官。除，拜官。洗马，《汉书》："太子属官有洗马。"管理文籍一类的官员。[28]猥：《广雅》："猥，顿也。"谦词，卑贱的意思。[29]东宫：太子宫。[30]殒首：掉脑袋。指杀头。[31]逋慢：态度傲慢。逋，缓。[32]日笃：一天天沉重。[33]告诉：向朝廷陈述。[34]狼狈：进退困难的处境。[35]伏惟：俯伏在地上思考。此为旧时下对上表示恭敬的用语。[36]矜：怜惜。[37]伪朝：指被灭亡的蜀国。[38]郎署：李密曾官蜀国尚书郎。[39]优渥：恩泽优厚。[40]盘桓：不进的样子。[41]希冀：企图。[42]奄奄：气息微弱，将断气的样子。[43]日薄西山：太阳迫近西山。薄，

郎,多次出使东吴,颇有辩才。蜀亡,晋泰始初,晋武帝征他为太子洗马,以奉养祖母为由,不就。祖母死后,始为晋官,先后任太子洗马、尚书郎,官至汉中太守。后因怀怨免官,老死家中。

晋武帝司马炎靠篡夺登基,不好说以忠治国,于是提出"以孝治天下"。并且安抚已灭的蜀国士族,召其旧臣入京任职,以此来吸引未灭的吴国士族倾心于晋。李密为蜀名臣,自然成为征召的对象。公元267年,晋武帝下诏征李密到洛阳为官。这篇表就是李密"辞不就职"时写给晋武帝司马炎的。由于《表》情辞恳切,扣人心弦,终于得到司马炎的谅解。

文章第一段写自己和祖母的特殊关系和特殊命运,抒发对祖母的孝情。开头"臣以险衅,夙遭闵凶"一句,感情低沉,语调酸楚,点明自己的辛酸痛苦经历。半岁丧父,四岁母何氏改嫁。只得依靠祖母刘氏。九岁尚不能走路,可见身体之差。既无叔伯,又无兄弟,两代单传,"茕茕孑立,形影相吊",真是"零丁孤苦"。说了自己,再说祖母刘氏,刘氏既老且病,自己照料汤药,不能离开。这些凄楚情景,为下文拒绝应诏打下基础。

第二段陈述自己进退两难的处境,进一步申述不能应诏的缘由。开头先恭维朝廷圣明清化,这是不得不说的话。接着历叙辞官的经过,一次是举孝廉,二次是举秀才,三次是拜郎中,四次是除洗马。一

319

接近。[44]危浅:危急得没有几天。[45]朝不虑夕:早晨没法考虑晚上还能不能活。[46]区区:小也。指拳拳之心。[47]陛下:皇帝。[48]乌鸟私情:像乌鸦一样哺乳的心情。相传乌鸦是孝鸟,母鸟老,能反哺其母。[49]二州牧伯:梁、益二州之长。[50]矜愍:怜悯。[51]庶:希望。[52]结草《左传》:"晋魏颗败秦师于辅氏,获杜回,秦之力人也。初,武子有宠妾,无子,武子疾,命颗曰:'必嫁。'疾病曰:'必以为殉。'嫁之,曰:'疾病则乱,吾从其治也。'及辅氏之役,颗见老人结草以亢杜回。杜回踬而颠,故获之,夜梦之曰:'余而所嫁妇人之父也。'"[53]犬马怖惧:像狗、马一样提心吊胆地害怕。[54]拜表:上表。

320

次比一次官大,一次比一次急切。为何辞而不就?一难是刘"病日笃",
二难是"告诉不许"。所以"进退狼狈"。古人云:"忠孝不两全。"应诏是
尽忠,拒诏是尽孝。作者把他的处境说得婉转凄恻,令人同情。

第三段再转到孝情上,陈述何以不能及时应命的理由。先抬出圣
朝"以孝治天下"为理由的基础,如何解决二难处境,顺理成章重心就
偏向了孝。接着贬抑自己"不矜名节",打消司马炎疑心自己是怀念故
国,保全名节而不就职。话说得很委婉,并未发泄无余,而是以理性节
制,转而写蒙受国恩而不能报的矛盾心情,分寸掌握得很好。

接着再次申述自己是"亡国贱俘",得到拔擢,如此优渥,知遇
之恩感戴不尽,哪还敢企图其他? 这种降臣心理的真实描述,使司
马炎不得不动心,消除疑虑。至此再诚挚提出"祖母无臣,无以终天
年"的根本原因。所以晋武帝看了《表》后赞道:"士之有名,不虚然
哉!""乃停诏"。

末段提出解决的办法。因为"臣密今年四十有四,祖母刘今年
九十有六",年龄长短对举,说明可以先尽孝,后尽忠,做到忠孝两
全。接着又用乌鸟反哺为喻,表示自己奉养祖母的急迫,否则就连
禽兽都不如。这就使司马炎更不好拒绝他"愿乞终养"的请求。

陶 渊 明

桃 花 源 记

晋太元中[1],武陵人捕鱼为业[2]。
缘溪行[3],忘路之远近。忽逢桃花林,
夹岸数百步。中无杂树,芳草鲜美,落

【注释】

[1]太元:东晋孝武帝司马曜
的年号。[2]武陵:治所在今
湖南常德市。[3]缘:沿着。
[4]落英缤纷:初开的花很繁

英缤纷[4]。渔人甚异之，复前行，欲穷其林[5]。林尽水源[6]，便得一山。山有小口，仿佛若有光。便舍船，从口入。

初极狭，才通人[7]。复行数十步，豁然开朗[8]。土地平旷，屋舍俨然[9]。有良田、美池、桑竹之属[10]。阡陌交通[11]，鸡犬相闻。其中往来种作，男女衣着，悉如外人[12]。黄发垂髫(tiáo)[13]，并怡然自乐。见渔人，乃大惊。问所从来，具答之。便要(yāo)还家[14]，设酒杀鸡作食。村中闻有此人，咸来问讯[15]。自云先世避秦时乱，率妻子邑人，来此绝境[16]，不复出焉，遂与外人间隔。问今世何世，乃不知有汉，无论魏晋。此人一一为具言所闻，皆叹惋。余人各复延至其家，皆出酒食。停数日，辞去。此中人语曰："不足为外人道也[17]。"

既出，得其船，便扶向路[18]，处处志之[19]。及郡下，诣太守[20]，说如此。太守即遣人随其往，寻向所志，遂迷，不复得路。

南阳刘子骥[21]，高尚士也。闻之，欣然规往[22]，未果[23]，寻病终[24]。后遂无问津者[25]。

盛。落英，始开的花。屈原："夕餐秋菊之落英。"缤纷，繁盛的样子。[5]穷：走尽。[6]水源：溪水的发源地。[7]才：仅仅可以。[8]豁然：开阔的样子。[9]俨然：很整齐的样子。[10]属：类。[11]阡陌交通：道路连贯。阡陌，道路东西的叫阡，南北的叫陌。交通，连接相通。[12]悉：尽，全。[13]黄发垂髫：老年和小孩。黄发，老年人头发由白转黄。垂髫，幼童垂发为饰。[14]要：通"邀"。[15]咸来问讯：全来打听。[16]绝境：与世隔绝的地方。[17]不足：不值得。外人：山外的人。[18]扶向路：沿着来时的旧路。扶，沿着。[19]志之：记下它。指作上标记。[20]诣：到，去。太守：时太守为刘歆。[21]南阳：今河南南阳市。刘子骥：刘骥之，字子骥，南阳人，常采药至衡山，深入忘返，见有一涧水，水南有二石菌，一菌闭，一菌开。水深广不得过。欲还，失道，遇伐弓人问径，始得还家。[22]规往：计划前往。[23]未果：未能实现。[24]寻病终：不久病死。[25]问津：问路。津，渡口。

这是一篇寓言式的散文,写于作者晚年,是《桃花源诗》的序言。它描写了一个世外桃源的独特天地,以寓作者反暴政之意。这个寓言有奇异的色彩,似虚似实,若有若无,亦真亦假,语言简妙传神。

文章先写渔人寻找桃花源。武陵人捕鱼,因渔而缘溪行,行而遇桃林,进而产生穷源的想法。其中"忘路之远近",暗示渔人已入迷路之境。而芳草鲜美,落英缤纷的美景使他"甚异之",促使他产生穷源的想法。文章有时间、地点、人物、事件,虚而似实,令人可信,但一"忘"一"异",又把境界置于迷离之中,虽未进山,却有世外桃源之感。

接着进入桃花源境界。渔人穷源,本该回转,可是发现一山,而"山有小口,仿佛若有光",这就引起了渔人的好奇心,舍船入洞。路开始很狭窄,只能通过一人,这就为与世隔绝作好铺垫。经过几十步,豁然开朗,出现了桃花源。眼前出现的是道路、屋舍、鸡犬、良田、美池、桑竹之类,至于人民,耕作、衣着、打扮,"悉如外人",和洞外的人没有区别。这段描写富有传奇色彩,一小洞通人,这是一奇,洞里宽阔无比,另有天地,这是二奇。但却无神怪,一切"悉如外人",又使人感到真实可信。

接着写桃花源来历。桃花源中人见到渔人,"乃大惊",于是引出渔人和他们的一番问答。原来他们的先辈是避秦时乱逃到桃花源的。他们"不知有汉,无论魏晋",秦以后的汉代都不知道,更不用说汉以后的魏晋了,他们与世隔绝已经几百年。根据《桃花源诗》的描写,这里的人民是只有父子,没有君臣,日出而作,日落而息,没有租税,没有剥削,幼有所育,老有所养。一切都是那么祥和,那么古朴。人人都安居乐业,过着幸福安康的生活。这个桃花源的社会正是陶渊明一生梦寐以求的理想社会。东晋后期,社会十分黑暗,战乱频仍,民不聊生,所以陶渊明这种向往平等自由的思想也是一种社会思潮。

最后，写渔人回到现实。虽在回归的路上"处处志之"，但欲再访时，终究"不复得路"。刘子骥为著名游士，欲访也"未果"，从此之后，再"无问津者"。这样写，就暗示桃花源社会似近实远，难以实现。在文字上使人感到如游龙腾雾，飘忽闪烁，难以窥其端倪。

郦道元

三　峡

自三峡七百里中，两岸连山，略无阙处[1]。重岩叠嶂[2]，隐天蔽日，自非亭午夜分[3]，不见曦(xī)月[4]。

至于夏水襄陵[5]，沿溯(sù)阻绝[6]。或王命急宣[7]，有时朝发白帝[8]，暮到江陵[9]，其间千二百里，虽乘奔御风[10]，不以疾也[11]。

春冬之时，则素湍绿潭[12]，回清倒影[13]，绝巘(yán)多生怪柏[14]，悬泉瀑布，飞漱其间[15]。清荣峻茂[16]，良多趣味[17]。

每至晴初霜旦，林寒涧肃，常有高猿长啸，属引凄异[18]，空谷传响，哀转久绝。故渔者歌曰："巴东三峡巫峡长[19]，猿鸣三声泪沾裳。"

【注释】

[1]阙：通"缺"。[2]嶂：山峰。[3]自非：若非。亭午：中午。夜分：半夜。[4]曦月：日月。曦，日光。[5]襄陵：水漫上堤岸。襄，上。陵，大的土山。[6]沿溯：顺流而下和逆流而上。沿，顺流。溯，通"溯"，逆流。[7]或王命急宣：有时朝廷的文告急于传达。或，有时。王命，朝廷的命令。宣，宣布，传达。[8]白帝：城名，在今重庆奉节县东的白帝山上。[9]江陵：今湖北江陵县。[10]乘奔：骑着奔驰的快马。御风：驾着长风。[11]以：据《水经注勘误》，当作"似"。疾：快。[12]素湍：白色的急流。潭：深水。[13]回清倒影：清光物

注重实用六朝文

郦道元(446年?~527年),字善长,范阳涿鹿(今河北涿州市)人。北魏地理学家。曾任州太守、刺史、御史中尉等职,后为叛将萧宝夤杀害。他好学历览奇书,遍历北方,观察地理水道,撰写地理著作《水经注》四十卷,详尽记载河流沿途山形地貌,方物特产,记叙真实,语言生动,具有很高的学术价值和文学价值。本文节选自《水经注·江水》。作者郦道元对祖国的地理有浓厚的兴趣,花一生心血,为《水经》作注,使《水经注》成为历史上不朽的地理著作,同时又是一部优秀的纪游散文著作。

影倒映其中。[14]巘:山峰。[15]漱:喷射。[16]清荣峻茂:指水清、树荣、山峻、草茂。[17]良:甚。[18]属:连续。引:延长。凄异:凄凉异常。[19]巴东:郡名,在今重庆奉节县东。

本文描写三峡的奇险形势和壮丽景色,写得形色俱绝,雄美清新,给人以无穷的美的享受。三峡,指在长江上游重庆、湖北地区之间的瞿塘峡、巫峡和西陵峡。

文章由总述到分写。开头一段概述三峡全貌:峡长,山多,岩高,谷深。三峡从夔门进入瞿塘峡,经过巫峡,一直到西陵峡奔腾而出,今人计算,长204公里,但当时人的算法,约七百华里。第一句就写出三峡之长,长得不同寻常。"两岸连山,略无阙处",写两岸的险峻高山。山连山,形容其多,无缺处,反衬山峰之多。"重岩叠嶂,隐天蔽日",把天都遮完了,简直看不见太阳,这是岩高。但到正午和半夜,因为阳光和月光直射,才可以见一线阳光和月光,可见谷是多么的深。

接着分写四时之景。先写夏景,突出江水之疾,水势之大,水路之险。"夏水襄陵,沿泝阻绝",夏季江水暴涨,漫上两岸山丘,上行下行的船只都无法通行,交通被迫阻绝,江水不可谓不大,不可谓不急。但遇到"王命急宣",不得不乘船传达命令,从白帝城到江陵千二百里,竟然"朝发"而"暮至",就是乘快马,驾疾风,也没有这样快。这表现了三峡江水的壮美。同时还表现了作者对三峡船工的担心和同情,他们是冒着生命危险在行船啊！次写春冬之景,由水而山,从俯视到仰视,突出山水草木之多趣。冬春江水枯落,风景尤为优美,"素湍绿潭,回清倒影",洁白的急流,碧绿的深潭,清澈的江水倒映着两岸的山影,悬崖绝壁上长着一些奇松怪柏。这是静态描写。而那飞漱而下的悬崖上的瀑布,打破了宁静的气氛,哗哗的水声平添了无限生机。这是动态描写。于是作者纵情赞美:"清荣峻茂,良多趣味！"水清,木荣,山峻,草茂,充满无限情趣。最后写秋景,从视觉到听觉,突出三峡秋景之"凄"、"哀"。到了秋天,"晴初霜旦,林寒涧肃",每当下雨初晴或者结霜的早晨,树林和山谷显出一派枯寂和肃杀的气氛,这时又传来阵阵猿声,猿声是从高山之中传来,接连不断,凄厉异常,在狭窄的峡谷中回响,久久不能停止。这怎能不使人无限感伤,柔肠寸断呢? 于是最后引渔夫歌谣:"巴东三峡巫峡长,猿鸣三声泪沾裳。"巴东三峡,巫峡最长;三峡多猿,巫峡为最。船工、渔夫在这水恶滩险的峡中随江涛起伏而劳累颠簸终生,那满腹的辛酸大概只有"高猿"知道。

〖 第十三单元 〗
文 质 彬 彬 唐 宋 文

　　散文在南朝时代,几乎都骈偶化了。延续到初盛唐,仍然是骈文的一统天下。由于骈文过分追求使典用事,华词丽藻,求对逐律,而忽视了文章的内容,暴露出艰深晦涩,言不尽意的缺点,这种重形式、轻内容的文体,不能随心所欲地表情达意,与国力强盛的时代很不适应,于是到了初盛唐便有改革文风,废除骈偶的呼声,到了中唐便有古文运动的兴起。所谓"古文",这个概念是韩愈提出来的,是指与"时文"(骈文)相对,恢复到先秦、两汉那种不讲对偶的单句散行的文字。古文运动的领袖为韩愈、柳宗元,他们不仅有一整套为了恢复儒学传统古道的倡导古文的理论,而且身体力行,创作了许多关心现实,指陈时政的文情并茂的优秀古文,于是扭转了骈文的一统天下。到了晚唐、宋初,由于时代原因,骈文再度抬头,占领散文的统治地位。于是北宋中叶欧阳修、苏轼再度倡导古文运动,他们的古文创作比韩柳古文更为明白晓畅,更有艺术魅力。这样,我国的散文就继先秦、两汉之后在唐宋时代再度辉煌。从此,质朴、畅达的古文终于成为我国古代散文的主流。唐宋古文名家很多,其中著名的有"唐宋八大家",即韩愈、柳宗元、欧阳修、王安石、苏洵、苏轼、苏辙、曾巩。

　　当然,骈文也未销声匿迹,而是受到古文的影响,逐渐走向骈散相间,叙议结合的道路,其精品境界之高,难可追攀。在唐代,"初唐四杰"及晚唐"小李杜"都是骈文高手。到宋代,"欧苏"也写了不少脍炙人口的骈文辞赋。

宋代以后,不管是古文还是骈文,都如诗一样宗唐仿宋,特别是以欧、苏为楷模,成就不大。

学习唐宋散文,可阅读高步瀛《唐宋文举要》、童第德《韩愈文选》、胡士明《柳宗元诗文选注》、四川大学中文系《宋文选》。

王 勃

滕王阁序(节选)

豫章故郡[1],洪都新府;星分翼轸(zhěn)[2],地接衡庐[3]襟三江而带五湖[4],控蛮荆而引瓯越[5]。物华天宝,龙光射斗牛之墟[6];人杰地灵,徐孺下陈蕃之榻[7]。雄州雾列[8],俊采星驰[9]。台隍枕夷夏之交[10],宾主尽东南之美。都督阎公之雅望[11],棨(qǐ)戟遥临[12];宇文新州之懿范[13],襜(zhān)帷暂驻[14]。十旬休假[15],胜友如云;千里逢迎,高朋满座。腾蛟起凤[16],孟学士之词宗;紫电青霜[17],王将军之武库[18]。家君作宰[19],路出名区[20];童子何知[21],躬逢胜饯。

时维九月,序属三秋[22];潦水尽而

328

寒潭清，烟光凝而暮山紫。俨骖（cān）騑（fēi）于上路[23]，访风景于崇阿[24]。临帝子之长洲[25]，得天人之旧馆[26]。层台耸翠，上出重霄；飞阁翔丹[27]，下临无地[28]。鹤汀凫渚，穷岛屿之萦回；桂殿兰宫，即冈峦之体势[29]。披绣闼（tà），俯雕甍（méng）[30]。山原旷其盈视，川泽纡其骇瞩[31]。闾阎扑地[32]，钟鸣鼎食之家[33]；舸舰迷津[34]，青雀黄龙之轴[35]。云销雨霁[36]，彩彻区明[37]。落霞与孤鹜（wù）齐飞，秋水共长天一色[38]。渔舟唱晚，响穷彭蠡（lǐ）之滨[39]；雁阵惊寒，声断衡阳之浦[40]。

这篇《滕王阁序》全称是《秋日登滕王阁饯别序》，节选部分展示滕王阁壮美秀丽的景色以及宴游唱和之欢乐。滕王阁故址在今江西南昌市章江门城楼上，危楼高耸，前临赣江，远览山川，俯瞰城郭，被称为"江西第一楼"，与武昌之黄鹤楼，洞庭之岳阳楼共称江南三大名楼，为游览胜地。唐贞观十三年（639年），高祖

入水中，化为双龙。物华天宝，是说物的光华焕发为天上的宝气。龙光：剑光。斗、牛：天上的两个星座，即南斗星座和牵牛星座。[7]徐孺下陈蕃之榻：徐孺，徐孺子，名稺，东汉豫章人。陈蕃为豫章太守，在郡不接宾客，唯稺来特设一榻，去则悬之。[8]雄州：大州。[9]俊采：有才能的官吏。[10]台隍：亭台城堑。[11]阎公：名不详。雅望：好声望。[12]棨戟：以赤黑色绘作套的木戟。古代大官出行时前导的仪仗之一。[13]宇文新州：姓宇文的新州刺史，新州，在今广东境内。懿范：美好的榜样。[14]襜帷暂驻：襜帷，车上的帷幕，借指车辆。[15]十旬休假：唐制，每逢旬日，百官休息沐浴称为旬休。旬，十天为一旬。[16]腾蛟起凤：形容文章之美。蛟，水中之蛟龙，即鲨鱼。凤，天上之飞凤。[17]紫电青霜：古代两种宝剑名。[18]武库：储武器的仓库。借指胸中的韬略。[19]家君作宰：说父亲王福畤作宰南方，自己前往省亲，由北往南，路过洪州。家君，对别人称自己的父亲。[20]名区：名胜的地区。[21]童子：犹言小子。王勃自指。[22]序属三秋：时序属于九月。三秋，秋天七、

子李元婴受封为滕王，他曾官洪都都督，建滕王阁。高宗时，都督阎某于此大宴宾客，王勃路过其间，参与宴会，即席写成此文。《唐摭言》载，勃时年十四，阎伯屿事先让其婿孟某作好文稿，准备在宴会上宣读，为岳父争光。但王勃当仁不让，毫不推辞就答应写《序》。时阎瞧不起他，并有愠色。勃写首两句，认为是老生常谈，再听下去，沉吟不语，听到"落霞"两句，颇为震惊，赞道："此天才也，当垂不朽矣！"无论这个传说真实与否，都说明这是一篇千古奇文。

第一段紧扣饯宴，描写滕王阁的壮丽。但作者不是直接写阁，而是从大处着笔，由历史上的豫章郡说到现在的洪都滕王府。一开始，就从星座分野、地理位置、交通方面来说南昌的重要。再从物产来说，十分丰富，而且异常珍异。再从人物方面来说，特出俊秀，而且十分有名。这些写得比较简略，以免喧宾夺主。接着写宴会地点滕王阁，则十分详尽。先介绍名望最高的主宾，阎公雅望，宇文懿范，作了一点颂扬，但只轻轻带过，以免歌功颂德之嫌。下来尽情介绍与会宾客，胜友如云，高朋满座，既有懂文韬的孟学士，又有精武略

八、九三个月称为孟秋、仲秋、季秋，九月为秋天的第三个月，故称九月为三秋。[23]俨骖𬴂：备好车驾。骖𬴂，驾车的马。驾辕两边的马叫骖马，又名骖马。[24]崇阿：高的山陵。[25]帝子：指滕王李元婴，为李渊之子。长洲：阁前的沙洲。[26]天人：三国时，邯郸淳赞美曹植为"天人"。这里指滕王。[27]翔丹：丹彩飞流。[28]无地：好像下面没有生根的地基。形容阁高。[29]即冈峦之体势：和冈峦的体势配合得很自然。[30]甍：屋脊。[31]纡：萦回。骇瞩：引人惊奇地注视。[32]闾阎扑地：住户遍地。鲍照《芜城赋》："廛闬扑地，歌吹沸天。"李善注引《方言》："扑，尽也。"[33]钟鸣鼎食：列鼎盛食，敲钟吃饭。形容富贵人家的豪华生活。[34]舸舰迷津：形容船舶之多。舸、舰都是大船。迷，通"弥"。津，渡口。[35]青雀黄龙：都是船名，船形像雀和像龙。[36]雨霁：雨晴。[37]区：区域，空间。[38]"落霞"两句：语出庾信《马射赋》："落花与芝盖齐飞，杨柳共春旗一色。"鹜，野鸭。[39]彭蠡：一名宫亭湖，即《禹贡》中所说的汇泽湖。[40]衡阳：地名，在今湖南南部。

330　的王将军。中间穿插自己十旬休假,躬逢胜饯。

　　第二段宕开一笔,描写滕王阁的壮丽及周围风光。这既有正面描写,也有侧面描写;有静态描写,也有动态描写;既有素描,也有藻绘,真是变化多端。如写建筑的高大,"层台耸翠,上出重霄;飞阁流丹,下临无地","层台"、"飞阁",就把那层层的楼台和架空的阁道描绘出来了;"耸翠"、"飞丹",就把那高如云霄和倒影在深不见底的水潭里金碧辉煌的雕梁画栋形象地展现出来了。如写建筑的体势,"鹤汀凫渚,穷岛屿之萦回;桂殿兰宫,即冈峦之体势",就写出了滕王阁一个个连接不断的宫殿是建筑在岛屿萦回的沙洲上,"桂"、"兰"二字,藻绘了宫殿的华美。这是静态描写。接着又动态描写,"披绣闼,俯飞甍",打开刻着花纹的阁门,俯视着雕镂华丽的屋脊,似乎让我们看见了滕王阁的灵动。再转向周围景物方面的烘托,"山原旷其盈视,川泽纡其骇瞩",远则山原开阔,尽收眼底,近则江流纡曲,令人吃惊。"闾阎扑地,钟鸣鼎食之家,舸舰迷津,青雀黄龙之舳",把视野引向周围环境。"扑"字写出站在阁上鸟瞰城内城外的房屋就像趴伏在地,反衬了滕王阁的高。"迷"字写渡口热闹气氛也恰到好处。"青雀黄龙",又形容了这些船只的美丽,表现了来往客船的豪奢。再转到景色描写,"虹消雨霁,彩彻区明"再现了雨过天晴,阳光灿烂的景象。到了黄昏,"落霞与孤鹜齐飞,秋水共长天一色。渔舟唱晚,响穷彭蠡之滨;雁阵惊寒,声断衡阳之浦",活画出了黄昏秋景绝妙图。暮色苍茫,天上的落霞跟水面上的孤鹜似在齐飞,碧波万顷,水天相接,上下恰好融成一色。这样达到化境,无怪阎公感叹:"真天才也!"

韩 愈
马 说

世有伯乐[1]，然后有千里马。千里马常有，而伯乐不常有。故虽有名马，只辱于奴隶人之手，骈死于槽枥之间[2]，不以千里称也。

马之千里者，一食或尽食一石[3]。食（sì）马者不知其能千里而食（sì）也[4]。是马也，虽有千里之名，食不饱，力不足，才美不外见，且欲与常马等且不可得，安求其能千里也！

策之不以其道[5]，食之不能尽其材，鸣之而不能通其意，执策而临之曰："天下无马[6]！"呜呼，其真无马邪（yé）？其真不知马也！

【注释】

[1]伯乐：传说古代善于相马的人。传说有一次，一匹千里马拉着盐车上坡，怎么也拉不动，伯乐看见了，赶紧给它解开绳套，脱下衣服给它披上，抚摸着它，放声大哭。千里马仰天长嘶，感谢伯乐对自己的知遇之恩。一说为秦穆公时人，姓孙名阳，善相马。一说是晋国赵简子的家臣王良。[2]骈：双马并列。槽枥：养马的饮料槽和食槽。[3]石：重量单位，120斤为一石。[4]食：动词，作喂养讲。[5]策：马鞭，这里作动词，是鞭打的意思。[6]无马：无千里马。

韩愈是唐代古文运动的领袖，他提倡儒道，主要是为国计民生。为了恢复古道，主张创作文从字顺的古文，他是继司马迁之后杰出的散文家。他的文章长于气势，说理透辟，言词锋利，有一种"不平则鸣"的气概。

这是韩愈写的一篇短小精悍的议论文，为封建社会埋没人才鸣不平。说，是古代散文的一种体裁，通常是"解释义理而以己义述

332 之"(吴讷《文体明辨·说》)。但作者不就事论事,而是以马来议论,
旁敲侧击表达作者的意思。

第一段写千里马被埋没是因为没有识马的人。文章一开始发
论精警:"世有伯乐,然后有千里马。"然而客观事实却是先有千里
马,然后才产生识马的伯乐。而作者偏偏要说有了伯乐,才会发现
千里马,这就与他要表达的中心思想挂起钩了。下来作者用一
"故",亮出真意,说明为什么有伯乐才有千里马,点明有识才的当
权者,才有才干之士的出头之日,否则就会如千里马一样辱没于蠢
材之手。

接着层层深入,讲养马的人和千里马之间的关系。千里马一餐
得吃一石的马料,然而却"食不饱,力不足,才美不外见",饲马的人
不让它吃饱,时间一长,恐怕就成了马架子,也只能杀肉吃了,哪里
能日行千里?"食马者,不知其能千里而食也",两食字作"喂养"讲,
是动词,读音和作名词时不一样。可见千里马不能行千里,不是马
本身的过错,而是饲马的人不能满足它行千里的基本要求,它的才
能被糟蹋和扼杀了。这是作者对封建社会摧残人才发出的有力控
诉!最后,作者用三个排比句描写驭马的人愚蠢无知,摧残良马。他
对千里马的使用"不以其道",不是根据千里马的能耐、习性来使
用,而是用非所长,甚至用鞭子胡乱抽打,而喂马又不能根据它的
食量让它吃饱,马用叫声发出抗议,他又不了解马的心情和意图,
反而认为是一匹不听话的劣马。他拿着马鞭,站在马的身旁,说:
"天下无良马!"作者用"执策"、"临之"这些词语把一个浑浑噩噩,
无知自得的形象传神地刻画出来了。他对千里马视而不见,简直是
有眼无珠。到此,作者异常感慨:"呜呼!其真无马邪?其真不知马
也!"先一问,对其扼杀良马予以抨击,再一答,指出他根本不识马。
这样就把不是没有千里马而是没有伯乐的道理阐释明白,神完气

足,完美一体。

这是一篇文艺性杂文,有如匕首,有如投枪,表达对封建社会压制人才,埋没志士的愤懑和鞭挞。全文处处说马,没有一字说人,然而我们无不感到处处都在说人。虽是发牢骚,但发得有理,不仅为自己而发,而是说出了人们的心里话,所以人们爱听。

韩 愈

师 说

古之学者必有师。师者,所以传道受业解惑也[1]。人非生而知之,孰能无惑?惑而不从师,其为惑也,终不解矣[2]。

生乎吾前,其闻道也固先乎吾[3],吾从而师之;生乎吾后,其闻道也亦先乎吾,吾从而师之。吾师道也[4],夫庸知其年之先后生于吾乎[5]?是故无贵无贱,无长无少[6],道之所存,师之所存也。

嗟乎!师道之不传也久矣[7]!欲人之无惑也难矣!古之圣人,其出人也远矣[8],犹且从师而问焉;今之众人,其下圣人也亦远矣[9],而耻学于师。是故圣益圣,愚益愚;圣人之所以为圣,

【注释】

[1]道:这里指儒家之道。受:同"授"。业:指儒家的经典著作,即六艺经传。惑:疑难问题。[2]生而知之:指才智卓越。《论语·季氏》:"生而知之者,上也;学而知之者,次也;困而学之,又其次也;困而不学,民斯为下矣。"[3]闻道:懂得道。[4]师道:效法学习的是道。师,动词。[5]庸知:岂用知。[6]无:无论。[7]师道:从师求学的道理。[8]出人:超出于人。[9]下:低于。[10]句读:指文字诵读。句子语意已尽,为句。语意未尽,但需略作停顿,为逗。读,通"逗"。[11]不:同"否"。[12]小学而大遗:小,指句读;大,指解惑。[13]巫医:巫,从事宗教迷信的人。古代巫医不

334

愚人之所以为愚，其皆出于此乎！

爱其子，择师而教之，于其身也，则耻师焉，惑矣！彼童子之师，授之书而习其句读(dòu)者也[10]，非吾所谓传其道解其惑者也。句读之不知，惑之不解，或师焉，或不(pǐ)焉[11]，小学而大遗[12]，吾未见其明也。

巫医乐师百工之人[13]，不耻相师，士大夫之族[14]，曰师曰弟子云者，则群聚而笑之。问之，则曰："彼与彼年相若也[15]，道相似也。位卑则足羞[16]，官盛则近谀[17]。"呜呼！师道之不复可知矣！巫医乐师百工之人，君子不齿[18]。今其智乃反不能及，其可怪也欤！

圣人无常师，孔子师郯(tán)子、苌弘、师襄、老聃(dān)[19]。郯子之徒，其贤不及孔子。孔子曰："三人行，则必有我师[20]。"是故弟子不必不如师，师不必贤于弟子，闻道有先后，术业有专攻，如是而已。

李氏子蟠[21]，年十七，好古文，六艺经传[22]，皆通习之，不拘于时[23]，学于余。余嘉其能行古道[24]，作《师说》以贻(yì)之[25]。

分。乐师：乐工。百工之人：泛指各种手工业者。[14]族：类。[15]相若：相似。[16]位卑则足羞：以位卑于己的人为师则感到羞耻。[17]官盛则近谀：以官大于己的人为师，则认为近于谄媚。[18]不齿：不与同列。齿，列。[19]郯子：春秋时郯国的国君。郯子朝鲁，谈及少皞氏时代以鸟名官的文献，孔子从学。苌弘：周敬王时代大夫。孔子至周，访乐于苌弘。师襄：鲁太师(乐官)，孔子曾从学琴。老聃：老子李耳。孔子曾问礼于老子。[20]三人行，必有我师焉：见《论语·述而》篇，孔子告诫学生要虚心向他人学习。要"择其善者而从之，择其不善者而改之。"三人，指我和其他二人或多人。善者，善的品德。不善者，不合于善的品德，即缺点。[21]李蟠：韩愈弟子，唐贞元十九年(803年)进士。[22]六艺经传：六艺的经文和解释经文的传文。六艺，即诗、书、礼、乐、易、春秋六经。[23]时：时俗。[24]嘉：嘉许，赞赏。[25]贻：赠送。

　　此文大约写于唐贞元十八年（802年），时作者三十来岁，在国子监担任教师，为国子四门博士。这是一篇扭转世风的战斗檄文。文章从理论上阐明师的作用和从师的重要性，是针对当时耻于相师的不良社会风气而发的。中国古代本来是尊师重教的，但到魏晋以后就不怎么重视老师了。原因是古代老师形象太完美，如孔子、孟子、荀子、董仲舒，其他凡夫俗子似乎根本不配为师。另外中唐人太高傲，自以为尧舜，不肯俯首拜师。所以柳宗元在《答韦中立论师道书》中说："由魏晋氏以下，人益不事师。今之世不闻有师；有则哗笑之，以为狂人。独韩愈奋不顾流俗，犯笑侮，作《师说》，因抗颜而为师。世果群怪聚骂，指目牵引，而赠与为言辞。愈以是得狂名。"魏晋以来，由于氏族门阀等级制度，世家子弟凭出身为官，不求学，耻相师，蔚然成风，一直蔓延到中唐。可见作者写这篇文章是冒着多大的风险，顶着多大的压力写出来的。

　　第一段提出论点"学者必有师"。所谓学者，不是我们今天的专家学者，而是指学习的人。一个"必"字，斩钉截铁，不容怀疑。加个"古"字，是因为他以提倡古文，恢复古道自任。为什么必须有师，这就得从教师的作用说起，教师的作用就是"传道、受业、解惑"，传授古圣贤之道及其经典业籍，解答其中的疑难问题，这对教师的职责和作用界定得十分准确。就"师"方面说了，再就"学"方面来说，"人非生而知之"，而是学而知之，总是会有疑惑的，有疑惑不从师学习，那么疑惑始终不能得到解决。这样就把老师的作用、职责、重要性阐述清楚了。

　　第二段论述择师。既然师如此重要，那么以谁为师呢？作者提出了"师道"的标准。生在我前面，比我年长，闻道本来比我早，我就跟他学；生在我后面，但他闻道也比我早，我也跟着他学。因为是"师道"，哪用得着了解他的年龄比我大还是比我小呢？这种观点很

336 有针对性,一般人以长者为师,可以接受,但以少者为师,面子上就过不去。作者在破除这种陋俗之后得出结论:无论是地位高还是地位低,无论是年长还是年少,"道之所存,师之所存",只要他有"道",他就可以为师。这种观点在今天仍然不失其真理性。

第三段批判耻于相师的不良社会风气。先以古之圣人和今之众人对比,说明从师和不从师的不同结果。古代圣人,即韩愈心目中的尧、舜、文、武、孔、孟等人,他们超出众人很多,尚且从师而学,今天的众人,他们不如圣人,相差很远,却以从师为耻。所以圣人更加贤圣,众人更加愚蠢,原因全在这里。当然古人不一定比唐人聪明,但道理却很正确,可以起到一种警世的作用。

第四段紧承上文,指出士大夫之族替子择师而自己却耻于从师,小学而大遗,真是可笑。他们爱他们的孩子,择师而教之,对于自己,却耻于从师。教童子的老师,教孩子写字和读书,懂得句读(dòu),并不是传道解惑。孩子不懂句读,请教老师,自己的疑难问题得不到解决。不从师,小的方面学到了,大的方面却丢了,这不是太愚蠢了吗?作者这一对比和界定,使道理阐述得很周备。

第五段再以"巫医乐师百工之人"都不耻相师,而士大夫之族一听说从师就群聚而笑,真是令人奇怪。问他们笑什么,就说,他们年龄和我相差无几,懂得的道理也和我差不多。向职位低的学就感到羞耻,向职位高的学就觉得是讨好别人。这真是"其可怪也欤"!

第六段进一步论述能者为师的道理。以大圣人孔子为例,他曾问官于郯子,问乐于苌弘,问琴于师襄,问礼于老聃,他们的贤德都不如孔子,但孔子却虚心向他们请教。这就是能者为师。文章引孔子的话:"三人行,必有我师。"孔子的意思是:人无完人,总有优点和缺点,其优点可以作为学习的榜样,其缺点也可供吸取教训。其目的是告诉学生,人无常师,时时处处都可以学习。这有很深刻的哲理意义,加强了说服力。引用孔子的话,具有权威性,也合乎儒道和智力发展规律。接着再推演出"弟子不必不如师,师不必贤于弟子"的至理名言。因为术业有专攻,闻道有先后。韩愈以"好为人师"出名,其实想当学生很容易,三人行,必有我师,随时随地都可以学习。但当老师却难,首先要传道授业解惑,有问必答,其次要战胜自己,超越自己,要求学生做到的自己首先要做到,为人师表。韩愈好为人师,正是他的可贵处。

最后一段交代写作缘由。李蟠只有十七岁,好古文,符合韩愈提倡古文运动的宗旨,而且不为耻于从师的世俗所拘,符合韩愈恢复师道的心愿,所以赠文与他。同时,为李氏子作,实为当世而发。以此结束全文,既亲切,又深刻。

文章切人、切世以立言。李氏子师古文,就从传道、授业、解惑大处立论,这就是高处立,阔处行。提出论点后,但下面只阐发"道"与"惑",不言"业",至篇末又与"道"与"业"言,但又不言"惑",这是文章变化错综的地方。阐发"师"字,前虚后实,反正互用,波澜层出,此韩文所以"如潮"也。

柳 宗 元

小 石 潭 记

从小丘西行百二十步[1],隔篁竹[2]闻水声,如鸣佩环[3],心乐之,伐竹取道,下见小溪,水流清冽[4],全石以为底[5],近岸卷石底以出[6],为坻(chí)[7],

【注释】

[1]小丘:柳宗元在《钴𬭁潭西小丘记》中所描写的小山丘。[2]篁竹:竹林,竹田。[3]佩环:古人衣着佩圆形之玉,行走时互相碰撞发出声响。[4]清冽:清冷。[5]全石以为

为屿[8]，为嵁(kān)[9]，为岩。青树翠蔓[10]，参差披拂[11]。

潭中鱼可百许头[12]，皆若空游无所依[13]。日光下澈[14]，影布石上[15]，怡(yí)然不动[16]，俶(chù)尔远逝[17]，往来翕(xī)忽[18]。似与游者相乐。潭西南而望，斗折蛇行[19]，明灭可见[20]。其岸势犬牙差互[21]，不可知其源。

坐潭上，四面竹树环合，寂寥无人，凄神寒骨，悄怆(chuàng)幽邃[22]。以其景过清，不可久居，乃记之而去。

同游者：吴武陵，龚古，余弟宗玄[23]。隶而从者，崔氏二小生[24]：曰恕己，曰奉壹。

底：潭的底部是一块整石头。[6]卷石底以出：石底卷起，冒出水面，形成石岸。[7]坻：水中央突出的地方。[8]屿：小岛。[9]嵁：高低不平的岩石。[10]翠蔓：翠绿的藤蔓。[11]蒙络摇缀：茎蔓形成网络蒙盖摇晃着垂下来。[12]参差披拂：长短不齐随风飘荡。[13]可：大约。许：估计的量词。[14]若空游：如同在空中游动。[15]下澈：照射到清澈的水底。[16]布：印在。[17]怡然：呆呆地定在那儿。俶，忽然开始。[18]翕忽：迅速的样子。[19]斗折：像北斗七星那样弯曲形状。[20]明灭可见：蜿蜒曲折，时隐时现。[21]犬牙差互：像狗牙齿那样交错不齐。[22]悄怆：凄伤。[23]吴武陵：信州人，元和初进士，也被贬永州。龚古：不详。宗玄：柳宗元的从兄弟。[24]隶而从者：作为佣人而跟着从游的人。崔氏：柳宗元的姊夫崔简。二小生：二少年，即崔氏的两个儿子。

柳宗元贬在永州，身为闲职，于是寄情于自然山水之间，"时到幽树好石，暂得一笑"，心情较为舒畅。但因永贞革新失败，受到的打击太沉重了，始终不能释怀。所以，在写景状物中往往有一丝淡淡的哀愁和深广的忧愤，从而使他的山水游记形成了曲折委婉的审美品格。

这篇文章是脍炙人口的"永州八记"的第四篇。作者在发现了西山之后，又发现了钻鉧潭，钻鉧潭西的小丘，以及小丘西面的这个小石潭，写下这篇游记。这篇游记的全名是《至小丘西小石潭记》。

第一段叙述发现小石潭的经过。"从小丘西行百二十步","从"字紧接上篇《钴鉧潭西小丘记》,交代小石潭的位置,"隔篁竹,闻水声",在一片竹林的那边,就听见潺潺的水声,但小石潭并未出现,以引起悬念。接着听见"如鸣佩环",描写溪水注入潭中悦耳动听的叮咚声。"心乐之"三字,既乐水声的动听,又乐景色的清幽,总之,"乐"又一新的景点的发现。下来写发现小潭,"伐竹取道",表现作者探幽寻胜的决心与行动,也隐含了这么美的风景却被埋没。"下见小潭",小潭终于被惊喜地发现,点明它的主要特色是水质清澈。为什么那么清澈,这与它是石质的潭有关。下面就着力写石。首先,它是"全石以为底",整个小潭的底部是一块大石头,走近岸边,潭岸是"卷石底以出",和潭底相连的石头卷起来露出水面形成潭岸,而且形成各种不同的形状,"为坻,为屿,为嵁,为岩",有的伸进水中形成高地,有的成为小小的岛屿,有的形成高低不平的岩石,有的形成峭立的山崖。大自然的鬼斧神工真是精妙绝伦。下来,文章又转向小石潭周围景色的描绘:"青树翠蔓,蒙络摇缀,参差披拂。"青的树木,翠的藤蔓,互相缠绕,参差垂挂,随风摇曳。这些动态描写,透露出万物的一派生机,也表现了作者"心乐之"。

第二段写潭中游鱼。潭中"鱼可百许头",因为鱼在游动,故只能估计数目,"皆若空游无所依",鱼儿如像在空中没有任何依靠地翔游一般。这句十分绝妙,既写出了潭水的至清,又写出了鱼儿的至乐,以及观鱼的愉悦心情。下来再集中写鱼儿游动的情状,"日光下澈,影布石上",水在阳光照耀下清澈见底,鱼儿的影子分布在潭底石头上,斑驳陆离,无限天趣。"怡然不动",鱼儿在尽情享受着阳光的温暖,在水中一动不动,似有所待。这是静景。"俶尔远逝,往来翕忽",突然一下,如箭离弦,游得远远的,有的游去,有的游回,十

340　分迅疾。这是动景。"似与游人相乐",写鱼、人互动,相互为乐。鱼儿不动,是因为游人尚未打扰它们的安宁,鱼儿远逝,则是游人的逗引,鱼见人而欢快游动,人见鱼也其乐无穷。作者借水写鱼,又借鱼写人,穷微尽妙,最为传神。

　　第三段写石潭水源,潭上望溪。"潭西南而望",写出水源方向,"斗折蛇行,明灭可见",溪流如北斗星一样曲折多湾,有的看得见,有的看不见。这抓住了山泉水流的特点。而溪岸如狗牙齿一般长短不齐,这就照应了"明灭可见"。"不可知其源",是望的结果,给人留下悬念和想象的空间。溪岸由水声引出,别具一格。以"其景过清,不可久居"结束,令人怆然。

　　第四段写离开小石潭。为什么要离开呢?因为坐潭上,四面竹树环绕包围,"寂寥无人,凄神寒骨,悄怆幽邃",荒漠凄冷,这既是自然环境的写实,又暗喻作者所处的社会环境,作者贬到荒远的永州,不正是一个凄风冷雨,没有知己,令人寒心的地方吗?既如此,当然"不可久居",这又表现了作者希望结束贬谪生活,回到京师的一线希望。

　　第五段记录同游者姓名,这是古代游记的通例。

刘禹锡

陋室铭

　　山不在高,有仙则名[1];水不在深,有龙则灵[2]。斯是陋室[3],惟吾德馨(xīng)[4]。苔痕上阶绿[5],草色入帘

【注释】

[1]则名:就能够出名。[2]则灵:就有灵气。[3]斯是陋室:这是一个简陋的居室。[4]惟吾德馨:由于我的德行而充满芳香。馨,香气。[5]上:动

青[6]。谈笑有鸿儒[7]，往来无白丁[8]。可以调素琴[9]，阅金经[10]。无丝竹之乱耳[11]，无案牍之劳形[12]。南阳诸葛庐[13]，西蜀子云亭[14]。孔子曰："何陋之有[15]？"

词，蔓延。[6]入帘：映入窗帘。[7]鸿儒：大儒，学识渊博的人。[8]白丁：布衣平民，不识字的人。[9]调素琴：弹奏不加雕饰的琴。[10]金经：用泥金（一种颜料）抄写的佛经。[11]丝竹乱耳：音乐扰乱听觉。丝竹，指弦乐器和管乐器。[12]案牍劳形：官府案卷文书劳顿身体。案牍，案卷公文。[13]南阳诸葛庐：指诸葛亮隐居在南阳隆中（今属湖北襄樊）的茅庐。[14]西蜀子云亭：指西汉扬雄在成都（一说在绵阳）著作《太玄经》的玄亭。扬雄，字子云。[15]何陋之有：《论语·子罕》："子曰：'君子居之，何陋之有？'"何陋之有，有什么简陋呢？

　　铭是古代的一种文体，最早是刻在金属器物或碑石上，内容是颂扬祖德或者鉴戒后人。而刘禹锡这篇铭文却别出心裁，表现自己自得自信的精神境界。

　　首以比喻说明居室陋不陋在于主人有德与否。山有名与否，不在高与不高，而在于有仙没仙。有仙则有名，无仙，再高也白搭。水有名与否，不在深与不深，而在于有龙没龙。有龙则有名，无龙，再深也等于零。然后再说到陋室，因为是我这个有德之人居住，那么再陋也是馨香的。言下之意，我就是山中之仙，水中之龙。这几句义兼比兴，以山、水有无仙、龙比喻并且引出自己的陋室因"吾德馨"而不陋，处处洋溢着乐观自信的神情。我们大多数人有一种心理，总认为自己是普通的人，普通的人普通的地方多，特别的地方少，很少注意到自己比别人好的地方，总认为自己有点"陋"。于是就在大人物和权威面前坐立不安，自惭形秽。其实这大可不必。大人物和权威并没有想象的那么完美，自己也绝不是那么浅薄孤陋。人的眼睛不能只看别人也应该看自己，看到自己的不足，同时又看到自己的长处，才是一个有可能上进的人。我们居住陋室的人都应该理直气壮地对别人说一声：
"何陋之有!"

接着具体描述陋室如何不陋，先看室外景，"苔痕上阶绿，草
色入帘青"，周边环境十分素淡幽雅宁静，因为行人稀少，苔痕才
会蔓上台阶，青草才会映入眼帘。他们与主人相亲相伴，和谐共
处。再看室中人，"谈笑有鸿儒，往来无白丁"，与主人交往的是学
问渊博的鸿儒，而不是没有知识的白丁。可见主人的交往，胸襟和
志趣。再说室中事，"可以调素琴，阅金经"，调素琴自我娱乐，读佛
经修养心性。"无丝竹之乱耳，无案牍之劳形"，没有刺耳烦心的音
乐以乱性，没有公事文件以累人，自由自在，超然洒脱。这充分说
明陋室不陋。

下来两句"南阳诸葛庐，西蜀子云亭"，又以典为喻说明陋室不
陋。一是用诸葛亮草庐的典故，诸葛亮隐居草庐，刘备三顾，隆中对
策三分天下，而扬名宇宙；二是西汉成都扬雄在一个简陋的亭子里
草《太玄》、撰大赋而闻名遐迩。这两处陋室，均以主人的德才、作为
而名垂千古，均以主人之"德"而"馨"。这传达出了作者以名贤自况
的心曲。

最后引孔子的话作结，为点睛之笔。"何陋之有"，隐藏"君子居
之"四字在内，与"斯是陋室"相呼应。若全引便露痕迹，尤见其妙
处。这又符合圣道，精警有力。

这篇铭文富有哲理韵味，人应该安贫乐道，随遇而安，不要沉
溺于声色物质享受，而要保持高尚的品格。富人有富人的苦恼，穷
人有穷人的快乐，人们的幸福指数的高低不完全决定于金钱。小小
短章，起以山水比喻，则来不突，末引古结，则去不尽。反面落笔，构
思新颖。句式多变，骈散结合，错落有致。兼以对偶排比，气势充沛
流畅。全文通篇用韵，具有音乐美，真是声情并茂。

杜 牧

阿房宫赋（节选）

嗟乎，一人之心，千万人之心也。秦爱纷奢[1]，人亦念其家。奈何取之尽锱(zī)铢(zhū)[2]，用之如泥沙！使负栋之柱[3]，多于南亩之农夫[4]；架梁之椽(chuán)[5]，多于机上之工女[6]；钉头磷磷[7]，多于在庾之粟粒[8]；瓦缝参差[9]，多于周身之帛缕[10]；直栏横槛[11]，多于九土之城郭[12]；管弦呕哑[13]，多于市人之言语。使天下之人，不敢言而敢怒。独夫之心[14]，日益骄固[15]。戍卒叫[16]，函谷举[17]，楚人一炬[18]，可怜焦土。

呜呼！灭六国者，六国也，非秦也。族秦者[19]，秦也，非天下也。嗟夫！使六国各爱其人[20]，则足以拒秦；秦复爱六国之人，则递三世[21]，可至万世而为君[22]，谁得而灭族也[23]？秦人不暇自哀，而后人哀之[24]；后人哀之而不鉴之[25]，亦使后人而复哀后人也[26]。

【注释】

[1]纷奢：极度的奢侈。[2]锱铢：极言其小。古代六锱为一铢，四铢为一两。[3]负栋之柱：承受大梁的柱子。[4]南亩：南山之田亩。南山，终南山，在咸阳南面。[5]架梁之椽：架在梁上支撑屋瓦的木条。[6]机上之工女：织布机上的女工。[7]钉头磷磷：建筑屋上的钉头闪闪发光。[8]庾：粮仓。[9]瓦缝参差：瓦缝长短不齐。[10]帛缕：衣服的丝缕。[11]直栏横槛：直着和横着的栏杆。[12]九土：九州的土地，即全国。[13]呕哑：嘈杂的乐声。[14]独夫：暴君。[15]骄固：骄横而顽固。[16]戍卒叫：指陈涉起义，前往守边的士兵群起响应。[17]函谷举：指刘邦一举打破函谷关，攻入关中。[18]楚人一炬：指楚霸王项羽焚烧阿房宫。[19]族秦：族灭秦国。[20]使：假使。人：民。因避唐太宗李世民讳而改"民"为"人"。[21]递三世：传到第三代。[22]万世：万代。[23]族灭：灭族，杀灭全宗族的人。[24]不暇：来不及。[25]鉴之：以之为鉴。[26]后人而复哀后人：更后的人又哀痛后人。

　　这段文字节选自《阿房宫赋》最后两段。晚唐敬宗李湛十六岁登基，童昏失德，荒淫无度，闹得朝野疑惧，人心惶惶。作者在《与友人论谏书》中批评这位小皇帝大肆修葺华清宫。他在《上知己文章启》中说："宝历大起宫室，广声色，故作《阿房宫赋》。"可见作者是针对敬宗大兴土木，沉湎声色而写的。杜牧时年二十三岁，少年气盛，关心国事，因为文章构思恢宏，描写富丽，论列大事，指陈利弊，尤为切至，议论"古人之长短得失"，寓警唐之深意，所以太和初，吴武陵以此赋见主文者，读毕，请以第一人处之，果中异等。

　　全《赋》分两大部分，前部分极尽铺陈渲染，描写秦始皇建阿房宫规模之大，宫室、美女、珠宝之盛，耗费民力之多。后一部分即节选的这一部分，则抒发感慨，指出秦自取灭亡的历史悲剧，并向当世统治者提出忠告。

　　作者先以"嗟乎"一声沉重地叹惋，指出"一人之心，千万人之心"，人都是父母生，父母养，人心同然，为何暴君"取之尽锱铢，用之如泥沙"？掠取这些宝物一点点也不遗漏，使用时像泥沙一样一钱不值，一点也不爱惜民力。接着六个句子连缀，进行比喻，形成夸张，文字富丽，十分动人。负荷大梁的柱子比在南山脚下地里劳动的农夫还要多；架梁的椽子比在机上织布的女工还要多；钉头高出木头的印迹比仓里的粮食还要多；参差不齐的瓦缝比人们周身的丝缕还要多；直的栏杆横的槛比九州的城郭还要多；竹管丝弦呕呕哑哑的声音比集市上人们唧唧喳喳的喧闹声还要多。句句蝉联，句句夸张，这正是赋体文学铺张扬厉的特点。老百姓被逼得上无片瓦，下无寸土，无法生存，必然要进行反抗："戍卒叫，函谷举，楚人一炬，可怜焦土。"耗尽民脂民膏的绵延三百余里的人间诸景备的阿房宫被付之一炬，化为灰烬。

　　历史的回顾，有着现实的用心。作者用"呜呼"一声响亮的慨叹,希望晚唐统治者以秦为镜,改弦易辙。灭六国的是六国本身,而不是秦始皇;灭秦国的也是它自己,而不是天下人民。那么由此推演下去,灭唐的又是谁呢,答案不言自明。反之,六国能爱惜它的人民,那么它就可以阻挡住秦人的入侵,保住其国;秦国统一后爱惜六国人民,就可以继续三世以至万世而为天下君,谁能够消灭它呢? 这就提醒唐代当今统治者,只要爱惜体恤人民,就可以国运永昌。不恤民力的悲惨后果,秦国开了头,来不及哀叹,后来的人却能够哀叹它,但是只哀叹它而不把它作为镜子,引以为戒,这又使更后来的人为后来的人哀叹不已。推开一层,情意深长,文虽尽而味无穷。这不啻给晚唐统治者泼了一瓢钻心透骨的冷水。读者读了,怎不使人荡气回肠。

范 仲 淹

岳 阳 楼 记

庆历四年春[1],滕子京谪守巴陵郡[2]。越明年[3],政通人和,百废俱兴[4]。乃重修岳阳楼,增其旧制[5],刻唐贤、今人诗赋于其上[6]。属予作文以记之[7]。

予观夫巴陵胜状[8],在洞庭一湖。衔远山[9],吞长江[10],浩浩汤汤(shāng)[11],横无际涯[12];朝晖夕阴[13],气象万千。此则岳阳楼之大观也[14],前人之述备

【注释】

[1]庆历四年:公元1044年。庆历,宋仁宗年号。[2]滕子京:滕宗谅,字子京,河南洛阳人。与范仲淹同榜进士,守庆州时,被人诬告曾在泾州私用官钱十六万贯,贬官知岳州。谪:贬官。巴陵郡:即岳州。[3]越:到。[4]百废俱兴:一切已废弃了的事情都兴办起来。[5]增其旧制:扩大它原来的规模。[6]唐贤:唐代先贤名人。[7]属:通"嘱",嘱

346

矣[15]。然则北通巫峡[16]，南极潇湘[17]，迁客骚人[18]，多会于此，览物之情，得无异乎[19]？

若夫霪（yín）雨霏霏[20]，连月不开[21]，阴风怒号，浊浪排空[22]；日星隐曜（yào）[23]，山岳潜形[24]；商旅不行，樯倾楫摧[25]；薄暮冥冥[26]，虎啸猿啼。登斯楼也，则有去国怀乡[27]，忧谗畏讥，满目萧然，感极而悲者矣。

至若春和景明[28]，波澜不惊[29]；上下天光，一碧万顷[30]；沙鸥翔集[31]，锦鳞游泳[32]；岸芷汀兰[33]，郁郁青青[34]。而或长烟一空[35]，皓月千里；浮光耀金[36]，静影沉璧[37]，渔歌互答，此乐何极！登斯楼也，则有心旷神怡，宠辱偕忘[38]，把酒临风，其喜洋洋者矣。

嗟夫！予尝求古仁人之心[39]，或异二者之为[40]。何哉？不以物喜，不以己悲[41]。居庙堂之高[42]，则忧其民；处江湖之远[43]，则忧其君。是进亦忧，退亦忧。然则何时而乐耶？其必曰[44]："先天下之忧而忧，后天下之乐而乐"欤[45]！噫！微斯人[46]，吾谁与归[47]！

[8]胜状：胜境，美丽的景物。[9]衔远山：指远处山影倒映湖中。[10]吞长江：指长江之水注入湖中。[11]浩浩汤汤：水势广阔盛大的样子。[12]横无际涯：宽广得没有边际。[13]朝晖夕阴：早晨日光明亮，晚上月光暗淡。晖，日光。阴，月光。[14]大观：壮观。[15]述：指对岳阳楼的描写记述。[16]巫峡：长江三峡之一，在重庆市巫山县。[17]南极潇湘：往南一直通到湘水上游。潇湘，指湖南的湘江及其支流潇水。[18]迁客：被贬谪迁往其他地方的官吏。骚人：诗人。因屈原作《离骚》，后世称诗人为骚人。[19]得无：能不，表示推测的语气。[20]霪雨：即淫雨，连绵不断的雨。霏霏：细雨纷飞的样子。[21]不开：不晴。[22]排空：水势汹涌，冲击天空。[23]隐曜：光亮隐没不见。曜，光亮。[24]潜形：掩藏形体。[25]樯倾楫摧：船桅倾倒，船桨摧折。[26]冥冥：昏暗的样子。[27]去国：离开京城。国，首都。[28]景明：阳光明朗。景，日光。[29]波澜不惊：风平浪静。惊，动。[30]上下天光：天色湖水。[31]翔集：有的飞翔，有的停留静

这篇文章写于宋仁宗庆历六年（1046年），时作者因庆历新政失败，贬在邓州任知州，友人滕子京也贬岳州知州，重修岳阳楼，请范仲淹作记，苏舜卿缮书，邵竦篆额，称为"四绝"。岳阳楼在今湖南岳阳市西门，为三国时吴国都督鲁肃的阅兵台，唐开元初年，张说谪守岳州，始建楼阁，名岳阳楼。下临八百里洞庭湖，景观壮阔，为历代游览胜境。后因年久失修，故有滕子京重修一事。滕子京遭贬是有情绪的，他"愤郁颇见辞色"（范公称《过庭录》），而重修岳阳楼又有一种得意之情，范仲淹这篇记委婉含蓄地批评了他"以己悲"、"以物喜"的感情。但却寓规劝之意而不露于文，并抬出古人的崇高的精神境界来勉励自己，实际上也是勉励友人，所以很是得体。

第一段交代作记缘由。先说重修楼的时间、地点、人物，"谪守"二字最为关键，为全文立意的中心。接着用"政通人和，百废俱兴"说明友人虽遭贬谪而政绩斐然，所以才重修岳阳楼。并说明重修的内容。而"属予作文以记之"说明和友人的关系。

第二段概括岳阳楼景色之大观，先写登楼所见，用"观"字领起。"巴陵胜状，在洞庭一湖"，从大处着笔，"衔远山，吞长江"，是写湖与君山、长江的关系，湖中远山用一"衔"字，湖江相通用一"吞"字，化

止。[32]锦鳞：鳞光美丽的鱼。[33]岸芷汀兰：岸边的芷草和洲上的兰草。芷、兰都是香草。[34]郁郁：香气浓郁的样子。青青：青翠茂盛的样子。[35]长烟一空：长空的云雾散尽了。[36]浮光耀金：湖面的月光浮动，金光闪耀。[37]静影沉璧：月影沉入平静的水底，如同沉下一块璧玉。[38]宠辱偕忘：一切荣辱得失都忘记了。[39]仁人：品德高尚和抱负远大的人。[40]二者：指"感极而悲"和"喜洋洋"两种心情的人。[41]不以物喜：不因境遇好而高兴。不以己悲：不因自己的遭遇不幸而伤悲。[42]居庙堂之高：指在朝廷做官。庙堂，朝廷。高，高位。[43]处江湖之远：指遭贬到偏远的地方或隐居不仕。江湖，指朝廷之外。[44]其：表揣度语气。[45]先天下之忧而忧，后天下之乐而乐：忧在天下人之前，乐在天下人之后。[46]微斯人：没有这些人，除了这些人。微，无。斯，此。[47]吾谁与归：我又崇仰谁。与，同"欤"，语气助词。归，崇仰。

静为动,勾出湖的气势。"朝晖夕阴,气象万千"则指一天中湖的不同景象。然后用"前人之述备矣"拴结。接着写人登楼的"览物之情"。因为洞庭湖"北通巫峡,南极潇湘"为通大西南的交通要冲,贬谪之人和文学之士都要从这里经过,那么登楼之人产生的感情都一样吗? 当然不一样。不过贬谪者、漂泊者往往多悲而少喜,故将景物随写一笔,即便宕开。

于是第三段写"览物之情"。先说天气恶劣引起览物而悲。雨是连绵不断的"霪雨",浪是黑黄不清的"浊浪",风是怒吼的"阴风",白天不见太阳,夜里不见星星,昏天黑地,连山岳也看不见。加之晚上恐怖的"虎啸",凄厉的"猿鸣",在这种情况下,迁谪的官吏,失意的诗人,登上高楼,就会产生"去国怀乡,忧谗畏讥"的凄凉感受。那么天气美好,"春和景明,波澜不惊,上下天光,一碧万顷",水鸟或飞翔或栖止,鱼儿来回游动,岸上芳草鲜美。这是白天。到了晚上,"长烟一空,皓月千里","浮光耀金,静影沉璧",水月相映,渔歌互答,这时登上高楼,"把酒临风","其喜洋洋者矣"。自然风景之美可以使人忘却荣辱,超越自我,得到满足。两种感情一悲一喜,形成强烈对照。

第四段点明主旨,效法古仁人"先天下之忧而忧,后天下之乐而乐"。作者抬出古仁人,他们登楼就不同于迁客骚人以物为悲喜的感情。因为古仁人"居庙堂之高则忧其民",他们在位考虑的是老百姓的幸福,"处江湖之远则忧其君",不在位考虑的是国君的安危。他们心中只有人民和国君,唯独没有自己。他们进退都忧,那么什么时候才不忧呢? 于是逼出主旨:"先天下之忧而忧,后天下之乐而乐。"最后作者说:"微斯人,吾谁与归?"以感叹语调表示要以古仁人为榜样,做一个以天下为己任的人。提出仁人之心以规劝之,何其正大,此即诗人自己的写照。诗人为秀才时,尝言"士君子当先天下之忧而忧,后天下之乐而乐",他这种思想早已有之。最后结句虚托闪开,作想慕不已之情,不自任矜张,尤为巧妙绝伦。

欧阳修

醉翁亭记

环滁皆山也[1]。其西南诸峰，林壑尤美[2]，望之蔚然而深秀者[3]，琅琊（lángyá）也[4]。山行六七里，渐闻水声潺潺而泻出于两峰之间者，酿泉也[5]。峰回路转，有亭翼然临于泉上者醉翁亭也[6]。作亭者谁？山之僧智仙也[7]。名之者谁？太守自谓也[8]。太守与客来饮于此，饮少辄（zhé）醉[9]，而年又最高，故自号曰醉翁也。醉翁之意不在酒，在乎山水之间也。山水之乐，得之心而寓之酒也[10]。

若夫日出而林霏开[11]，云归而岩穴暝[12]，晦明变化者[13]，山间之朝暮也。野芳发而幽香[14]，佳木秀而繁阴[15]，风霜高洁[16]，水落而石出者，山间之四时也。朝而往，暮而归，四时之景不同，而乐亦无穷也。

至于负者歌于滁[17]，行者休于树，前者呼，后者应，伛偻（yǔlǚ）提携[18]，往来而不绝者，滁人游也。临溪而渔，溪深而鱼肥；酿泉为酒，泉香而

【注释】

[1]环滁皆山：环绕着滁州都是山脉。其实滁州除西边琅琊山外，别无他山。[2]林壑：山谷。[3]蔚然：草木茂盛的样子。深秀：幽深秀丽。[4]琅琊：琅琊山，在滁州西南10里。[5]酿泉：即琅琊泉，又名醴泉，水可以酿酒，故名酿泉。[6]翼然：鸟展翅飞翔的样子。[7]智仙：琅琊山琅琊寺的僧人。[8]名之者：给亭题名的人。名，动词。[9]太守：古代地方的行政长官，汉代称太守，六朝、隋唐称刺史，宋代称知军州事，简称知州。此处沿用古称。[10]寓：寄托。[11]若夫：发语词，相当于"至于"。林霏开：林中的雾气散了。[12]云归：指云聚积山间。暝：昏暗。[13]晦明：阴暗和明朗。[14]野芳：野花。[15]佳木：美好的树木。秀：茂盛。繁阴：浓密的树阴。[16]风霜高洁：天高气爽，霜色洁白。[17]负者：背东西的人。[18]伛偻：弯腰弓背。提携：搀扶、牵带。

酒洌[19]。山肴野蔌(sù)杂然而陈者[20]，太守宴也。宴酣之乐，非丝非竹[21]。射者中，奕者胜[22]，觥(gōng)筹交错[23]，坐起而喧哗者，众宾欢也。苍颜白发，颓乎其间者[24]，太守醉也。

已而夕阳在山，人影散乱，太守归而宾客从也。树林阴翳(yì)[25]，鸟声上下，游人去而禽鸟乐也。然而禽鸟知山林之乐，而不知人之乐，人知从太守游而乐，而不知太守之乐其乐也[26]。醉能同其乐，醒能述以文者，太守也。太守谓谁[27]？庐陵欧阳修也[28]。

[19]酒洌：酒清冷。[20]山肴：野味。野蔌：野菜。[21]非丝非竹：不是弦乐器和管乐器。[22]射：投壶，古代宴饮中的一种游戏，以箭投入壶中，以中否决胜负，负者罚酒。奕：下棋。[23]觥筹交错：酒杯和酒筹杂乱进行。觥，酒杯。筹，行酒令时用以计胜负的筹码。[24]颓乎：精神萎靡不振的样子。[25]阴翳：暮色笼罩。翳，遮蔽。[26]乐其乐：为游人的快乐而快乐。前一"乐"动词，后一"乐"名词。[27]谓：为。[28]庐陵：在今江西吉安市，为作者祖籍。

欧阳修(1007年~1072年)，字永叔，号醉翁，晚年又号六一居士，庐陵(今江西吉安市)人。幼年丧父，出身贫寒。天圣年间中进士，积极参与庆历变法，多次宦海浮沉。后官至翰林学士、枢密副使、参知政事。他是北宋著名的文学家和史学家，又是北宋古文运动的领袖，力矫晚唐、宋初文风纤巧浮靡之弊，倡导古文，三苏、王安石、曾巩都是在他的奖掖提拔下成长起来的。他的散文以婉转详备和富有情韵之美著称。诗多以古文的句法、气势入诗，对宋诗风格的形成影响很大。有《欧阳文忠集》。

宋仁宗庆历五年(1045年)，欧阳修上书朝廷为范仲淹等受黜辩护，执政者借故把他贬到滁州(今安徽滁州市)任知州。在滁州，他"乐其地僻而事简，又爱其俗之安闲"，常常"游览山水，放情诗酒,不以迁谪为意"(欧阳修《丰乐亭记》)。次年,写下了这篇散文名作。此文一出,朝野上下,"远近争传",可见其影响。

第一段写醉翁亭的环境及亭、名由来。首句"环滁皆山也",五字高屋建瓴,概括醉翁亭的周边环境。据《朱子语类》说,有人买得《醉翁亭记》手稿,初说滁州四面有山,凡数十字。后尽删,只说这五个字。真是省而阔,高而洁。当今一位学者说,文长者,懒人也。所以文贵修改得简练,不贵冗长。然而事实是滁州四周除西南面的琅琊山外,其他三面无山,无山而言有山,这是文章主题的需要,否则,有何游处?接着由全景而西南诸峰,而琅琊山,而酿泉,而醉翁亭,由大到小,由远到近,水随山行,迂回婉转,芭蕉抽心,最后点题,点出醉翁亭。真是千呼万唤始出来!

下来交代建亭是山僧智仙,名亭是太守自己。那么为何起名"醉翁"呢?因为太守和客人到此饮酒,太守饮一点就醉,而年岁又最高,所以叫"醉翁"。"醉翁之意不在酒,在乎山水之间也",不是酒醉,而是为山水景色所醉。"醉翁之意"四字如山之有峡,前后点染,有似诸峰攒集。点出一个"乐"字,这种乐,得之于心,寓之于酒。那么此时作者多大年纪呢?他曾经说:"四十未为老,醉翁偶题篇。"(《题滁州醉翁亭》)又说:"我昔被谪居滁山,名虽为翁实少年。"不老而言老,除了"自号醉翁聊戏客"外,乐的背后一定有一种幽微的难言之隐。是寓政治上的失意于山水,在山水之乐中忘其不乐。

第二段写醉翁亭周围景色。先写朝暮之景,再写四时不同之景,最后以"乐"呼应。朝暮四时之景在赋、记中皆成套语,作者此只六句了之,一句写朝暮,一句写四时,下来一句构成四个分句,每句各写一个季节。最后又反过来再作呼应,点到朝暮四时,突出"乐"字。亦见人详我略,不落俗套。

第三段写游人之乐,重点放在太守宴饮之乐。滁人游是全景,太平景象的画面,太守宴是中心,众宾欢是陪衬,太守醉是画龙点睛。苍颜白发得其形,颓乎其中得其神。由群体到个人,点出"与民同乐"的意趣。

第四段写醉归之乐,由人乐写到禽鸟之乐,特别点出太守之乐的真趣。夕阳在山,人影散乱,游人归去,山林则是禽鸟的天下,花阴树间,鸣声上下。作者描写不就此止步,而是抒发一段富有哲理意味的感慨:"禽鸟知山林之乐,而不知人之乐,人之从太守游而乐,不知太守之乐其乐也。"的确,禽鸟、游人自得其乐,这与太守的与民同乐的自豪,与民同乐的忘其政治上的苦闷,以及能够述之于文有本质的区别。

最后点出作记的人是太守欧阳修。至末始点名,后来纪游多祖之。

在艺术上,意境优美,给我们呈现出了山水相映之美,朝暮变化之美,四季变幻之美,自然人事映衬之美。在结构上,金线串珠,曲径通幽,响应有方,严谨周密。在语言上,以"峻洁"见称,骈散相间,错落有致。叙事简括有法,议论纡徐有致,不用冷僻怪异字词,多用虚字回荡,如用二十一个"也"字,二十五个"而"字,使文章形成一种富有情韵的纡徐委婉的咏叹韵调,造成舒徐圆畅的音律节奏,使文章具有散文诗的气质。

周敦颐

爱莲说

水陆草木之花,可爱者甚蕃(fán)[1]。晋陶渊明独爱菊[2],自李唐以

【注释】

[1]蕃:多。[2]陶渊明独爱菊:《续晋阳秋》:"陶潜尝九月九日无酒,于宅边东篱下摘菊盈把,俄见白衣人至,乃

353

来[3]，世人甚爱牡丹。

　　予独爱莲之出淤（yū）泥而不染[4]，濯清涟而不妖[5]，中通外直，不蔓不枝[6]，香远益清[7]，亭亭净植[8]，可远观而不可亵（xiè）玩焉[9]。

　　予谓菊，花之隐逸者也[10]；牡丹，花之富贵者也；莲，花之君子者也。噫！菊之爱，陶后鲜有闻[11]；莲之爱，同予者何人[12]？牡丹之爱，宜乎众矣[13]。

刺史王弘送酒，便就酌饮。"[3]李唐：唐朝。因唐朝皇帝姓李，故称李唐。[4]淤泥：沉积在池塘、河沟里的污泥。[5]濯清涟而不妖：在清波中洗涤过但不妖冶。妖，美而不庄重。[6]蔓：蔓延。[7]益：更加。[8]亭亭净植：高高地立在清洁的水中。植，树立。[9]亵玩：玩弄。亵，亲近而不庄重。[10]隐逸者：隐士。[11]鲜：少。[12]同予者：和我一样的人。[13]宜乎：当然。乎，语气词。

　　周敦颐（1017年~1073年），字茂叔，道州（今湖南道县）人。历任分宁主簿、合州判官等职。宋仁宗嘉祐六年（1061年）迁虔州通判，赴任途中因爱庐山风景，筑室于莲花峰山麓，室前有小溪，故以濂溪名之。晚年定居其处，世称濂溪先生。他是宋代理学的开山祖师，濂溪学派创始人，二程为其徒。著有《太极图说》、《周元公集》。

　　这是一篇托物言志借莲花自况的短文。宋代的积贫积弱，使士人开始对人生意义进行思考，于是产生了理学。理学表现为对社会的超脱，形成对宗教，特别是对佛教的热衷。故在宋人的意识中，少有抗争的青松，傲霜的菊花，多是幽独的梅花，洁净的莲花。周敦颐是宋代理学家的开山鼻祖，他把儒家的精神和禅宗的禅理结合起来，言理言性。而言理言性，又多以莲为喻，如"火里种金莲"，"佛之身坐碧莲台"，等等，故这是一篇以莲言理性的文章。

　　文章第一段写爱莲的理由，着重描写，为后文议论作好铺垫。

起笔总写,说世上水陆草木的花,值得喜爱的很多。于是接着由历史说到现在,由众人说到自己。晋代的陶渊明独独爱菊,从唐代以来众人却爱牡丹,而自己却偏偏爱莲。陶渊明爱菊,他在《和郭主簿》诗中说:"芳菊开林耀,青松冠岩列。"在《饮酒》(其五)中说:"采菊东篱下,悠然见南山。"在《归去来兮辞》里说:"三径就荒,松菊犹存。"他爱菊是因为菊具有不慕荣华,自甘淡泊的品性。这与陶渊明鄙弃黑暗的官场,追求山林的乐趣有关。而李唐以来的世人爱牡丹,是因为牡丹富丽堂皇,被称为"国色",是富贵的象征。唐人爱牡丹,成为社会风气,李肇《国史补》载:"京城贵游,尚牡丹三十余年矣。每春暮,车马若狂,以不耽玩为耻。"刘禹锡《赏牡丹》诗云:"惟有牡丹真国色,花开时节动京城。"世人爱牡丹,反映了世人追逐荣华富贵、名利地位的社会心理。周敦颐说他独爱莲,有《题莲》诗云:"佛爱我亦爱,清香蝶不投。一般清意味,不上美人头。"他喜爱莲花,不仅是在文字上,而且也表现在生活中,据说他因病求南康军时,在府署附近挖了一个"爱莲池"种植莲花。他为什么如此爱莲?于是下面连用几个短句来说明。莲生长在淤泥之中但不为泥污所染,在青波中洗涤但并不妖艳,莲茎里面通透,外表挺直,无藤无枝,不牵连拉扯,花越远越清香,它直挺挺地立在水中,人们只能远远地观赏,却不能将它轻慢地玩弄。作者抓住莲花的主要特征,分别从外部特征和内在气质两方面就环境、形态、香气、仪表等进行描绘渲染,旨在表达君子的坦荡正直,表里如一,卓然自立,不为邪恶势力所轻侮,不与社会流习合污的高尚人格。

第二段议论,点明寓意,抒发感慨。先说明三种花的不同品性,菊是花中的隐士,牡丹是花中的富豪,莲是花中的君子。菊开放于秋深萧瑟之中,不与桃李争春,就如隐士,所以是花中的隐逸者,所以得到了陶渊明的独爱。牡丹浓艳富丽,雍容华贵,就如世上有钱有势的富贵者，难怪世人是那么企羡和钟爱。莲是君子之花，"出淤泥而不染"，如君子生活在黑暗的社会环境中却不受其不良影响；"濯清涟而不妖"，如君子受到良好的教育茁壮成长但不炫耀自己；"中通外直"，如君子内心通达，行为正直，表里如一；"不蔓不枝"，如君子不巴结，不拉拢；"香远益清"，如君子美德远布；"亭亭净植"，如君子卓然特立，保持节操；"可远观而不可亵玩"，如君子端庄持重，不可随便轻慢侵犯。最后感慨世人追名逐利，爱菊的人，陶渊明之后很少听说了，很少有人淡泊名利了。爱莲的人，像我这样的还有谁呢？感叹有君子之风的人已不多见。宋代士大夫沉溺于富贵比前代突出，赏花、钓鱼为统治者所提倡，故此作者针对现实发出沉痛的感慨。既如此，"牡丹之爱，宜乎众矣"，语含讥刺，有愤世嫉俗之意。

王安石

游褒禅山记

褒禅山，亦谓之华山。唐浮屠慧褒始舍于其址[1]，而卒葬之[2]，以故其后名之曰褒禅。今所谓空禅院者，褒之庐冢（zhǒng）也[3]。距其院东五里，所谓华山洞者，以其乃华山之阳名之也[4]。距洞百余步，有碑仆道[5]，其文漫灭，独其为文犹可识，曰"花山"。今言华如"华实"之"华"者，盖音谬也。其

【注释】

[1] 浮屠：佛教名词，梵文Buddha（佛陀）的旧译，即僧人。[2] 卒：死亡。[3] 庐冢：生前所居之屋和死后所葬之墓。[4] 华山之阳：华山的南面。[5] 仆：倒，倒下。[6] 窈然：幽深的样子。[7] 予：我，第一人称。[8] 且：将。[9] 十一：十分之一。[10] 方是时：当此时。[11] 咎：指责。[12] 夷：平坦。[13] 相：依靠。[14] 孰：谁。

356

下平旷,有泉侧出,而记游者甚众,所谓前洞也。由山以上五六里,有穴窈(yào)然[6],入之甚寒,问其深,则其好游者不能穷也,谓之后洞。予与四人拥火以入[7],入之愈深,其进愈难,而其见愈奇。有怠而欲出之者曰:"不出,火且尽[8]。"遂与之俱出。盖予所至,比好游者尚不能十一[9],然视其左右,来而记之者已少。盖其又深,则其至又加少矣。方是时[10],予之力尚足以入,火尚足以明也。既其出,则或咎其欲出者[11],而予亦悔其随之,而不得极乎游之乐也。

于是予有叹焉。古之人观于天地、山川、草木、虫鱼、鸟兽,往往有得,以其求思之深而无不在也。夫夷以近[12],则游者众,险以远,则至者少。而世之奇伟瑰怪非常之观,常在于险远,而人之所罕至焉,故非有志者不能至也。有志焉,不随以止也,然力不足者,亦不能至也。有志与力,而又不随以怠,至于幽暗昏惑而无物以相之[13],亦不能至也。然力足以至焉,于人为可讥,而在己为有悔;尽吾志也,而不能至者,可以无悔矣,其孰能讥之乎[14]?此

[15]庐陵萧圭君玉:庐陵人姓萧名圭字君玉。[16]长乐王回深父:长乐人姓王名回字深父。[17]予弟安国平父、安上纯父:我的弟弟王安国,字平父,王安上,字纯父。[18]至和:宋仁宗的年号。王某:即王安石。因是草稿,正式成文时再加上名字。

予之所得也。予于仆碑，又以悲乎古书之不存，后世之谬其传而莫能名之者，何可胜道也哉！此所以学者不可以不深思而慎取之也。

四人者，庐陵萧圭君玉[15]，长乐王回深父[16]，予弟安国平父，安上纯父[17]。至和元年七月某日临川王某记[18]。

宋仁宗至和元年（1054 年），王安石任舒州通判，舒州在今安徽安庆，曾游附近不远的在今安徽含山县北的褒禅山，写下这篇游记。但这篇游记不同于一般人的游记，不叙山川之胜，不语闻见之奇，也不说所游之乐，而是以记游影射学问事业。用笔逐渐深入，所谓"深人无浅语，慧心无直笔"者也。

第一段写褒禅山名称的由来，纠正"华"字的读音。"褒禅山亦谓之华山"，起始擒题，介绍异名，为后文议论埋下伏线。接着介绍得名原因，是因为唐代僧人慧褒在此建庐居住，死后埋葬在这儿。此后人们便将这座山叫褒禅山。褒禅，即慧褒禅师之意。再接着介绍山上的慧空禅院，是慧褒禅师的禅庐和墓冢。再下来介绍距禅院东边五里的华山洞，其名的由来是在华山的南面，阳光可以洞照。最后介绍离洞百余步倒在路旁的石碑，它的碑文已经剥落，但还勉强可以辨别，曰："花山"。照应起首的"华山"。以上是记叙游山所见，文字朴实，未见美景，未见奇观，自然也无游山之乐。是褒禅山没有奇观美景吗？不，据顾祖禹《读书方域纪要》载："褒禅山在县北十五里,旧名华山,又北三里曰华阳山,亦名兰陵山,俱有泉洞之胜。"那么作者为什么写得这么平淡,醉翁之意不在酒,作者的意图不在记游,而在说理。所以记叙完毕,就转入议论:"今言'华'如'华实'之'华',盖音谬也。"作者认为"华"应该读"花"(huā),而不应该读"华"(huá)。因为"花"是"华"的俗字,是后起字。这段议论,体现了作者求实的精神以及学识的渊博。

第二段写游华山洞。先写前洞,前洞在平旷之处,易于人行,有泉从洞侧流出,有可观之景,所以"记游者甚众"。接着转入写后洞,后洞在褒禅山上行五六里,一点也不平旷,是一个很深的洞穴,进去很冷,打听有多深,就是那些喜欢游洞的人也没有走到尽头,不易于人行,自然是游者甚少。下来写游后洞经过,"与四人拥火以入",因洞"窈然"幽暗,须火照路。"入之愈深,进愈难,而其见愈奇",因"深"而"难",因"难"而"奇",层层递进,这是游洞的感受。接着一转,有人一喊:"不出,火且尽。"于是作者就同他们一起出洞。一个"怠"字,说明火尽是假,怕游是真,为后面议论张本。而"所至比好游者尚不能十一",然而"来而记之者已少"。说明愈深愈难,游人更少。出洞以后,追想起来,当时"力尚足","火尚足以明",后悔不该同他们一起出来,没有"极乎游之乐"。这段文字前洞、后洞对比,似记非记,似议非议,是为下文议论感叹作好铺垫。

第三段抒发感慨,进行议论,这是文章的主旨、重点之所在。"于是"承上,"有叹"启下。先从古人说起,古代的学者观察天地、山川、草木、鸟兽往往有"得",即有独到的心得体会。原因是他们深入思索,无处不可以受到启发。而今天的游人"夷以近"则"游者众","险以远"则"至者少"。这和前面的记叙呼应。但是"无限风光在险峰","世之奇伟瑰怪非常之观,常在于险远",险远,人自然罕至。人罕至不等于没人至,作者提出有"志"的人就能至。的确,有志者事竟成。联系作者在熙宁政治革新中那种力排众议的决心,雷厉风行的行动,可见作者之志是多么坚定。接着再提出"力"字,有志就不会"随以止",不会随众人停止而返回,但没有脚力也不能达到目的。从游山来说"力"是指身体的体力,那么政治改革的"力"则是指力量、力度。再接着又提出"物以相之"的"物"。游后洞的"物"是指照明用的火把,没有火把照明就没法深入。而政治改革的"物"则是指经济、物质条件。三者之中,前两者是主观条件,后一种是客观条件。其中以立志最为重要。拿游洞来说,"力足以至"而不至,对别人就讥笑他怕苦怕累,对自己就后悔为什么不继续游完。尽了主观努力而因其他条件不具备没有达到目的,没有什么可后悔的,别人也不应当讥笑。"此予之所得也",最后总结一句。这段议论,就游洞生发,处处不离开游洞,但处处又不止于游洞,若即若离,饱含情感,富有哲理,最令人遐想。

第四段再就仆碑证谬指出为学应该"深思而慎取",做学问"谬其传"以讹传讹不可胜道,那么深思而慎取的态度就尤为重要。这是行文的波澜,以山名误字推及古书,作无穷的感慨。

最后一段记同游者的姓名,作记的时间,这是古人写游记的常套。

苏 洵

六 国 论

六国破灭,非兵不利[1],战不善,弊在赂秦[2];赂秦而力亏[3],破灭之道也。或曰:"六国互丧[4],率赂秦耶?"

【注释】

[1]兵:兵器。[2]弊在赂秦:弊端在于贿赂秦国。贾谊《过秦论》:"于是从散约败,争割地以赂秦。"[3]力亏:力量亏损

文 质 彬 彬 唐 宋 文

曰:"不赂者以赂者丧;盖失强援,不能独免[5]。故曰,弊在赂秦也。"

秦以攻取之外,小则获邑,大则得城。较秦之所得,与战胜而得者,其实百倍;诸侯之所亡[6],与战败而亡者,其实亦百倍。则秦之所大欲,诸侯之所大患,故不在战矣。

思厥先祖父[7],暴霜露[8],斩荆棘,以有尺寸之地。子孙视之不甚惜,举以予人,如弃草芥。今日割五城,明日割十城,然后得一席安寝,起视四境,而秦兵又至矣。然则,诸侯之地有限,暴秦之欲无厌,奉之弥繁[9],侵之愈急,故不战而强弱胜负已判矣。至于颠覆,理固亦然。古人云[10]:"以地事秦,犹抱薪救火,薪不尽,火不灭。"此言得之。

齐人未尝赂秦,终继五国迁灭[11],何哉?与嬴而不助五国也[12]。五国既丧,齐亦不免矣。燕、赵之君,始有远略,能守其土,义不赂秦。是故燕虽小国而后亡,斯用兵之效也。

至丹以荆卿为计[13],始速祸焉。赵尝五战于秦,二败而三胜,后秦击赵者再,李牧连却之[14];洎(jì)牧以谗诛[15],邯郸为郡[16],惜其用武而不终

衰弱。[4]互丧:相继灭亡。[5]独完:独自保全。[6]所亡:所丧失的国土。[7]思:句首语助词。厥:其,他们。[8]暴霜露:经受风霜雨露之苦。[9]弥:更加。[10]古人云:指战国时的苏代和孙臣,他们都对魏王说过类似下面的话。[11]迁灭:灭亡。[12]与嬴:亲近嬴姓的秦国。[13]丹以荆卿为计:秦始皇二十一年(前227年),燕太子丹遣刺客荆轲刺秦王未中被杀,秦举兵伐燕,太子丹被害,燕国亡。卿,敬称。[14]李牧连却之:赵幽缪王二年(前234年)、四年(前232年),赵国大将李牧接连战胜秦军。[15]洎牧以谗诛:《史记·廉颇蔺相如列传》载,赵幽缪王七年(前229年),秦使王翦攻赵,赵派李牧等御之。秦以金贿赂赵王宠臣郭开,诬李牧谋反,赵王杀李牧。次年,王翦破赵,赵遂亡。洎,及至。[16]邯郸为郡:秦亡赵以后,于秦

也。且燕、赵处秦革灭之际[17]，可谓智力孤危，战败而亡，诚不得已。向使三国各爱其地[18]，齐人勿附于秦，刺客不行，良将犹在，则胜负之数[19]，存亡之理，当与秦相铰[20]，或未易量[21]。

呜呼！以赂秦之地，封天下之谋臣，以事秦之心，礼天下之奇才；并力西向，则吾恐秦人食之不得下咽也。悲夫！有如此之势，而为秦人积威之所劫，日削月割，以趋于亡。为国者[22]，无使为积威之所劫哉！

夫六国与秦皆诸侯，其势弱于秦，而犹有可以不赂而胜之之势；苟以天下之大，下而从六国破亡之故事[23]，是又在六国下矣。

始皇十九年（前228年）置邯郸郡。邯郸为赵灭亡前首都。[17]革灭殆尽：几乎消灭完了。[18]向使三国：假使赵、魏、韩三国。[19]胜负之数：胜负的定数。[20]当：如。[21]易量：容易估量。[22]为国者：治理国家的人，指统治者。[23]故事：老路。

苏洵（1009年~1066年），字明允，号老泉，眉山（今四川眉山市）人。仁宗庆历七年（1047年）举进士及茂才异等皆不中，归而尽焚前所为文，闭门读书，遂通六经、百家之说。嘉祐初重游京师，因欧阳修荐著作二十二篇于皇帝，一时声名大噪，除秘书省校书郎，后为文安县主簿。为文纵厉雄奇，尤长于策论。有《嘉祐集》。

赵匡胤以兵变得权，建立的宋朝是一个历史上积贫积弱内忧外患严重的王朝，为了维持其统治，采取对北方异族入侵妥协退让的方针。宋真宗景德元年（1004年），与契丹订立"澶渊之盟"，岁奉银二十万两,绢二十万匹。过了近四十年,仁宗庆历二年(1042年),辽派使者索要晋阳和瓦桥以南十县的土地,结果又割让晋阳、瓦桥等十县土地,并每年增加币银十万两,绢十万匹。西夏看见契丹这样,于是也于次年上书请和,朝廷害怕引起纷争,也每年赐币银十万两,绢十万匹,茶叶三万斤。然而这并不能买得和平,反而刺激了异族统治者的胃口,欲壑难填。为此不少有识之士对此深表忧虑。作者就生活在这样一个时代,此文就是作者向北宋统治者发出的严正的警告。

宋仁宗嘉祐年间,苏洵来到京师,向皇帝上书二十二篇,这是其中的一篇,原名《六国》,属《权书》十篇之一。清人朱权说此文"借六国赂秦而灭,以暗刺宋事。其言痛切悲愤,可谓深谋先见之智"。文章评论六国破灭的原因,提出对敌斗争应该注意的问题,借以批评北宋屈辱求和的外交路线,表现自己对当时政治的见解。文章借题发挥,以古喻今,老辣犀利,简劲有力,奔骤驰骋,有战国纵横家的风度。

文章借战国时代七国纷争为秦统一的史实,来忠告北宋统治者吸取历史教训。但七国关系极为复杂,很难在一篇短文中理清头绪,论述明白。于是作者把六国分为赂秦和不赂秦两类,进行条分缕析的论述。

在第一段中,开门见山,提出论点:"六国破灭","弊在赂秦",指出六国破灭的原因。这个论点的提出,作者使用了排除法,"非兵不利,战不善"。照理,六国利兵而善战,就应该打胜仗,不会被秦所灭;秦灭六国,也不是利兵善战。这就自然引起人们思考,原因何在?所以"弊在赂秦"四字笔力千钧,无可怀疑。但六国为秦所灭,又非同一模式,所以作者用"或曰"一问,难道六国相继灭亡,都因为赂秦吗?然后一答,不赂秦的因赂秦的遭到灭亡,失去强而有力的援助,自然不能独自保全。"赂秦而力亏";"不赂者以赂者丧",这就是赂秦的严重后果。这样,先正面提出总论点弊在赂秦,再反面设问,再绾结强调"弊在赂秦",把直接原因和间接原因都论述了,这就分析得有理有据,无懈可击,十分全面。

赂秦又分三种情况,一是以地赂秦的韩、魏、楚;二是附随秦国的齐;三是燕、赵用武而不终。第二、三段先论赂秦者——韩、魏、楚。这三国虽然与秦接壤,但秦以武力攻取所得不多,主要靠贿赂所得,作者用比较法得出结论二者相差"百倍"!这一触目惊心的数字,充分说明六国之患"弊在赂秦"。接下来再用饱含感情的形象描绘说明三国赂秦之弊,他们的祖先创业"暴霜露,斩荆棘",才有"尺寸之地",是多么的艰辛,可是子孙"不甚惜","举以予人,如弃草芥"。今日割五城,明日割十城,"然后得一夕安寝",可是"起视四境,而秦兵又至"。这些描写把赂秦的后果形象地展现在读者面前,联系北宋向辽和西夏贿赂的情形,何其相似乃尔,怎么不触动当时每个人的神经。但是,地有限,欲无厌,"奉之弥繁,侵之愈急","至于颠覆,理固宜然"。这一议论,把"弊在赂秦"的道理说透。作者意犹未尽,再引古人的话"以地事秦,犹抱薪救火,薪不尽,火不灭"以加强说服力。古人云,孙臣和苏代都向魏安釐王说过这样的话。议论中插入一些生动的叙述,引用古人的话,避免了枯燥呆板的毛病,增加了兴味,加强了说服力。

第四段强烈叹息六国的灭亡,紧承上段的假设,说六国如果能以赂秦之地封谋臣,以事秦之心礼奇才,并力向西,一致对敌,恐怕秦国人吃饭连饭都咽不下。这是想象中六国不赂秦的前途,这从反面论证了"弊在赂秦"。然而六国并没有这样做,而是反其道而行之,为"秦人积威之所劫",以致"日削月割,以趋于亡"。这是六国赂秦的现实,又从正面论证了"弊在赂秦"。前面用"呜呼"领起,后面

364

用"悲夫"领起,感情色彩不同,增强了文章的抑扬气势。"为国者,无使为积威之所劫哉"一句,既是承上指六国之君,又探下指北宋的统治者。一箭双雕,含蓄不尽。

第五段针对现实,抒发感慨。六国与秦都是诸侯国,而六国弱于秦,但不赂秦尚可胜秦,这是说历史。那么,以天下之大,降而走六国破灭的老路,这又连六国都不如了。这是针对现实的旁敲侧击,说穿了就是北宋的"为国者"。这是作者向朝廷发出语重心长地告诫,与篇首呼应。可见作者不是为文而文,而是直面现实,表现一种关心国家大事、民族存亡的责任感,一种深沉的忧患意识。果然,北宋统治者并未听取忠告,而是沿着六国赂秦的老路愈走愈远,终被金人赶到南方,偏安于一隅。再后来,又灭于蒙古,作者的忧虑不幸而言中。

苏 轼

记承天寺夜游

元丰六年十月十二日[1],夜,解衣欲睡,月色入户,欣然起行。念无与为乐者[2],遂至承天寺,寻张怀民[3]。怀民亦未寝,相与步于中庭[4]。

庭下如积水空明[5],水中藻荇(xíng)交横[6],盖竹柏影也。何夜无月,何处无竹柏,但少闲人如吾两人者耳。

黄州团练副使苏某书[7]。

【注释】

[1]元丰六年:1083年。元丰,北宋神宗年号。[2]念无与为乐者:想到没有和自己一起游乐的人。[3]张怀民:名梦得,清河人。元丰六年贬黄州。[4]中庭:庭院之中。[5]积水空明:月光映照深水中澄澈透明。[6]藻荇:水草和水荇菜。[7]黄州团练副使:时苏轼贬黄州所任的官职名称。

苏轼因"乌台诗案"贬黄州任团练副使,这是一个挂名的地方军事助理官,而且本州安置,不得签署公事,实际上比软禁好不了什么。到了黄州,他善于排解内心苦闷,寄情山水,随缘自适。写下了这篇日记式的短文,抒发遭贬中自我排遣的心情。

这篇短文写于遭贬后第四年。先交代时间,"元丰六年十月十二日,夜",十月十二,正是秋末冬初,天气初肃,颇为寂寥。正解衣欲睡,却"月色入户",月色勾起了作者的情思,以月为伴,"欣然起行",化寂寞为乐观。"月色"为一篇写景之纲,"欣然"为一篇抒情线索。"念无与为乐者",想乐而无与为乐的人,可见他在政治上是多么孤立,在情趣上是难以找到同调。"乌台诗案"使他"虽平生厚善,有不敢通问者"(《答陈师仲书》),但并非绝对孤立,于是想到与自己遭遇志趣差不多的张怀民,就到承天寺寻张怀民。张怀民,元丰六年贬黄州,屈居主簿,寓居县南承天寺,曾筑快哉亭。与苏轼兄弟关系甚厚,筑快哉亭,苏轼为之起名,苏辙为之作《记》。也是处逆境而达观,与东坡朝夕凭眺,或喜江山之助我,或爱风月之宜人。他也没有入睡,可见二人在精神情趣上十分相投。"相与步于庭中",点出地点和事件。

下来文章自然进到写承天寺夜景。"庭下如积水空明,水中藻荇交横,盖竹柏影也。"寥寥十八个字,就绘形、绘色、绘影地描绘出寺中夜色。妙在作者不直接写什么"皓月当空"的俗套,而是舍形取影,舍月取水,舍竹柏而取藻荇,但又归之于月和竹柏。"积水"突出月光"空明"之色,"藻荇"突出竹树"交横"之态。竹为岁寒三友之一,柏与松是常青之树,东坡尤爱竹,曾写诗说"宁可食无肉,不可居无竹",可见竹柏含有寓意。这样就充溢着浓郁的诗情。最后抒发感慨:"何夜无月,何处无竹柏,但少闲人如吾两人者耳。"的确,夜夜有明月,处处有竹柏,但大自然风月给人的美,不是人人都可以

366 感受得到的,那些系心于名利地位的人,即使到了最优美的竹柏佳处,他们也会一无所见,一无所得。"江山风月,本无常主,闲者便是主人"(《东坡志林·临皋闲题》)。只有忘我的人,把自己融入到广袤博大的世界中,达到物我同一,才能真正成为江山风月的主人。这就表现了作者的旷观达识和至理深情,物皆着我之色彩。作者和张怀民这时就是"闲人"。东坡此时说"闲",感情是极其复杂的,既有遭受打击,闲置无所事事的愤懑,又有热爱江山陶情自然的旷达。它包孕着宦海浮沉的感慨和在大自然中得到解脱的欣慰,由此领悟到一种人生哲理。他这种"闲人"的"闲情",不拘格套,独抒性灵,使这篇文章如万斛泉源,不择地而出,行云流水潇洒自如,涉笔成趣,触处生春。韵流字间,神余篇外,深得禅趣。所以王圣俞《苏长公小品》说:"文至东坡真是不需作文,只随事记景便是文。"

苏 轼

赤 壁 赋

壬寅之秋[1],七月既望[2],苏子与客泛舟,游于赤壁之下。清风徐来,水波不兴。举酒属客[3],诵明月之诗[4],歌窈窕之章[5]。

少焉,月出于东山之上,徘徊于斗牛之间[6],白露横江,水光接天。纵一苇之所如[7],凌万顷之茫然。浩浩乎如冯(píng)虚御风[8],而不知其所止;

【注释】

[1] 壬戌:宋神宗元丰五年(1082 年)为壬戌年。[2]既望:指阴历的十六日。既,已。望,十五日,这一天月圆与太阳遥遥相望。[3]属客:劝客人饮酒。属,倾注。[4]明月之诗:指《诗经·陈风·月出》。[5]窈窕之章:《诗经·陈风·月出》诗中有"月出皎兮,佼人僚兮,舒窈纠兮。""窈窕"与"窈纠"为联绵词的不同写法。[6]斗牛:星宿名,即南斗星和牵牛星。[7]一苇:像一片苇叶的小船。[8]冯虚御风:凌空

飘飘乎如遗世独立[9]，羽化而登仙[10]。

于是饮酒乐甚，扣舷而歌之[11]。歌曰："桂棹兮兰桨[12]，击空明兮溯流光[13]。渺渺兮予怀[14]，望美人兮天一方[15]。"客有吹洞箫者[16]，倚歌而和之。其声呜呜然[17]，如怨如慕，如泣如诉，余音袅袅[18]，不绝如缕，舞幽壑之潜蛟[19]，泣孤舟之嫠(lí)妇[20]。

苏子愀(qiǎo)然[21]，正襟危坐而问客曰[22]："何为其然也？"客曰："'月明星稀，乌鹊南飞'，此非曹孟德之诗乎？西望夏口[23]，东望武昌[24]，山川相缪(liáo)[25]，郁乎苍苍[26]，此非孟德之困于周郎者乎[27]？方其破荆州，下江陵[28]，顺流而东也，舳舻(zhúlú)千里[29]，旌旗蔽空，酾(shī)酒临江[30]，横槊赋诗[31]，固一世之雄也，而今安在哉！况吾与子渔樵于江渚之上，侣鱼虾而友麋鹿[32]，驾一叶之扁舟，举匏樽以相属[33]。寄蜉蝣(fúyóu)于天地[34]，渺沧海之一粟[35]。哀吾生之须臾[36]，羡长江之无穷。挟飞仙以遨游[37]，抱明月而长终。知不可乎骤得，托遗响于悲风[38]。"

苏子曰："客亦知乎水与月乎？

驾风。冯，通"凭"。[9]遗世：离开人世。[10]羽化：道家语，指成仙。葛洪《抱朴子·对俗》："古之得仙者，或身生羽翼，变化飞行。"[11]扣舷：敲着船舷打拍子。[12]桂棹：丹桂树做的船棹。棹，划船用的工具。兰桨：木兰树做的船桨。[13]空明：月光映照在江水中澄明之状。流光：波光。[14]渺渺：悠远的样子。[15]美人：内心所思慕的贤人。这里指宋神宗。[16]客有吹洞箫者：据苏轼《次孔毅父韵》客为杨世昌。杨世昌，字子京，绵竹道士。[17]呜呜：象声词。[18]余音袅袅：尾声悠长细微。[19]舞幽壑之潜蛟：使藏在深渊里的蛟龙为之起舞。蛟，鲨鱼。[20]泣孤舟之嫠妇：使孤舟中独处的妇女为之哭泣。嫠妇，寡妇。[21]愀然：忧愁的样子。[22]正襟危坐：整理好衣襟，严肃地端坐。危，高，端。[23]孟德：曹操字孟德。夏口：地名，故址在今湖北武汉市武昌，相传为孙权所建。[24]武昌：位于黄州长江对岸，即今湖北鄂州市，非今武汉之武昌。[25]相缪：相互连接环绕。缪通"缭"。[26]郁乎：茂盛的样子。[27]孟德之困于周郎：指汉献帝建安十三年(208年)吴将周瑜在赤壁击溃曹操号称83万大军一事。周逝者如斯[39]，而未尝往也；盈虚者如彼[40]，而卒莫消长也[41]。盖将自其变者而观之，则天地曾(céng)不能以一瞬[42]；自其不变者而观之，则物与我无尽也，而又何羡乎？且夫天地之间，物各有主，苟非吾之所有，虽一毫而莫取。惟江上之清风与山间之明月，耳得之而为声，目遇之而成色，取之不尽，用之不竭，是造物者之无尽藏(zàng)也[43]，而吾与子之所共食[44]。”

客喜而笑，洗盏更酌。肴核既尽[45]，杯盘狼藉[46]。相与枕藉乎舟中[47]，不知东方之既白[48]。

郎，周瑜，时人称之为周郎。[28]破荆州，下江陵：建安十三年，曹操击荆州，刘琮率众投降，曹操不战而得荆州，再追刘备，占领江陵。荆州，今湖北襄樊一带地区。江陵，今湖北江陵县。[29]舳舻：大船，战船。[30]酾酒：斟酒。[31]横槊：横执长矛。[32]侣鱼虾而友麋鹿：与鱼虾为伴，与麋鹿为友。表示过放浪江湖的闲散生活。[33]匏樽：用葫芦做的盛酒器。匏，葫芦的一种。[34]蜉蝣：一种朝生暮死的小虫。[35]渺沧海之一粟：渺小得如同大海中的一粒小米。[36]须臾：一会儿。[37]挟飞仙以遨游：偕同神仙漫游。挟，偕带。飞仙，神仙。[38]遗响：余音。[39]逝者如斯：《论语·子罕》：“子在川上曰：‘逝者如斯夫！不舍昼夜。’”斯，这。指江水。[40]盈虚者：指月亮。盈，月圆。虚，月缺。[41]卒莫消长：始终没有增加或减少。卒，终。[42]曾：竟。一瞬：一眨眼的工夫。[43]造物者：天，大自然。无尽藏：佛家语，无穷尽的宝藏。[44]共食：共同享受。食，清人以前的抄本均作“食”，而清人及以后人抄本和刻本作“适”。[45]肴核：菜肴和果品。[46]狼藉：杂乱的样子。[47]相与枕藉：互相枕着睡觉。[48]既白：天亮。既，已。

元丰五年(1082年)，作者贬在黄州，泛舟赤壁，写下了著名的《念奴娇·赤壁怀古》一词，同时还写下了这篇辞赋《赤壁赋》，后来又再游赤壁，写下了《后赤壁赋》，于是又称此赋为《前赤壁赋》。由于这两赋一词，"九州四海，知有东坡"矣！

首段从秋夜泛舟写起。时间是七月十六，地点是赤壁之下的大江之中，人物是苏子与客，事件是泛舟夜游。"清风徐来，水波不兴"，可见秋气之爽，"白露横江，水光接天",可见秋意之浓。在这种环境下,自然引出好心情,于是举杯劝客,诵《月出》之诗,发思古之幽情,"纵一苇之所如,凌万顷之茫然",置身水光月色之中,作者产生了羽化登仙的快乐之感。作者层参禅学佛,其笔墨之飘洒,机趣之活泼,又似于仙,故号曰"坡仙"。

次段写饮酒唱歌。作者模拟屈原,歌中既描写了船桨之美,泛舟之乐,又以美人暗喻神宗皇帝,表示想念之意。而客人则吹洞箫,其音"呜呜然","如怨如诉,如泣如慕,余音袅袅,不绝如缕",呜呜的箫声像含着怨情在诉说,又像哭泣着企求着什么,乐声如炊烟缕缕,延绵不绝。以致使深渊里的蛟龙为之起舞,孤舟中的寡妇为之哭泣。作者描写箫声的悲音,十分传神,渲染悲情,深化悲意,恰到好处。作者为什么会乐极生悲呢? 这就得从他此时的处境说起。泛舟赤壁,壮美的河山,明净的夜色使他暂时忘记了贬谪的郁闷,所以他很快乐,但一想起差点要了他性命的"乌台诗案",他的快乐就消失了。这是一桩冤案,是无耻政敌的陷害,皇帝是受蒙蔽的,所以,他既幽怨,又思念,这种感情,难以言表,只好借助箫声来暗示。

三段借客伸主,写人生无常之惆怅。苏子问"何为其然",于是引出客人一大段议论。客人回答悲因,有三层意思,一是"一世之雄"的曹操、周瑜与我们"侣鱼虾,友麋鹿"的等闲之辈对比而悲;一是"长江之无穷"的永恒宇宙与"吾生之须臾"的短暂对比而悲;一是"挟飞仙以遨游"的理想与"不可乎骤得"的现实对立而悲。的确,每个人都有理想,但不一定都能实现,谁不想建功立业? 谁不想长命百岁? 谁不想逍遥自在? 但能实现者有几? 这是作者深层的哲学思考。不过作者是借客人的回答来表达自己的意思。这就形成一种曲折幽深之美。

四段写主人回答客人,表达旷达胸怀。苏子的一段议论,有两层意思，一是阐述变与不变的哲学道理，他以水、月为喻，水"逝者如斯，而未尝往"，月"盈虚如彼，而卒莫消长"，这是客观的自然规律。但观察的角度不同，就会得出不同的结论。从变化的角度看，在悠悠无尽的历史长河中天地也不过"一瞬"，从不变的角度看，万事万物与我们自己都是无穷尽的，因为物质不灭嘛。二是说人要超脱，什么功业，什么长生，都不值得羡慕。因为"物各有主"，都有自己的归属，非吾所有，"虽一毫而莫取"。该吾所得，可以"取之无禁，用之不竭"，如江上的清风与山间的明月，吹入耳则为音乐，映入眼则为图画。苏子的这番高论，使他从苦闷中解脱出来，他在主观中泯灭了客观中的矛盾，把生死、得失、荣辱、毁誉都置身度外，不为所累。苏轼的思想很杂，他既有儒家的建功立业的思想，也有道家的无为而治的思想，还有佛家的超脱思想，尤其受庄子的"齐物"，禅宗的"梵"影响很深，主张万物统一于"一"，以不变应万变，解脱物质束缚，到大自然中去寻求精神寄托。他的这种思维，也有一定的合理性，宇宙无穷与人生短暂的矛盾是人生永恒的主题。人总有失意时，就要学会想得开，退后一步天地宽。所以，他的处世哲学成为后代士人的楷模。

最后一段写客回悲为喜。以畅饮酣睡作结。

宋 濂

送东阳马生序

余幼时即嗜书，家贫，无从致书以观，每假借于藏书之家[1]，手自笔

录,计日以还[2]。天大寒,砚冰坚手指不可屈伸,弗之怠。录毕,走送之,不敢稍逾约。以是,人多以书假余,余因得遍观群书。既加冠[3],益慕圣贤之道,又患无硕师、名人与游[4],尝趋百里外,从乡之先达执经叩问[5]。先达德隆望尊,门人弟子填其室,未尝稍降辞色[6]。余立侍左右,援疑质理[7],俯身倾耳以请;或遇其叱咄,色愈恭,理愈至,不敢出一言以复;俟其欣悦,则又请焉。故余虽愚,卒获有所闻。

当余之从师也,负箧(qiè)曳屣(xǐ)行深山巨谷中[8],穷冬烈风,大雪深数尺,足肤皲(jūn)裂而不知;至舍,四肢僵劲不能动,媵(yìng)人持汤沃灌[9],以衾(qīn)拥覆,久而乃和。寓逆旅,主人日再食,无鲜肥滋味之享[10]。同舍生皆被绮绣,戴珠缨宝饰之帽,腰白玉之环,左佩刀,右佩容臭[11],煜然若神人[12]。余则缊(yùn)袍敝衣处其间[13],略无艳羡意。以中有足乐者,不知口体之奉不若人也。盖余之勤且艰若此。今虽耄(mào)老[14],未有所成,犹幸预君子之列,而承天子之宠光,缀公卿之后[15],日侍坐备顾问,四海亦

【注释】

[1]假借:借。[2]计日:约定日期。[3]加冠:古时男子年二十行加冠礼,表示已经成人。冠,帽子。[4]硕师:大师。[5]先达:德行学问显达的先辈。[6]稍降辞色:稍微改变严肃的言语和脸色。[7]援疑质理:提出疑难,询问义理。[8]负箧曳屣:背着箱子,拖着鞋子。[9]媵人:仆人。汤:热水。[10]鲜肥:鱼和肉。[11]容臭:香囊。[12]煜然:光辉的样子。[13]缊袍:用乱麻为絮的冬衣。[14]耄老:年老。《礼记·曲礼上》:"八十、九十曰耄。"[15]缀:连接。这

372

谬称其氏名,况才之过余者乎?

今诸生学于太学[16],县官日有廪稍之供[17],父母岁有裘葛之遗[18],无冻馁之患矣;坐大厦之下而诵诗书,无奔走之劳矣;有司业、博士为之师[19],未有问而不告,求而不得者也;凡所宜有之书,皆集于此,不必若余之手录,假诸人而后见也。其业有不精,德有不成者,非天质之卑,则心不若余之专耳,岂他人之过哉!

东阳马生君则,在太学已二年,流辈甚称其贤。余朝京师,生以乡人子谒余,撰长书以为贽(zhì)[20],辞甚畅达,与之论辩,言和而色夷[21]。自谓少时为学甚劳,是可谓善学者矣!其将归见其亲也,余故道为学之难以告之。谓余勉乡人以学者,余之志也;诋我夸际遇之盛而骄乡人者[22],岂知余者哉!

里指追随。[16]太学:古时全国最高学府。[17]县官:皇帝,朝廷。廪稍:廪食。廪,仓库。[18]裘葛:冬衣和夏衣。裘,羊毛皮袄。葛,麻布单衣。[19]司业、博士:太学的副校长和高级教师。[20]撰长书以为贽:写长信作为进见之礼。撰,通"撰"。贽,礼品。[21]色夷:脸色平和。[22]际遇:机遇。

宋濂(1310 年~1381 年)字景濂,浦江(今属浙江)人。明初主修《元史》,后官至学士承旨知制诰。其文简洁畅达,为"国家文臣之首"。有《宋学士集》。

明洪武十一年(1378 年),宋濂因年老辞官回乡,应诏到金陵朝见明太祖朱元璋，暂居金陵。此时同乡晚辈马君则正在国子监就学，谒见了他，他写了这篇序送他。东阳，即今浙江金华。序，这里是赠序，以言相赠，表达离别时的感情。

文章以简洁朴实的语言，叙述自己年轻时求学的勤苦经历，勉励马生发扬刻苦求学的精神。又将自己的艰难处境和当时太学生学习的优越条件，通过对比，启发人们认识专心求学，刻苦自励的重要。

前两自然段叙述自己少时为学之艰，借书攻读之苦，质疑请教之难，生活条件之差。首先是幼年得书的艰难。虽然"嗜学"，但"家贫"，形成矛盾。"嗜学"是主观精神，这是矛盾的主要方面，二字统摄全文。没有主观动机，再多的书也没有意义。"家贫"是客观条件，但可以通过主观努力改变，于是就引出借书、抄书、还书的情节。借书，大家都有经验，开口告人要多大的勇气。抄书，"天大寒，砚冰坚，手指不可屈伸"，在冬天写字，大家都体验过，"弗之怠"，精神是何等的顽强。还书，"走送之，不敢稍逾约"，"走"是古义跑的意思，因为要"计日以还"，坚守信用。这样，就博得了人们的同情和信任，结果"人多以书假余，余因得遍观群书"。一分耕耘就有一分收获。接着是青年读书求师的艰难。"加冠"表示自己已经成人，更加懂事了，所以"益慕"求知。这又是主观精神，然而客观条件是"无硕师、名人与游"，又形成矛盾。于是引出"远处求师"。"百里外"求师在古代来说，是两天的路程，已经够远了。求师时"趋"、"从"、"执"、"叩问"几个动词准确地表达了求学的虚心、执著，照应"益慕"二字。这是总写。下来细写问学情景。老师师道尊严，"未尝稍降辞色"，这是客观情况。自己则"立侍左右，援疑质理，俯身倾耳以听"，尊师重道，虔诚恭敬，这是主观态度。以主观去适应客观，自然就会得到收益。下来再进一步叙述老师情绪不好时问学的情景。老师"叱咄"发脾气，就"色愈恭，礼愈至"，进行忍耐，"不敢出一言以复"，耐心等待，"俟其欣悦，则又请焉"，所以"虽愚"，终"获有所闻"。作者用层层加深的皴染之法，把求学问难的情景写得栩栩如生，感人至深。

　　说到此，作者再回过头来补充自己求学生活上的艰辛。在去百里之外求学途中，恰遇隆冬，自己"负箧曳屣"，在深山巨谷的数尺深的大雪中行走，"足肤皲裂而不知"，因为脚已经冻麻木了，其狼狈相可想而知。由于家贫，在饮食方面，"日再食，无鲜肥滋味之享"，一日两餐，没有大鱼大肉可吃；在穿着方面，只能穿乱麻冲絮的"缊袍敝衣"，而那些贵家子弟，则穿金戴玉，佩刀悬臭，"煜然若神人"。鲜明的对比，强烈的反差，又形成主观和客观的矛盾，但作者却说"略无慕艳意"，"不知口体之奉不若人"，因为"中有足乐者"。这又是以主观的乐观精神战胜客观的物质引诱。这种以艰苦朴素为荣，奢侈享乐为耻的精神永远都不会过时。由于自己专心致志，安贫乐学，终于学有所成。但作者十分谦虚，说自己"耄老，未有所成"。这种谦虚，避免了给人留下行文炫耀的印象。然后一转，说幸"预君子之列"，"缀公卿之后"，"备顾问"，四海"称其姓氏"，实际是说自己得到了很大的地位和荣誉，证明通过艰苦学习，学有所成。以此勉励马生只要勤奋学习，就能取得好的结果。这对我们也有很大的启迪性。

　　第三自然段论述今天太学条件很好，但仍然有"业有不精，德有不成"的人。这从反面证明学习成败的关键在于专心与否。作者仍然从四个方面论述，饮食有公款消费，衣物有父母供给，求学无奔走之劳，问难有老师之教。按理，这么优越的条件应该学习很好，但是，有人"业有不精，德有不成"，原因何在？"非天质之卑，则心不若余之专耳"。的确如此，人的大脑重量区别不大，聪明与否关键在于勤奋,这为无数科学家的事迹所证明。这又告诫马生必须勤奋学习。"梅花香自苦寒来",逆境往往更能磨炼人的心志,我们青年人应该树立正确的苦乐观。

最后一段交代作序之目的。先叙述马生和自己的关系,并对他的求学愿望加以肯定和鼓励。再说明作序的目的不是矜夸自己,而是劝学,照应篇首"为学之难"。

后　记

　　这是一本古稀老翁写给青少年朋友阅读的书。人已退休，不去喝盖碗茶休闲享福，却来饶舌弄笔，这是为何呢？因为我自幼酷爱古典文学的博大精深，流光溢彩，后数十年从事语文和古典文学教学，更与之形影不离，感情至深。而今虽已垂垂老矣，仍手不释卷。而眼下国学式微，问津者日衰，青少年朋友虽欲入门寻幽探胜，苦不得其法。专家学者亦多不屑于作此于名于利都不沾边的笨事。为此，特花三年工夫，编成此书，以飨欲提高思想、文化、心理素质和人生境界的青少年朋友，作为敲门之砖。这就是我提笔和封笔时的心态。

　　由于年老体衰，记忆减退，几十年读书的笔录手抄，难免有误。参考古贤今哲之书甚多，主要是古代的诗话、词话，现代的多种文学史和文艺理论，一些古诗文鉴赏词典和文章，难于一一注明，特此鸣谢。还要感谢中国广播电视出版社王瑛女士、刘川民博士，为此书润色，并为出版鼎力襄助。书中错误在所难免，还望读者及专家批评指正。

编者谨识

2007 年春于四川师大东校区东篱居